LA 다저스 시절, 박찬호의 역투

© 스포츠조선

LA 다저스 시절, 삼진을 잡은 후 승리를 예감하며 주먹을 불끈 쥐는 박찬호

박찬호의 다이나믹한 투구폼(2004년 텍사스 레인저스 스프링 캠프)

ⓒ 스포츠조선

텍사스 레인저스 시절, 보스턴전에 선발로 나선 박찬호가 많은 홈관중들이 지켜보는 가운데 역투하고 있다.

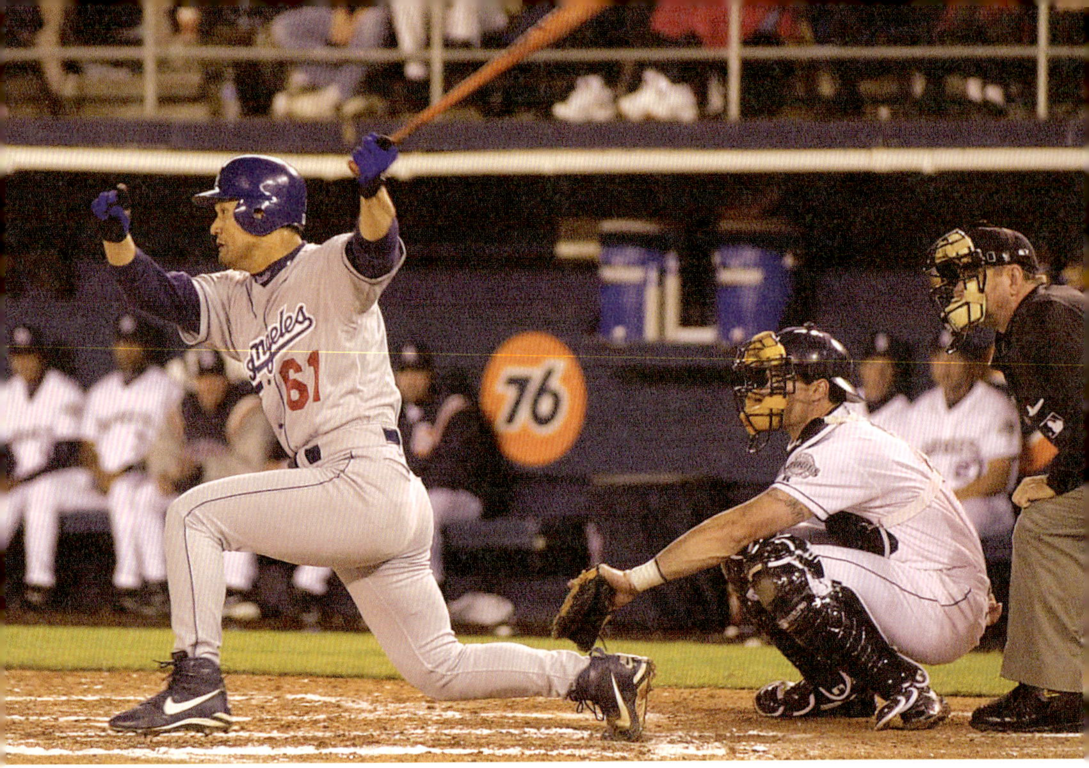

ⓒ 스포츠조선

▲ 박찬호의 타격모습

▼ 2008년 LA 다저스 스프링 캠프

ⓒ 민훈기

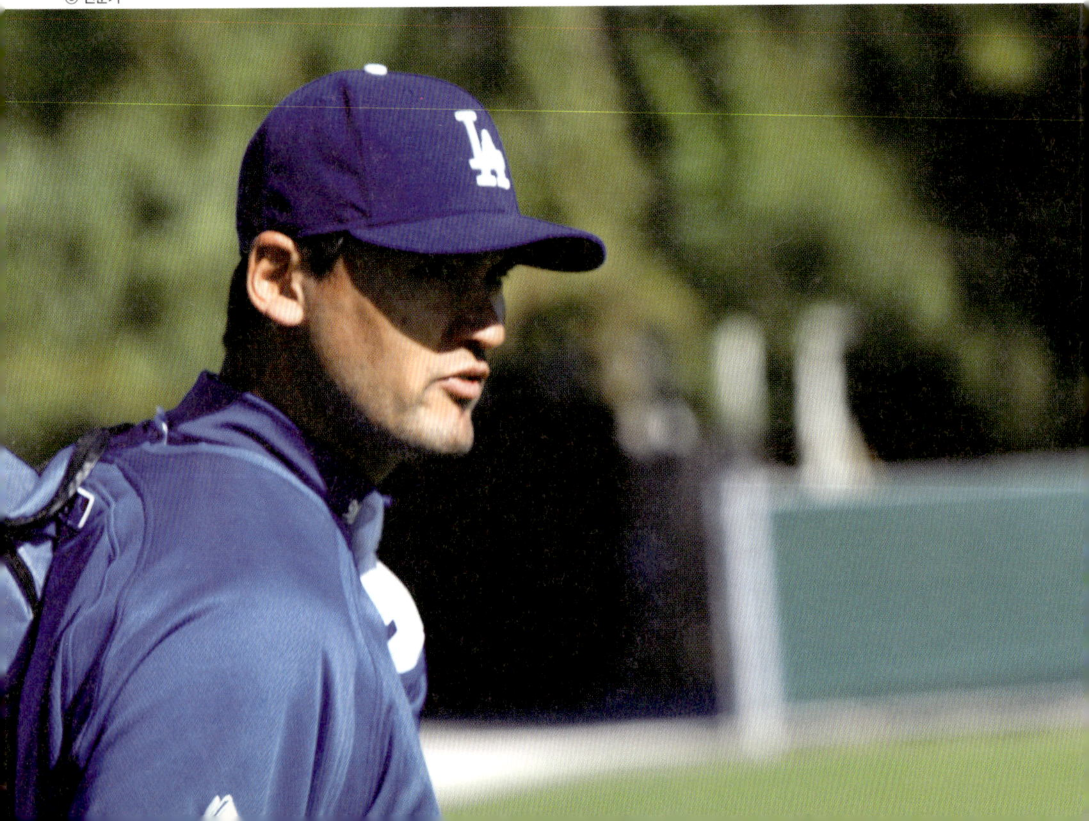

© 민훈기

▲ 메이저리그 초창기 시절의 민훈기 기자와 박찬호

▼ 민훈기 기자와 박찬호의 최근 모습

© 민훈기

메이저리그 124승의 신화

박찬호

메이저리그 124승의 신화
박찬호

민훈기 지음

한국경제신문

대한민국을 대표할 수 있는 걸출한 투수는 많습니다. '불꽃 투수' 고(故) 최동원이나 '0점대 평균자책점의 신화' 선동열은 시대와 세대를 초월하여 우리 야구사에 길이 남을 에이스 투수입니다. 미국 프로야구 밀워키 브루어스의 노장 스카우터들이 아직도 아쉬워하는 박철순도 빼놓을 수 없는 선수입니다. 그들 전에도 이후에도, 이름을 다 거론하지 못하는 것이 안타까울 정도로 한 시대를 풍미했던 투수가 많습니다.

그런데 이러한 명투수의 계보를 언급할 때 언제나 가장 중요하게 꼽히는 선수가 한 명 있습니다. 나이 마흔이 되어서야 한국 프로야구에 처음 입문한 선수, 그마저도 단 한 시즌만을 뛰며 5승 10패를 기록한 선수. 그러나 한국 야구 역사상 최초로 미국 메이저리그에 데뷔했고 LA 다저스에서 한동안 시즌 평균 15승의 기적을 선물했던 선수. 그렇습니다. 박찬호가 바로 그 주인공입니다. 2000년 시즌에는 18승을 거두며 메이저리그에서도 최고 자리를 다툴 정도의 실력을 발휘했습니다.

물론 그에게도 슬럼프는 있었습니다. 거액을 받고 텍사스 레인저스로 이적한 후로는 부상과 부진에 시달리며 마음고생을 하기도 했습니다. 하지만 그는 포기하는 법이 없었습니다. 힘차고 거칠 것 없이 승수를 쌓아갔고, 슬럼프를 겪으면서도 한 발 한 발 묵묵히 나아갔습니다.

그리고 마침내 '센추리 마크'인 100승을 넘어서더니 2010년 10월 2일에는 자신의 메이저리그 마지막 등판이 된 경기에서 124번째 승리를 거두었습니다. 절친한 동료이자 라이벌이었던 노모 히데오의 메이저리그 동양인 최다 승리 기록인 123승을 넘어서는 의미 있는 마지막 1승이었습니다.

'야구의 신화' 베이브 루스는 만 40세이던 1935년 5월 25일 피츠버그전에서 홈런 3개를 터뜨리며 마지막 열정을 쏟은 후 닷새 뒤 미련 없이 은퇴를 선언했습니다. '마지막 4할 타자' 테드 윌리엄스는 만 42세이던 1960년 9월 28일 라이벌 양키스전 마지막 타석에서 홈런을 치며 대미를 장식했습니다. '최고의 중남미계 스타' 베르토 클레멘테는 1972년 마지막 선발 출전한 9월 30일 경기에서 3,000번째 안타를 기록했고, 그해 겨울 지진 피해자를 위한 구호물자를 싣고 가다가 비행기 사고로 사망했습니다. 많은 선수가 미련과 오판으로 은퇴 시기를 잘 잡지 못해 아쉬움을 남기기도 했지만, 이렇게 멋진 마무리를 한 스타도 많았습니다. 박찬호도 자신의 메이저리그 마지막 경기를 더없이 소중한 승리로 장식하며 멋지게 마무리했습니다.

저는 1990년부터 2004년까지 만 14년간 〈스포츠조선〉 특파원으로 취재하며 박찬호 선수의 124승 현장 대부분을 함께했습니다. 개인적으로는 물론이고 야구 기자로서도 큰 행운이었습니다. 야구 특파원의 365일은 길고도 짧습니다. 해마다 2월 중순이면 스프링 캠프로 장기 출장을 떠나고, 4월 초에 시즌이 시작되어 월드 시리즈까지 마치고 나면 11월이 선뜻 눈앞에 와 있지요. 시즌의 절반은 먼 출장길에 올라야 했고 나머지 절반은 야간 홈 경기를 취재해야 했습니다. 약 9개월 동안 200게임에 육박하는 길고 긴 여정이지만 빡빡한 일정 탓에 시간은 언제나 화살처럼 빠르게 지나갑니다. 매년 오륙십 번씩 비행기를 타고 넓은 미국 땅을 누비는 동안 즐겁고 기쁜 일도 많았지만 어려움도 적지 않았습니다. 제가 직접 취재한 메이저리그 야구장만 서른아홉 곳이나 되니 참 많이 돌아다닌 셈이지요. 그 야구장마다에서 박찬호를 비롯하여 선수들을 만나고 관계자들을 인터뷰하고 함께 생활했습니다. 그 과정에서 경험한 것도 많고 느끼고 배운 점도 많았습니다.

저는 박찬호의 소중한 승리들을 하나하나 돌아보면서 미국 프로

야구와 메이저리거 박찬호에 대한 이야기를 들려드리려 합니다. 아울러 그가 맞닥뜨렸던 장벽들과 그것을 뛰어넘은 과정을 복기하면서 인간 박찬호는 물론 야구라는 스포츠에 담긴 우리 삶의 이면 같은 것들을 여러분과 함께 나누고 싶습니다.

야구가 새롭게 시작되는 계절
2013년 봄

생애 가장 행복한 순간

1993년 당시 나는 〈스포츠조선〉의 미주 특파원으로 근무하고 있었다. 그해 마지막 날인 12월 31일 새벽, 깊은 잠에 빠져 있는데 갑자기 전화벨이 요란하게 울렸다. 그 시간의 전화라면 보나마나였다. 역시나 서울의 신문사, 야구 담당 부서에서 걸려온 것이었다. '박찬호'라는 한양대학교 2학년짜리 투수가 몇 시간 전에 미국으로 떠났다는 얘기가 있으니 수소문해서 취재하라는 내용이었다. LA 다저스와 계약을 할지도 모른다고 했다. 나는 잠결에 '박찬호? 박찬호가 누구지?' 하며 기억을 더듬었다. '어디서 들어본 이름이긴 한데 누구더라……' 하다가 곧 '아, 몇 달 전 버펄로 유니버시아드 대회에서 본 대학생 투수구나' 하고 떠올렸다.

지독히도 뜨겁고 습하던 1993년 7월. 버펄로에서 열린 유니버시아드 대회에 취재를 간 적이 있다. 뉴욕 주 북쪽에 있는 버펄로는 나이아가라 폭포가 지척에 있고 캐나다 국경과 맞닿아 있는 도시였다. 당시 한국 야구 대표팀은 미국, 쿠바, 일본 등에 밀려 메달 획득이 어려워 보였다. 하지만 투수진 중 서너 번째로 꼽히던 박찬호의 활약으로 한국 팀은 이 대회에서 은메달을 따내는 쾌거를 이뤘다. 7월 11일 대만전 7이닝 2피안타의 역투를 시작으로 박찬호는 네 경기에서 1승 3세이브, 방어율 1.10이라는 값진 기록을 남겼다.

그런데 정작 박찬호의 기록보다 더욱 놀랍고 신기한 일은 마운드가 아닌 관중석에서 벌어지고 있었다. 한국 팀의 경기가 벌어지는 날이면 스피드건을 든 메이저리그 스카우터들이 몇 명씩이나 운동장에 나타난 것이다. 우승 후보 1순위인 쿠바와의 경기 때도 그랬다. 관중석 맨 아래, 포수의 등이 바로 보이는 가장 좋은 자리에 모여 앉은 스카우터들은 막상 경기엔 별 관심이 없다는 듯 서로 노닥거리기만 했다. 그러다 한국 팀의 투수 교체로 한 투수가 마운드에 오르자 스카우터들은 달라졌다. 일제히 스피드건을 뽑아들고는 그 선수의 공 하나하나를 면밀히 체크하기 시작했다. 때론 각자의 스피드건에 새겨진 숫자(구속)를 서로 번갈아 들여다보면서 감탄하는 모습도 눈에 띄었다. 그 투수가 바로 박찬호였다. 껑충한 키에 삐쩍 마른 투수였는데, 그가 던지는 공은 생각보다 묵직했고 속도도 상상을 초월했다.

나는 당시 특파원 생활 3년 차였다. 당연히 그간 국내 대학야구가 어떻게 돌아가는지에 대해 잘 모르고 있었다. 그때부터 국내 기자들에게 전화를 돌려가며 박찬호에 관한 정보를 모았다. 한양대학교 2학년생으로 150킬로미터가 넘는 강속구를 뿌린다고 했다. 하지만 제구력은 썩 좋은 편이 아니라는 견해가 주를 이루었다.

스피드건에 찍힌 구속을 물어보려고 미국 스카우터들에게 다가간 나는 오히려 그들에게 둘러싸였다. 박찬호에 대해 집중적인 질문이 쏟아졌다. 양키스의 스카우터 딕 그로치는 나를 한쪽으로 몰래 부르더니 박찬호와 직접 접촉할 방법을 자신에게만 살짝 알려달라고 했다. 다저스의 스카우터 짐 스토켈은 공개적으로 박찬호의 성격이나 동료들과의 관계 등을 물었다. 그 와중에 애틀랜타의 스카우터 클락이 "저 정도면 계약 보너스 100만 달러를 받을 수도 있다"고 말했다. 순간 나는 내 귀를 의심했다. 당시에는 미국 대학의 정상급 선수들, 그러니까 메이저리그 드래프트에서 1라운드 상위에 지명받은 특급 선수도 받기 어려운 액수였기 때문이다.

그들과 계속 이야기를 주고받는 동안 나는 구속 95마일(153킬로미터)을 넘는 공을 던질 수 있는 재목이 스카우터나 구단에게 얼마나 매력적인 존재인지 새삼 깨닫게 됐다. 메이저리그 팀들은 투수를 분류할 때 무엇보다 구속을 중요시한다. 90마일 이상을 던지면 A급, 85마일 이상이면 B급, 그 이하는 C급으로 나누는데 특히 95마일을 넘기는 유망주들은 A+로 따로 분류해 관리한다. 그 대회에서 메이저리그의 일류 스카우터들이 당시 한국 팀의 간판으로 꼽히던 임선동이나 조성민 등을 제외하고 유독 박찬호에게 관심을 집중한 까닭이 바로 여기에 있었다. 그리고 그들의 눈이 얼마나 정확한가는 박찬호에 의해 결국 증명되었다. '메이저리그 18승'이 열아홉 살 박찬호라는 어린 선수에게 이미 잠재돼 있었던 것이다.

1994년 1월 12일 LA 코리아타운에서 기념비적인 기자회견이 열렸다. 한인 교포가 운영하는 옥스포드 팔레스 호텔에서였다. 한양대 2학년을 갓 마친 우완 투수 박찬호가 메이저리그 명문 구단 LA 다저스에 입단한다는 사실을 세상에 알리는 자리였다. 이 자리에는 다저스의 피터 오말리 구단주와 토미 라소다 감독, 프레드 클레어 단장, 테리 레이놀스 스카우터 부장, 간판투수 오렐 허샤이저 등 다저스의 주요 인물이 모두 참석했다. 박찬호는 이날 검은 스트라이프가 들어간 회색 양복을 입었다. 얼마 전에 구입한 티가 물씬 풍기는, 몸에 익숙지 않아 영 어색해 보이는 옷이었다. 박찬호는 잔뜩 긴장한 모습으로 에이전트 스티브 김 씨와 함께 테이블에 앉았다. 교민 사회의 주요 인사들도 모두 참석했고 현지 TV 방송국을 비롯한 200여 명의 취재진이 몰려들었다. 이날 행사에서 오말리 구단주는 박찬호의 다저스 입단 소식을 알리면서 "생애 가장 행복한 순간 중의 하나"라고 표현했다.

그러나 현지에서는 명문 구단 다저스가 왜 어린 동양 투수를 선택했는지에 대해 호기심 반, 의아심 반의 반응을 보이고 있었다. 과연 어떤 선수이기에 다저스가 1라운드 드래프트급인 120만 달러나 주고 계약했을까 하는 궁금증이었다. 그렇지만 한국 야구의 수준에 대해 제대로 된 평가조차 없던 시절이라 기대치는 높지 않았다. 아마 메이저리그의 관계자 대부분이 당시 한국에 프로야구가 있다는 사실조차 잘 몰랐을 것이다.

박찬호가 스프링 캠프에서 155킬로미터가 넘는 강속구를 던지자 그들은 놀라는 기색이 역력했다. 수많은 메이저리그 전문가 중에서도 꽤 이름이 알려진 피터 게몬스는 스포츠 전문 방송과의 인터뷰에서 "박찬호가 다저스의 즉시 전력감으로 맹활약할 수 있을 것"이라는 예상을 내놓기도 했다. 실제로 박찬호는 입단 동료인 투수 대런 드라이포트와 함께 마이너리그를 거치지 않고 메이저리그 개막전 명단에 이름을 올리는 깜짝 뉴스의 주인공이 되었다. 1965년 메이저리그에 드래프트제도가 도입된 이래 아마 열일곱에서 열여덟 번밖에 안 되는 기록일 것이다.

하지만 영광도 잠시, 박찬호는 18일간의 달콤한 메이저리그 생활에서 두 경기에 구원 등판해 4이닝 5실점 삼진 6개, 볼넷 5개, 피홈런 1개로 평균자책점 11.25를 기록했다. 이에 따라 메이저리그보다 두 단계 아래인 더블A로 강등됐다. 이후 박찬호에게는 뼈를 깎는 노력과 배움의 시기가 필요했다. 좌절감에 포기를 생각한 적도 있었지만 그는 남다른 의지와 목표 의식으로 그 시기를 견뎌냈다. 1994년 텍사스 주 샌안토니오의 더블A에서는 스무 경기에 선발로 나서 5승 7패 평균자책점 3.55의 성적을 기록했고, 1995년에는 뉴멕시코 주

앨버커키의 트리플A에서 스물세 경기에 나서 6승 7패 4.91을 기록했다. 그리고 이듬해인 1996년 스프링 캠프에서도 좋은 모습을 보였다.

시즌 개막에 앞서 라소다 감독과 클레어 단장은 박찬호의 메이저리그 진입을 놓고 이견을 보였다. 그때 오말리 구단주가 박찬호의 손을 들어주어 결국 2년 만에 메이저리그로 복귀했다. 메이저로 다시 올라오기까지 박찬호는 마이너리그에서 마흔세 경기를 뛰며 11승 14패의 기록을 남겼다.

이후 박찬호는 1996년 4월에 거둔 첫 승리를 시작으로 2010년까지 15년간 총 124번의 승리를 거둔다. 데뷔한 해가 1994년이었으니 햇수로는 17년이 걸린 셈이다. 메이저리그에서 287번의 선발 등판을 포함해 476경기에 출전했다. 124번 승리했고 98번 패배했다. 1,993이닝을 던져 1,872안타를 허용했고 홈런도 230개를 얻어맞았다. 1,715개나 되는 많은 삼진을 잡았지만 910개의 볼넷(고의 볼넷 35개 포함)도 주었다. 8,714명의 타자를 상대하는 동안 138명의 몸을 맞추기도 했고, 보크 14개, 폭투 75개를 기록했다. 2001년에는 올스타로 뽑혀 내셔널리그의 두 번째 투수로 마운드에 올랐으며, LA 다저스와 샌디에이고 파드리스, 필라델피아 필리스의 일원으로 네 차례 포스트 시즌 무대를 밟기도 했다. 그러나 월드 시리즈 우승 반지를 끼지는 못했다.

박찬호가 메이저리그에서 남긴 기록 중 어느 것은 소중하고 어느 것은 그렇지 않다고 말할 수는 없다. 그가 던진 공 하나하나는 이미 누구도 쉽게 접근하지 못할 역사가 되었다. 하지만 특히 남다른 의미를 갖는 승리는 분명히 있다. 1996년 4월 7일(이하 모든 일시는 한국 기준) 시카고에서 거둔 승리가 대표적이다. 한국 선수가 메이저리그에서 일군 사상 최초의 승리라는 기념비적인 사건이었다. 며칠 후 거둔 첫 선발승(통산 2승)도 그랬고, 이후 열 번째, 스무 번째, 쉰 번째, 백 번째…, 계속 승수를 쌓아가면서 박찬호는 야구팬은 물론 우리 모두에게 희망과 기쁨을 안겨주었다. 숱한 역경과 부상과 부진을 딛고 일어서서, 모두가 끝났다고 고개를 돌릴 때도 쉬지 않고 나아가 그는 결국 124승이라는 목표에 도달했다.

나는 박찬호의 야구 생애에서 의미가 깊은 승리를 통해 최초의 대한민국 출신 메이저리그 투수의 여정을 살펴보려 한다. 이것은 승리한 자의 기록이지만 동시에 온전하게 패배할 줄 아는 자의 기록이기도 하다. 동시에 박찬호의 길고 위대한 도전에 함께했던 우리 모두의 기록이기도 하다.

차례

1장

코리안특급, 메이저리그를 질주하다

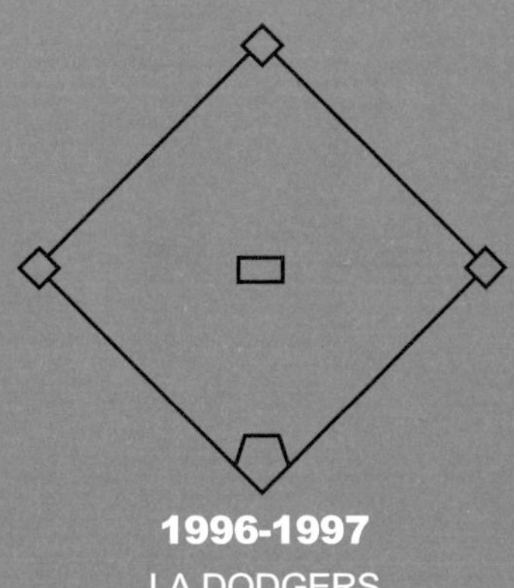

1996-1997
LA DODGERS

V1.
이기는 법을 배우다

'바람의 도시Windy City'라는 별명답게 시카고는 매력적인 도시다. 미국의 5대 호수 중의 하나로 바다인가 싶게 드넓은 미시간 호수에서 매섭기 짝이 없는 바람이 불어대는 곳이다. 겨울도 무척 길고 때론 4월 말에도 눈이 내리곤 한다. 이곳 시카고에는 두 개의 미국 메이저리그MLB 팀이 있다. 아메리칸리그AL의 시카고 화이트삭스가 최근 신흥 강호로 떠오르며 많은 인기를 얻고 있다. 하지만 내셔널리그NL 시카고 컵스의 아우라를 아직 따라가지는 못한다. 컵스는 1871년 창단이라는 긴 역사와 전통을 바탕으로 메이저리그 최고 인기 구단 중 하나로 손꼽힌다. 1907년 월드 시리즈 우승 이후 한 번도 챔피언 반지를 끼지 못한 징크스와 함께 홈구장 리글리필드의 고색창연함으로 널리 알려진 팀이기도 하다. 외야 담장에 담쟁이넝쿨이 덮여 있는 리글리필드는 1913년에 지어진 보스턴 레드삭스의 펜웨이파크 다음으로 메이저리그에서 두 번째로 오래된 구장이다.

1996년 4월 7일, 그날의 추위는 지금도 생생하게 기억날 정도로 대단했다. 한겨울이나 다름없는 매서운 날씨 속에서 LA 다저스와 시카고 컵스의 경기가 벌어졌다. 컵스의 전통대로 낮에 치러진 경기였지만 칼바람은 덜하지 않았다. 기자실에 머물다가 잠깐 외야로 나갔다 들어오면 손이 곱아 컴퓨터 자판을 제대로 치지 못할 정도였다. 시카고는 그 후에도 자주 출장을 갔지만 그날만큼 추웠던 기억은 없다.

당시 박찬호는 구원투수 조에 속해 있었다. 추운 날씨 탓에 외야 뒤편의 구원투수 대기소인 불펜이 아니라 클럽하우스 안에서 TV로 경기를 지켜보고 있었다. 그런데 2회 초, 선발 투수 라몬 마르티네스가 타격 후 1루로 달려나가던 중에 갑자기 쓰러졌다. 햄스트링 부상, 즉 허벅지 근육에 이상이 생긴 것이다. 당시 토미 라소다 감독이 길길이 뛰면서 분통을 터뜨리던 모습이 떠오른다. 이런 추운 날 경기를 강행한 탓에 팀의 에이스가 부상을 당했다며 화를 냈다.

하지만 역시 노장은 노장이었다. 즉각 박찬호를 호출한 그는 클럽하우스에서 허둥지둥 나오는 박찬호에게 마운드가 아닌 불펜에서 몸을 풀게 했다. 선발 투수가 갑작스러운 부상을 당했을 때 구원투수에게는 몸을 풀 시간이 평소보다 길게 주어진다. 보통 불펜에서 대기하던 구원투수는 당연히 빈 마운드에 올라가 마지막으로 몸을 풀지만 날씨 탓에 TV 중계로 경기를 보던 박찬호에게는 몸을 풀 시간이 없었다. 클럽하우스에 앉아 있던 신인 투수의 중압감을 덜어주기 위해 라소다 감독은 비어 있는 정식 마운드가 아니라 불펜을 워밍업 장소로 선택한 것이다. 박찬호의 통산 일곱 번째 메이저리그 등판 경기였다.

2회 말부터 마운드에 오른 박찬호는 첫 타자로 4번 새미 소사를 상대했다. 강타자 소사에게 통쾌한 삼진을 뽑아내며 그날 피칭을 시작한 박찬호는 5번 곤살레스에게 볼넷을 내줬으나 다행히 포수 피아자가 도루를 저지했고, 6번 서비스에게 다시 볼넷을 내줬지만 8번 헤르난데스를 삼진으로 돌려세우며 첫 이닝을 힘겹게 끝냈다. 그날의 최대 고비는 3회 말이었다. 지명타자가 없는 내셔널리그에서는 투수도 타석에 나선다. 보통 그것은 상대 투수에게는 쉬어가는 타이밍으로 여겨진다. 하지만 박찬호는 종종 상대 투수에게 볼넷을 주거나 안타를 맞곤 했다. 그날도 손에 땀을 쥐게 하는 순간이 발생했다.

산체스를 좌익수 플라이로 잡은 박찬호는 투수 나바로에게 좌전 안타를 맞고 흔들리는 모습을 보였다. 이어 1번 맥클레이를 볼넷으로 내보내며 주자 1, 2루 상황에 몰렸다. 이어 명예의 전당 멤버가 된 샌버그의 내야 안타로 만루가 되었고, 마크 그레이스가 타석에 들어섰다. 메이저리그 생활을 하면서 박찬호가 내내 까다로워한 그레이스는 우중간 깊숙한 플라이를 때렸다. 딱 맞는 순간 장타 내지는 홈런까지도 예상할 만큼 제대로 때린 타구였다. 그러나 다저스의 우익수 라울 몬데시가 전력 질주하며 극적인 호수비로 잡아냈다. 그 타구는 시카고의 여름처럼 더운 날씨였다면 담장을 넘어갔을 법한 큰 타구였다. 3루에 있던 나바로는 안타가 되는 줄 알고 우왕좌왕하다가 태그 플레이도 하지 못하고 3루에 발이 묶였다. 이 또한 다저스로서는 행운이었다. 호수비에 이어 주루 플레이 미스라는 행운까지 따른 데 힘입어 박찬호는 계속된 만루에서 소사를 다시 삼진으로 잡으며 큰 위기를 넘겼다. 당대 최고의 강타자였던 소사는 훗날 박찬호와 무려 마흔두 차례나 대결한다. 소사는 박찬호 상대 타율 1할 9푼 4리로 고전을 면치 못했고, 볼넷 5개를 고른 반면 삼진을 13개나 당했다. 홈런 3개를 때리며 복수하기도 했지만 늘 박찬호를 어려워했다. 이닝이 끝나자 박찬호는 더그아웃 앞에서 기다리다가 외야에서 들어오는 몬데시에게 감사의 인사를 잊지 않았다.

박찬호는 4회에도 안타와 볼넷을 내주기는 했지만 세 명의 타자를 삼진으로 돌려세우며 이닝을 끝냈고, 5회 말 말끔한 삼자 범퇴로 이날 구원 등판의 임무를 완수했다. 4이닝 동안 3안타 4볼넷을 내줬지만 삼진을 7개나 잡아내며 고비마다 강속구 투수의 위력을 한껏 뽐냈다. 돌이켜보면 이날 경기 내용이 두고두고 계속될 '박찬호표 투구'의 서곡이었던 것 같다. 제구력이 매끈하지는 않아 불안을 주기도 하지만 최고 158킬로미터의 강속구와 낙차 큰 커브, 혹은 슬러브를 앞세운 삼진 투수의 능력을 맘껏 발휘하던 전성기 때의 박찬호 말이다.

결국 팀이 3대1로 승리하며 두 번째 투수로서 4이닝을 무실점으로 막은 박찬호에게 첫 승이 안겨졌다. 그렇게 1996년 4월 7일의 LA 다저스와 시카고 컵스전은 한국인 최초의 메이저리그 승리투수가 탄생한 경기로 역사에 남게 됐다. 경기가 끝난 후 리글리필드의 좁은 원정팀 클럽하우스는 축제 분위기였다. 선수들은 모두 루키 투수의 첫 승리에 축하를 보냈다. 라소다 감독은 그날의 라인업 카드를 박찬호에게 넘겨주며 포옹하고 이마에 키스를 해주기도 했다.

나는 박찬호의 그날 인터뷰 내용을 생생히 기억한다. 그는 환하게 웃으며 말했다.

"등판한다는 말을 듣고 불펜으로 달려가는데 숨이 가빴다. 라소다 감독이 직접 다가와 충분히 몸을 풀 시간을 주겠다고 해서 안심이 됐다. 마운드에 올라가니 더욱 추웠다. 손등이 얼어 체인지업이나 낙차 큰 커브를 제대로 던질 수가 없었다. 주로 직구와 빠른 커브로 상대했는데 컨트롤이 좋지는 않았다. 그러나 2회와 3회를 힘들게 막고 나니 바로 이것이 다른 투수들이 이야기하던 승리의 기회가 아닌가 하는 생각이 들었다. 그렇지만 그런 생각을 떨쳐버리고 타자에게만 정신을 집중하려고 노력했다."

그러면서 스물두 살 신인 선수치고는 아주 의젓한 말도 남겼다.

"나에게는 역사적인 일이라고 할 수 있다. 그러나 이제 시작이다. 내 목표가 10단계라면 2단계 정도 올라선 기분이다. 이 작은 기쁨들이 자꾸 쌓여 큰 기쁨이 되도록 노력하겠다."

경기가 끝나고 나는 박찬호와 함께 한국 식당에 가서 첫 승리를 자축했다. 이 첫 승리의 기억 덕분인지 박찬호는 그 후 컵스와의 대결을 유난히 즐겼고 시카고라는 도시도 무척 좋아하게 됐다.

첫 승리를 거둔 후 일어났던 작은 해프닝도 기억난다. 보통 루키 투수가 첫 승리를 거두거나 루키 타자가 첫 안타를 치면 그 공은 당연히 본인에게 주어진다. 평생 남길 소중한 기념물이기 때문이다. 그런데 박찬호가 첫 승리를 거둔 그 경기의 공인구가 본인에게 돌아오기까지는 우여곡절이 있었다. 한 경기를 공식 인정하는 공인구는 9회 마지막 아웃카운트를 잡는 데 사용된 공이 된다. 다저스와 컵스의 경기를 마무리한 것은 당시 다저스 마무리 투수 토드 워렐이었다. 그런데 워렐은 박찬호가 그전에 이미 승리를 따낸 적이 있다고 생각하고 경기가 끝나자 그 공을 관중석의 꼬마 팬에게 던져주고 말았다.

그 사실을 전해 들은 클럽하우스 관리인들이 황급히 관중석으로 뛰어 올라가 공을 찾아왔다. 공은 노모 히데오가 다시 받아서 박찬호에게 건네주었다. 박찬호는 역대 자신의 승리구를 모두 모아놓았는데 첫 승리의 공만큼은 아버지 박정근 씨에게 선사했다. 하지만 경기가 끝난 후 혼잡하기로 유명한 리글리필드 구장의 인파 속에서 과연 꼬마 팬을 정확히 찾아내 그 공을 회수했는지는 박찬호 본인도 확실히는 모른다고 했다. 사실 중요한 것은 공의 진위가 아니기도 하다. 메이저리그에서 한국인으로는 첫 승리를 거두며 이기는 법을 처음 터득한 박찬호의 진실된 경험이다.

V2.
에이스 케빈 브라운과의 선발 대결

한국인 최초의 메이저리그 승리를 구원승으로 따낸 박찬호는 에이스 라몬 마르티네스의 부상으로 곧바로 선발진에 투입됐다. 메이저리그 첫 번째 선발 등판은 1995년 10월 2일 샌디에이고 파드리스와의 시즌 최종전 원정 경기였다. 트리플A에서 뛰다가 9월에 로스터가 확대되면서 메이저리그에 합류한 때다. 당시 3이닝 동안 삼진 5개를 잡고 1안타 1실점으로 막았지만 5회를 채우지 못해 승패와는 무관했다.

박찬호에게 메이저리그 생애 두 번째 선발 등판의 기회가 돌아온 것은 이듬해인 1996년 4월 12일이었다. 장소는 LA의 다저스 스타디움, 상대 팀은 플로리다 말린스였고 상대 선발은 에이스 케빈 브라운이었다. 나중에 브라운과는 다저스에서 1, 2선발로 한솥밥을 먹게 되고 투구에 관한 많은 노하우를 전수받게 된다. 물론 당시는 누구도 예상하지 못했지만.

그날 다저스 스타디움에는 3만 6,000여 명의 관중이 입장했는데 그중 교민이 5,000여 명으로 이전 어떤 경기보다 뜨거운 열기를 보여주었다. 곳곳에 박찬호를 응원하는 플래카드가 걸렸고, "박찬호 파이팅!"이라는 우리말 외침도 간간이 들을 수 있었다. 한국 팬들은 주로 3루와 좌익수 쪽에 자리를 잡았는데 태극기도 눈에 띄었고, 한국에서나 들을 수 있는 '337 박수'가 관중석에서 울려 퍼지기도 했다. 머나먼 미국 땅에서 들려오는 우리말 응원 소리는 흥겨우면서도 한편으로는 가슴을 저리게 했다.

다저스에서는 디즈니 사에 긴급 요청해 박찬호 티셔츠를 만들었다. 15달러와 20달러짜리 두 종류였는데 판매를 시작하자마자 불티나게 팔려나갔다. 셔츠에는 박찬호의 투구 모습, 영문으로 'CHAN HO PARK'이라는 이름과 등번호 61번이 크게 새겨져 있었다. 다저스는 박찬호에게 120만 달러의 파격적인 계약금을 안기며 무모한 투자라는 빈축을 사기도 했지만, 그가 메이저리그에 정착한 첫해에 이를 모두 뽑고도 남을 정도로 수익을 올렸다. 박찬호의 선발 경기에는 늘 교민과 유학생 등 적어도 5,000명 이상의 한국인 관중이 모였고, 각종 상품이 판매되었으며 중계권료도 갈수록 치솟았기 때문이다. 거기다 한 시즌 15승씩을 거뒀으니 박찬호는 말 그대로 '대박 상품'이었다.

말린스와의 홈 4연전 첫 대결인 그날 경기에서 박찬호는 최고 구속 155킬로미터의 강속구와 낙차 큰 커브 그리고 체인지업을 앞세워 타자들을 압도했다. 빠른 공을 던지면 타자들은 방망이가 밀려 파울볼을 많이 냈고, 낙차 큰 커브에는 헛스윙이 잦았다. 그리고 낮게 떨어지는 체인지업에는 대부분 타자가 서서 당하곤 했다.

그런데 경기 시작 무렵 다저스 팬과 선수 그리고 심판과 관계자들은 신기한 광경을 목격한다. 마운드에 오른 박찬호가 갑자기 모자를 벗고 주심에게 공손히 인사를 한 것이다. 박찬호가 느닷없이 인사를, 그것도 고개를 숙여 정중히 인사를 건네자 심판이 순간 당황하던 모습이 떠오른다. 경기가 끝난 후 박찬호는 현지 기자들에게 인사와 관련된 질문을 받았다. 박찬호는 경기를 시작하면서 인사를 하는 것이 한국의 야구 풍습이라고 답했다. 한국에서는 윗사람에게 고개 숙여 인사를 하는 것이 예의이며, 심판에게도 수고한다고 인사를 드리는 것이 도리라고 문화의 차이점을 설명했다. 그리고 타자가 첫 타석에 들어가기 전에 반드시 인사를 하며, 투수가 상대 타자의 몸을 맞췄을 때도 미안하다고 말한다고 덧붙였다.

이러한 박찬호의 인사법은 상당한 반향을 불러왔다. 일부에선 그럴 것까지 있느냐는 말도 나왔지만 대부분 예의 바르고 정중해서 좋다는 평가가 나왔다. 그 후에도 박찬호는 변함없이 선발 등판 때마다 주심에게 인사를 하는 것으로 경기를 시작한다.

이날 경기에서 박찬호는 말린스의 5번 타자 테리 펜들턴을 3루수 실책으로 내보냈다. 노장 펜들턴은 박찬호와 무척 깊은 인연이 있는 선수다. 2년 전인 1994년 4월 9일. 마이너리그도 거치지 않고 곧바로 메이저리그에 진출한 박찬호는 다저스 스타디움에서 벌어진 애틀랜타 브레이브스와의 경기에 구원 등판해 한국 선수로는 최초로 메이저리그 마운드에 섰다. 그러나 지나치게 긴장한 탓에 3번 데이비드 저스티스와 4번 프레드 맥그리프를 연속 볼넷으로 내보냈고, 이어서 5번 펜들턴에게 좌측 선상으로 흐르는 2타점 2루타를 얻어맞고 말았다. 그처럼 톡톡한 메이저리그 신고식을 치르게 한 선수가 바로 펜들턴이었다. 그러나 이날 두 번의 대결에서 펜들턴은 2회 3루 땅볼에 이어 4회에는 1루수 파울 플라이로 물러났다. 2년 만의 재대결은 박찬호의 완승으로 끝났다.

이날 상대 팀의 에이스 케빈 브라운 역시 녹록지 않았다. 다저스 타자들은 3회까지 9연속 범타로 꽁꽁 묶여 있었다. 그러던 4회 초 박찬호가 공 8개만으로 이닝을 가볍게 끝내자 기다렸다는 듯이 타선이 폭발했다. 연속 4안타에 상대 실책까지 묶어 일거에 4득점을 하며 승기를 잡은 것이다. 4회 다저스의 공격이 길어졌기 때문일까, 아니면 규정 이닝인 5회를 맞으며 승리를 의식했기 때문일까, 박찬호는 5회 초 흔들리는 모습을 보였다. 물론 대부분의 신인 투수가 승리 요건을 갖춘 채 마운드에 오르는 5회에 평정심을 잃는 경향이 있다. 이번 이닝만 막으면 승리를 거둘 수 있다는 심리적 요인이 집중력을 흔들어놓기 때문이다.

5회 초 선두로 나선 콜브런을 볼넷으로 내보낸 박찬호는 존슨을 좌익수 플라이, 애보트를 삼진으로 처리, 쉽게 투아웃을 잡고도 투수 브라운에게 볼넷을 내주고 말았다. 또 투수에게 '프리 패스' 였

ⓒ 스포츠조선

다. 박찬호는 그러나 전년도 도루왕이던 베라스를 맞아 풀카운트 승부 끝에 라이징 패스트볼로 헛스윙 삼진을 잡으면서 5회를 무사히 끝냈다.

5회를 마쳤을 당시 투구 수는 이미 94개(55스트라이크)였고, 강속구 루키 투수의 교체를 예감한 팬들은 일제히 일어서 기립박수를 하며 새로운 스타 탄생에 열광했다. 박찬호의 그날 공식 기록은 5이닝 1안타 6삼진 3볼넷에 무실점이었다. 다저스가 5대0으로 완승을 거두면서 박찬호는 시즌 2승째이자 자신의 생애 첫 선발승을 기록했다. 잠깐이긴 했지만 박찬호는 2승으로 다승 공동 1위에 올랐고, 평균자책점을 0.82로 떨어뜨렸다. 최근 두 경기 11이닝 동안 잡아낸 삼진이 무려 13개였다.

박찬호는 경기가 끝난 뒤 인터뷰에서 이렇게 말했다.

"등판을 미리 알았고, 스프링 캠프에서 시범 경기에 임한다는 기분으로 편안하게 마운드에 올랐다. 내 이름을 불러주는 우리 교민들의 응원 소리가 큰 힘이 됐다. 많은 한국 팬 앞에서 승리해 너무나 기쁘다."

이날 경기 내용에 대해서는 투구 수가 너무 많았다고 자평했다. 그리고 현재 가장 힘든 점이 무엇이냐는 질문에는 "인터뷰가 가장 힘들다"고 말해 웃음바다를 만들기도 했다.

나는 경기 후 상대 팀의 강타자 셰필드도 만나 박찬호에 대해 조심스럽게 물어보았다. 그의 대답은 이러했다.

"강속구가 대단히 위력적인데다 외곽을 찔러 배트를 대기에 급급했다. 주자를 내보내며 신인 투수를 흔들어놓았어야 하는데 너무 잘 던져 그럴 기회가 없었다."

나는 셰필드와의 인터뷰가 처음이었는데, 눈빛이 강렬했고 당당하고 솔직하게 상대 투수를 칭찬하는 모습이 인상적이었다. 셰필드도 후에 다저스로 이적해 박찬호의 도우미로 이름을 날린다.

V3.
타자 박찬호 첫 안타와 첫 타점

리그 2연승을 거둔 후에 박찬호는 작은 난관을 만난다. 1996년 4월 18일 샌프란시스코 자이언츠와의 원정 경기에서는 2회까지 6개의 아웃카운트를 모두 삼진으로 잡아내는 기염을 토했다. 그러다가 3회 말 갑자기 극심한 제구력 난조에 빠져 4연속 볼넷을 내주며 강판되었다. 이 경기에서 라소다 감독은 흥분한 탓에 제구력이 흔들리는 박찬호를 진정시키려고 노력해봤지만 소용이 없자 몹시 안타까워했다. 그날 그의 구위가 정말 좋았기 때문이다. 닷새 후인 23일에는 애틀랜타 브레이브스와의 원정 경기 선발로 나서 톰 글래빈과 맞대결을 벌였지만 4이닝 2실점 후 교체돼 승패와는 무관했다. 이어진 4월

29일 시카고 컵스전에서는 7이닝 3안타 2실점(1자책점)으로 데뷔 후 최고 역투를 했다. 하지만 다저스 타선이 상대 투수 카스티요에 막혀 2대1로 패하면서 패전투수가 되고 말았다. 메이저리그 데뷔 이후 가장 잘 던진 경기이면서 최초의 패전을 기록한 경기였다. 역시 선발 투수의 승리에는 실력은 물론 동료들의 도움과 운이 필요하다.

3승에 재도전한 것은 5월 4일 펜실베이니아 주 피츠버그의 쓰리 리버스 스타디움에서였다. 시카고에선 맹추위, 샌프란시스코에서는 비바람, 애틀랜타에서는 폭우 등 가는 곳마다 악천후였는데 이날 파이리츠 홈구장에서도 강한 바람이 끊임없이 불었다.

2회 초 박찬호는 메이저리그 데뷔 후 첫 안타를 터뜨리며 타자로서도 만만치 않은 능력이 있음을 과시했다. 2사 후에 브라우어스와 홀란스워드가 연속 안타로 출루하며 박찬호의 타석이 되었다. 상대 선발인 노장 대니 다윈은 초구 커브볼로 루키 투수의 허를 찌르려고 했다. 그렇지만 박찬호는 기다렸다는 듯이 날카롭게 배트를 휘둘러 깨끗한 중전 안타를 만들었다. 첫 안타이자 첫 타점을 올리는 순간이었는데 결국 이것이 그날의 승리 타점이기도 했다.

박찬호는 5회 말 이날 경기의 고비를 맞는다. 1번 리리아노를 1루 땅볼, 2번 마틴을 포수 파울 플라이로 잡았지만 3번 킹에게 볼넷을 내준 데 이어 4번 데이브 클락에게 중전 안타를 맞았다. 갑자기 체력이 떨어지는 모습을 보이며 5번 제이 벨에게 우중간 2루타성 타구를 허용, 역전의 위기에 몰렸다. 하지만 그에게는 수호신 라울 몬데시가 있었다. 첫 승리를 거둘 때도 마크 그레이스의 홈런성 타구를 잡아줬던 몬데시가 전력으로 달려 그 공을 잡아내 이닝을 마무리했다. 2아웃 이후에 나온 타구라 당연히 싹쓸이 안타가 될 수도 있었으니 몬데시가 3승에 결정적인 도움을 준 셈이다. 5이닝 1실점 후 교체된 박찬호는 불펜과 타선의 도움으로 승수를 올렸다.

경기 후 라소다 감독은 박찬호가 경험을 더 쌓아야 한다며 볼카운트에 뒤지는 투구를 해서는 안 된다고 지적하기도 했다. 라소다는 "찬호가 지치지는 않았지만 아직 어린 투수여서 자신감을 심어주기 위해 이기고 있을 때 교체했다. 찬호는 앞으로 위기에서 자꾸 볼카운트에 뒤지는 피칭을 해서는 안 된다. 쓰리 볼까지 가는 때가 너무나 많다. 그러나 그의 재능이 뛰어나기 때문에 필요한 것은 경험뿐이다"라고 말했다. 이날 최고 구속은 152킬로미터였다.

그런데 라소다 감독의 말과는 달리 이날 박찬호는 실제로 일찍 지쳤다. 거기에는 이유가 있었다. 경기 전날 피츠버그 다운타운에 있는 한국 식당에서 함께 밥을 먹었는데 박찬호는 버릇처럼 육개장을 시켰다. 그런데 그 육개장이 너무 매웠던 모양이다. 그날 밤 설사 배탈이 나서 계속 고생을 한 것이다. 그러니 기운이 떨어질 수밖에. 그래도 박찬호는 원정 경기에 나설 때면 꼭 육개장을 찾곤 했다.

경기 후 박찬호는 이렇게 말했다.

"기쁘다. 오늘 컨디션이 썩 좋지는 않았는데 운이 좋았다. 실은 한국 식당에서 오랜만에 한국 음식을 먹었는데 너무 매워서 배탈이 났다

(웃음). 경기 직전까지 화장실을 계속 드나들어야 했던 터라 힘들었다.”

메이저리그 첫 안타를 쳤을 때의 상황에 대해서는 “초구를 노리 겠다는 각오로 나갔다. 가운데 들어오길래 그대로 받아쳤다. 구질은 커브였다”라며 좋아했다.

대부분의 뛰어난 투수가 그렇듯 박찬호도 공주고교 재학 시절 때 까지 중심 타자를 할 정도로 타격에도 뛰어난 재능을 보였다. 매일 밤 옥상에 올라가 1,000번의 스윙을 하고서야 잠자리에 드는 독한 개인 훈련도 했다. 다저스의 타격코치도 박찬호의 타격 재능이 뛰어 나다며 종종 칭찬하곤 했다. 박찬호는 메이저리그 통산 1할 7푼 9리 에 3홈런 31타점을 기록했다. 힘차게 방망이를 휘두르다 허리를 삐 끗한 적도 있는데 그만큼 타석에 나서면 욕심을 냈다는 얘기다. 희 생타도 54개를 성공시켰고 희생 플라이도 2개 있을 정도로 팀 타격 에 능한 투수였다.

V5. 선발 진입을 위한 소중한 수업

박찬호에게 1996 시즌은 메이저리그에 철저히 적응하는 시기였다. 에이스 마르티네스가 부상에서 복귀한 후 구원투수 조에 속했던 박찬호는 6월 11일 카디널스전에 다시 선발로 나선다. 선발 기회가 주어진 이유는 마르티네스가 독감에 걸려 선발 로테이션에 차질이 생겼기 때문이다. 이날 박찬호는 최고 구속 152킬로미터의 강속구와 120킬로미터대로 뚝 떨어지는 체인지업, 낙차 큰 커브를 섞어 던지면서 5이닝 동안 6개의 삼진을 잡아냈다. 이로써 시즌 4승째를 거뒀다. 이 승리 후 박찬호는 다시 불펜에서 대기했다.

1996년 6월 19일 박찬호는 컵스와의 원정 경기에서 다저스의 세 번째 투수로 마운드에 올랐다. 9대1로 크게 앞선 상황이었으며 8회 말이었다. 그런데 워낙 리드가 큰 탓에 집중력이 떨어졌는지 박찬호는 많이 흔들리는 모습을 보였다. 샌버그에게 내야 안타, 곤살레스에게 빗맞은 중견수 앞 안타를 맞은 박찬호는 새미 소사와 맞서 우측 담장을 넘어가는 3점짜리 홈런을 얻어맞았다. 그리고 9회 말에도 대타 브랜드 브라운에게 무기력하게 홈런을 맞으며 $1\frac{1}{3}$이닝 만에 4점을 내주고 강판됐다.

그러나 바로 다음 날인 6월 20일, 라소다 감독이 설욕의 기회를 준다. 전날과 같은 상대인 컵스를 맞아 박찬호는 완전히 다른 모습으로 설욕전을 치렀다. 다저스와 컵스는 9회까지 각각 네 명의 투수를 투입하며 총력전을 펼쳤지만 3대3으로 승부를 가리지 못해 연장전에 돌입했다. 박찬호는 10회 말 다저스의 다섯 번째 투수로 등판했다. 그리고 4번 글랜빌과 5번 고메스를 각각 외야 플라이로 쉽게 잡았다. 2사 후에 샌버그가 3루수 실책으로 진루하긴 했지만 후속

타자 서비스를 3구 삼진으로 처리하며 이닝을 마쳤다. 그리고 11회 말에도 에르난데스, 바버리, 맥클레이를 간단하게 삼자 범퇴로 처리했다. 그렇지만 다저스 타자들도 컵스의 구원투수 켄트 버튼필드에 막혀 점수를 뽑지 못했다. 연장전은 계속 이어졌다.

그리고 12회 말에 위기가 닥쳤다. 박찬호는 전날 홈런을 맞았던 브라운과 소사를 맞아서는 각각 유격수 땅볼과 삼진으로 잡으며 쉽게 투아웃을 만들었다. 이어 나온 글랜빌 역시 평범한 우익수 플라이로 쉽게 이닝을 마치는 듯했다. 그런데 평소 호수비로 박찬호를 돕던 몬데시가 우익 선상 쪽으로 날아가는 공의 낙구 지점을 잘못 잡아 공을 떨어뜨리고 말았다. 그날 리글리필드에 불어닥친 시속 20킬로미터의 강풍 탓이었다. 그 사이에 글랜빌이 2루까지 질주했다. 여기에 흔들린 박찬호가 고메스를 볼넷으로 내보내 2사에 주자는 1, 2루가 됐다. 안타 하나면 경기가 끝나는 상황, 컵스는 좌타자 스콧 볼릭을 대타로 내세웠다. 박찬호는 157킬로미터의 강속구를 앞세운 정면 승부로 볼릭을 헛스윙 삼진으로 돌려세우며 큰 위기를 넘겼다.

'야구에서는 위기 뒤에 기회'라는 말이 있는데 이날 경기 13회 초에 딱 맞아떨어졌다. 공격에 나선 다저스는 폰빌이 2사 후에 볼넷을 골랐고 이어서 애슐리가 3루 실책으로 살아나가 주자 1, 2루의 기회를 잡았다. 컵스의 투수 테리 아담스는 1번 드슐즈를 고의 볼넷으로 거르고 다음 타석인 박찬호와의 승부를 택했다. 박찬호는 초구

파울볼 이후에 침착하게 공 4개를 골라내며 밀어내기 볼넷으로 타점을 기록했다. 아담스와는 후에 동료가 돼서 친한 사이가 된다. 시즌 2호째 타점이었는데 이 2점이 모두 승리 타점이 됐다. 4대3으로 리드한 다저스는 13회 말 토드 워렐이 말끔한 삼자 범퇴로 경기를 마무리했다. 박찬호는 구원승으로 시즌 5승째를 거뒀다.

점차 현지 언론들도 주목하기 시작했다. 루키 박찬호가 시속 160킬로미터 가까운 강속구를 뿌리면서 평균자책점 2점대의 좋은 기록과 함께 선발과 구원을 오가며 선전하는 것을 보고서다. 박찬호가 5승째를 거두던 6월 20일 LA 남부 지역의 유력지인 〈오렌지카운티 레지스터〉에서는 박찬호의 특집 기사를 싣기도 했다. 신문은 그날 스포츠 섹션의 머리기사로 "PARK PLACE"라는 제목과 함께 "다저스의 루키 투수 박찬호가 남가주 한인들의 희망으로 자라고 있다"고 대서특필했다.

바버라 킹슬리 기자가 쓴 이 기사는 박찬호의 투구동작을 담은 대형 광고판과 경기 전 마운드에서 구심에게 인사하는 사진 등을 게재하며 재미교포 10여 명의 코멘트를 싣기도 했다. 또한 피터 오말리 구단주와의 다음과 같은 인터뷰도 실었다.

"노모 히데오는 입단 전 이미 일본에서 유망한 스타였지만 박찬호는 무명의 대학생에 불과했다. 그러나 이제 다저스는 박찬호라는 루키 투수로 말미암아 큰 변화를 겪고 있다."

두 페이지 걸쳐 실린 이 기사는 한국 팬들뿐 아니라 미국 팬들도 박찬호가 위대한 투수로 성장할 것임을 믿어 의심치 않는다고 결론 맺었다.

박찬호는 5승을 거둔 후 "어제는 컨디션이 좋았는데도 1⅓이닝 동안에 4실점을 해 무척 억울했다. 내가 건재함을 과시한 것이 무엇보다 통쾌하다. 메이저리그 첫 승과 첫 연장전 승리를 모두 컵스로부터 빼앗아 기분이 묘하다"라고 말했다.

박찬호는 6월 하순에 이미 시즌 5승째를 거뒀다. 시즌 스물한 번째이자 통산 스물다섯 번째 등판이었다. 그 기세라면 석 달도 더 남은 시즌 동안 10승도 채울 수 있을 것 같았다. 그러나 메이저리그는 역시 그렇게 쉽게 영광을 내어주지 않았다. 박찬호는 5승째를 거둔 6월 20일 이후 스물일곱 번을 더 등판했지만 1승도 추가하지 못했다. 오히려 패전만 세 번을 당하면서 5승 5패, 평균자책점 3.64로 시즌을 마쳤다.

그렇지만 결과적으로는 총 마흔여덟 게임(열 게임 선발)에 등판해 108⅔이닝을 던지면서 단 82개의 안타밖에 허용하지 않았다. 피안타율 2할 9리라는 놀라운 기록이다. 삼진도 119개나 잡아 이닝당 1개 이상의 탈삼진을 기록했지만, 볼넷도 79개로 많았다. 48실점 중 44자책점을 기록했고 홈런 7개를 맞았다. 1996년은 선발 로테이션에 들어가기 위해 소중한 수업을 받은 시즌이었다.

V6.
1997년 5선발, 고생 끝에 거둔 첫 승리

경쟁은 운동선수에게 숙명이 될 수밖에 없다. 박찬호 역시 마찬가지다. 중학교 야구부 시절 그는 조성민, 임선동, 손경수라는 또래 선수의 이름을 유독 많이 들었다. 그들은 이미 주니어 국가대표로 활약하던 선수들이었고 박찬호는 무명의 시골 중학교 야구부 선수였다. 그런데 공주고 1학년 시절 휘문고와의 경기에 선발 투수로 나서 홈런 3방을 맞으며 패하던 날, 박찬호는 자신만의 목표를 새로 세웠다고 한다. 그날 상대 팀의 투수였던 1학년 임선동을 비롯해 조성민, 손경수라는 당시 '서울의 빅 쓰리'를 꺾겠다는 것이었다. 공주에 비해 좋은 야구 환경에서 운동하는 그들을 박찬호는 부러워만 하지 않았다. 경쟁 상대가 있다는 것은 커다란 자극이었으며, 성장의 밑거름이 되었다. 박찬호는 고등학교 3학년이 되어서야 조성민과 임선동을 처음 만나게 된다. 그가 청소년 대표팀에 합류하면서다. 박찬호는 그 대회에서 두 걸출한 경쟁상대를 제치고 첫 게임 선발 투수로 나가 최고의 활약을 펼친다. 이와 함께 박찬호라는 이름이 스포츠 신문에 등장하기 시작한다.

1997년 시즌을 앞두고 박찬호는 스프링 캠프에서 숨 가쁜 선발 진입 경쟁을 벌였다. 너클볼 투수인 노장 톰 캔디오티와 마지막 한 자리 5선발 경쟁을 벌였는데 시범 경기가 거의 끝나갈 무렵 겨우 선발 낙점을 받았다. 시범 경기 중반을 넘어서면서 계속 호투한 것이 좋은 점수를 받았다. 선발 자리를 놓고 경쟁을 펼치기는 했지만 박찬호와 캔디오티는 돈독한 인간적 관계를 맺고 있었다. 둘이 친해진 계기가 재미있다. 캔디오티는 재혼을 해서 젊은 부인이 있는데, 하루는 부인이 클럽하우스 밖에서 박찬호를 보고 캔디오티를 불러달라고 했다. 그러자 박찬호는 캔디오티에게 가서 딸이 바깥에서 기다린다고 전했다. 부인이 너무 어려 보여서 딸로 착각한 것이다. 고개를 갸우뚱하던 캔디오티는 어떤 상황인지를 알아채고 배꼽을 잡고 웃었다. 그 후로 박찬호를 더욱 챙겨주는 가까운 선배가 됐다.

새 시즌을 앞두고 현지 언론도 박찬호에 대한 기대를 숨기지 않았다. 야구전문 주간지 〈베이스볼 위클리〉에서는 1997 시즌을 예상하며 박찬호가 13승에 평균자책점 2.88을 기록할 것이라고 전망하기도 했다. 특히 평균자책점 부분에서는 에이스 라몬 마르티네스나 2선발 노모 히데오보다 나을 것으로 내다봤다. 투수 종합 평가에서는 리그 전체 16위에 올려놓기도 했다. 박찬호의 실제 시즌 마감 성적은 14승, 평균자책점 3.38이 된다.

그러나 시즌이 시작되고 4월이 다 갈 때까지도 기대하던 승리 소식은 들려오지 않았다. 4월 6일 피츠버그 파이리츠와의 시즌 첫 선발 등판에서 박찬호는 6이닝 3실점으로 퀄리티스타트를 했지만 패전투수가 됐다. 이어서 4월 10일 뉴욕 메츠를 만나서는 7이닝 2안타 1실점의 눈부신 피칭으로 2대1로 앞선 가운데 교체됐는데 마무리 토드 워렐이 9회에 동점을 내주며 승리가 날아갔다.

그리고 시즌 세 번째로 주어진 선발 기회가 바로 4월 30일 애틀랜타 브레이브스와의 원정 경기였다. 당시 브레이브스의 전력은 막강했다. 매덕스, 글래빈, 스몰츠로 이어지는 최강 선발진에 1번 케니 로프턴, 2번 마이클 터커, 3번 치퍼 존스, 4번 프레드 맥그리프, 5번 라이언 클레스코, 6번 하비 로페스 등으로 이어지는 타순 또한 화려했다. 그중 6번 로페스를 빼면 모두 좌타자거나 스위치 타자로 왼쪽 타석에서 박찬호를 괴롭혔다.

박찬호는 이날 4회 말에 유일한 실점을 했다. 1사 후에 로페스에게 우측 관중석에 떨어지는 홈런을 맞은 것이다. 로페스는 박찬호의 메이저리그 데뷔전에서 첫 삼진을 당한 선수다. 그가 2회 고비에서는 또 삼진을 당하더니 4회에 한 방을 터뜨리며 복수한 것이다. 강자와 약자가 있기는 하지만, 영원한 강자와 영원한 약자는 없는 것이 야구이기도 하다.

2대1이라는 박빙의 리드를 안고 마운드에 오른 박찬호는 5회 말을 무사히 마쳤다. 6회 초 다저스는 2점을 추가했고 박찬호에게까지 타순이 돌아왔다. 그러자 대타 넬슨 리리아노로 교체됐다. 다저스가 결국 7회, 9회에 1점씩을 보태며 6대2로 완승, 박찬호는 기다리고 기다리던 시즌 첫 승이자 통산 6승째를 거뒀다. 그날 경기에서 터너필드 전광판에는 박찬호의 최고 구속이 97마일(156킬로미터)로 찍혔다.

1997년 시즌 여섯 번째 등판에서 첫 승리를 따낸 박찬호는 경기 후 대단히 기뻐했다. 그는 "팀이 승리를 거두게 돼 아주 기쁘다. 5이닝을 던지고 남은 4이닝을 지켜보면서 더욱 긴장됐다. 승리를 지킨 동료들에게 고맙다"라고 말했다. 보비 콕스 감독은 "찬호는 역시 대단한 투수다. 패스트볼이 너무 위력적이라 우리 타자들이 계속 구위에 눌렸다. 우리 팀만 만나면 더욱 잘 던지는 것 같아 피하고 싶은 투수다"라고 말하기도 했다. 지금은 은퇴한 콕스 감독은 한결같은 박찬호 팬이었다. 박찬호 이야기를 물으면 늘 칭찬을 아끼지 않았다. "공의 움직임이 워낙 좋아 30센티미터쯤은 휘어지는 것 같다"는 말로 기자를 웃게 한 적도 있었을 정도다.

그날 터너필드에서는 교민과 유학생 등 약 200여 명이 태극기와 플래카드를 들고 환호하며 박찬호를 응원했다. 터너필드를 처음 찾은 나 역시 감회가 새로웠다. 바로 전해에 애틀랜타 올림픽이 열릴 때 취재차 방문한 적이 있었는데 당시만 해도 터너필드는 없었고 올림픽 주경기장이 그 자리에 있었다. 마라톤 종목에서 이봉주 선수가 은메달을 따던 장면을 현장에서 취재했었는데, 바로 그 주경기장의 절반을 잘라 터너필드로 만든 것이다. 1년 만에 그곳은 야구 박물관과 멀티비전 대형 전광판 그리고 현대적인 상점과 매점, 화장실 등 눈에 확 들어오는 현대적인 야구장으로 탈바꿈해 있었다.

V10.
메이저리그 정상급 투수로 성장하다

1997년 시즌 성적 2승 2패를 기록한 가운데 박찬호는 5월 27일 플로리다 말린스를 꺾고 시즌 3승이자 메이저리그 통산 8승째를 거둔다. $6\frac{1}{3}$이닝 동안 홈런 2개를 맞고 3실점을 했지만 퀄리티스타트를 기록하며 힘겨운 승리투수가 됐다. 여기서 이날 박찬호를 상대로 홈런을 친 클리프 플로이드에 관해 한번 짚고 넘어가야겠다. 왼손 타자인 플로이드는 워낙 펀치력이 있는 강타자이기도 하지만 박찬호에겐 유독 강했다. 박찬호 상대 성적이 통산 24타수 10안타로 무려 4할 1푼 7리를 기록했는데 10개의 안타 중에는 2루타가 3개에 홈런이 무려 4개로 타점도 11개다. 볼넷을 5개 얻었고 삼진은 2개밖에 없었다. 그래서 한번은 경기가 끝나고 박찬호의 공을 어떻게 그렇게 잘 공략하느냐고 물었다. 그랬더니 플로이드는 "찬호는 내게 주로 패스트볼 승부를 한다. 그래서 무조건 패스트볼을 노린다는 각오로 타석에 들어간다"고 했다. 플로이드가 본래 빠른 공을 잘 치는 선수인데 박찬호도 자신의 강속구로 정면 승부를 하려다가 종종 장타를 허용했던 것이다. 플로이드는 한국 선수와 남다른 인연도 있다. 2002년 7월 몬트리올 엑스포스에서 뛰다가 보스턴 레드삭스로 트레이드됐는데 당시 레드삭스가 플로이드를 받는 대가로 엑스포스에 넘긴 유망주들이 바로 김선우와 송승준이었다.

박찬호는 6월 2일 세인트루이스 원정 경기에서 6⅔이닝 1실점으로 팀 4연패를 끊으며 9승째를 거뒀다. 메이저리그 통산 10승째를 거둘 때의 상대는 휴스턴 애스트로스였다. 요즘이야 약팀의 대명사로 통하지만 1990년대 말부터 2000년대 초만 해도 꽤 강팀이었다. 전통적으로 타력의 팀이기도 한데다 어떤 연유인지 몰라도 내겐 박찬호가 늘 고전했던 팀으로 기억되고 있었다. 그런데 막상 통산 성적을 찾아보니 그렇지도 않았다. 박찬호는 애스트로스를 상대로 통산 열여덟 게임에서 6승 4패에 평균자책점 3.53의 준수한 성적을 거뒀다.

그러나 1997년 6월 12일 다저스 스타디움에서 벌어진 일전은 쉽지 않았다. 제구력의 난조도 있었고, 경기도 난타전 양상이었다. 그날 박찬호는 7이닝을 버티면서 4점을 내준 가운데 승리투수가 됐다. 상대 투수가 마이크 햄튼이었다는 것도 흥미롭다. 햄튼은 그해에 15승을 거두면서 명투수로 이름을 알리기 시작했는데 시즌 초반은 다소 부진했다. 이날도 5이닝을 채우지 못하고 5실점을 기록하며 패전투수가 됐다.

이 경기는 시작부터 힘겨웠다. 1회 초 박찬호는 선두 크렉 비지오를 투수 땅볼로 잡은 후 2번 토마스 하워드를 볼넷으로 내보냈고 폭투까지 범해 주자는 2루가 됐다. 그리고 애스트로스 간판타자 제프 배그웰을 맞아 원바운드로 담장을 넘어가는 2루타를 맞고 선취점을 내줬다. 이 경기에서도 당시 박찬호의 도우미로 국내 팬들에게 명성을 떨치던 라울 몬데시는 1회 말 2사 후에 3점 홈런을 터뜨리는 큼직한 지원사격을 했다. 하지만 박찬호는 야금야금 점수를 까먹었다. 2회를 무사히 넘겼지만 3회 초 선두 비지오에게 좌월 홈런으로 1점을 내준 후 4회 초 동점까지 내주고 말았다. 첫 타자 배리에게 좌전 안타를 맞았고 몽고메리를 삼진으로 잡았는데 보크로 주자를 2루까지 보냈고 이후 중전 안타를 맞아 결국 3대3 동점을 허용했다.

다저스는 4회 말에 에릭 캐로스의 홈런으로 다시 4대3으로 뒤집었다. 하지만 박찬호는 5회 초 곧바로 실점했다. 선두 비지오를 볼넷으로 내보낸 것이 화근이었다. 2루를 훔친 비지오가 배그웰의 중전 안타 때 홈을 밟아 다시 4대4가 됐다. 비지오와 배그웰은 현재 둘 다 은퇴했는데 당시는 전성기를 누리고 있었다. 그런데 이날 박찬호가 흔들린 만큼 햄튼도 만만치 않게 불안했다. 타선이 4대4를 만들어준 직후인 5회 말 햄튼은 선두 타자로 나온 피아자에게 2루타를 맞았고 몬데시의 내야 안타로 주자 1, 3루에서 캐로스에게 희생 플라이를 허용했다. 이로써 다시 5대4로 다저스가 앞서기 시작했다.

세 번째 리드를 잡은 박찬호는 더는 추가점을 내주지 않았다. 6회 초 모처럼 깔끔한 삼자 범퇴를 기록한 박찬호는 7회 초 선두 스피어스를 볼넷으로 내보내 마지막 위기에 몰렸다. 타순도 1번 비지오로 이어졌다. 그러나 비지오를 우익수 플라이로 잡은 데 이어 하워드를 좌익수 깊은 플라이아웃으로 잡았다. 이날 2안타 2타점을 기록한 배그웰은 몸쪽 패스트볼로 공략, 힘없는 1루수 플라이로 처리하고 7회를 마쳤다.

다저스는 7회 말 몬데시가 구원투수 라몬 가르시아에게 홈런을 치고, 피아자도 8회에 홈런을 보태는 등 추가점을 뽑아 10대5로 완승했다. 시즌 5승째, 메이저리그 통산 10승을 거둔 박찬호는 이렇게 소감을 밝혔다.

"앞으로 더 많은 승리를 거두겠다는 생각뿐이다. 일단 작년의 승수를 채웠고, 나 자신도 많이 발전된 것을 느껴 기쁘다. 피아자가 며칠 전에 계속 이런 식으로만 던지면 반드시 승리의 행운이 따를 것이라고 말했는데 그대로 됐다."

이날 승리는 제구력도 썩 좋지 못했고 구위도 평소보다 떨어지는 편이었지만 난타전 속에도 7회를 버텨냈다. 빌 러셀 다저스 감독 역시 승리에 의미를 두며 이렇게 말했다.

"찬호는 오늘 썩 좋은 컨디션이 아니었는데도 상대 공격을 잘 막아 우리 팀에 승리할 기회를 주었다. 7회 초 배그웰과의 승부는 박찬호의 구질이 얼마나 뛰어난지를 그대로 보여주는 대목이었다. 찬호는 이제 강속구나 뿌리는 신인이 아니라 완전한 메이저리그 정상급 투수로 성장하고 있다."

V11.
본즈의 자이언츠를 꺾다

1997 시즌 5승째이자 통산 10승을 거둔 후 박찬호는 힘겨운 한 달을 보냈다. 네 경기에 선발로 나섰지만 승 없이 2패만 당했다. 6월 18일 애너하임 에인절스와 인터리그전에서는 6이닝 3실점(2자책)으로 호투하고도 승리를 챙기지 못했고, 6월 23일 샌프란시스코 원정에서는 $6\frac{1}{3}$이닝 4실점(3자책)을 하며 패전투수가 됐다. 그리고 이어 6월 28일 샌디에이고 파드리스전에서 $5\frac{1}{3}$이닝 4실점(4자책)으로 연패를 당하며 시즌 성적이 5승 5패가 됐다. 7월 3일 에인절스와의 재대결에서는 $5\frac{2}{3}$이닝 동안 3실점(1자책)으로 호투했지만 승리를 챙기지 못한 채 5승 5패 그대로 아쉽게 전반기를 마쳤다.

그러나 빌 러셀 감독의 신임은 흔들리지 않았다. 그는 7월 11일 후반기 첫 경기에 박찬호를 기용했다. 후반기 첫 경기의 선발 자리가 언제나 팀의 에이스에게 돌아가는 것은 아니지만 올스타 휴식기로 로테이션의 여유가 있어 가장 강한 투수에게 맡기는 것이 보통이다. 당시 만 스물네 살이던 5선발 박찬호는 러셀 감독의 기대에 부응하며 같은 조 선두이자 라이벌인 자이언츠 타선을 7이닝 무실점의 완벽투로 틀어막고 소중한 승리를 거둔다. 특히 당시 자이언츠는 배리 본즈와 제프 켄트가 주축을 이루는 등 강력한 타선을 구축했다. 그렇지만 최고 구속 156킬로미터의 강속구를 앞세운 박찬호의 역투에 7이닝 동안 단 3안타에 묶였다. 박찬호는 매끈한 제구력으로 볼넷은 1개만 내주고 5개의 삼진을 잡는 효과적인 피칭을 했다.

1회 초 3루수 실책으로 주자를 내보낸 가운데 투아웃 상황에서 박찬호는 본즈와 맞섰다. 본즈는 그해 40홈런 101타점을 기록한 선수다. 그에 맞서 박찬호는 풀카운트의 까다로운 대결 끝에 바깥쪽 강력한 패스트볼로 헛스윙 삼진을 잡으며 기세를 올렸다. 경기 초반 분위기가 다저스와 박찬호 쪽으로 넘어가는 순간이었다.

다저스는 1회 말 선두 버틀러의 안타에 이어 2번 세데뇨가 2루타로 무사 2, 3루의 기회를 잡았다. 그리고 피아자의 희생 플라이와 캐로스의 내야 땅볼로 2점을 올리며 2대0으로 앞섰다. 모처럼 공수가 잘 맞아떨어지는 경기였다. 박찬호는 2회를 공 8개 만에 끝냈고 3회 초 2사 후에 1번 해밀턴에게 이날 첫 안타를 맞았지만 2번 비스카니오를 힘없는 3루 땅볼로 잡고 쉽게 마쳤다.

2대0의 점수가 이어지던 4회 초에도 박찬호는 거침이 없었다. 3번 하비에르를 중견수 플라이로 잡고 시작한 박찬호는 본즈와의 두 번째 대결에서도 2구 만에 완전히 타이밍을 빼앗고 포수 파울 플라이로 처리했다. 제프 켄트를 이날 유일한 볼넷으로 내보냈지만 좌타자 스노우를 헛스윙 삼진으로 잡아 이닝을 마쳤다.

이날 6회 초가 박찬호에게는 유일한 위기였다. 톱타자 해밀턴에게 연속 4개의 패스트볼 승부를 하다가 좌전 안타를 맞은 박찬호는

ⓒ 스포츠조선

비스카이노와 하비에르를 플라이아웃으로 잡았다. 그렇지만 4번 본즈에게 중전 안타를 맞아 주자 1, 3루가 됐다. 켄트의 타석에서 본즈가 2루를 훔치며 위기가 고조되는 순간 박찬호는 풀카운트의 접전 끝에 156킬로미터의 강력한 패스트볼로 헛스윙 삼진을 잡아내면서 이날 최대 위기를 넘겼다. 켄트는 그 시즌에 29홈런 121타점의 맹활약을 펼친 선수다. 자칫 그의 스윙 한 방으로 동점이 될 수도 있는 위기였지만 이를 잘 넘기면서 박찬호는 승리를 예감한 듯 주먹을 불끈 쥐었다. 1루가 비어 있음에도 강타자 켄트에게 정면 승부를 지시할 정도로 러셀 감독의 박찬호에 대한 신뢰 역시 대단했다.

박찬호는 7회 초도 삼자 범퇴로 가볍게 틀어막아 1997년 시즌의 최고 역투를 보였다. 결국 다저스는 조 선두이자 라이벌인 자이언츠를 맞아 후반기 첫 경기에서 승리했다. 특히 베이커 감독이 좌타석에 일곱 명의 타자를 배치했음에도 완벽에 가까운 피칭을 과시한 것이 인상적이었다. 박찬호와 가장 친한 친구이던 대런 드라이포트가 8회, 안토니오 오수타가 9회를 막았고, 타선이 8회 말 무려 6점을 보태 11대0의 완승을 거뒀다.

이날 경기에는 4,000여 명의 교민, 유학생들이 나와 열광적인 응원을 펼쳤다. 우측 외야석에 집중적으로 모여 하얀 막대풍선을 두들기며 응원을 펼치자 빈 스컬리 캐스터는 "외야에 흰 꽃들이 피었다"고 현장 중계를 하기도 했다.

이날 승리는 박찬호의 거침없는 5연승의 시작이었다. 경기 후 박찬호의 말이다.

"굉장히 기쁘다. 아주 큰 게임이었다. 후반기 첫 게임인데다 조선두이자 라이벌인 샌프란시스코 자이언츠와의 경기여서 꼭 이기고 싶었다. 지난번 샌프란시스코 원정에서 아픔을 겪었기에 반드시 이긴다는 자세로 임했다. 특히 볼넷을 주지 않겠다는 각오로 나갔다."

결정적인 순간에 삼진으로 물러난 제프 켄트는 박찬호에 대해 이렇게 이야기했다.

"지난번(6월 23일 경기)이 구속은 더 좋아 보였지만 오늘은 결정적인 순간의 제구력과 투구가 돋보였다. 중요한 순간마다 정확히 포수 미트를 찔렀다. 6회 타석에서는 계속 날아든 직구를 쳐내기도 바빴고, 마지막 직구는 무릎 높이로 날아드는 도저히 칠 수 없는 공이었다. 제구력만 갖추면 엄청난 투수다."

박찬호는 경험과 배포가 부족한 강속구 신인 투수에서 상대 팀이 견제하고 두려워하는 정상급 투수로 성장하고 있었다.

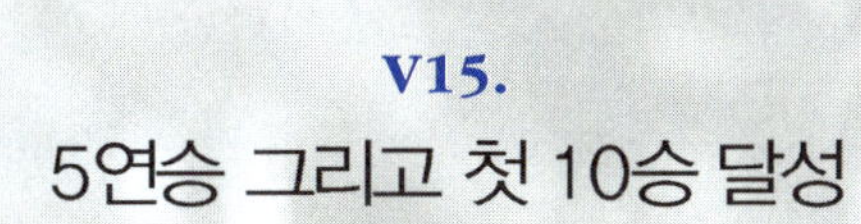

1997년 시즌 6승째를 거두고 나서 박찬호는 무서운 상승세를 탔다.

일곱 번째 승리는 해발 1,600미터에 있는 쿠어스필드의 지형적 불리함과 섭씨 33도가 넘는 뜨거운 낮 경기의 어려움을 딛고 거둔 의미 있는 승리였다. 통산 12승째였다.

쿠어스필드는 그야말로 투수들의 무덤으로 악명이 높았다. 한때 김병현이 몸을 담기도 했던 콜로라도 로키스가 홈구장으로 쓰고 있는데 1995년에 개장했다. 이곳은 펜스가 왼쪽 106미터, 가운데 126미터, 오른쪽 107미터로 결코 작다고는 할 수 없지만 '홈런공장' 으로 불릴 만큼 타자들에게 유리한 구장이다. 해발 1,600미터 고지대에 자리 잡고 있어서 공기 저항이 적기 때문이다. 일반적으로 고도가 100미터 높아질수록 타구의 비거리는 0.7미터 정도 늘어난다. 해발 100미터에 있는 구장에서 99미터를 날아갈 외야 플라이가 이곳에선 110미터짜리 홈런이 되는 셈이다. 이런 타구가 한두 개만 나오면 승패도 뒤바뀔 수 있다. 타자들에게 대단한 특혜인 만큼 투수들에게는 어깨를 짓누르는 부담이 된다. 공기 밀도가 낮으므로 투수가 공을 던지면 스피드가 약간 빨라지기는 한다. 대신 볼끝의 움직임이 줄어들어 구속 증가 효과를 상쇄시킨다. 오히려 변화구에서 꺾이는 각도가 무뎌지는 등 부작용이 더 크게 나타난다. 이러한 점들 때문에 원정 경기에 온 투수들은 쿠어스필드의 마운드에 서면 대부분 심리적으로 위축된다.

바로 전날에도 다저스는 콜로라도 로키스와 난타전 끝에 14대12로 간신히 승리했다. 당시 로키스 타선에는 에릭 영을 톱타자로 래리 워커, 안드레스 갈라라가, 단테 비세트, 비니 카스티야 등의 강타자가 즐비했다. 당시 로키스는 팀 타율, 홈런, 타점, 득점 모두에서 내셔널리그 선두였다. 그 로키스의 강타선을 박찬호는 6⅓이닝 동안 7안타 3실점으로 잘 막았다.

박찬호는 유난히 낮 경기에 승운이 따르는 편이었다. 애틀랜타로 원정 간 1997년 7월 21일 조지아 주 애틀랜타의 무더운 여름 더위도 박찬호의 상승세를 꺾지는 못했다. 미국 동남부 특유의 끈적끈적한 기후 속에 박찬호는 난적 애틀랜타를 적지에서 다시 만나 쾌조의 3연승 가도를 달렸다. 상대 투수는 155킬로미터 강속구에 좋은 슬라이더를 가진 존 스몰츠였다. 타선에는 마이클 터커, 치퍼 존스, 프레드 맥그리프, 라이언 클레스코, 앤드루 존스 등의 강타자가 버티고 있었다. 하지만 한창 물이 오르기 시작한 박찬호의 구위를 당해내지 못했다. 다저스 타선도 활발하게 지원했다. 이 경기에서 박찬호는 개인 최다 삼진(11개)과 최다 연승(3연승)의 기록을 세우며 메이저리그 무대에서 본격적으로 이름을 떨치기 시작했다.

그날 저녁 유선방송 ESPN-TV의 〈베이스볼 투나잇〉에서는 가장 먼저 박찬호의 승리 소식부터 전했다. 연속 삼진을 잡는 모습과 직접 안타를 치는 장면 그리고 동료들과 더그아웃에서 어울리는 등의 다양한 모습을 미국 전역으로 전하면서 "박찬호가 전날 코리안 푸드를 먹고 힘을 냈다"는 코멘트를 하기도 했다.

그날 패전투수가 된 존 스몰츠도 극찬했다.

"공의 배합이 뛰어나고 흔들리지 않는 역투였다. 박찬호의 강속구와 커브볼의 위력은 메이저리그에서 보기 드문 수준이다. 오늘은 4회에 3루까지 질주하고 상당히 힘들어해 4회 말 우리에게 기회가 올 것으로 기대했지만 전혀 흔들림이 없었다. 현재 추세라면 적어도 3년 안에 사이영상을 받을 능력을 갖출 것이다."

원정에서 콜로라도와 애틀랜타를 연파하고 홈으로 돌아온 박찬호는 여전히 기세가 수그러들지 않았다. 7월 26일 필라델피아를 맞아 개인 최다인 8이닝을 소화하며 필리스 타선을 1점에 묶었고 타석에서는 개인 최다인 2안타를 터뜨리며 공수에서 맹활약했다. 시즌 9승으로 노모 히데오와 함께 팀 내 최다승 투수로 올라섰다. 총 122개의 많은 투구 수를 소화했고, 안타, 삼진, 볼넷을 각각 4개씩 기록하며 단 1점만 내줬다. 4연승 가도였다.

박찬호의 통산 15승(시즌 10승) 상대는 너무도 낯익은 시카고 컵스였다. 당시 컵스의 타선을 봐도 결코 만만치가 않았다. 덕 글랜빌이 톱타자에 나선 것을 비롯해 브라이언 맥클레이, 새미 소사, 마크 그레이스, 션 던스턴 등이 상위 타선에 포진해 상대하기가 수월치 않은, 힘과 기술을 겸비한 타선이었다.

아울러 이날도 박찬호의 1회 징크스 또한 계속됐다. 선두 글랜빌에게 안타를 맞은 데 이어 맥클레이에게 우측 2루타를 맞아 노아웃에 주자 2, 3루가 되었다. 이 위기에서 3번 타자 소사를 맞은 박찬호는 6구까지 가는 승부 끝에 파울볼 2개를 치며 버티던 소사를 헛스윙 삼진으로 잡아 고비를 넘겼다. 그러나 항상 까다로워하던 타자 그레이스를 볼넷으로 내보내며 만루에 몰린 박찬호는 5번 던스턴을 다시 헛스윙 삼진으로 잡아 투아웃을 만들었다.

여기서 결정적인, 어쩌면 행운의 사구가 나왔다. 6번 케빈 오리를 맞은 박찬호는 투 스트라이크를 먼저 잡았지만 3구째 몸쪽으로 붙인 공이 제구가 안 되며 오리의 머리를 맞춘 것이다. 헬멧에 정통으로 맞은 오리는 한참 만에 겨우 일어났는데 충격이 커 보였다. 리글리필드 꼭대기에 있는 기자실에서도 공이 헬멧에 맞는 소리가 크게 들릴 정도였다. 그러나 헬멧에 맞지 않았더라면 완전히 빠지는 폭투였기 때문에 적어도 2점은 주었을 것이고, 그랬다면 크게 흔들릴 뻔했다. 사구가 됨으로써 다행히 밀어내기 1점만 허용한 셈이 되었다. 박찬호는 다음 타자인 포수 서비스를 중견수 플라이로 잡고 큰 위기를 넘겼다.

일단 1회의 큰 위기를 벗어나자 박찬호는 거칠 것이 없었다. 2회 말 투아웃 이후에 글랜빌에게 안타를 내준 것을 제외하곤 8회 말까지 컵스 타선을 상대로 단 1개의 추가 안타도 내주지 않았다. 19타자 연속 범타의 눈부신 피칭이었다. 3회부터 8회까지 6이닝은 모두 삼자 범퇴였으니 그날 컵스 타자들을 완전히 압도했음이 여실히 드러난다. 8회까지 107개(68K)의 투구 수를 기록한 박찬호는 메이저리그 데뷔 후 첫 완투승을 노리며 9회 말 다시 마운드에 올랐다. 앞선 세 번의 만남에서 삼진과 땅볼, 뜬공으로 완벽하게 틀어막았던 소사와의 네 번째 대결이었다. 그런데 여기서 풀카운트 승부 끝에 볼넷을 내주면서 아쉽게 교체됐다.

박찬호는 이날 던스턴을 두 번이나 삼진으로 돌려세우는 등 총 7개의 탈삼진을 잡았다. 총 서른 명의 타자를 맞아 단 3안타만 내줘 피안타율을 2할 7리로 낮추고 내셔널리그 2위로 올라섰다. 1회에 볼넷과 사구를 1개씩 내준 이후 9회 첫 타자 소사를 걸어 내보낼 때까지 볼넷도 없었다. 이날 호투와 함께 평균자책점도 2.96으로 2점대에 돌입했다.

컵스의 홈구장 리글리필드 역시 박찬호에겐 축복의 땅이었다. 바로 그곳에서 메이저리그 최초의 승리를 거두면서 좋은 인연을 시작하더니 1996 시즌의 마지막 승리 또한 리글리필드에서 거뒀다. 그리고 1997년 8월 1일 다시 리글리필드를 찾은 박찬호는 눈부신 역투로 한 시즌 10승째와 함께 개인 최다인 5연승 가도를 달리며 시카고와 좋은 인연을 이어갔다.

당시 박찬호는 "시카고는 여러 면에서 마음에 들고 편하다. 다운타운도 아름답고 날씨도 한국과 비슷하고, 리글리필드에 서면 좋은 기억들이 많아서 그런 것 같다"고 얘기했다.

사실 리글리필드는 바람이 많이 불고 전체적으로 좁아서 투수보다는 타자에게 유리한 구장으로 알려져 있는데 박찬호에게만큼은 아니었다. 리글리필드를 가득 채운 교민들의 응원도 대단했다. 시카고 교민과 유학생 등 인근에서 몰려든 한국 팬 2,000여 명이 태극기와 박찬호의 티셔츠, '코리안특급 박찬호'라고 적힌 플래카드를 흔들며 열성적으로 응원했다. 박찬호는 이미 전 미국 교민의 영웅으로 떠오르고 있었다. 이날 경기에서는 매진 사례도 일어났는데 3만 9,145석이 모두 팔렸다.

또한 이날 LA 지역의 유력지인 〈데일리뉴스〉에서는 스포츠 섹션 1면에 박찬호 특집 기사를 싣기도 했다. "박찬호는 다저스의 에이스임은 물론이고 메이저리그에서 가장 믿음직한 젊은 투수"라고 소개했다. 박찬호 돌풍으로 교포 사회에선 웃지 못할 해프닝도 발생했다. 뉴욕 지역 한인 언론이 박찬호의 등판일을 잘못 따져 8월 하순에 뉴욕에서 등판한다고 앞서 보도한 적이 있다. 그 바람에 교민 단체 등에서 수천 장의 티켓을 단체 구입했다. 그런데 뉴욕이 아니라 필라델피아라고 등판 일정이 밝혀지면서 항의와 환불 소동이 일어났다. 그런데 막판에 박찬호의 일정이 다시 변경돼 교민 팬들이 울고 웃는 해프닝은 계속 벌어졌다.

이날 승리는 큰 의미가 있었다. 1997 시즌이 시작되기 전에 마음에 두었던 10승 목표를 7월 말(현지 시각으로 경기는 7월 31일)에 이미 달성했을 뿐 아니라 개인 최다 5연승을 기록했다. 7월에만 5승을 거두면서 언론에서는 박찬호를 '7월의 투수상' 강력한 후보로 언급했다. 내셔널리그에서 그달 최고 투수에게 주는 영광의 상이었다. 박찬호의 라이벌은 역시 7월에 5승을 거둔 애틀랜타 브레이브스의 컴퓨터 투수 그렉 매덕스였다.

박찬호의 7월 성적은 그야말로 발군이었다. 여섯 게임에 나서 5승 무패에 평균자책점이 1.96이었다. 총 41⅓이닝을 던져 게임당 평균 7이닝에 가까웠고, 안타는 27개만 맞았다. 홈런은 딱 1개를 맞았고, 볼넷이 14개였던 반면, 삼진은 34개나 됐다. 매덕스도 다섯 게임에서 5승을 거뒀다. 38이닝을 던지며 25안타 7실점으로 평균자책점 1.66이라는 대단한 기록을 세우고 있었다. 홈런 2개, 볼넷 5개를 허용한 반면, 삼진은 30개를 잡았다.

결국 박찬호가 매덕스를 제치고 생애 최초로 이달의 투수에 선정되는 영광을 안았다. 당대 최고의 투수 중 하나이던 매덕스를 제치고 이 상을 받은 것은 박찬호의 위상이 얼마나 달라졌는지를 보여주는 사건이었다.

박찬호는 시즌 10승 고지에 오른 후 다음과 같은 소감을 남겼다.

"큰 짐을 덜어낸 기분이다. 최근 주위에서 항상 10승에 대한 질문과 격려를 받았고, 솔직히 부담도 많았다. 후반기 들어 경기가 잘 풀려 생각보다 훨씬 쉽게 10승을 거뒀다. 우선 후반기 첫 판인 조 선두 샌프란시스코 자이언츠전(7월 11일)에서 승리를 거두면서 자신감이 생겼다. 나 자신은 물론 팀에도 무척 중요한 경기였는데 승리를 거두고 나자 할 수 있다는 생각이 들었다. 그리고 후반기 들어 타선도 제 모습을 찾아 활발한 득점력으로 나를 지원했다."

V16.
첫 완투승, 156km 강속구를 꽂다

사실 박찬호와 다저스 스타디움의 인연은 입단 3년 전으로 거슬러 올라간다. 1991년 9월 박찬호는 한·미·일 국제 청소년 야구 굿윌 대회에 한국 대표로 출전했다. 마침 대회가 열린 곳이 로스앤젤레스였다. 경기 기간 중 박찬호는 훗날 에이전트가 된 스티브 그리고 당시 한서고 3학년이던 김영복과 함께 다저스 스타디움을 찾았다. 처음 경기장에 들어선 박찬호는 야구장이 어떻게 이렇게 아름다울 수 있는지 그리고 어떻게 이 많은 사람이 야구를 보려고 한자리에 모일 수 있는지 이해되지 않을 만큼 놀랐다고 한다. 다저스 스타디움의 정원이 5만 6,000명이니 그럴 만도 했다.

경기장에 들어가자마자 박찬호는 꼬깃꼬깃 접어둔 백 달러짜리 지폐를 쥐고 기념품 상점을 찾았다. 박찬호에게 다저스 스타디움은 미로 같기만 했다. 물어물어 기념품 상점이 있는 9층으로 올라가자 다저스 스타디움의 전경이 한눈에 들어왔다. 어린 박찬호의 눈엔 정말 환상적인 광경이었다. 갖고 싶은 것도 너무 많아 할 수만 있다면 기념품들이 놓인 진열장까지 사고 싶었다고 그때를 회상한다. 삶은 매 순간 선택의 연속이란 말을 그때 비로소 실감했다고도 했다. 두리번거리던 박찬호는 생각할 겨를도 없이 점퍼를 집어 들었다.

'Dodgers'라는 로고가 가슴에 하얗게 수놓아진 파란색 다저스 점퍼였다. 박찬호는 갖고 있던 돈을 모두 그 옷을 사는 데 썼다. 어린 그에게 다저스 스타디움이 꼭 운명의 장소 같다는 생각이 들었다.

그리고 3년 만에 박찬호는 다저스 유니폼을 입고 바로 그 야구장 마운드에 올랐고 5년 후에는 주력 투수로 성장하며 최고 기대주로 주목받기 시작했다. 그리고 6년 만인 1997년 마침내 메이저리그 첫 완투승을 기록했다.

5연승을 달리며 시즌 10승을 달성한 후 박찬호는 몬트리올 원정에서 6실점을 하며 혼쭐이 났다. 시즌이 중반을 훌쩍 넘어섰고 벌써 스물한 번째 선발 등판을 마친 시점인데, 경험이 적고 체력적으로 벽에 부딪혀서 그런 게 아닌가 하는 우려도 나왔다. 그러나 1997년 8월 12일, 홈으로 돌아와 벌인 시카고 컵스와의 일전에서 박찬호는 그런 우려를 말끔히 씻어냈다. 그뿐 아니라 메이저리그 데뷔 후 최초의 완투승을 거두면서 생애 최고의 경기를 펼쳤다.

특히 이날 9회 초의 승부는 압권이었다. 2대1이라는 박빙의 리드 상황에다 상대 타선은 마크 그레이스, 새미 소사, 숀 던스턴으로 이어지는 클린업 트리오가 진을 치고 있었다. 그렇지만 빌 러셀 감독은 토드 워렐 대신 박찬호에게 마지막 이닝을 맡겼다. 젊은 투수에게 첫 완투승의 기회를 주겠다는 의도였고, 많은 복선이 깔린 결정이었다. 박찬호에게 자신감과 완투의 경험을 쌓게 해줄 절호의 기회였다. 그렇지만 한편으로는 만약 박찬호가 주자를 내보내면 곧바로 워렐을 투입할 심산이었다.

　박찬호는 까다로운 타자 그레이스를 맞아 볼카운트 1대3에 몰렸다. 그러다 5구째 공을 그레이스가 친 것이 좌익수에 잡히면서 소중한 첫 아웃을 잡았다. 1사 후에 만난 거포 소사는 2구 만에 유격수 땅볼로 물러났다. 그리고 통산 150홈런의 상당한 펀치력을 자랑하는 던스턴이 마지막 타석에 나섰다. 이때 박찬호의 패스트볼은 여전히 95마일(약 153킬로미터)을 웃도는 위력을 유지하고 있었다. 초구와 2구에 연속 헛스윙이 나오자 박찬호는 주저하지 않고 3구째 156킬로미터 라이징 패스트볼을 꽂았다.

　당시 상황이 마치 느린 영상처럼 생생하게 떠오른다. 박찬호가 던진 156킬로미터의 광속구는 포수 피아자의 미트를 향하다가 막판에 흡사 용트림하듯 떠올랐다. 힘차게 휘두른 던스턴의 방망이가 허공을 가르는 순간 박찬호는 양팔을 치켜들며 데뷔 후 최고의 순간을 만끽했다. 그 순간 다저스 스타디움을 메운 4만 5,955명의 관중은 모두 자리에서 일어나 환호성을 질렀다. 공을 미트에 쥔 포수 마이크 피아자는 마운드로 달려가 악수를 나누며 박찬호의 첫 완투승을 함께 축하했다. 데뷔 후 최고의 경기였다. 이날 서른두 명의 타자를 상대한 박찬호는 홈런 포함 4안타를 맞으며 1실점을 했다. 삼진 7개를 잡았고 투구 수 101개에 스트라이크가 68개였다. 단 2시간 26분 만에 끝난 이 경기에서 박찬호는 특히 바깥쪽 꽉 찬 패스트볼 스트라이크의 위력이 돋보였다. 컵스의 짐 리글맨 감독의 말처럼 그날 박찬호는 "어떤 작전으로도 공략할 수 없는 공"을 던졌다.

박찬호는 9회 마운드에 오르던 순간의 심정을 묻자 "모두 한 방이 있는 중심 타자들이라 홈런을 주면 안 된다는 각오였다. 그리고 우선 홈런보다도 볼넷을 절대 안 주겠다는 생각을 했다. 그레이스가 볼카운트 1대3에서 볼을 때려주어 다행이었고, 소사와는 직구 승부로 이겼다. 지난번 토드 워렐이 커브를 던졌다가 결승 홈런을 맞은 것을 기억했다"라며 데뷔 후 첫 완투승을 자축했다.

컵스 리글맨 감독은 "도저히 이길 기회가 없었다. 찬호의 압도적인 경기였다. 앞으로 오래 상대할 투수니까 공략할 방법을 연구해야겠다. 볼카운트에서 일단 앞서면 도저히 칠 수 없는 라이징 패스트볼이 날아들어 공략이 불가능해진다"라며 혀를 내둘렀다.

마침 그날은 〈스포츠조선〉의 신동호 사장 부부가 피터 오말리 구단주의 로열박스에서 토미 라소다 전 감독과 함께 경기를 관전하기도 했다. 오말리 구단주는 묘한 징크스의 신봉자이기도 하다. 초대 손님이 누구든 해당 경기에서 승리하면 언제든 다시 방문해달라고 요청하지만 패하면 다시는 그 손님을 초대하지 않는 것으로 유명했다. 경기 후 "한국 스포츠 신문사 사장님은 늘 웰컴"이라며 환하게 웃던 오말리 구단주의 표정이 떠오른다.

두 번째 완투승, 1997 시즌 막이 내리다

1997년 8월 17일 신시내티전을 앞두고 다저스 코칭스태프는 박찬호를 등판시켜야 할지에 대해 고민했다. 경기 전날부터 복통을 일으켜 최악의 컨디션이었기 때문이다. 그러나 박찬호는 등판을 강행했고 에두아도 페레스에게 3점포를 맞기도 했지만 6이닝 3실점으로 승리투수가 됐다. 제구가 흔들렸지만 집중력이 돋보이며 시즌 12승째를 기록했다.

그리고 바로 다음 뉴욕 메츠와의 원정 경기가 이어졌는데 이날도 편치는 않았다. 8월 21일, 뉴욕에는 계속 비가 내렸다. 다저스와 메츠의 경기는 빗줄기가 강해지자 3이닝 만에 취소됐고 다음 날 더블헤더가 예정됐다. 22일 더블헤더 1차전에서 캔디오티를 내세워 패한 다저스 빌 러셀 감독은 두 번째 경기에 전격적으로 박찬호를 등판시켰다. 애초 예정은 23일 필라델피아전이 박찬호의 순서였지만 일정을 앞당겨 등판해 $6\frac{2}{3}$이닝 3실점의 퀄리티스타트로 승리투수가 됐다.

퀄리티스타트Quality Start, QS란 용어와 개념은 당시만 해도 국내 야구에서는 생소한 것이었다. 정확한 규정은 선발 투수가 6이닝 이상을 던지며 3자책점 이하로 막은 경기를 뜻한다. 1990년대 후반부터 선

발 투수의 능력을 평가하는 중요한 잣대로 자리 잡았으며 메이저리
그에서 점점 널리 쓰이고 있다. 1990년대 초반 잠시 농구 필진을 맡
았을 때 〈스포츠조선〉 기사에 '턴 오버turn over' 라는 용어와 개념을 처
음 소개했던 적이 있다. 당시만 해도 신문사 데스크에서는 이런 복잡
한 스포츠 용어를 쓸 필요가 있느냐는 말을 했다. 퀄리티스타트도 처
음에는 그랬다. 그러나 갈수록 그 용어는 대중화됐고 이제는 관계자
나 팬 등 야구에 관심이 있는 사람이라면 누구나 알 정도가 됐다. 이
처럼 새로운 용어를 소개하고 도입하는 것도 기자의 임무 중 하나이
고 뿌듯함을 주는 일이다. '코리안특급' 이라는 박찬호의 별명을 처
음 붙여준 것도 나였다. 1994년 당시 박찬호가 강속구 투수의 대명
사 놀란 라이언을 롤모델로 삼아 메이저리그의 꿈을 꾸었다는 말을
듣고 '라이언 익스프레스' 라는 그의 별명에 착안해 만든 것이다.

어느새 1997 시즌 13승에 이르렀다. 다섯 번 정도의 등판이 더 남
았으니 대망의 15승도 충분히 노려볼 만했다. 그러나 다음 네 경기
에서 박찬호는 2패만 당하면서 승수를 추가하지 못했다. 특히 9월
17일 자이언츠 원정에서는 7이닝 2안타 2실점의 역투에도 패전투
수가 되는 불운을 겪었다. 9월 초에는 경미한 팔꿈치 통증으로 등판
을 건너뛰기도 했다. 그러다 9월 24일 샌디에이고 파드리스와의 시
즌 마지막 등판에서 박찬호는 화려하게 날아올랐다.

자이언츠 못지않은 같은 조 라이벌 파드리스와의 홈 경기에 선발
로 나선 박찬호는 메이저리그 데뷔 후 자신의 두 번째 완투승을 기

록한다. 9이닝 동안 서른다섯 명의 타자를 상대하며 7안타를 맞고 2실점을 했다. 삼진은 5개, 볼넷은 3개였다. 박찬호는 파드리스의 마지막 타자 고메스를 삼진으로 잡으면서 경기를 끝냈다. 4만 5,000명이 넘는 팬들이 일제히 일어나 열성적인 응원을 하는 가운데 마지막 타자를 삼진으로 잡은 순간은 정말 짜릿했다. 절묘하게도 생애 첫 완투승처럼 두 번째 완투승도 마지막 타자를 삼진으로 잡아냈다. 데뷔 후 가장 많은 139개의 투구 수를 기록하며 얻어낸 생애 두 번째 완투승이었다. 이 경기에 승리하면서 다저스는 선두 자이언츠를 1.5게임 차로 추격하며 역전의 꿈을 이어갈 수 있었다.

박찬호는 경기 후 인터뷰에서 "두 번째 완투승이라 무척 기뻤고 특히 팀의 5연패를 끊는 귀중한 승리라 최고의 기분이다"라며 기뻐했다. 1루수 에릭 캐로스는 "초반 홈런에도 찬호는 흔들리지 않았다. 우리에게 가장 중요한 경기라면 찬호를 내세우겠다고 한 나의 말이 맞아떨어졌다"라고 했다. 포수 마이크 피아자도 "찬호는 우리 팀의 기둥이다. 나와 호흡도 훨씬 부드러워졌고, 잘 못 던진 경기 다음엔 반드시 자신의 능력을 과시한다. 많은 투구에도 볼끝이 끝까지 살아 있었다"라고 칭찬했다. 공격형 포수의 대명사인 피아자와 박찬호의 호흡이 잘 맞지 않는다는 말도 있었지만 실제로 박찬호는 피아자와 큰 무리 없이 잘 지냈다. 구질 배합이 단순한 편이긴 했지만 당시 박찬호의 구위가 워낙 강력했기에 별문제는 없었다.

박찬호는 이렇게 자신의 첫 풀타임 선발 시즌에 14승을 거두며 주가를 드높였다. LA 지역에서의 인기몰이는 물론이고 당시 9월 마지막 주의 〈뉴스위크〉지 표지 인물로 등장할 정도였다. 〈뉴스위크〉는 1997년 9월 29일 자에서 박찬호와 노모를 표지 모델로 싣고 "박과 노모는 한·일 간의 해묵은 민족 감정을 넘어 다이아몬드 위에서 동료애를 쌓아가고 있다"고 보도했다. 또한 두 아시아 출신 투수가 미국 메이저리그에서 펼치는 활약은 LA 폭동으로 타격을 받았던 미국 서부 한국 교민의 사기 진작은 물론 아시아계 이민자들의 미국 현지 적응에도 커다란 도움을 주고 있다고 평가했다.

이렇게 맹활약을 펼치며 박찬호는 시즌 마지막 경기에서 15승을 거둘 기회를 얻는 듯했다. 콜로라도 로키스와의 원정 3연전 마지막 경기인 9월 29일의 일전이 박찬호의 마지막 등판 순서였다. 그런데 경기 당일 갑자기 등판이 취소되고 말았다. 당시 15승을 기대하며 덴버까지 출장을 갔다가 황당했던 기억이 난다. 전날 자이언츠의 승리로 조 우승이 확정되고 다저스는 2위로 탈락하자 코칭스태프는 의미 없는 경기에 박찬호를 내세울 필요가 없다고 판단했다. 첫 풀타임 시즌이었고 많은 이닝을 소화한데다 바로 전 경기에서 투구 수 139개를 기록하는 등 위험 부담이 있는 등판을 할 이유가 없다는 것이었다. 개인 성적보다는 팀 성적이 우선이고, 무리할 필요가 없는데 팀의 주력 선수를 위험 부담이 있는 경기에 내세울 수 없다는 게 코칭스태프의 원칙이었다. 15승이라는 매력적인 목표가 있기는 하지만 선수 보호가 우선이었다.

당시 박찬호는 나이키와의 계약에 따라 15승, 30회 선발 등판, 200이닝 등을 달성하면 각각 2만 500달러의 보너스를 받기로 돼 있었다. 아쉽게도 등판 취소와 함께 그 기회도 놓치고 말았다. 만약 마지막 날 등판했더라면 그 보너스 조항을 모두 채울 수도 있었을 것이다. 박찬호는 스물아홉 번의 선발 등판(구원 세 번)에 14승 8패, 평균자책점 3.38, 192이닝의 기록으로 1997년 시즌을 마감했다.

메이저리그 2년차, 특히 선발로는 첫 시즌인 선수치고는 대단한 기록이었다. 14승은 노모 히데오와 함께 팀 내 최다승이었고, 내셔널리그 공동 12위였다. 특히 피안타율은 2할 1푼 3리로 당시 몬트리올에서 뛰던 페드로 마르티네스(1할 8푼 4리)에 이어 리그 2위를 기록했다. 3.38의 평균자책점은 팀 내 2위이자 리그 15위였고, 166개의 삼진도 리그 11위였다. 그렇게 박찬호의 두 번째 풀타임 시즌이자 첫 번째 선발 풀타임 시즌은 기대 이상의 호투와 막판 아쉬움 속에 막을 내렸다.

2장

위대한 도전의 서막

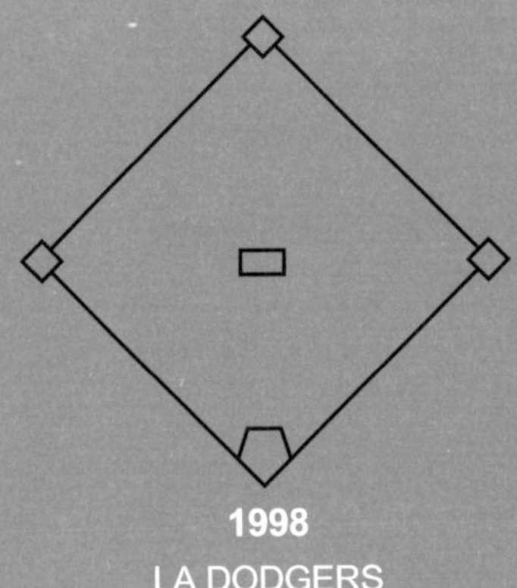
1998
LA DODGERS

V20.
1998 홈 개막전 승리, 트레이드설을 잠재우다

1998년 시즌 첫 등판인 4월 3일 세인트루이스 원정에서 박찬호는 볼넷 5개와 삼진 6개를 잡는 극과 극의 경기 내용 끝에 4⅔이닝 만에 마운드를 내려왔다. 데뷔 후 여든다섯 게임째인 그 경기에서 300탈삼진을 돌파하기도 했지만 승패와는 무관했다.

그리고 시즌 두 번째로 4월 8일 다저스 스타디움 홈 개막 경기에 등판했다. 현지 시각으로 평일인 화요일 낮에 벌어진 경기였지만 홈 개막전이어서 5만 명이 넘는 관중이 몰렸다. 37년 연속 홈 개막전 매진이라는 기록을 세운 날이었다. 특히 LA 다저스가 오말리 가에서 언론 재벌 루퍼트 머독에게 팔린 첫 시즌의 첫 경기여서 이날 신임 구단주 머독을 비롯해 폭스 사의 고위 관계자가 모두 나와 경기를 지켜봤다. 상대는 신생팀 애리조나 다이아몬드백스였다.

다저스에서는 에릭 영, 호세 비스카이노, 마이크 피아자, 토드

질, 라울 몬데시, 폴 커네코, 토드 홀란스워드 등이 선발 라인업에 들었다. 에릭 캐로스의 부상으로 신예 커네코가 라인업에 포함됐다. 훗날 몇 년간 화이트삭스의 주포로 활약하며 2012 시즌에는 통산 400호 홈런을 노렸던 바로 그 선수다. 토미 라소다로 하여금 그가 단장이던 시절 신시내티로 팔아넘겼다며 많은 비난을 받게 한 선수이기도 하다.

다이아몬드백스의 라인업에서는 발 빠른 드본 화이트를 시작으로 제이 벨, 트래비스 리, 맷 윌리엄스 등의 강타자들이 눈에 들어왔다. 흥미로운 것은 당시 다이아몬드백스의 7번 타자가 한국 프로야구 롯데 자이언츠와 한화 이글스에서도 활약했던 우익수 카림 가르시아라는 점이었다. 이날 박찬호의 유일한 실점은 바로 가르시아의 타점으로 발생했다. 2회 초 선두 5번 파브리게스에게 중전 안타를 맞았는데 이 공을 중견수가 빠뜨리며 무사 3루가 됐다. 박찬호는 6번 브리드를 삼진으로 잡았으나 가르시아가 중견수 희생 플라이를 때려 비자책점 1점을 내주고 만 것이다.

박찬호는 그러나 6회를 마칠 때까지 더는 점수를 내주지 않으며 호투했다. 이날 안타를 많이 맞기는 했지만 매 고비를 잘 넘겼고, 패스트볼의 최고 구속은 153킬로미터가 나왔다. 더욱이 변화구의 제구력이 좋았던 점이 위기를 넘기는 데 큰 도움이 됐다. 다저스 공격의 선봉에 선 것도 박찬호였다. 0대1로 뒤진 3회 말, 선두 타자로 나선 박찬호는 볼카운트 2대1에 몰렸으나 4구째 파울볼을 친 후 5구째 바깥쪽 패스트볼을 받아쳐 우중월 2루타를 터뜨렸다. 그리고 에릭 영의 번트 안타 때 3루까지 진루한 후 비스카이노의 희생 플라이로 홈을 밟아 1대1 동점을 만들었다.

박찬호는 1998년 시즌에 앞서 배트를 교체했다. 이전에 쓰던 것과 같은 루이빌 슬러거 사 제품으로 무게(880그램)와 길이(84센티미터)는 똑같았지만 디자인이 달라진 모델이다. 배트의 끝쪽, 그러니까 헤드 부분을 두껍게 만들고 손목 부분은 가늘게 한 것이다. 박찬호는 "바깥쪽 공이 들어오면 헤드 부분에라도 걸려 안타를 만들 수 있도록 하고 싶어서"라고 바꾼 이유를 설명하기도 했다.

다저스는 4회 말 6안타를 몰아치며 대거 5득점을 하여 6대1로 크게 앞서며 승기를 잡았고, 결국 9대1로 대승했다. 이날 승리는 박찬호에겐 1998년 시즌 첫 승이자 통산 20승이라는 의미가 있었다. 그렇지만 이날 등판 후에 허리 통증을 호소하기도 하는 등 험난한 1998년 시즌을 예고했다. 경기 후 박찬호는 이렇게 말했다.

"허리는 약간 쑤신다. 다음 등판에 지장이 있을지는 내일 되어봐야 알겠지만 일단 의사의 진단은 괜찮다고 나왔다. 선취점을 내줬지만 주자가 나가거나 점수를 주어도 편안한 마음을 유지할 수 있다는 것이 과거와 커다란 차이라고 생각한다. 이제부터 점수를 안 주면 된다는 기분으로 던졌다."

애리조나 벅 쇼월터 감독은 "예전에 비해 오늘 제구력이 예리하지 않아 우리에게 기회가 많았는데 찬호는 그때마다 위력적인 구위로 우리 타선을 무력하게 만들었다. 직구뿐 아니라 다양한 구질을 지닌 대단한 투수다"라고 칭찬했다. 주포인 맷 윌리엄스는 "2년 전에 보았을 때는 강속구만 던지는 투수였는데 이제는 변화구도 뛰어날 뿐 아니라 제구력도 월등히 좋아졌다"라고 평가했다.

박찬호는 이 경기에 이어 4월 18일 컵스와 5월 4일 피츠버그의 두 원정 경기에서 승리하며 시즌 3승에 통산 22승을 올렸다. 중간에 휴스턴과 밀워키전에서는 약간의 부진도 있었고, 밀워키와 리턴매치에서는 $7\frac{2}{3}$이닝 2실점으로 호투했지만 불펜의 붕괴로 승리를 날리기도 했다. 그리고 5월 9일 플로리다전에서는 시즌 첫 패전을 당하기도 했고, 5월 14일 필라델피아 필리스전에서 7이닝 3실점의 호투로 승리를 보태며 시즌 4승을 기록했다.

하지만 1998 시즌 초반은 전체적으로 불안한 모습을 보였다. 5월 20일 컵스전과 5월 25일 애리조나전 모두 초반부터 무너지며 연패를 당했다. 그리고 5월 30일 신시내티전에서는 모처럼 8이닝 2실점으로 역투했지만 9회에 불펜이 2점을 내주고 연장전 끝에 패하며 승리를 날리기도 했다.

2년생 징크스, 릴리스 포인트의 문제, 지나친 자신감 등 여러 지적이 나오는 가운데 심지어는 트레이드설까지 불거졌다. 당시 다저스 홍보실장이던 데릭 홀이 "찬호 트레이드는 절대 있을 수 없는 일"이라며 입단속을 하던 생각이 난다. 프레드 클레어 단장도 이례적으로 한국 특파원들에게 기자회견을 요청해 박찬호 트레이드 소문은 절대 사실이 아니라고 강조하기도 했다. 그도 그럴 것이 1998 시즌 초반 다저스는 커다란 변화를 겪는다. 당시 최고 스타 마이크 피아자가 포함된 대형 트레이드가 전격 성사된 것이다. 5월 중순 다저스는 간판타자 피아자와 3루수 토드 질 등 주포들을 플로리다 말린스로 보내고 게리 셰필드, 찰스 존슨, 바비 보니아, 짐 아이젠라이크 등을 받아들였다.

그런데 그중 셰필드는 다른 선수와 달리 다저스에 즉각 합류하지 않았다. 뭔가 협상을 하고 있다고 했다. 알고 보니 주 세금이 없는 플로리다에서 뛰다가 캘리포니아의 팀으로 트레이드되면서 연봉의 7퍼센트가 넘는 주세를 물게 되자 다저스 구단에 내라고 요구한 것이었다. 결국 다저스가 부담하기로 약속하면서 트레이드가 완료되었다. 한국과는 전혀 다른 미국 사회의 모습이다.

V26.
노모가 떠난 LA 다저스

돌이켜보면 박찬호의 1998 시즌은 'up and down'이 정말 심했다. 오클랜드를 상대로 쾌투하며 분위기를 반전시키는 듯했지만 6월 17일 샌디에이고전에서 6이닝 6실점으로 패했다. 이어 6월 22일 콜로라도 원정에서는 데뷔 후 최다인 10실점을 기록하며 연패를 당했다. 시즌 성적은 5승 5패였고 평균자책점은 5.56까지 나빠졌다.

박찬호는 6월 29일 피츠버그전에서 6$\frac{2}{3}$이닝 동안 10안타를 맞았지만 위기를 극복하며 2실점, 1승을 보탰다. 시즌 6승째인데, 프레드 클레어 단장과 빌 러셀 감독이 해고되는 어수선한 상황에서였다. 게다가 다저스는 노모 히데오까지 뉴욕 메츠로 트레이드해버렸다. 시즌 초반에 부진하던 노모는 선발진에서 탈락하자 발끈해 트레이드를 요청했고 다저스가 곧바로 단행했다. 피터 오말리 가에서 폭스 재단으로 넘어간 다저스는 이제 예전의 따뜻하고 가족적인 분위기의 팀이 아니었다.

노모가 하락세로 접어든 것은 포크볼의 위력이 떨어진데다 새로운 구종 개발을 꺼렸기 때문이다. 뉴욕 메츠로 트레이드된 뒤 노모는 1999년 밀워키, 2000년 디트로이트로 옮기며 '저니맨' 신세가 됐다. 허리, 어깨, 팔꿈치 등 이곳저곳이 아프기 시작했고, 이후 수술도 세 차례나 받아야 했다. '저니맨'은 말 그대로 여행을 자주 다니는 사람, 즉 팀 이적이 잦은 선수를 뜻한다. 팀에서 필요할 정도의 능력을 지니기는 했지만 구단 편의에 따라 종종 트레이드 또는 방출되기도 하는 선수들이다. 그러나 야구에 대한 진정한 애정은 도리어 저니맨에게서 더욱 절실하게 느껴지기도 한다.

막판에 저니맨이 되기도 했지만 노모는 한때 메이저리그 최고의 용병으로 꼽힐 만큼 대단한 투수였다. 아울러 박찬호가 고등학교 재학 시절부터 투구폼을 따라 해보기도 하는 등 일본 투수 중에서 가장 좋아했던 선수이기도 하다. 전성기 시절 노모의 포크볼은 85마일(137킬로미터) 언저리의 구속으로 직구처럼 날아가다가 타자 앞에서 갑자기 패대기쳐지듯 홈플레이트를 향해 떨어지곤 했다. 안 치면 대부분 원바운드성 볼이건만, 메이저리그의 수많은 타자가 이 구질에 헛방망이질로 물러났다. 일본에선 포크볼이 '전통의 구질'이지만 미국에선 보기 드문 구종이었기 때문이다. 또 특유의 '토네이도' 투구폼도 많은 팬들에게 깊은 인상을 남겼다.

미국에도 SF볼(Split-Finger Fastball, 스플릿핑거 패스트볼)이 있긴 하지만 이는 일종의 반포크볼이다. 검지와 중지 사이에 공을 끼우되 포크볼보다 얕게 잡아 스피드가 더 높은 반면 낙폭은 적다. 메이저리그에서는 포크볼이 팔꿈치에 무리를 준다는 이유로 덜 쓰이고, 그 대신 타자 앞에서 떨어지는 구질로는 체인지업이 일반화돼 있다. 노모의 포크볼은 3루수를 향해 엉덩이를 보일 만큼 몸을 비트는 투구폼과 더해져 위력이 배가 됐다.

이후 노모는 2001년에 반전의 기회를 잡는다. 보스턴으로 이적하여 개인 통산 두 번째 노히트 노런을 연출하며 재기의 신호탄을 쐈다. 그해 13승을 올린 노모는 FA(Free Agent, 자유계약선수)가 돼 2년간 1,500만 달러에 친정팀 다저스의 부름을 받는다. 이후 2002년부터 2003년 동안 연속 16승을 따내면서 과거의 명성을 되찾았다.

박찬호가 기다리던 7월이 왔다. 1997 시즌에도 7월 5연승을 달린 기억이 있는 박찬호는 7월 3일 텍사스 알링턴 원정에서 눈부신 호투를 펼치며 뜨거운 여름을 시작했다. 3년 반 후에 FA가 되었을 때 그에게 대박을 안긴 바로 그 팀의 심장부에서 던진 의미 있는 경기였다.

내가 텍사스 주 댈러스 지방을 다시 찾은 것은 1994년 미국 월드컵 취재 이후 처음이었다. 텍사스의 여름은 여전히 뜨거웠다. 그날 역시 저녁 경기였음에도 기온이 섭씨 36도에 달했다. 하긴 섭씨 40도가 넘는 날도 허다하니 그날은 기록할 만한 더위는 아니었다.

텍사스 레인저스와의 인터리그 원정 경기는 박찬호에게 일대 전환점이 됐다. 레인저스는 이반 로드리게스, 후안 곤살레스, 윌 클락의 클린업 트리오가 버티는 강타선을 구축하고 있었다. 이들을 맞은 박찬호는 폭염에 굴하지 않고 역투를 펼치면서 시즌 7승째, 통산 26승째를 거뒀다. 레인저스는 팀 타율이 2할 8푼 9리로 당시 아메리칸 리그 최강의 타선이었다. 박찬호는 그러나 시즌 최다인 $8\frac{1}{3}$이닝을 던지면서 산발 7안타를 맞고 1점만 내주는 역투를 펼쳤다. 그 1점도 수비 실책에 이은 비자책점이었다.

박찬호는 순항했다. 8회까지 투구 수 114개로 호투하자 호프만 감독 대행은 9회에도 그를 마운드에 올렸다. 선두 타자 켈리를 3루수 땅볼로 잡아냈으나 스티븐스에게 이날 3개째의 안타를 맞았다. 그러면서 좌완 스콧 래딘스키로 교체됐다. 유독 같은 타자에게 연속 안타를 허용하는 것도 박찬호가 가진 징크스 중 하나다.

래딘스키는 두 타자를 범타 처리, 세이브를 기록했고 다저스가 4대

1로 승리하며 박찬호는 승리투수가 됐다. 이날 최고 구속은 152킬로미터가 나왔고 총 서른네 명의 타자를 맞아 삼진 4개에 볼넷 2개를 기록하며 자책점 없는 호투로 평균자책점을 4점대로 낮췄다. 이 경기는 박찬호에게 1998 시즌 전반기 마지막 등판으로 상당히 의미가 컸다. 전반기 초반에 부상 등으로 부진한 모습을 보이던 그는 이날 힘든 인터리그 원정 경기에서 완승하면서 확실하게 컨디션을 회복했다. 특히 전반기 다저스 스타디움에서는 4승 무패에 2.70의 방어율로 좋은 모습이었지만 원정에서는 이 경기 전까지 2승 5패, 방어율 8.29로 고전했다. 그러나 이날 아메리칸리그에서 가장 타격이 좋은 레인저스를 9회까지 비자책점 1점으로 막으면서 역투해 반전의 기회를 잡았다. 어쩌면 이날 알링턴 볼파크에서 역투를 펼친 것이 톰 힉스 레인저스 구단주에게 강한 인상을 남겼을 것이다. 후에 장기 계약을 맺게 되는 첫 인연이 여기서 시작됐을 가능성이 크다.

7승으로 전반기를 마감한 것은 물론 나쁘지 않았다. 그러나 1998 시즌의 전반기를 결산해보면 전년도에 비해서 내용은 알차지 못한 편이었다. 우선 평균자책점을 보면 1997년 전반기 열다섯 게임에 선발로 나서 3.55의 좋은 기록을 남겼지만 1998년에는 열여덟 게임 선발에서 4.76으로 훨씬 나빠졌다. 일곱 경기나 5실점 이상을 기록한 것이 부담이 됐는데 그나마 마지막 두 경기에서 방어율 1.20의 호조를 보여 후반기를 기약할 수 있었다. 열여덟 게임에서 104이닝을 던져 평균 6이닝이 조금 못 미쳤는데 마지막 일곱 게임에서는 평

균 7이닝 이상을 던지며 회복세를 보였다. 피안타율도 1997년 전반
기에는 2할 1푼 3리로 내셔널리그 2위였는데 1998 시즌 전반기에는
2할 8푼 1리로 인상적인 모습을 보여주지 못했다. 그러나 확실히 노
련해진 경기 운영 능력과 타선의 도움으로 오히려 승수는 2개가 늘
었다. 하지만 볼넷이 많다는 점도 지적됐다. 전반기 박찬호는 84개
의 삼진을 잡았지만, 볼넷도 46개나 내줬다. 비율이 2대1도 되지 않
았으니 제구력에 문제가 있었던 셈이다. 게다가 볼넷으로 나간 주자
중 열세 명이 득점, 무려 28퍼센트가 넘는 볼넷 주자가 홈플레이트
를 밟음으로써 큰 약점으로 지적됐다.

그러나 박찬호는 레인저스와의 힘든 원정 경기에서 쾌투하며 승
리로 전반기를 마감했고, '여름의 사나이'라는 별명에 걸맞게 무서
운 상승세 속에 후반기를 시작한다.

박찬호는 이날 경기 후에 자신감을 되찾은 것이 상승세의 원동력
이 됐다고 밝혔다.

"아프고 자신감을 잃었을 때 오히려 욕심을 부린 게 화근이었다.
욕심을 내니 만족하지 못하고 자신감을 잃는 등 악순환이 이어졌다.
팬들의 격려 편지가 큰 힘이 됐다. 마음을 편하게 먹고 제대로 운동
을 하니 확실히 좋아지는 느낌을 받고 있다. 잘 안 풀리는 경기는 내
본래 모습이 아니라는 생각으로 자신감을 찾는 데 힘썼다."

호프만 감독도 다음과 같은 말로 힘을 실어주었다.

"찬호는 오늘도 뛰어난 투구를 과시했다. 내가 감독 대행을 맡은

이래 두 게임에서 모두 승리해 기분이 좋다. 후반기에 선두 샌디에이고를 추격하려면 선수들이 한 힘으로 뭉쳐야 하는데 특히 그 선봉에 설 찬호에게 큰 기대를 걸고 있다."

V28.
'여름의 사나이' 홈 경기 11연승을 달리다

1998년 7월 10일 후반기 첫 경기에 에이스의 임무를 띠고 등판한 박찬호는 샌디에이고 파드리스를 제압하고 시즌 8승째를 거뒀다. 파드리스는 당시 13.5게임 차로 앞서며 내셔널리그 서부조 선두를 질주하고 있었다. 파드리스 타선은 스티브 핀리가 톱타자였고, 토니 그윈, 켄 캐미니티, 그렉 본, 월리 조이너로 이어지는 올스타급 라인업으로 내셔널리그 최강이었다. 하지만 여섯 명의 파드리스 좌타자들은 이날 박찬호의 공을 공략하지 못했다. 6이닝 동안 비자책점 1점만 내준 호투였다.

내친김에 7월 15일 라이벌 샌프란시스코 자이언츠를 $6\frac{2}{3}$이닝 1실점으로 막고 2대1의 피 말리는 투수전을 승리로 이끌었지만, 1대1 동점 상황에서 교체돼 승리투수가 되지는 못했다. 7월 25일에는 애리조나와의 홈 경기에서 8이닝 동안 삼진 11개(11K)를 뺏으며

4안타에 1실점으로 개인 4연승 가도를 달렸다. 11K는 1997년 7월 21일 애틀랜타전에서 세운 자신의 최고 기록과 타이였다.

이날 애리조나전은 지역 언론과 팬들의 비상한 관심이 쏠린 경기였다. 이 승리가 박찬호에게 시즌 9승째였을 뿐 아니라 홈구장 11연승이라는 놀라운 기록이었기 때문이다. 1962년 개장한 이래 역대 다저스 스타디움 최다 연승 기록은 오렐 허샤이저의 12연승이었고, 2위는 샌디 코팩스의 10연승이었다. 1980년대 중반부터 1990년대 중반까지 다저스 팀의 에이스였던 허샤이저는 1984년 10월 1일부터 1985년 10월 3일까지 1년간 홈에서 무패를 기록하며 12연승 가도를 달렸다. 1960년대 다저스의 전설이던 코팩스는 1964년 5월 5일부터 같은 해 7월 22일까지 짧은 기간에 홈 10연승을 기록했다. 박찬호는 1997년 7월 11일 샌프란시스코를 11대0으로 대파하며 연승 기록을 시작한 이래 이날까지 열일곱 게임 무패에 11연승 가도를 달려 코팩스를 제치고 허샤이저의 기록에 바짝 다가섰다. 11연승을 하는 동안 박찬호는 117이닝을 던지면서 3.08의 평균자책점을 기록했다.

그해 5월 25일 원정에서 $2^{1}/_{3}$이닝 만에 5실점으로 수모를 당한 애리조나와의 재대결에서 박찬호는 1회부터 역투의 서막을 알렸다. 이후 4회 초까지도 박찬호가 상대 타선을 삼자 범퇴로 간단히 막자 다저스 스타디움 기자실에서는 내기가 벌어졌다. 선발 투수가 초반 3, 4이닝 이상을 무안타로 막을 경우 과연 어떤 타자가 첫 안타를 칠 것인지를 두고 1달러씩을 걸었다. 이런 상황이 벌어지면 미국의 야구장 기자실에서 흔히 볼 수 있는 광경이다. 그런데 첫 안타를 칠 타자의 타순을 자신이 직접 고르는 것이 아니라 카드를 뽑아 거기 적힌 숫자의 타순을 갖는 것이기에 그야말로 행운을 점쳐보는 정도였다. 운이 따르면 약 10달러 정도의 수익이 생기곤 했다.

그날 승리는 7번을 뽑은 나에게 돌아왔다. 5회 초 박찬호는 벨과 가르시아를 연속 삼진으로 잡고 기세를 올렸지만, 잠시 방심했는지 7번 애밀 베니테스에게 중월 홈런을 맞고 말았다. 노히트 행진도 완봉도 깨진 한 방이었다. 박찬호는 그러나 밀러를 삼진으로 잡으면서 이닝을 마쳤다. 첫 안타로 홈런을 맞기는 했지만 아웃카운트 3개를 모두 삼진으로 잡은 것이다.

경기 후 인터뷰에서 박찬호는 시즌 9승과 함께 홈 11연승을 거둔 데 대해 소감을 남겼다.

"미국 언론에서도 가장 많은 질문을 받은 것이 홈 11연승과 관련해서다. 홈구장은 늘 편하다. 많은 한국 팬의 성원에 힘을 얻는다. 내 침대에서 자고 일어난 다음 날 편안해진 몸과 마음이 경기에 그대로 나타난다. 오늘 불펜 피칭을 하면서 볼끝이 좋았다. 스트라이크를 집중적으로 던진다는 각오였다. 변화구가 잘 먹혀 직구의 위력까지 살았다."

포수 찰스 존슨도 "지금까지 받아본 찬호의 공 중 가장 빠른 공을 오늘 봤다. 볼끝의 움직임이 워낙 좋아 타자들이 때리기 힘들었을 것이다”라고 칭찬했다.

3대1로 경기가 끝나 승리투수가 된 박찬호의 여름 질주는 매서웠다. 6월 하순까지도 5승 5패에 평균자책점 5.36으로 좋지 않았던 그는 6월 27일 피츠버그전 승리를 시작으로 여섯 게임에서 4승 무패를 기록했다. 특히 7월 들어서는 1.04의 평균자책점으로 내셔널리그 1위를 기록했고, 피안타율도 1할 9푼 2리로 막강했다. 당대 최고의 투수로 꼽히던 그렉 매덕스의 7월 평균자책점이 1.76이었다.

박찬호는 7월의 마지막 날에 벌어진 필라델피아 원정에서도 8이닝 1실점으로 3대1의 승리를 이끌며 5연승을 기록했다. 그날 필라델피아의 밤은 무덥고 끈끈했다. 운동장에 설치된 온도계는 섭씨 31도를 가리켰지만 한국의 한여름 같은 더위에 습도까지 높아 체감온도는 훨씬 웃돌았다. 그러나 박찬호는 ‘여름의 사나이’라는 별명에 걸맞은 뛰어난 피칭으로 5연승 가도를 달리며 2년 연속 10승 고지를 점령했다.

특히 시즌 초반 허리 통증에 시달렸고 부진이 이어진데다 트레이드설까지 나오는 등 어수선했는데, 그 분위기를 말끔히 씻어버리는 잇단 쾌투였기에 더욱 의미가 컸다. 한때 5점대까지 치솟았던 평균자책점도 이날 8이닝 1실점의 호투로 3.90까지 끌어내렸다. 7월 들어 여섯 게임에서 4승 무패에 평균자책점 1.06의 눈부신 활약을 펼치며 구설수에 종지부를 찍었을 뿐 아니라 다승 11위, 삼진 14위 등으로 각종 랭킹에서도 도약하기 시작했다. 특히 후반기 피안타율만

보면 1할 6푼 4리로 내셔널리그 피안타율 1위인 케리 우드(1할 8푼 4
리)를 앞설 정도였다.

　이렇게 역투가 이어지자 미국 주류 언론들도 박찬호를 주목하기
시작했다. 특히 미국 최다 판매부수의 야구 주간지 〈베이스볼 위클
리〉는 박찬호를 커버스토리로 대서특필하기도 했다. 표지에 박찬호
의 투구 사진을 크게 실었고 "한국의 자랑"이라는 제목으로 세 페이
지에 걸쳐 사진 일곱 장을 곁들인 특집 기사를 실었다. 입양아 출신
인 여기자 도티 엔리코가 취재해 눈길을 끌기도 했다. 그녀는 "박찬
호와 프로골퍼 박세리는 태평양 건너 한국에서 요즘 국민에게 가장
큰 기쁨을 주는 듀오"라는 문장을 시작으로 선수와 감독의 코멘트,
박찬호의 마이너리그 시절의 애환 등을 상세히 다뤘다. '코리안특급'
박찬호의 전국구 시대가 열리기 시작한 시점이었다.

V30.
박찬호의 폭포수 커브

박찬호는 1998년 7월의 마지막 날 필라델피아 원정에서 8이닝 2안
타 1실점의 역투로 5연승과 함께 시즌 10승을 질주했다. 그러나 그
의 운은 8월이 되면서 조금 바뀌기 시작한다. 금방이라도 15승을 넘

을 기세였지만 8월 5일 몬트리올 원정에서 7이닝 4실점으로 승패와
무관하더니 홈으로 돌아온 8월 10일 피츠버그전에서는 7이닝 2실
점의 호투에도 패전투수가 되고 말았다.

피츠버그전 패배가 특히 아쉬웠던 점은 타선의 지원이 조금만 더
있었더라면 오렐 허샤이저의 홈구장 12연승 기록과 타이를 이룰 수
있었다는 것이다. 또한 개인 최다인 6연승도 눈앞에서 놓친 아쉬운
경기였다. 바로 다음 등판인 애틀랜타 브레이브스와의 홈 경기에서
다시 패전투수가 된 박찬호는 10승 7패의 성적으로 원정을 떠났다.

8월 22일 플로리다 원정에서 말린스를 꺾고 3주 만에 승수를 보
태며 시즌 11승째이자 개인 통산 30승째를 거뒀다. 이 경기의 상대
투수는 박찬호와 똑같이 시즌 10승을 거두고 있던 리반 에르난데스
였다. 그리고 에드가 렌테리아, 데릭 리, 클리프 플로이드 등이 당시
말린스의 주력 타선이었다.

다저스는 6회 초 벨트레의 홈런으로 2대1이라는 박빙의 리드를
지켰고, 9회 초 마지막 공격에서 박찬호는 대타 아이젠라이크로 교
체됐다. 대타 작전은 성공이었다. 아이젠라이크가 안타를 치며 진루
하자 에릭 영도 안타로 기회를 이어갔고 2사 후에 몬데시의 결정적
인 3점포가 터지면서 5대1이 됐다. 9회 말을 구원투수 안토니오 오
수나가 삼진 2개를 곁들이며 무실점으로 막으면서 박찬호는 시즌
11승째를 거뒀다.

이 경기가 끝난 후 LA 지역 신문들은 박찬호의 호투를 대서특필

했다. 〈LA타임스〉는 "박이 다저스를 끌어올렸다"라는 제목으로 야수들의 잇따른 실책에도 박찬호가 멋진 투구로 승리를 이끌었다고 보도했다. 〈오렌지카운티 레지스터〉는 "박이 도움 없이 승리를 끌어냈다"라는 제목과 함께 동료들의 실책으로 빚어진 위기마다 투수 박찬호가 상대 공격을 틀어막아 승리를 따냈다는 기사를 비교적 상세히 실었다.

말린스는 전년도 월드 챔피언이지만 주전들을 대거 팔아치워 꼴찌 팀으로 전락한 팀이다. 이를 맞은 박찬호는 특히 '폭포수 커브'의 진가를 발휘하며 고비마다 7개의 삼진을 잡아냈는데 이것이 승리에 결정적 역할을 했다. 전년도 월드 시리즈 MVP 에르난데스도 9회에 3점포를 맞기 전까지는 아주 호투했지만 이날은 박찬호가 한수 위였다.

이른바 박찬호의 '폭포수 커브'는 1995년 이후 급격하게 성장했다. 당시 스프링 트레이닝에서 박찬호에게 커브볼의 노하우를 전해준 사람이 바로 라소다 감독이다. 투수 출신인 라소다 감독은 마이너리그 시절 15회 연장전을 완투하며 25개의 삼진을 잡은 기록이 있는데 커브볼의 명수였다고 한다. 그가 어느 날 박찬호를 부른 후 마운드에 올라가라고 하고는 홈플레이트에 자신의 모자를 얹어놓았다. 그러고는 커브볼 10개를 던져 하나라도 모자를 맞추면 박찬호가 이기는 것으로 하자며 저녁 내기를 하자고 했다. 이미 그전에 커브볼을 던지는 방법을 라소다 감독에게 배웠던 박찬호는 10개의 공을 던졌으나 하나도 맞추지 못했다. 공은 모두 모자 근처에서 뚝 떨어졌지만 정작 모자는 맞추지 못했다.

그런데 공 10개를 던지고 나자 라소다 감독은 자기가 졌다고 말했다고 했다. 비록 모자를 맞추지는 못했지만 홈플레이트에서 공이 뚝 떨어져 상대 타자들이 모두 헛스윙을 했다는 것이다. 그러면서 박찬호에게 그가 가진 커브볼은 누구에게도 뒤지지 않으나 던질 시기와 어디에다 던져야 할지를 아직 모르고 있다고 조언했다. 이후 박찬호는 경기에 임해서 투 스트라이크를 잡고 나면 홈플레이트에 라소다 감독의 모자가 있다고 생각하고 커브볼을 던지기 시작했다. 타자들의 헛스윙이 많아지면서 삼진도 더욱 많아졌다.

이날 승리로 박찬호는 통산 30승(20패) 고지에 올랐다. 홈구장 다저스 스타디움에서 16승을 거뒀고, 시카고에서도 4승을 기록했다. 그 외에 피츠버그와 애틀랜타에서 각각 2승, 콜로라도, 세인트루이스, 텍사스, 뉴욕, 필라델피아, 플로리다 등의 원정에서 1승씩을 보태 30승이 되었다. 3년 만에 30승 점령은 무척 빠른 속도였다. 국내 언론은 이 승리를 기점으로 박찬호의 시즌 15승 가능성을 점치기 시작했고, 그것은 점차 현실로 나타난다.

플로리다 원정 경기 후 박찬호는 "한밤중에 이동해야 해서 잠이 부족해 조금은 피곤했었다. 어제 경기가 끝나고 새벽 세 시쯤에 플로리다에 도착해 여섯 시쯤에나 잠자리에 들었다"라며 "커브 컨트롤에 자신이 있었다. 스트라이크를 넣거나 홈플레이트 앞에서 떨어뜨리는 커브는 모두 잘 들어간다"라고 말했다. 15승 욕심이 없는지에 대해서는 "목표부터 세워놨다가는 실망만 커진다. 매 게임에 최선을 다할 것이다"라며 자신을 다잡는 모습을 보였다.

여기서 한밤중 이동이라는 게 무슨 소린가 싶을 수도 있다. 메이저리거라면 최고 수준의 대우를 받고 가장 안락한 환경에서 시즌 일정을 소화하는 것으로 알려져 있기 때문이다. 물론 그것은 사실이다. 그러나 미국이 워낙에 드넓은 곳이기에 이동을 한다는 게 보통일이 아니다. 예전에는 메이저리그 팀이 전용기를 보유했었지만 1970년대를 넘어서면서 전세기를 이용하는 시스템으로 바뀌었다. 오프 시즌에는 비행기를 공항에 세워두어야 하는데 주차비가 엄청나게 올랐기 때문이다. 대신 시즌 일정이 나오면 각 팀의 여행담당관이 비행사들과 협의해 전세기 일정을 잡는다. 그러니까 시리즈가 끝나고 이동을 하는 날이면 공항에서 여객기가 그들을 기다린다. 자리도 넉넉하고 편하기는 하지만 시간까지 어쩌지는 못한다.

예를 들어 다저스 스타디움에서 저녁 경기가 끝나고 준비해서 비행기를 타면 아무리 빨라도 자정이 넘는다. 그런데 만약 마이애미로 이동한다면 동부로 가는 데 걸리는 세 시간을 더해야 한다. 또 만약 다섯 시간 이상 걸리는 곳이라면 새벽 내지는 아침에 원정지에 도착한다. 짐을 풀고 눈을 붙이고는 오후에 야구장으로 가야 하니 보통일이 아닌 것이다. 이런 이유로 먼 원정의 첫날 등판이 잡힌 선발 투수는 하루 먼저 홀로 이동하기도 한다. 그러나 이때만 해도 박찬호는 아직 신인급이었으니 홀로 먼저 이동하는 혜택을 누리지는 못했다. 그래서 단체로 이동해 아침에 도착해서는 잠시 쉬고 밤 경기에 등판하는 강행군을 한 것이다.

박찬호에게는 좋은 선배가 많았는데 그중 오렐 허샤이저는 살갑지는 않았지만 많은 것을 보여주고 알려준 소중한 선배였다. 박찬호가 처음 다저스 스타디움을 찾았을 때 그의 마음을 뭉클하게 한 것도 바로 허샤이저의 투구폼이 그려진 티셔츠였다. 그 뭉클한 마음에는 어린 찬호의 부러움과 질투가 뒤섞여 있었다. 얼마나 대단한 선수이기에 그의 투구폼을 새긴 티셔츠가 만들어지고, 또 사람들은 그것을 사서 입고 다니는 것일까 궁금해했다. 이후 박찬호가 다저스에 입단했을 때에도 허샤이저는 부동의 에이스로 활약했다.

1994년 박찬호가 전격적으로 메이저리그에 진입해 첫 원정을 떠났을 때 세인트루이스의 숙소 호텔 로비에서 허샤이저를 인터뷰한 적이 있었다. 대부분 인터뷰는 운동장에서 하므로 숙소에서의 인터뷰는 이례적인 일이다. 그런데 그는 한국에서 왔다는 내 말에 흔쾌히 응해주었다. 박찬호가 겪게 될 어려움 등에 대해 이야기했는데 무척 명석하면서도 예리하다는 느낌을 받았다.

그러던 그도 나이를 먹고 트레이드가 되면서 어느덧 노장의 길을 걷게 되었다. 1998년 허샤이저는 다저스의 최대 라이벌인 샌프란시스코 자이언츠에서 선발 투수로 뛰고 있었다. 그리고 1998년 9월 6일 박찬호는 대선배인 허샤이저와 맞대결을 펼친다. 플로리다 말린스를 적지에서 꺾고 시즌 11승을 거둔 후 홈으로 돌아온 박찬호는 몬트리올을 맞아 8⅓이닝 3실점의 호투에도 승패와 무관하더니 뉴욕 메츠전에서는 7이닝 4실점으로 패전투수가 됐다.

그리고 맞은 자이언츠전이다. 그러나 승부는 초반에 갈렸다. 박찬호가 3회까지 안타 없이 삼진 4개를 뽑으며 자이언츠 타선을 봉쇄했지만, 노장 허샤이저는 1회 말 선두 타자 에릭 영에게 홈런을 허용하는 등 초반에 무너졌다. 박찬호는 자이언츠 타선을 6회까지 단 1안타로 꽁꽁 묶었다. 첫 실점은 7회에 내줬다. 선두 켄트에게 좌전 안타를 맞은 박찬호는 버크의 몸을 맞춰 무사 1, 2루에 몰렸다. 스노우의 2루 땅볼 때 버크를 2루에서 잡았지만 병살을 노리던 유격수 그루질라넥이 악송구를 하는 사이에 켄트가 홈까지 들어와 1점을 뽑은 것이다. 박찬호는 8회 초 대타 리오스에게 홈런을 맞은데 이어 9회 초에도 켄트에게 선두 타자 홈런을 내줬으나 결국 4안타 완투승을 장식했다.

투구 수는 137개였고 1998 시즌의 첫 완투승이었다. 이날 박찬호는 시즌 서른 번째 선발 등판으로 1997 시즌 스물아홉 번을 넘어서 한 시즌 개인 최다 선발 등판도 기록했다. 개인 통산 세 번째 완투승이었으며 선발 일흔 번째 등판인 이날 경기에서 통산 31승(2구원승)째를 거뒀다.

박찬호는 이날 배리 본즈와의 대결에서 4타석에 3타수 무안타 1삼진 그리고 볼넷 1개로 우위를 점했다. 특히 첫 타석에서의 삼진은 큰 의미가 있었다. 전날까지 본즈는 네 게임에서 9타수 9안타에 볼넷 6개로 15타석 연속 진루라는 내셔널리그 최고 기록을 이어가고 있었다. 만약 이날 첫 타석에서 진루했더라면 테드 윌리엄스가 1957년에 세운 16타석 연속 출루라는 최고 기록과 타이를 이룰 수 있었다. 그러나 박찬호는 1회 본즈와 풀카운트의 승부 끝에 7구째 헛스윙 삼진으로 잡아내며 대기록을 무산시켰다.

이날 경기 중 박찬호가 손을 입에 갖다 댔다며 볼을 선언받은 해프닝도 있었다. 6회 초 2사 후에 밀러와 맞선 박찬호는 볼카운트 쓰리 볼 원 스트라이크로 몰렸는데 갑자기 밥 데이비슨 구심이 볼을 선언하는 바람에 밀러를 볼넷으로 내보내고 말았다. 심판은 박찬호가 마운드에서 손을 입에 갖다 댔다며 볼을 선언한 것이다. 투수는 마운드를 둘러싼 흙 부분을 완전히 벗어난 후에만 손에 입김을 불거나 침을 바를 수 있다는 규정을 어겼다는 것이다. 물론, 추운 날에는 사전에 심판의 허가를 얻어 마운드에서 손에 입김을 불 수는 있다. 경기 후 인터뷰에서 박찬호는 코에 흐르는 땀을 닦으려고 했는데 오

© 민훈기

왼쪽부터 오렐 호샤이저, 데이비 존슨 감독, 박찬호

해한 것 같다고 말했다.

시즌 첫 완투승을 거둔 박찬호의 소감이다.

"굉장히 기분이 좋다. 항상 완투에 대비해 마운드에 오른다. 전에 몇 번 기회를 못 이뤄 아쉬웠는데 마침내 해냈다. 특히 9회에 감독이 먼저 나의 의사를 물어준 것이 기뻤다. 지난번 안타를 많이 맞은 것은 몸쪽 공략에 실패했기 때문이라는 생각이 들어 볼이 되더라도 몸쪽을 많이 노린 것이 주효했다고 본다."

본즈의 대기록 저지에 대해서는 "나중에 들어서 알았다"며 "올해는 처음이지만 작년에 대결을 해봤고, 바깥쪽 낮은 공을 위주로 승부했다"고 얘기한 기억이 난다. 그리고 허샤이저와의 대결에 대해서는 "인간적으로 고맙고 좋아하는 투수로 어제 인사도 나누었고 영어가 많이 늘었다는 칭찬도 들었다. 오늘은 패배를 안겼지만 행운을 빈다"라고 소감을 밝혔다.

한편 박찬호는 이날 6개의 삼진을 보태 시즌 160개로 내셔널리그 8위에 올랐다. 그는 1998 시즌 후반기 들어 삼진 1개당 100달러를 아시아 골수기증협회에 기부했는데 이날까지 76K로 7,600달러를 기부하기도 했다.

어느 인터뷰에서인가 노모 히데오는 "내가 만약 찬호의 강속구를 갖고 있었더라면 포크볼을 던지지 않았을 것이다"라며 박찬호의 패스트볼을 극찬한 적이 있다. 박찬호의 경기를 현장에서 수없이 봤지만 잊히지 않는 승부 중 세 손가락 안에 꼽을 만한 경기가 바로 케빈 브라운과의 맞대결이다. 그날 두 선발 투수가 보여준 구위는 정말 놀라웠다.

1998년 9월 11일 다저스는 샌디에이고로 원정 갔다. 옛 구장인 퀄컴 스타디움은 야구 경기와 풋볼 경기가 함께 열리는 구장으로 늘 황량한 느낌을 주는 곳이었다. 2만 6,018명의 관중이 지켜본 그날 경기는 4대3의 팽팽한 접전이었는데 두 투수가 워낙 공격적인 피칭을 펼쳐 2시간 33분 만에 끝났다.

당시 케빈 브라운은 최고의 투수였다. 이미 18승을 거둬 사이영상의 강력한 후보이기도 했는데 그날도 역투했다. 그러나 박찬호도 밀리지 않았다. 힘이 들어갔는지 제구력이 조금 흔들렸지만 밀리지 않는 강력한 구위를 뿜내며 파드리스 타자들을 압박했다.

그날 퀄컴 스타디움의 전광판 속도계는 계속해서 97, 98마일(156~158킬로미터)이 찍히는 진풍경을 연출했다. 마치 속도 경쟁이라도 하듯 박찬호와 브라운은 강력한 광속구를 앞세우며 타자들과의 대결은 물론이고 치열한 자존심 대결을 벌였다. 두 투수가 뿜어내는 기싸움의 기운이 기자실까지 전해질 정도였다.

이날 박찬호는 7이닝 동안 10개의 삼진을 뽑았고, 브라운은 9이 닝을 완투하며 11개의 탈삼진을 기록했다. 21개의 삼진이 나왔으니 두 투수가 삼진으로만 7이닝을 끝낸 셈이다. 그러나 브라운이 볼넷 1개만 내주는 제구력을 과시한 반면, 박찬호는 볼넷 7개 등 데뷔 후 최다인 8개의 4사구를 내줬다. 관록의 차이가 보이는 대목이었다. 노장 브라운은 흔들리지 않는 냉철함으로 경기를 이끌었지만 신예 박찬호는 고비마다 힘이 들어가는 등 다소 긴장한 모습이었다.

그러나 결과는 박찬호의 승리였다. 박찬호가 수많은 위기를 극복 하고 7이닝을 3실점으로 막은 반면, 다저스 타선을 압도하던 브라 운은 7회에만 4점을 내주며 패전투수가 되고 말았다. 7회까지 박찬 호는 132개의 공을 던져 두 경기 연속으로 130개 이상의 투구 수를 기록했다. 이날 10개의 삼진을 보태며 시즌 170K를 기록, 전년도의 166K를 넘어 자신의 시즌 최다 기록을 세웠다. 또한 이날로 192²⁄₃ 이닝을 소화, 최초의 200이닝 시즌을 눈앞에 두었고, 두 시즌 연속 13승을 거뒀다. 이제 개인 최다인 한 시즌 14승에 바짝 다가서며 최 초의 15승마저 노리게 됐다.

이날 경기가 케빈 브라운에게도 아주 인상적이었던 모양이다. 시 즌이 끝나고 브라운은 다저스와 투수 사상 최초로 1억 달러가 넘는 메가 계약을 맺었는데 박찬호와 드라이포트 등 막강한 투수들이 있어서 우승 가능성이 높아 다저스를 택했다고 했다.

한편 이날 경기가 끝난 후 당시 단장을 맡고 있던 토미 라소다는 박찬호에게 "투 스트라이크 이후에 너무 힘이 들어갔다. 투수의 팔은 장총과 같다. 목표물보다 위쪽에 맞으면 총을 낮춰야 하듯 공이 뜨면 팔을 낮춰 부드럽게 던져라"라고 충고해주기도 했다.

V34.
시즌 최초 15승 달성

샌디에이고 파드리스를 꺾고 1998 시즌 13승을 달성한 박찬호는 9월 16일 콜로라도 원정에서 9회 완투를 하고도 5점을 내줘 패전투수가 된다. 수비 실책으로 내준 비자책점 2점이 화근이 돼 4대5로 패한 것이다. 이어서 박찬호는 9월 23일 샌디에이고를 홈으로 불러 8이닝 2실점의 역투로 승리하며 2년 연속 14승을 달성했다. 시즌 막판이었음에도 지치는 기색은 전혀 없었다. 그리고 9월 28일 밀워키 브루어스를 상대로 시즌 마지막 등판을 한다. 낮에 벌어진 이 경기에는 4만 6,696명이 입장해 박찬호가 최초로 한 시즌 15승을 거두는 순간을 목격한다.

당시 브루어스에는 톱타자 페르난도 비냐를 비롯해 호세 발렌틴,

제프 서실로, 제로미 버니츠, 제프 젠킨스 등이 포진하고 있었다. 왼손 강타자가 많았다. 이날 경기의 첫 위기는 2회에 찾아왔다. 1사 후에 5번 해믈린이 친 땅볼을 유격수 그루질라넥이 악송구하면서 흔들린 박찬호는 잭슨의 우전 안타에 이어 젠킨스를 볼넷으로 내보내면서 1사 만루의 궁지에 몰렸다. 그러나 8번 포수 휴즈를 헛스윙 삼진으로 잡으면서 반전을 이룬 다음 투수 펄시퍼의 땅볼을 직접 잡아 1루에 토스하며 무실점으로 큰 위기를 넘겼다.

3회에도 위기는 계속됐다. 톱타자 비냐가 우측 2루타로 진루한 데 이어 발렌틴이 중전 안타를 때렸고, 중견수 허바드의 실책으로 주자는 무사에 2, 3루가 됐다. 박찬호는 3번 서릴로를 3루 땅볼로 잡으면서 주자들을 일단 묶었다. 4번 버니츠가 볼넷을 고르면서 다시 만루 위기가 찾아왔지만 다행스럽게도 해믈린을 삼진으로 잡은 후 잭슨을 우익수 플라이로 처리했다. 5회 초에도 1사 후에 연속 안타를 맞았으나 4번 버니츠를 삼진으로 잡으면서 위기관리 능력을 과시했다. 이날 박찬호는 6이닝 동안 8개의 안타를 맞았지만 고비마다 삼진으로 위기를 넘겼다. 삼진은 7개였다.

5회 말 침묵하던 다저스 타선이 드디어 선취점을 뽑았다. 2사 후에 톱타자 세데뇨가 큼직한 우월 홈런을 터뜨린 것이다. 그러나 박찬호는 6회 초 곧바로 실점을 하고 말았다. 선두 잭슨과 뒤이은 젠킨스에 연속 안타를 맞고 무사 1, 2루에 몰린 박찬호는 휴즈와 펄시퍼를 연속 삼진으로 잡아 위기를 벗어나는 듯했지만 1번 비냐에게 좌측 선상

2루타를 맞고 동점을 허용했다. 주자 2, 3루에서 발렌틴을 중견수 플라이로 잡아 추가 실점을 하지 않은 것이 다행이라면 다행이었다.

1대1의 균형은 곧 깨졌다. 6회 말 다저스는 3번 허바드가 2루타를 치고 나간 후 상대 투수의 보크로 3루까지 갔고, 이어 그루질라넥의 희생 플라이로 홈을 밟아 2대1을 만들었다. 7회 초 박찬호는 구원투수 제프 쿠벤카로 교체됐고, 더그아웃에서 1사 만루의 위기를 초조하게 지켜봤다. 쿠벤카가 젠킨스를 삼진으로 잡으면서 위기를 벗어나 승리투수의 요건을 유지했다. 그리고 제프 셔가 9회 초를 1안타로 막고 시즌 48세이브째를 기록했다. 팽팽한 접전은 결국 2대1 다저스 승리로 막을 내렸다.

박찬호의 1998년 시즌은 15승을 거두며 화려하게 끝이 났다. 전년도 14승에 이어 개인 최다승을 넘어섰고, 2년 연속 팀 내 최다승을 기록했다. 시즌 초반 허리 통증으로 부진했던 슬럼프를 씻고 일어선 선전이었고, 7월에는 4승 무패에 1.05의 평균자책점으로 내셔널리그 '이달의 선수'에 선정되기도 했다. 서른네 번의 선발 등판으로 리그 최다에 겨우 한 게임이 모자랐을 정도로 꾸준히 등판했다. $220\frac{1}{3}$이닝을 던지면서 최초로 200이닝을 돌파했고 팀 내 최다인 191개의 삼진을 잡으며 리그 6위에 올랐다.

1998 시즌에 주목할 만한 점은 병살이 크게 늘었다는 것이다. 1997년에 박찬호는 불과 9개의 병살을 잡는 데 그쳤지만 1998 시즌에는 무려 25개의 병살을 이끌어냈다. 본인이 직접 처리한 병살

만 5개였다. 투심 패스트볼의 개발과 과감한 몸쪽 공략이 주효한 놀라운 발전이었다.

반면 볼넷이 97개(고의 볼넷 4개)를 기록해 리그에서 세 번째로 여전히 많았다. 그러나 경기당 2.85개는 전년도 3.25개에서 많이 개선된 것이다. 홈런은 16개를 맞아 전년도의 24개보다 많이 줄었다. 1점짜리 홈런이 10개에 2점짜리가 5개였고 3점짜리 홈런은 딱 1개뿐이었다. 특히 스물여섯 번의 만루 위기에서는 1개의 홈런도 허용하지 않았다. 흥미로운 점은 1998년 당시 기록적인 홈런 레이스를 펼쳤던 새미 소사와 마크 맥과이어에게 단 1개의 홈런도 허용하지 않았다는 것이다.

시즌 마지막 경기를 승리로 장식한 후 박찬호는 "말로 표현할 수 없이 기쁘다. 꼭 이기고 싶어서 코칭스태프에게 등판을 자원했다. 애초 투구 수를 100개로 제한했으나 내가 이기고 싶어하자 계속 맡겼다"라고 기뻐했다. 그러면서 "우선은 자고 싶다. 당장 소원은 며칠 푹 자는 것이다"라고 했다. 1년 전과 무슨 차이가 있느냐는 질문에는 "작년 이맘때는 힘들었다. 어깨도 안 좋았고, 정신적으로도 피곤했다. 그러나 올해는 마지막 게임이 끝나고도 힘이 있는 느낌이다. 지난겨울 많이 뛰고 웨이트 트레이닝을 열심히 한 것이 도움됐다. 시즌 초반 부상으로 고전했지만 정신적으로 성장해 어려움을 극복하는 법, 마음을 여유롭게 하고 자신감을 유지하는 법을 배웠다"라고 말했다.

3장

시련, 그리고 눈부신 전성기

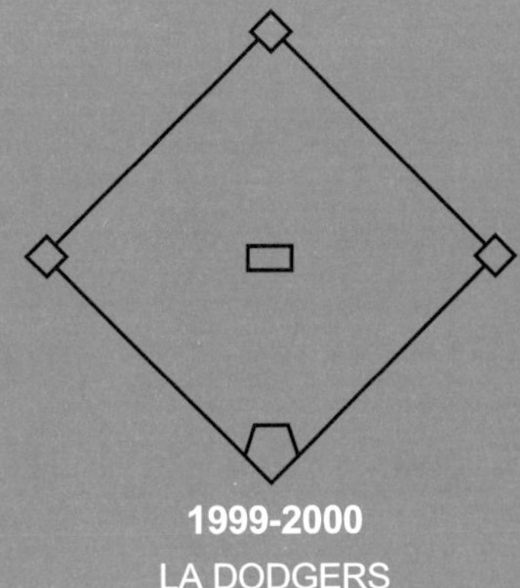

1999-2000
LA DODGERS

V36.
사상 최악의 날을 딛고 일어선 마운드

2년 동안 14승과 15승을 거두며 메이저리그에서도 정상급 투수로 발돋움한 박찬호, 그에게 쏠리는 기대는 대단했다. 다저스의 새로운 에이스로 투수진을 이끌어줄 것이라는 기대가 충만했다. 하지만 1999년의 시작은 쉽지 않았다. 첫 경기에서 애리조나를 상대로 7이닝 2실점을 하고도 승리투수가 못 되더니 같은 팀과의 리턴매치에서는 5이닝 5실점으로 패전투수가 됐다. 시즌 3차전 샌디에이고를 상대로 해서는 5이닝에 3실점을 하여 겨우 첫 승을 챙겼지만 4월 24일 홈에서 열린 세인트루이스 카디널스전에서는 메이저리그 역사상 두 번 다시 나오기 힘든 기록의 희생양이 된다.

3회 초 페르난도 타티스에게 1이닝에 만루 홈런 2개를 허용한 것이다. 박찬호의 구위도 안 좋았지만 수비가 실책을 연발하는 등 전혀 안 풀리는 경기였는데, 데이비 존슨 감독이 3회 초 심판 판정에

항의하다가 퇴장당하는 와중에 투수 교체 타이밍을 놓치고 말았다. 이후 결과는 참담했다. 그날 따라 마크 맥과이어가 아닌 타티스가 4번 타자로 기용된 것도 이례적인 일이었다.

같은 타자에게 1이닝에 2개의 만루 홈런이라니……. 박찬호가 1999년 시즌 초 이렇게 고전한 데는 이유가 있었다. 1998년 겨울을 몸 만드는 데에만 열중할 수 없었기 때문이다. 1998년 12월 태국 방콕에서 벌어진 아시안게임을 맞아 대한민국 야구는 사상 최초의 드림팀을 구성했다. 국내 최정예 선수들은 물론이고 미국에서 뛰는 박찬호를 비롯해 서재응, 김병현(당시 대학생) 등과 함께 박재홍, 김동주, 심재학, 김원형, 임창용 등이 주축 멤버였다.

한국은 예선 1차전 대만과의 경기에 박찬호를 선발로 내세웠다. 대만 역시 프로 선수 열두 명을 주축으로 나름대로 드림팀을 구성했고, 특히 평가전에서 일본을 연파하며 기세를 올리고 있었다. 그러나 역시 메이저리그 15승 투수 박찬호의 위세는 대단했다. 최고 153킬로미터의 강속구를 앞세운 그는 후에 다저스 동료가 되는 첸진펑에게 불의의 홈런 한 방을 맞기는 했지만 5이닝 동안 삼진 5개를 솎아내며 1실점으로 호투했다. 16대5로 대한민국이 7회 콜드게임 승리를 거뒀다.

박찬호는 대만과의 예선 두 번째 경기에서는 5대4로 간신히 리드하던 8회 1사 1, 2루에서 등판해 남은 이닝을 무실점으로 막고 세이브를 기록했다. 김병현이 선발로 나선 그 경기에서는 1대3으로 뒤진 3회부터 서재응이 등판해 7회까지 무안타의 완벽투를 뽐내며 승리투수가 됐다.

그리고 12월 16일 방콕의 퀸시리킨 구장에서 벌어진 결승에서 박찬호는 일본 타선을 압도하며 다시 한 번 위력을 뽐냈다. 1회 선제 홈런을 허용했지만, 정신을 가다듬어 7이닝 동안 삼진 4개를 곁들이며 4안타 1실점으로 호투했다(당시만 해도 알루미늄 배트를 쓰던 시절이라 박찬호의 역투는 더욱 돋보였다). 그리고 박재홍, 김동주, 이병규가 각각 3안타씩을 터뜨리는 등 타선이 폭발하여 13대1로 콜드게임 승을 거두면서 6전 전승으로 금메달을 목에 걸었다. 그 덕에 박찬호 등 많은 선수가 병역 혜택이라는 큰 선물을 받았다.

그렇게 감격의 겨울을 보내고 미국으로 돌아간 박찬호는 시범 경기에서도 호투를 이어가며 밝은 시즌을 기대케 했다. 그러나 컨디션을 정규 시즌이 아니라 겨울에 맞춘 것은 역시 무리수였다. 박찬호에게는 힘겨운 1999 시즌이 기다리고 있었다.

1999년 4월 29일 벌어진 밀워키 브루어스전에 팬들의 관심이 쏠렸다. 바로 전 경기에서 $2\frac{2}{3}$이닝 동안 홈런 3개를 맞고 11실점(6자책)으로 무너졌던 악몽을 과연 5일 만에 씻어낼 수 있을지가 관건이었다. 더구나 원정 경기였다. 여러 가지 우려를 딛고 박찬호는 공수에서 맹활약을 펼치며 강한 정신력을 과시한다. 상대 선발로 나선 스티브 우다드도 호투하는 가운데 팽팽히 진행된 이 경기에서 박찬호가 3대2로 극적인 승리투수가 된다.

당시 메이저리그 도시 중 유일하게 한국 식당이 없던 도시 밀워키는 어딘가 회색 느낌이 돈다. 그날도 섭씨 9도의 기온에 차가운 바람까지 거세게 불었다. 시카고보다 더 북쪽에 자리 잡은 이 도시는 후에 밀러파크라는 개폐식 구장을 지었지만 당시까지는 오래된 카운티 스타디움을 사용하고 있었다. 일기가 너무 안 좋아 경기를 한 시간 앞당겨 시작했지만 마운드의 박찬호는 연신 입김을 불며 손을 녹였고, 더그아웃의 선수들은 두꺼운 외투를 입고 히터를 틀면서 추위와 싸워야 했다. 그 와중에도 관중석에는 50여 명의 교포와 유학생들이 나와 박찬호를 연호하며 응원했다. 좀 과장하면 다 쓰러져 가는 낡은 스타디움에서 박찬호는 쌩쌩 부는 바람까지 뚫고 5일 전 '사상 최악의 날'을 딛고 일어서야 하는 중압감을 안고 마운드에 올랐다.

당시 브루어스는 페르난도 비냐, 마크 로레타, 제프 서릴로, 제레미 버니츠, 션 베리로 이어지는 상위 타선을 보유하고 있었다. 하위 타선에도 마키스 그리슴, 제프 젠킨스 등이 있어 만만치 않았다. 박찬호는 1, 2회에 연속 실점을 하며 불안한 모습이었다. 하지만 3회부터는 더 실점하지 않으면서 경기를 꾸려갔다. 주자를 계속 내보냈지만 추가 실점을 하지 않았고 5회에는 서릴로와 버니츠를 연속 삼진으로 잡는 등 모처럼 삼자 범퇴를 시키며 분위기를 탔다.

다저스가 3회 초 셰필드의 적시타로 1점을 추격한 가운데 6회 초 공격을 맞이했다. 이번에는 박찬호의 방망이가 빛을 발했다. 5번 몬데시의 중전 안타로 이닝을 시작한 다저스는 드본 화이트와 그루질 라넥이 연속 범타로 물러나 기회가 무산되는 듯했다. 밀워키는 8번 포수 토드 헌들리를 고의 볼넷으로 거르고 박찬호와의 대결을 선택했다. 몬데시의 도루로 1루가 비어 있던 것이 크게 작용했다. 방망이를 단단히 잡고 타석에 나선 박찬호는 2구째 높은 직구가 들어오자 기다렸다는 듯이 휘둘렀고, 제대로 맞은 공은 좌중간으로 날아가며 전진 수비하던 중견수 그리슴의 머리를 넘어가는 2타점 2루타가 됐다. 순식간에 3대2로 역전됐다.

승리투수가 된 후 박찬호는 "지난 게임에서 만루 홈런 2개를 맞았을 때를 생각하지 않으려고 노력했다. 나쁜 일을 생각할 여유가 없다"라며 "6회의 결승타는 행운이었으며, 대타를 기용하지 않은 존슨 감독이 고맙다"라고 말했다. 존슨 감독은 "찬호는 초반에 지나치게 긴장하는 듯했지만 곧 극복하고 갈수록 아름답게 공을 던졌다. 중반 이후 자신감에 넘쳤고 고맙게도 공격에서도 팀에 꼭 필요한 것을 해줬다"고 기뻐했다. 브루어스의 필 가너 감독은 "찬호는 게임이 진행될수록 강해졌다. 초반에 패스트볼 스피드가 145킬로미터 정도에 불과했지만 3, 4회부터는 153킬로미터까지 올라갔고, 변화구도 더욱 예리해졌다"고 평가했다.

만약 이날 7회 초 박찬호의 역전타가 터지지 않았거나 7회 말 이후 불펜이 1점 차 리드를 지켜주지 못했더라면 시즌은 정말로 어려워졌을지도 모른다. 메이저리그 사상 최초로 같은 타자에게 1이닝

에 만루포 2개를 맞았던 악몽이 있었지만 운은 그렇게 조금씩 풀리
고 있었다.

V37.
하이킥 그리고 박찬호의 부진

1999년 시즌 초반 한때 평균자책점이 7점대까지 치솟을 정도로 컨
디션 난조를 보이기도 했던 박찬호는 4월 말 밀워키와의 원정 경기
에서 행운의 승리를 거두며 회복세를 보였다. 다음 행선지는 캐나다
몬트리올이었다. 유럽풍의 분위기가 역력하고 조금 쇠락한 느낌을
주는 몬트리올은 역시 야구의 도시는 아니었다. 거리에는 기념품 상
점들과 지하의 라이브 카페 등이 즐비했고, 유난히 담배를 피우는
사람이 많았다. 사람들이 대체로 친절한 편이었고, 밤중에도 다운타
운은 북적거렸다. 올림픽 스타디움은 원래 개폐식으로 지었지만 망
가져 작동을 중단한 돔구장이 됐고, 관중석은 늘 한산했다. 5월 4일
다저스와의 경기에도 불과 5,000명 정도의 팬이 관중석을 듬성듬성
메웠을 뿐이다. 몬트리올은 결국 메이저리그에서 퇴출되고 워싱턴
DC로 팀을 옮기고 만다.

　그러나 당시 몬트리올 엑스포스 타선을 돌이켜보면 쉬운 상대는

아니었다. 재주 많은 올란도 카브레라가 1번 타자를 맡았고, 2번 스위치 타자 호세 비드로, 3번 펀치력이 좋은 론델 화이트, 4번 최강 블라디미르 게레로, 5번 좌타자 브래드 풀머 등이 버티고 있었다. 당시는 경험이 적은 한창 자라나는 선수들이었지만 후에 모두 메이저리그의 주전급이나 빅스타로 성장했다.

게다가 징크스도 있었다. 박찬호는 당시까지 내셔널리그의 16팀 중 자신의 팀 다저스를 제외한 15팀 중에서 14개 팀을 상대로 승리를 따냈는데 유독 엑스포스만 승리 리스트에 올리지 못하고 있었다. 또한 돔구장에서는 구원 포함, 당시까지 열 번을 등판해 한 번도 승리를 거두지 못한 것이다. 그 모든 징크스를 깰 수 있을지가 이날 경기의 관심거리였다.

7회까지 4대0으로 앞선 가운데 박찬호의 투구 수는 105개에 불과했다. 완투도 노려볼 만한 분위기였지만 어쩐 일인지 8회 말 앨런 밀스로 교체됐다. 후에 알고 보니 박찬호의 오른손 가운뎃손가락에 가볍게 물집이 잡혀서였다. 완투의 아쉬움을 뒤로하고 박찬호는 자신의 시즌 3승에 만족해야 했다. 몬트리올 엑스포스를 꺾어 내셔널리그 15개 전 구단을 상대로 승리를 이뤘으며 돔구장 최초의 승리를 거두는 수확도 있었다. 또한 데이비 존슨 감독이 당시로써는 현역 감독 여섯 번째로 1,000승을 거둔 경기이기도 했다. 뉴욕 메츠를 월드 시리즈 우승으로 이끈 전력이 있는 존슨 감독은 베이징 올림픽 미국 대표팀 감독을 맡기도 했고, 2012 시즌부터는 워싱턴 내셔널스의 감독을 맡아 노익장을 과시하고 있다.

승리 후 박찬호는 "이겨서 기분이 좋다. 사실 경기 전에 컨디션이 너무 좋아 오히려 걱정이 됐다. 게다가 불펜에서 워밍업을 하는데 한국 학생들이 너무나 많이 몰려와 정신을 집중하기 힘들 정도였지만 과거 경험도 있었기 때문에 경기에만 집중했다"라고 말했다.

그렇게 1999 시즌을 3승 2패로 끌어갔지만 후로는 또 어려움이 이어졌다. 6월 초까지 4승 3패에 평균자책점이 4점대 중반을 훌쩍 넘겼다. 그뿐 아니라 메이저리그 데뷔 후 처음으로 퇴장을 당하는 악재도 발생한다. 6월 7일 벌어진 애너하임 에인절스와의 인터리그 경기에서 그 유명한 발차기 사건을 일으키며 상대 투수 팀 벨처와 충돌, 퇴장을 당한 것이다. 박찬호는 4회 초 상대 포수 월백에게 만루 홈런을 맞아 예민해져 있던 참인데 5회 말 공격에서 희생 번트를 댄 후에 사건이 발생했다. 상대 투수 벨처가 조금 과격하게 태그를 하자 박찬호가 항의했고, 욕설이 오가다가 박찬호가 몸을 날리며 발차기 공격을 한 것이다. 이후에는 양 팀 선수들이 모두 더그아웃에서 뛰쳐나와 집단 난투극까지 벌이기도 했다. 경기 이후 가진 인터뷰에서 박찬호는 "벨처가 인종차별적 욕설을 했다"며 자신의 행위에 대한 소견을 밝혔다.

발을 쓰는 싸움에 익숙지 않은 나라라 그랬는지 몰라도 지역 언론에서는 이 사실을 대서특필했다. 나에게 박찬호가 태권도 유단자인지를 묻는 미국 기자들도 있었다. 결국 박찬호는 일곱 게임 출전 정지를 당했다. 한국에서 온 젠틀맨 박찬호의 이미지에 오점이 찍힌 사건이었다. 일부에서는 주눅 들지 않고 잘했다는 반응도 있긴 했지만, 경기를 시작할 때 모자를 벗고 공손히 인사하던 모습과는 너무 다른 면을 보여준 사건이었다. 훗날 이 사건은 미국의 스포츠전문 웹진 〈블리처 리포트〉에서 '메이저리그 역사상 가장 용서할 수 없는 행동 50' 중 44위에 뽑히기도 한다.

당시 한 가지 해프닝이 더 있었다. 출전 정지를 당한 선수는 더그아웃에 있을 수 없다. 그래서 원정 때는 관중석에서 경기를 관전하기도 하지만 홈 경기는 관중석에서 보기에는 무리가 있어 보통 일찍 경기장을 나선다. 마음고생이 심했던 박찬호도 나와 함께 경기장에서 나와 코리아타운의 한 식당을 찾았다. 맥주와 콜라를 시켜놓고 이런저런 이야기를 나누었는데, 박찬호는 평소처럼 전혀 술을 마시지 않았다. 그런데 다음 날 박찬호 선수가 징계를 당한 후 속상해 코리아타운의 술집에서 술을 마시고 만취했다는 소문이 코리아타운에 돌았다. 아마 누군가 우리 테이블의 맥주병을 보고 그런 소문을 낸 모양이다. 대부분 소문은 그런 식이다.

징계에서 돌아온 후 박찬호는 연패의 늪에 빠지고 만다. 6월 18일 피츠버그전을 시작으로 내리 4연패를 당했다. 그중에는 샌디에이고전에서 7이닝 3실점을 하고 패한 경기도 있었지만, 샌프란시스코와 홈 앤드 어웨이로 연속 등판해서는 각 $3\frac{2}{3}$이닝 6실점, 4이닝 9실점으로 무너졌다. 돌이켜보면 그때가 박찬호에게 메이저리그 데뷔 후 찾아온 최초의 고비였던 것 같다. 7월 4일 샌프란시스코 캔들스틱파크에서의 원정 경기에서 9실점으로 난타당한 날엔 클럽하우스에서도 완전히 무너진 모습이었다. 침통하기 그지없는 표정으로 자신의 라커 앞에 주저앉아 있던 박찬호는 언론과의 인터뷰도 하지 못했다. "오늘은 도저히 할 말이 없네요"라며 입을 닫은 박찬호는 잠시 후 이동하는 팀 버스 안에서 전화를 했다. 기자분들에게 정말 미안한데 도저히 인터뷰를 할 수 없었다며 양해를 구했다.

당시 박찬호의 평균자책점은 6.19까지 치솟았다. 박찬호의 부진과 함께 팀도 형편없이 흔들렸다. 7월 초 다저스는 6연패를 당하며 무너졌고 내셔널리그 서부조 꼴찌로 추락했다. 지역 언론에서는 박찬호의 부진에 정신적인 문제가 더 크다며 동반 부진한 카를로스 페레스와 함께 트레이드를 시키거나 마이너로 보내라고 질타할 정도였다. 그러나 데이비 존슨 감독은 "찬호가 부진하면 팀도 부진하다. 그것이 다저스의 현주소다"라며 박찬호에게 계속 선발 기회를 주겠다고 밝혔다.

V39.
투수들의 무덤, 시련은 아직 끝나지 않았다

그렇게 철저하게 무너진 박찬호였지만 존슨 감독의 결심으로 1999

시즌 전반기 마지막 경기에도 선발 등판할 수 있었다. 그러나 상대
는 콜로라도 로키스다. 그것도 '투수들의 무덤'이라는 덴버의 쿠어
스필드에서 싸워야 했으니 시련은 아직도 끝나지 않은 셈이었다. 요
즘이야 야구공을 습도가 높은 저장고에 보관해 반발력을 낮춰 악명
이 많이 옅어졌지만 당시 쿠어스필드는 투수들에게 그야말로 악몽
의 현장이었다.

바로 그 구장에서 박찬호는 전반기 마지막 경기를 치렀다. 그것
도 한여름 7월의 낮 경기로 말이다. 경기는 예상대로 초반부터 난타
전이었다. 1회 초 다저스는 쉽게 투아웃을 당했지만 3번 셰필드가
중전 안타로 진루하면서 폭발했다. 4번 캐로스의 안타에 이어 연속
볼넷으로 1점을 먼저 뽑은 다저스는 7번 그루질라넥이 우중간을 가
르는 싹쓸이 2루타로 로키스 선발 보해넌을 두들겨 4대0으로 앞서
갔다. 8번 페냐가 실책으로 진루하자 타석에 나선 박찬호는 풀카운
트까지 간 끝에 좌완 보해넌의 7구째를 두들겨 중전 적시타로 타점
을 올리며 보해넌을 아예 마운드에서 끌어내렸다.

1회 초에 5대0이면 보통 대세가 기우는 점수지만 쿠어스필드에
서는 10점 차도 안심할 수 없다. 박찬호는 1회 말 투아웃을 잡은 후
3번 래리 워커에게 홈런을 맞으면서 흔들렸다. 4번 단테 비셋과 5번
토드 헬튼에게 연속 안타를 맞은 박찬호는 6번 배리의 몸을 맞춰 만
루를 내줬고, 이어 7번 슘퍼트에게 볼넷으로 밀어내기 1점을 더 내
줬다. 다행히 포수 플랑코를 중견수 플라이로 잡아 위기를 넘겼다.

다저스는 2회 초 1점을 추가했지만 2회 말에 다시 2점을 내줬다. 로키스 두 번째 투수 데이비드 리에게 안타를 맞고 2회를 시작한 박찬호는 1번 네이피 페레스와 2번 애보트에게 연속 2루타를 맞아 점수 차가 6대4로 줄었다. 그나마 워커와 비셋을 연속 삼진으로 잡아 불을 껐지만, 3회에 슙퍼트에게 홈런을 맞아 어느새 6대5가 됐다.

쿠어스필드에서의 난타전은 계속됐다. 다저스는 4회 초 안타와 볼넷 2개를 묶어 3점을 보탰고, 5회 초에는 박찬호의 희생 플라이로 1점을 더해 10대5까지 달아났다. 그러나 로키스도 가만있지 않았다. 5회 말 박찬호는 헬튼에게 중월 홈런을 맞았고, 슙퍼트에게 2루타를 맞은 데 이어 대타 해리스에게 적시타를 맞으면서 다시 1점을 빼앗겼다. 페레스가 친 잘 맞은 공을 몬데시가 호수비로 잡지 못했으면 추가 실점을 할 뻔했다. 어느새 10대7이 됐다.

박찬호가 승리투수의 요건인 5회를 채우자마자 존슨 감독이 투수를 교체했다. 다저스는 마이크 매덕스와 알렌 밀스, 페드로 보본, 제프 셔 등 불펜을 총동원해 남은 4이닝을 1실점으로 막고 결국 11대8로 승리했다. 박찬호로서는 43일 만에, 천신만고 끝에 얻은 1승이었다. 시즌 성적은 5승 7패가 됐지만 평균자책점은 6.52로 오히려 더 나빠졌다. 4연패를 끊고 전반기 마지막 경기를 승리로 마친 것이 그나마 다행이라 할 수 있었다.

1999년 시즌 전반기에 박찬호가 부진했던 가장 큰 원인 중 하나는 홈런이다. 이날 3개를 포함해 전반기에만 23개를 맞았다. 그전까지 보면 1997년 서른두 게임에서 24개를 맞은 것이 한 시즌 개인 최다 피홈런이었는데 전반기에만 1개 차로 육박한 것이다. 특히 만루 홈런 4개를 비롯해 2점짜리 이상이 10개나 돼서 타격이 더욱 컸다. 좌타자에 약하고 결정구가 부족하다는 점 등 여러 가지 진단이 나왔다. 그러나 가장 큰 이유는 자신감의 결여였다. 아무리 빠른 공을 던져도 자신감이 실리지 않으면 뛰어난 타자들은 반드시 그 공을 쳐내고 만다.

힘겨운 승리 후 박찬호는 이렇게 말했다.

"7점이나 내줘 기분이 썩 좋지는 않지만 승리했다는 것이 중요하다고 생각한다. 그동안 밤잠을 이루지 못할 만큼 괴로웠는데 오늘 밤부터는 푹 잘 수 있을 것 같다. 2회에 2점을 더 내준 뒤 3, 4번 타자를 삼진으로 잡으면서 자신감이 생겼다. 커브로 모두 삼진을 잡았는데 이후 변화구 승부가 주효했다. 정말 힘든 전반기였다. 후반기에는 모든 것을 잊고 긍정적으로 생각하기로 했다. 존슨 감독이 심리학자를 만나도록 권유했는데 도움이 된다면 마다할 이유가 없다. 그쪽의 책도 읽고 있다. 전반기에는 1승, 1승에 너무 집착해 경기 운영을 소극적으로 한 느낌이 있지만 후반기에는 투구 패턴을 바꿔 예전의 모습을 되찾도록 노력하겠다."

그렇게 마음이 흔들리던 박찬호에게 올스타 브레이크는 짧기는 하지만 자신을 돌아보고 마음의 휴식을 취할 수 있는 달콤하고 절실한 휴가였다. 자신을 가다듬은 박찬호는 후반기 대반전을 노린다.

삭발은 박찬호의 힘, 파죽의 7연승

전반기를 힘겹게 마친 후 후반기 첫 경기에서 애너하임 에인절스를 꺾고 2연승을 거두면서 박찬호가 살아날 것이라는 희망이 돋았다. 에인절스전을 치르면서 퇴장 사건과 빈볼 시비를 겪기도 했는데, 그 상대와의 원정 경기에서 초반부터 타선이 폭발해 13대3의 편안한 승리를 거두었다. 6$\frac{1}{3}$이닝 2실점 호투가 빛났다.

하지만 에인절스전 승리 이후 박찬호는 다시 승수 쌓기에 실패하며 패전만 늘어갔다. 전반기보다는 확실히 좋아진 모습이었지만 승운마저 따르지 않았다. 이후 6월 23일 콜로라도전에서 6$\frac{2}{3}$이닝 3실점의 퀄리티스타트를 하고도 패전투수가 되더니 다음 다섯 경기에서 2패만 더하며 시즌 10패까지 추락했다. 두 번이나 7이닝 2자책점의 호투를 하고도 패했다. 8월 17일 플로리다 말린스전에서 7이닝 3실점(2자책)으로 패할 당시 시즌 성적은 6승 10패에 평균자책점 5.77이었다. 박찬호는 여섯 경기에서 3패만 당하며 1승도 거두지 못하는 불운과 슬럼프에 울었다. 세 번은 퀄리티스타트였고 다른 한 번은 5이닝 2실점이었지만 지독히도 승운이 따르지 않았다.

1999년 8월 19일, 여느 때와 마찬가지로 경기 전 취재를 위해 클럽하우스로 갔다. 잠시 후에 클럽하우스로 들어오는 박찬호를 맞이

하는데 어딘가 어색하고 이상했다. 그가 모자를 벗는 순간 하얗게 삭발한 머리가 눈에 들어왔다. 박찬호는 경기가 하도 안 풀려서 전날 동생 박헌용 씨와 목욕탕을 찾아 서로 머리를 빡빡 밀어주었다면서 어색하게 웃었다.

그런데 신통하게도 박찬호는 다음 경기부터 거침없는 7연승을 거두었다. 이후 박찬호는 거의 매년 삭발을 했다. 매년 시기를 정해 정기적으로 삭발한 것은 아니었지만 운동선수가 시즌 내내 잘나갈 수는 없으니, 머리 깎을 구실이 번번이 생기는 탓이었다. 경기가 풀리지 않고 어려움에 봉착하면 박찬호는 머리를 시원하게 밀어버리고 재충전의 기회로 삼았다.

삭발을 할 정도로 승리에 목말라하던 시점에 만난 팀은 필라델피아 필리스였다. 시즌이 후반기로 치닫던 8월 23일, 다저스는 지금은 사라진 필라델피아의 베테랑스 스타디움으로 날아갔다. 당시 필리스는 65승 57패로 동부조 3위였고, 다저스는 55승 68패로 서부조 3위였다. 필리스는 톱타자 덕 글랜빌을 시작으로 론 갠트, 바비 아브레우, 케빈 조단, 로코 브로냐, 말론 앤더슨 등이 버티는 만만치 않은 타선이었다.

다저스는 1회 초 셰필드의 2타점 2루타로 리드를 잡은 후 앞서 갔다. 1회 말 박찬호가 선두 글랜빌을 볼넷으로 밀어낸 데 이어 1사 후 아브레우와 조단에게 연속 안타를 맞고 1점을 내줬지만 아브레우를 견제구로 잡는 등 추가 실점을 막았다. 그런데 박찬호는 5대1

로 앞선 5회 말 2사 후에 갠트와 아브레우를 연속 볼넷으로 내보내고는 조단과 브로냐, 앤더슨에게 연속 3안타를 맞고 3점을 내줬다. 6번 포수 베넷을 2루 땅볼로 잡고 겨우 이닝을 끝냈지만 5대4로 턱 밑까지 추격당했다.

그러나 지난 여섯 경기에서 박찬호를 전혀 도와주지 않던 타선이 그날 모처럼 터졌다. 1점 차로 쫓기게 된 6회 초 셰필드가 필리스 세 번째 투수 스티브 몽고메리에게 좌월 만루 홈런을 터뜨리며 순식간에 9대4로 크게 앞섰다. 당시 박찬호의 도우미 역할을 톡톡히 해줬던 셰필드는 자존심이 강하고 직언을 하는 스타일로 박찬호와는 운동도 함께하고 좋은 동료로 지냈다.

결국 6이닝 4실점으로 승리를 거두면서 불운을 떨친 박찬호는 시즌 막판 무서운 상승세를 타기 시작한다. 화려한 7연승 행진의 시작이 바로 이 경기였다. 승리를 거두지 못한 35일 동안 박찬호 트레이드설과 심지어는 방출설까지 나오는 등 여론이 흉흉했지만 박찬호는 이날 삭발 투혼으로 마침내 승리를 거뒀다.

경기가 끝난 후 박찬호는 타선의 도움으로 승리를 거뒀지만 쉽지 않은 경기였다고 말했다. "타자들이 잘 쳐줘서 이길 수 있었는데 어려운 경기 운영으로 내가 힘들게 만들었다. 어쨌든 이겨서 보람이 있고 타자들에게 고맙다"라며 기뻐했다.

그러면서 박찬호는 그날 마음을 비운다는 말을 했다.

"기준이 어떻게 되는지는 모르겠지만 큰 욕심을 부리지 않는 마음을 가지려고 노력한다. 상대 타자가 힘이 있건 약하건 스트라이크를 던지고, 맞는 것을 겁내면 안 되는데 5회에도 계속 4구를 내주는 등 나쁜 일이 반복됐다. 케빈 브라운과도 이야기를 했지만 너무 많은 생각은 정신적으로도 피로하고 육체적으로도 짐이 된다. 너무도 많은 상처를 받아 잊으려고 노력해도 마운드에 서면 떠오른다. 일단 남은 한 달 반 동안은 어려워도 최선을 다하고 오프 시즌에 휴식으로 재충전하겠다."

그는 지친 가운데도 투지를 불살랐다. 삭발에 대해서는 "머리를 깎기 전에도 거울을 보면서 나 자신을 반성하고 했는데 진작부터 깎으려다 용기가 나지 않았다. 깎고 나서 거울을 보니 내 모습도 달라 보이고 새로워 보인다. 신경은 쓰이지만 편리하기도 하다"라며 씩 웃었다.

삭발 투혼으로 힘겹게 패배 행진을 멈추고 시즌 7승째이자 통산 41승을 거둔 후 박찬호는 무섭게 질주했다. 8월 30일 홈에서 열린 일전은 의미가 큰 경기였다. 메이저리그 데뷔 후 백 번째 선발 등판한 날이었고 그해 열두 번의 홈 등판에서 단 1승도 거두지 못한 징크스에 도전한 날이기도 했다. 이날 박찬호의 상대는 다름 아닌 시카고 컵스였다. 메이저리그 첫 승리를 비롯해 중요한 고비에서 제물이 됐던 컵스가 LA로 원정을 온 것이다.

시작은 매우 어려웠다. 1번 타자 존슨에게 2루타를 맞더니 2번 메이어스는 몸을 맞췄고 3번 그레이스는 볼넷으로 진루시켜 순식간에 노아웃 만루가 됐다. 그레이스가 6구째 친 공은 우측 폴대를 아슬아슬하게 스쳐 가는 파울 홈런이 돼 간담을 서늘하게 하기도 했다. 그러나 이어진 강타자 소사와의 대결에서 박찬호는 3루 땅볼을 끌어냈다. 3루, 홈, 1루로 이어지는 병살이면 실점 없이 투아웃을 잡을 수 있는 상황이다. 그런데 당시 루키이던 아드리안 벨트레가 판단 착오로 급히 뛰어가 3루를 찍고는 1루로 던진다는 것이 악송구가 되고 말았다. 2실점이다. 2점을 먼저 내주고 시작한 다저스는 2회 말 캐로스가 친 행운의 홈런으로 1대2로 추격했다. 우측으로 날아간 타구를 소사가 잡으려다 글러브에 맞고 펜스를 넘어가는 바람에 2루타성 타구가 홈런이 된 것이다. 이어 셰필드의 홈런으로 4대2로 경기를 뒤집었고 박찬호는 계속 실점 없이 컵스를 막았다. 그리고 8회 초 4대3까지 추격당한 가운데 1사 만루의 마지막 큰 위기가 왔다. 위기 상황에서도 존슨 감독은 박찬호에게 계속 마운드를 맡겼다. 박찬호는 6번 리드는 3루수 파울 플라이로, 7번 니브스는 헛스윙 삼진으로 잡으면서 승리를 지켰다. 통산 42승째다.

박찬호는 메이저리그 첫 승과 첫 완투승, 백 번째 선발 경기 승리를 모두 컵스를 상대로 따냈다. 당시까지 7승(2패)으로 메이저리그 어떤 팀보다 많은 승리를 컵스로부터 거둔 것이다.

이날 경기 전에는 선수들이 사인한 유니폼을 경매하는 행사도 있었는데 박찬호의 저지가 1,000달러에 팔리기도 했다. 최고액은 셰필드의 3,500달러였다. 경기 후에도 해프닝이 있었다. 메이저리그 경기가 끝나면 기자들이 가장 먼저 하는 일은 감독실로 가서 그날 경기에 대해 감독과 인터뷰를 하는 것이다. 그런데 존슨 감독이 인터뷰 직전 갑자기 모자를 벗더니 "이 정도면 찬호랑 비슷한가?"라며 기자들을 깜짝 놀라게 했다. 거의 삭발에 가까운 모습이어서 감독실은 곧 웃음바다가 됐다.

경기 후 박찬호는 "굉장히 기쁘다. 어려웠고 또 게임이 무척 재미있어서 더욱 보람됐다. 아버지께서 오늘 경기를 보고 귀국하시는데 좋은 선물을 드려 기쁘다"라고 말했다. 미국으로 떠나기 직전에도 대학생 선수로서 그간 모아둔 용돈을 어머니에게 드릴 만큼 효자였던 박찬호는 메이저리거가 된 후에도 효심이 한결같았다.

승리가 시작되자 운도 따랐다. 9월 4일 경기는 컵스와의 재대결 원정 경기였는데 5이닝 동안 5점이나 내줬지만 난타전 끝에 다저스가 8대6으로 승리하며 승리투수로 기록됐다. 3연승과 함께 시즌 9승으로 3년 연속 10승 달성이 눈앞으로 다가왔다. 통산 43승째였다.

야구는 인생과 비슷하다. 때로는 온 힘을 다해 노력하여 충분히 결과를 기대할 만한데도 이루어지지 않기도 하고, 때론 조금 부진해도 동료나 주위의 도움으로 기대 이상의 성과가 나오기도 한다. 그러나 중요한 것은 꾸준히 노력하며 목표를 향해 달려가는 것일 터이다. 박찬호의 질주는 계속 이어진다.

9월 14일 홈 경기에서 박찬호는 6이닝 4실점을 했지만 활발한 타선의 도움으로 승리투수가 됐다. 6회까지 5대4의 아슬아슬한 리드였는데 6회 말 3점을 비롯해 7점을 추가하며 12대4로 대승했다. 4연승과 함께 시즌 성적도 10승 10패가 됐다. 존슨 감독은 경기 후 인터뷰에서 "찬호는 우리 팀의 미래에 아주 큰 부분이며 내년 시즌의 좋은 활약을 위해서 오늘 10승은 정말 축하할 일이다"라고 말했다. 뼈가 있는 말이었다. 당시 다저스에서는 시애틀에서 뛰던 유격수 알렉스 로드리게스 영입설이 계속 돌았고, 그러자면 박찬호나 대런 드라이포트 중 하나는 포기해야 한다는 기사가 나오기도 했다. 이에 대한 질문을 받자 존슨 감독은 "금시초문인데, 혹시 찬호가 지어낸 얘기 아냐?"라고 되받아쳐 기자들을 웃기기도 했다. 박찬호도 인터뷰에서 자신은 캘리포니아를 좋아하며 계속 LA에 머물기를 원한다는 말을 처음으로 하기도 했다.

이날 경기에는 박찬호의 친한 친구인 가수 션이 응원을 나와 눈길을 끌었다. 박찬호가 마운드에 오르면 지누션의 노래 〈자유〉가 다저스 스타디움에 울려 퍼지기도 했다. 경기가 끝나고 인터뷰실에 들어온 박찬호가 크게 한숨부터 쉬던 기억이 난다. 시즌 10승을 거뒀다는 안도감이었다. 그는 "10승을 거둬 기분이 좋다. 올해 10승 달성을 목표로 하면서도 중간중간 회의를 느낀 적도 많았다. 6승을 하고 나서 계속 안 되자 너무 고달프고 힘들어 자책을 많이 했다. 그러나 6승에도 만족하겠다고 마음을 비웠다. 머리를 깎은 동기도 됐다"라고 말했다. 통산 44승을 거둔 경기였다.

한 시즌은 정말 길다. 메이저리그에서는 팀당 162경기를 벌이고 시범 경기까지 합치면 190경기가 넘는다. 시즌도 가을 잔치까지 합치면 거의 9개월에 달한다. 그 오랜 기간 선수들은 최선을 다하려고 노력하고 좋은 결과를 얻기 위해 전력을 기울인다. 그러나 지나고 보면 아쉽게도 기록만 눈에 들어온다. 그래서 성적과 기록을 무시할 수가 없다. 그런 면에서 박찬호의 1999 시즌 10승은 소중하고 의미가 컸다. 3년 연속 10승 투수가 되며 확실히 엘리트 투수 반열에 올랐다. 특히 힘겨웠던 시즌으로 잃었던 자신감을 회복하는 계기가 됐으며 남은 시즌에 더욱 힘을 낼 수 있었다.

일단 10승 고지에 오른 박찬호는 남은 시즌 등판 간격을 조정해줄 수 있다는 감독의 제안을 뿌리치고 5일 후인 9월 19일 콜로라도 로키스와의 원정 마운드에 오른다. 쿠어스필드라면 난타전이 연상되지만 박찬호는 그날 잘 던졌다. 막강 로키스 타선을 6이닝 1실점으로 막고 개인 최다 타이인 5연승을 거두면서 시즌 11승, 통산 45승을 달성했다. 그날 박찬호는 6이닝 동안 4안타, 4볼넷, 4삼진과 함께 딱 1점을 내줬다. 3대1로 앞선 가운데 7회째에 대타 핸슨으로 교체됐고 최종 5대4로 승리하며 박찬호는 생애 최다인 6연승을 거뒀다. 통산 45승째였다.

다저스는 전날 18대10으로 대패하며 로키스에 반 게임 차까지 추격당했다. 이날 패했으면 내셔널리그 서부조 꼴찌로 떨어질 판이었는데 박찬호의 호투에 힘입어 간신히 꼴찌를 면한 경기이기도 하다. 박찬호는 이날 두 타석에서 연속 삼진을 당했는데 상대 투수는 바로 다저스에서 뛰던 아스타시오였다. 이날 아스타시오는 7이닝 5실점을 하며 패전투수가 되었는데 아무래도 박찬호와의 기싸움에서 밀린 듯했다. 다저스 시절 마운드에서 긴 팔을 늘어뜨리는 준비 동작으로 눈길을 끌었던 아스타시오는 박찬호와 드라이포트라는 신예들이 급성장하며 결국 트레이드된 선수였다. 그런데 경기 전날 박찬호의 등판 소식을 듣고는 몇 번이고 진짜 선발로 나오느냐고 물었다고 한다. 박찬호는 "내가 선발로 나온다니까 아스타시오가 겁을 먹어서 자신이 있었다"라고 말하기도 했다.

거침없는 5연승으로도 박찬호의 기세는 수그러들 줄 몰랐다. 9월 24일 라이벌 샌프란시스코 자이언츠와의 경기에서 6이닝 3실점으로 승리투수가 됐다. 개인 최다 6연승이었다. 박찬호는 마침 그날이 추석이라 고향에 계신 할아버지께 좋은 경기를 보여드렸다며 특히 기뻐했다. 1993년 12월 박찬호가 고국을 떠나며 조부모님께 작별인사를 드렸을 때 할머니께서 손자의 손을 부여잡고 엉엉 우셨다고 했다. 먼 길을 떠나는 손자가 걱정되고 서운하셨던 모양이다. 반면 여든이 넘은 할아버지는 단호한 어조로 "미국에 가서도 절대 양키들에게 져서는 안 된다"는 격려를 해주셨다고 했다. 지금은 고인이 되신 박찬호의 할아버지는 공주 씨름판을 휩쓴 장사였다. 그의 강한 체력과 기백은 할아버지로부터 물려받은 것인지도 모르겠다.

그러나 그날 경기는 구위가 뛰어났던 반면 제구력이 흔들린, 극과 극의 경기였다. 안타를 5개밖에 내주지 않았지만 볼넷이 6개나 돼서

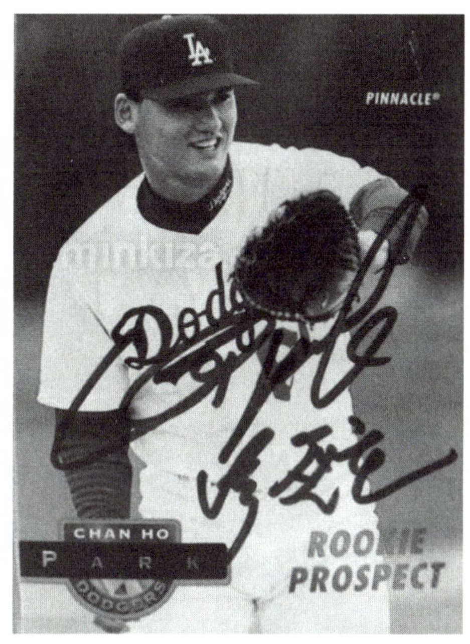

박찬호의 메이저리그 야구 카드

고전했고 폭투도 2개나 나왔다. 대신 삼진 8개를 곁들이며 위기를 넘겼다. 존슨 감독은 너무 강하게 던지려고 한다며 '오버스로우over-throw'라는 표현을 썼다. 그는 "가끔 너무 강하고 완벽하게 던지려는 경향으로 제구력을 잃기도 했지만 전반적으로 훨씬 여유가 생겼고 서두르는 것도 없어졌다. 내년 시즌 기대가 크다"라고 말했다. 이날 경기 중에 오른손 가운뎃손가락의 손톱이 약간 찢어졌는데 박찬호는 가끔 있는 일이고 별문제 없다며 남은 시즌 등판을 강행할 뜻을 밝혔다.

정확히 5일 후 7연승 도전 상대도 똑같은 샌프란시스코 자이언츠였다. 장소는 자이언츠 홈 '3콤파크'였다. 그때 이미 운동장의 이름을 빌려주는 비즈니스가 시작되고 있었다. 캔들스틱파크라는 아름다운 이름으로 불리던, 비틀스의 마지막 공연이 열렸던 그 운동장의 이름은 컴퓨터 회사가 돈을 주고 산 후 3콤파크가 되고 말았다. 또 하나 달라진 점이 있다면 전 경기에서 결장했던 배리 본즈가 이날은 출전했다는 것이다.

시즌 서른두 번째로 선발 등판한 이날 경기에서 박찬호는 5일 전보다 더욱 강했다. 똑같이 6이닝을 던졌는데 안타는 3개만 내줬고 삼진 8개에 1실점을 하며 6대3으로 팀의 승리를 이끌었다. 1실점은 2회 147킬로미터 패스트볼을 던졌다가 J.T. 스노우에게 맞은 홈런이다. 3회부터 6회까지는 볼넷 4개가 있기는 했지만 1개의 안타도 내주지 않으며 자이언츠 타선을 틀어막았다. 본즈에게도 1회에 안타, 3회에 볼넷을 내줬지만 5회 153킬로미터 강속구를 앞세워 삼진으로 잡으며 기세를 올렸다.

7연승을 기록한 박찬호는 시즌 13승과 함께 통산 47승째를 거두며 후반기 대반전을 이뤄냈다. 6승 10패이던 성적이 어느새 13승 10패가 돼 있었다. 그런데 이날 경기에는 우여곡절이 있었다. 원래 박찬호는 10월 1일에 마지막 등판을 하기로 돼 있었다. 시즌도 끝나가고 팀은 이미 우승권에서 멀어졌으므로 무리해서 두 번씩 등판할 이유가 없었기에 마지막 등판을 준비하라는 지시였다. 하지만 이날 갑작스레 등판이 결정됐다. 선발로 예정되었던 동료 이스마엘 발데스가 부친의 교통사고로 갑자기 멕시코에 갔기 때문이다. 경기 시작 여덟 시간 전에야 급하게 등판 통고를 받았고, 공항에 늦는 바람에 비행기를 놓칠 뻔하기도 했다. 전세기는 이미 문을 닫고 출발 준비를 마쳤는데 케빈 브라운과 전화 통화가 돼 간신히 탈 수 있었다.

이날 경기에서도 박찬호 도우미 셰필드는 펄펄 날았다. 셰필드는 1회 선제 홈런에 이어 9회 쐐기 홈런을 쳤는데 박찬호가 7연승을 거두는 동안 매 경기 홈런을 치며 지원했다. 또한 이날 승리는 박찬호에겐 캔들스틱파크에서의 최초이자 유일한 승리가 됐다. 그전까지 여섯 번 등판해서 3패만 당했는데 이날 마침내 승리를 거둔 것이다. 이후 자이언츠가 2000년부터 구장을 도시 중심부로 옮겨 박찬호에게는 이날이 이곳 마지막 등판이 되었다.

또 한 가지 인상적인 것은 이날 박찬호의 투구 수가 93개로 많지 않았음에도 투수를 교체한 것이었다. 존슨 감독은 마지막 휴스턴 애스트로스와의 3연전에 박찬호를 등판시키기 위해 일찍 교체했다고 했다. 애초에는 박찬호가 4주간 병역훈련을 위해 10월 6일에 귀국해야 해서 10일 1일을 마지막 등판으로 잡고 있었다. 그러나 존슨 감독은 박찬호와 상의해서 10월 3일을 마지막 등판으로 계획했다. 휴스턴이 플레이오프 진출을 놓고 신시내티와 접전을 벌이고 있었기에 강한 투수로 상대하는 것이 예의라고 했다. 그래서 케빈 브라운과 박찬호를 휴스턴전에 모두 투입하기로 한 것이다.

결과적으로 박찬호는 휴스턴과의 시즌 마지막 경기에서 아주 잘 던지고도 아쉬운 패전투수가 됐다. 3일 만에 나선 경기에서 155킬로미터 강속구를 앞세워 7이닝 동안 4안타를 기록하며 1실점으로 막았는데 6회 크렉 비지오에게 아쉽게도 1점 홈런을 맞았다. 이날 상대 투수는 KIA에서도 뛰었고 이제는 고인이 된 호세 리마였다. 당시 리마는 20승 투수로 최고 전성기였는데 7²/₃이닝을 7안타 무실점으로 막고 시즌 21승째를 올렸다. 다저스는 3대0으로 패했다.

시즌을 마친 소감을 묻자 박찬호는 "섭섭하고 아쉽다. 갈수록 좋아지고 있는데 시즌이 끝났다. 시작은 힘들었지만 마지막이 좋아 기분이 좋다. 많은 것을 배운 해였다. 어려울 때 남보다 먼저 구장에 나가 빠지지 않고 열심히 훈련한 것이 좋은 결과를 가져왔다"라고 돌아봤다. 홈런과 볼넷이 많고 좌타자에 약했다는 지적에 대해서는 "정신적인 문제가 제일 크다. 안 좋은 것을 자꾸 생각했다. 또 세게만 던지려다 투구폼이 흐트러졌다"고 답했다. 그러면서 "10승을 했을 때 가장 기뻤다. 못할지도 모른다고 생각했기 때문이다. 나빴던 순간은 모두 잊어버렸다. 며칠 전 데이비 존슨 감독이 '내년에는 걱정하지 않아도 되겠다' 며 격려를 해줬다. 어려울 때 격려해주신 팬 여러분께 진심으로 감사드린다. 내년에는 더 좋은 모습을 보여줄 수 있도록 노력하겠다"라며 각오를 다졌다.

어려움도 많았고 아쉬움도 남았지만 동시에 후반기 대반전을 이뤄내기도 한 1999 시즌은 그렇게 끝이 났다. 박찬호는 총 서른세 경기에 선발로 나서 13승 11패, 평균자책점 5.23의 성적을 남겼다. 194$\frac{1}{3}$이닝을 던져 208안타를 맞고 120실점(113자책)을 했다. 삼진 174개를 잡았지만 볼넷도 100개나 내줬고 홈런을 31개나 맞았다. 2년간 급상승하던 기세가 주춤한 것은 분명했다. 그러나 시즌 막판에 7연승을 기록하며 13승을 거뒀고 배운 것도 많은 시즌이었다. 그렇게 박찬호는 메이저리그의 당당한 선발 투수로 쓴맛, 단맛을 모두 겪으며 탄탄하게 자리를 잡아갔다.

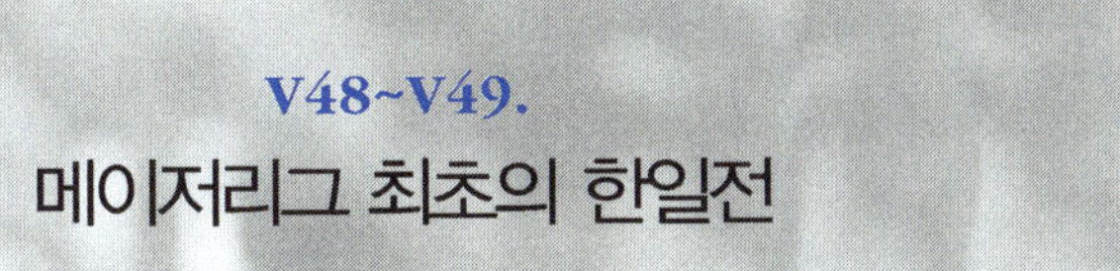

2000년을 앞둔 박찬호에 대해 장밋빛 기대가 만발했다. 물론 야구

시즌이 시작되기 전이면 누구나 희망에 가득 차는 것은 사실이다. 선수나 팀도 그렇지만 팬 역시 마찬가지라 기대치는 한층 높아진다. 박찬호도 이례적으로 20승에 도전해보겠다는 출사표를 던졌다. 현지 언론은 박찬호가 1998년의 활약을 다시 보여준다면 LA 다저스가 조 우승 가능성이 있다고 내다보기도 했다.

2000년 시즌을 앞두고 다저스의 스프링 캠프가 있는 플로리다 주 베로비치로 출장을 갔다. 무려 40일에 가까운 장기 출장이었다. 그런데 그 시즌의 초반 일정이 조금 황당했다. 미국이라는 땅덩어리가 얼마나 넓은지, 지역마다 얼마나 변화무쌍한지를 그야말로 피부로 느낄 수 있는 일정이 기다리고 있었다.

베로비치에서 40여 일간 스프링 캠프를 취재할 때는 한여름이었다. 연일 섭씨 35도가 넘는 더위와 하루에 한 번 정도는 꼭 쏟아지는 폭우 탓에 당시 특파원들의 복장은 주로 반바지에 샌들이었다. 그 무더운 베로비치에서 장기 출장을 한 끝에 스프링 캠프가 마무리되고 정규 시즌이 시작되자 상황은 180도 변했다.

그해 LA 다저스는 동부 원정으로 시즌을 시작했다. 첫 원정지인 캐나다의 몬트리올을 시작으로 뉴욕을 거쳐 샌프란시스코를 도는 9연전의 일정이었다. 베로비치에서 자동차로 두 시간 넘게 운전해서 올란도 공항에 도착했고, 그곳에서 몬트리올행 비행기를 탔다. 그런데 네 시간여를 날아가 몬트리올에 도착하니 공항에 눈이 내리고 있었다. 몇 시간 만에 섭씨 35도가 넘는 한여름에서 영하의 한겨울로 날아간 셈이었다. 가죽 점퍼를 챙겨가지 않았더라면 추위 탓에 더 많은 고생을 할 뻔했다. 하지만 몬트리올은 실내 구장인 올림픽 스타디움에서 경기를 하기 때문에 진행에는 문제가 없었다. 오히려 다음 경기가 열린 뉴욕에서 문제가 컸다. 당시 눈 폭풍이 부는 바람에 뉴욕 메츠와의 경기가 취소되는 등 고생했던 기억이 생생하다.

2000년 4월 5일 박찬호는 여전히 한겨울의 몬트리올에서 시즌 첫 승리를 거두며 힘찬 시동을 걸었다. 그 경기는 박찬호의 시즌 첫 등판이어서도 그랬지만 상대 투수가 이라부 히데키로 정해지면서 한국과 일본 언론에서도 큰 관심을 보였다. 양키스에서 뛰다가 이적한 이라부는 일본의 대표적인 강속구 투수였다. 그날 올림픽 스타디움에서는 서른 명도 넘는 한국과 일본 기자들이 취재 전쟁을 벌였다. 한 구단 관계자는 "우리 구단 사상 이렇게 많은 동양 기자가 취재한 것은 처음"이라며 혀를 내두르기도 했다. 3루 쪽 관중석에는 한국 팬이 꽤 많이 보였고, 1루 쪽에는 일본 팬들이 모여 마치 국가대항전 같은 느낌도 주었다.

그러나 이날 승부는 싱겁게 갈렸다. 이라부는 초반부터 다저스의 타선에 혼쭐이 났다. 2회까지는 1대1의 팽팽한 승부였으나 이라부는 3회에만 5연속 안타를 얻어맞고 원아웃도 못 잡고 강판되고 말았다. 점수도 이미 8대1로 벌어져 승부의 추가 기울었다. 경기는 최종 10대4로 끝났고 박찬호는 6이닝 4실점(3자책점)으로 퀄리티스타트를 끊고 승리투수가 됐다.

박찬호는 메이저리그 데뷔 4년 만에 시즌 첫 등판에서 첫 승리를 거뒀다. 그전까지 세 번의 첫 등판에서는 1패가 전부였다. 이날도 셰필드가 1대1에서 2점 홈런을 터뜨려 '찬호 도우미' 역할을 2000년에도 이어갔다.

경기 후 박찬호는 체인지업이 잘 들어가 기분이 좋았다며 이라부와의 승부에 대해서는 "나처럼 멀리 와서 뛰는 선수인데 일찍 강판돼 아쉽다"고 말했다. 그리고 "내가 상대하는 것은 타자니까 꼭 맞대결을 하는 것은 아니지만 3루 쪽에 한국 팬이 많았고 1루 쪽에는 일본 팬이 몰리는 등 재미있었다"라고 덧붙였다.

뉴욕 메츠와의 시즌 두 번째 등판이 눈 폭풍으로 무산되자 박찬호는 미국을 동서로 가로질러 샌프란시스코로 날아갔다. 베로비치에서는 한여름이었지만 몬트리올은 초겨울, 뉴욕은 한겨울이더니 샌프란시스코는 한국의 가을 날씨를 연상시키는 상쾌한 기후였다.

2000년 4월 12일은 샌프란시스코 자이언츠 팬에게는 잊을 수 없는 날일 것이다. 다운타운에서 가까운 바닷가에 3억 2,000만 달러를 투자해 새로 지은 퍼시픽벨파크가 개장한 날이기 때문이다. 야구장은 경기 시작 전부터 축제 분위기였다. 그러나 박찬호는 라이벌 자이언츠 팬의 기분을 맞춰줄 생각이 전혀 없었다. 초반부터 라이벌답게 팽팽하게 펼쳐진 경기였지만 박찬호는 배리 본즈와의 어려운 싸움에도 6이닝 3실점을 하며 2승째를 챙긴다.

여기서 박찬호와 배리 본즈의 인연을 짚고 넘어가 본다. 메이저리그 최다 홈런 기록 보유자인 본즈(762개)는 박찬호가 메이저리그에서 뛰는 동안 가장 많이 상대한 두 타자 중 한 명이다. 다른 한 명은 샌디에이고와 애리조나에서 뛴 외야수 스티브 핀리이며, 본즈와는 무려 예순네 번이나 대결했다.

당대 최고의 강타자로 위력을 떨치던 본즈와의 대결에서 박찬호는 피안타율이 2할 7푼 7리(47타수 13안타)로 평균 정도였다. 그런데 홈런은 이날 포함해서 8개를 맞았다. 거기에는 2001년 다저스 유니폼을 입고 마지막으로 뛴 경기에서 맞은 2개도 포함돼 있다. 1998년 마크 맥과이어가 한 시즌 70홈런이라는 엄청난 기록을 세웠는데, 2001년 본즈는 시즌 마지막 두 경기를 남기고 70홈런을 거둬 기록 경신을 노리고 있었다. 박찬호는 49승째를 거둔 바로 그 경기장에서 본즈의 홈런 71, 72호의 희생양이 된 셈이다.

그러나 맥과이어도, 본즈도 메이저리그 역사에서는 오명으로 남고 말았다. 그 모든 대기록이 금지약물의 도움을 받아 이뤄진 것으로 밝혀졌기 때문이다. 역설적으로 박찬호는 그 약물의 시대, 그래서 타자가 득세하던 시절에 전성기를 보내며 뛰어난 성적을 거뒀기에 그의 기록이 더욱 가치가 있다는 평가를 들었다.

2연승으로 멋지게 출발한 박찬호는 시즌 세 번째 신시내티전에서 7이닝 3실점(2자책)의 호투에도 타선이 침묵하며 첫 패전을 당한다. 그리고 2000년 4월 23일 같은 신시내티와의 원정 경기에서는 5이닝 1안타 1실점으로 승리투수가 됐다. 시즌 3승째이자 통산 50승의 쾌거였다. 메이저리그 활약일수 4년 65일 만에 이룬 50승이었다. 이날 5회에는 2타점 2루타로 자신의 시즌 첫 안타를 장식하기도 했다. 그런데 5회까지 마이클 터커에게 홈런 하나만 내줬던 박찬호는 오른손 가운뎃손가락에 물집이 크게 잡혀 5회를 간신히 마치고 교체되었다. 그 후유증 때문인지 다음 세 경기에서 2패만 당하면서 시즌 3승 3패가 됐다.

그리고 5월 14일 박찬호의 생애에서 다섯 손가락, 아니 세 손가락에 꼽을 만한 명승부가 펼쳐진다. 박찬호의 수많은 경기를 현장에서 지켜봤지만 이날 이 대결은 지금도 어제 일처럼 생생하게 떠오른다. 그만큼 인상적인 역투였다. 이 경기 후 지역 언론에서는 1970년대 카디널스의 우완 강속구 에이스였던 밥 깁슨 이후 최고의 피칭이었다고 극찬했다. 또한 상대 선발 릭 엔킬 역시 7이닝 무실점의 역투를 펼치며 숨 막히는 투수전으로 전개된 이 경기는 '2000 시즌 메이저리그 최고의 경기' 후보에 오르기도 했다. 당시 엔킬도 150킬로미터가 넘는 강속구를 던지는, 카디널스가 미래의 에이스로 애지중지하던 신성 왼손 투수였다.

장소는 세인트루이스의 부시 스타디움이었다. 카디널스는 마크 맥과이어를 필두로 짐 에드몬즈, J. D. 드루, 레이 랭포드, 페르난도 비냐, 에드가 렌테리아, 플라시도 폴랑코 등이 포진한 막강 타선이었다. 시작은 불안, 아니 불운했다. 1회 말 선두 타자 비냐가 친 공이 우측 담장 상단을 맞았는데 브루스 프로밍 1루심이 홈런을 선언해버렸다. 요즘 같으면 비디오 리플레이 요청을 하면 되지만 당시는 그런 규정이 없었다. 경기 후 〈AP통신〉이 "슬로비디오 분석 결과 1회 비냐의 홈런은 펜스 상단의 노란색 부분 밑에 맞아 홈런이 아니었다"라고 보도하기도 했다.

그렇게 어렵게 시작했지만 박찬호는 굴하지 않았다. 155킬로미터를 넘나드는 강속구와 130킬로미터 초반의 슬로커브, 140킬로미터대 초반의 슬러브 그리고 간간이 섞어 던지는 체인지업을 가미하며 카디널스 강타선을 농락했다.

이 시절 박찬호의 히트상품은 '슬러브'였다. 슬라이더와 커브의 합성어로 시속 86마일(138킬로미터) 정도의 구질을 가리킨다. 간단히 말해 브레이킹볼의 일종이다. 그런데 낙폭이 큰 커브와 상대적으로 속도가 빠른 슬라이더의 장점이 합쳐졌다 해서 슬러브라 불렀다. 왼손 타자 공략에 효과적이었다. 왼손 타자의 몸쪽 꽉 찬 듯한 코스로 날아가다가 순식간에 가라앉아 헛스윙을 이끌어내기 좋은 구질이었다. 다저스에서의 마이너리그 시절 버트 후튼 코치로부터 배운 것이었다.

1회 비냐에게 억울한 홈런을 맞은 이후 박찬호가 8회까지 맞은 추가 안타는 딱 2개뿐이다. 그리고 개인 최다인 12개의 삼진을 뽑으며 기세를 올렸다. 개인 최다였을 뿐 아니라 1999년 5월 케빈 브라운의 12K 이후 1년 만에 기록한 다저스 투수 최다 삼진이기도 했다. 맥과이어도 커브에 헛스윙 삼진을 당했고, 랭포드와 마테니는 세 번씩이나 삼진으로 물러났다.

특히 이날 승부의 백미는 짐 에드몬즈와의 대결이었다. 에드몬즈는 시즌 초 4할대의 타율로 불방망이를 휘두르고 있었다. 특히 바로 전날 6년간 5,700만 달러의 계약을 맺어 화제의 중심에 있었다. 그러나 박찬호는 이날 3번으로 나온 에드몬즈를 1회 첫 대결에서 1루 땅볼로 잡은 데 이어 세 타석 연속 삼진으로 잡아냈다. 특히 8회 말 1대1 동점에 주자 1, 3루의 최대 위기에서 만난 에드몬즈를 7구의 승부 끝에 낮은 커브를 날려 헛스윙 삼진으로 잡으며 주먹을 불끈 쥐었다.

이날 승리는 그야말로 천신만고 끝에 이루어졌다. 7이닝을 던지는 동안에 볼넷 4개를 내줬고 4안타를 맞으며 만루의 위기가 세 번이나 있었다. 그러나 과감한 승부로 다저스 타선을 몰아세우며 삼진 9개를 뽑고 무실점으로 역투했다. 다저스는 8회 엔킬이 내려간 후에야 간신히 1점을 뽑아 1대1 동점을 만든 것이다.

그리고 9회 초 또 한 번 보기 드문 장면이 나오면서 박찬호는 행운의 승리투수가 된다. 투아웃 주자 1, 3루에서 타석에 나선 그루질라넥은 카디널스 세 번째 투수 데이브 베레스의 공을 잡아당겨 좌측 선상으로 흐르는 안타를 뽑았다. 그런데 좌익수 랭포드가 쫓아가 공을 잡은 후 홈으로 힘껏 송구한 것이 그만 관중에 맞고 떨어진 것이다. 2루타 후 실책으로 인정돼 주자 둘은 모두 득점을 인정받았고 그루질라넥은 3루까지 진출했다. 3대1로 앞선 다저스는 9회 말 마무리 제프 셔가 세이브를 기록하며 박찬호는 4승째이자 통산 51승을 최고의 역투로 장식했다.

경기가 끝나고 원정팀 감독실로 들어가자 데이비 존슨 감독은 잔뜩 흥분해 있었다. 그는 "맥과이어가 그렇게 어설픈 스윙으로 삼진당하는 모습은 본 적이 없다"라며 "피칭의 정수를 보여준 일전이었다. 2년간 기다려온 찬호의 모습이 바로 이것이었다"라고 말했다. 그해부터 호흡을 맞춘 노장 포수 채드 크루터는 "공이 낮게 깔린데다 내가 원하는 곳에 정확히 꽂아주기도 했다. 승부욕이 돋보였고 8회 말 에드몬즈를 삼진으로 잡은 것은 찬호가 한 단계 올라선 순간이었다"라고 말했다.

박찬호도 승리 후 기쁜 기색을 감추지 못했다. "자신 있게 던진 결정구들이 잘 먹혀 타자들을 쉽게 요리할 수 있었다"며 "포수와 사인이 잘 맞아떨어졌고 투 스트라이크 이후 강속구로 허를 찌른 것이

적중했다. 삼진 숫자는 의식하지 못했는데 기쁘다”라고 말했다.

돌이켜보면 박찬호의 위상뿐 아니라 자신감을 한 단계 끌어올리는 아주 중요한 승리였다. 첫 타자에게 억울한 홈런을 맞았고 상대 투수 엔킬의 역투에 밀려 타선이 지지부진한 가운데서도 당대 최강 타선을 맞아 주눅 들지 않고 오히려 압도하는 모습을 과시했다. 9회 초에 다저스가 2점을 뽑아 승리투수가 된 것 역시 사기진작에 보탬이 됐다. 박찬호는 생애 최고의 시즌을 향해 질주하기 시작한다.

V55.
통산 다섯 번째 완투승, 정상에 서다

세인트루이스전에서의 눈부신 호투로 질주가 시작될 듯했지만 야구는 늘 예상을 벗어나기 마련이다. 2000년 5월 20일 플로리다 원정에서는 6이닝 3실점을 했지만 승패와 무관했다. 그 원정 12연전은 사실 카디널스전 역투를 빼면 고난의 연속이었다. 다저스는 애리조나에서 3연전 싹쓸이를 당했고, 세인트루이스에서 박찬호가 역투하며 살아난 좋은 소식이 있었지만 다음 기착지 시카고로 가니 일기가 엉망이었다. 박찬호가 등판하기로 한 날 곳곳에서 나무가 뿌리째 뽑히는 강풍이 불었고 골프공만 한 우박이 쏟아졌다. 그런 난리 속에 시카고는 돌연 겨울이 돼버렸다. 박찬호가 선발 등판할 예정이던 경기는 취소됐고 공항에서 여섯 시간이나 붙잡혀 있어야 했다. 그런 끝에 새벽에 간신히 마이애미에 도착해 잠도 자는 둥 마는 둥 경기에서 나섰지만 퀄리티스타트를 했음에도 승리를 얻지 못했다. 2000 시즌 가장 긴 원정 12연전은 비행 거리만 8,728킬로미터로 미국을 세 번 횡단할 거리였다.

박찬호는 6월 4일 애너하임 에인절스와의 원정 경기에서도 최고 156킬로미터의 강속구를 앞세운 위력적인 구위로 연승을 거뒀다. $5\frac{2}{3}$이닝 동안 3점을 내줬지만, 초반에 셰필드가 1회 3점포 등 연타석 홈런을 터뜨리는 화력으로 지원 사격을 했다. 사실 에인절스 타선은 꽤 부담을 주었다. 5월에 50개의 홈런을 때려 팀 기록을 세웠고 팀 타율도 아메리칸리그 1위였다. 대런 어스태드를 시작으로 모본, 팀 새먼, 가렛 앤더슨, 토니 글러스, 스콧 스피지오 등 가공할 타선을 이뤘고 바로 전날에도 다저스를 12대5로 대파했다. 그러나 박찬호는 이날 승리함으로써 당시까지 아메리칸리그 팀과 벌이는 인터리그에서 한 번도 패하지 않는 강세를 이어갔다.

다음 경기인 휴스턴전에서 제구력까지 안정을 찾아 7이닝 2실점으로 3연승 가도를 달리며 시즌 7승째를 거두자 '올스타전 출전 가능성'이라는 기사가 나오기 시작했다. 휴스턴전은 전달에 비로 취소돼 6월 9일 휴식일에 열렸다. 다저스는 텍사스 원정에서 부랴부랴 돌아와 이날 경기를 벌였다.

박찬호는 그전까지 휴스턴만 만나면 영 승운이 따르지 않았다. 1999 시즌에는 두 번 상대해 모두 7이닝 1실점으로 아주 잘 던졌지만 결과는 1패였다. 이날도 실은 몹시 어려운 일전이었다. 박찬호는 모세스 알루와 크렉 비니오에게 각각 1점 홈런을 맞았고 7회 초를 마치고 마운드를 내려갈 때까지도 2대2로 동점이었다. 7회 말 박찬호의 타석이 돌아오자 존슨 감독이 좌완 대타 데이브 핸슨을 기용했는데 거기서 우월 결승 홈런이 터졌다. 그 덕에 박찬호는 참 힘겹게 승리투수가 됐다. 그런데 연승 행진으로 어떤 시즌보다 빨리 7승을 달성하자 올스타전 가능성이 대두됐다. 전반기 10승이면 올스타전은 거의 떼놓은 당상이고 8, 9승도 가능성이 있다. 휴스턴을 꺾으면서 박찬호는 7승으로 그렉 매덕스, 톰 글래빈과 함께 내셔널리그 다승 공동 7위에 올랐다. 전반기에 다섯 경기 정도 더 등판할 수 있으므로 10승도 노려볼 만했다.

6월 14일 박찬호는 통산 네 번째 9이닝을 소화하며 4회 연승으로 기세를 올렸다. 통산 55승째가 더욱 달콤했던 것은 시즌 초에 혼쭐이 났던 애리조나를 상대로 이룬 것이기 때문이다. 박찬호는 한 달 전과는 전혀 다른 투수였다. 초반부터 공격적인 피칭으로 상대 타자를 몰아세웠고 이닝이 거듭될수록 오히려 힘을 냈다. 이날 경기에서 유난히 눈에 띄었던 것은 볼넷이 단 1개뿐이고 투구 수가 아주 경제적이었다는 점이다. 삼진도 4개에 불과했지만 모두 6회 이후에 나왔다. 또한 1회 최고 구속이 150킬로미터였는데 8회에 가장 빠른

155킬로미터가 나왔고 9회에도 152킬로미터의 강속구를 과시했다. 체력 안배, 경기 운영, 투구 수 절약 등 노련미와 공격적인 피칭이 어우러진 작품이었다.

5회에 상대 포수 밀러에게 128킬로미터 커브를 던졌다가 홈런을 맞은 게 아쉽긴 하지만 이날 유일한 실점이었고, 홈런 직후부터 9타자 연속 범타를 잡아내는 등 더욱 힘을 냈다. 1998년 9월 16일 콜로라도전 이후 19개월 만의 완투였고, 완투승은 1998년 9월 6일 샌프란시스코전 이후 처음이었다. 박찬호가 마지막 타자 핀리를 삼진으로 잡고 완투승을 장식하는 순간 다저스 스타디움의 3만 4,067명의 관중은 일제히 일어나 박수로 축하했다. 그중에는 물론 교포, 유학생 등 한인 수천 명이 포함돼 있었다.

한국 팬에게 아쉬움이라면 이날 경기가 시종 다저스의 리드로 이어져 결국 애리조나 소속이던 김병현의 등판이 무산됐다는 것이다. 김병현은 바로 전날인 6월 13일 애리조나가 4대2로 앞선 9회 말 마무리로 등판해 삼진 2개를 곁들이며 세이브를 거뒀다. 시즌 9세이브에 평균자책점 1.72로 박찬호와 더불어 올스타전 꿈을 키울 정도의 돌풍을 일으키고 있었다.

박찬호가 완투승을 거둔 후 극찬이 쏟아졌다. 김병현의 말도 재미있다. "찬호 형은 워낙 공이 좋은데 오늘은 자신의 공을 완전히 믿고 던지는 것 같았다"라고 소감을 전했다. 더운 날씨에 완투를 하고도 박찬호는 전혀 지친 기색이 없었다. 4연승에 시즌 8승을 거두고 나니 자신감에 넘쳤다. 그의 인터뷰를 보면 정신적으로도 많이 달라졌음을 느낄 수 있었다. 투수로서 진화하는 마음가짐이라고 할까. 상승세를 탔는데 달라진 점이 있느냐는 질문에 그는 이렇게 답했다.

"내가 컨트롤할 수 있는 것은 공 하나뿐이라 1구, 1구에 집중해서 스트라이크를 넣으려고 했다. 지난번 고전해 녹화테이프를 보면서 타자를 연구했는데 생각하기 나름이라는 것을 다시 느꼈다. 집중력이 떨어지면서 1점만 줄 것을 많은 점수를 내주곤 했다."

실력으로나 정신적으로나 박찬호가 이미 정상급에 있다는 것을 증명한 2000년 초여름이었다.

V57.
4년 연속 10승 고지에 서다

애리조나에 완투승을 거둔 바로 다음 경기에서도 박찬호는 세인트루이스 카디널스를 6대3으로 꺾는 데 공을 세우며 5연승에 시즌 9승째를 거뒀다. 마크 맥과이어에게 1회에 2점포를 얻어맞았고 이미 10승을 거둔 대럴 카일을 상대하는 등 쉽지 않은 일전이었지만 7회까지 삼진 9개를 곁들이며 3실점으로 막고 승리투수가 됐다. 6월 19

일 열린 이날 경기에서 최고 155킬로미터 강속구가 단연 돋보였다. 위기에서도 흔들리지 않았고 점수를 뒤져도 담담하게 던지는 모습이 인상적이었다.

패한 후에 카디널스 토니 라루사 감독은 "초반에 승리를 잡을 수 있었지만 우리 선수의 실책이 나온 뒤 찬호가 너무 잘 던졌다. 로케이션이 좋았고 카일도 못 던진 경기가 아니었는데 찬호가 돋보였다. 찬호에게만 2패를 당했는데 다음 대결을 위해 연구를 많이 해야겠다"라고 말했다. 라루사 감독은 그 말을 어느 정도 지켰다. 5일 후 박찬호는 카디널스와 재대결을 펼쳤는데 6이닝 동안 4점을 내주며 승패 없이 물러났다.

이어 6월 29일 샌디에이고전에서도 7이닝 4실점을 하고 승패가 없었다. 그런 내용이었으면 이길 수도 패할 수도 있었는데 말이다. 그리고 다음 세 경기에서 박찬호는 내리 패전을 기록했다. 올스타의 꿈도 결국 그렇게 무산됐다. 7월 10일 시애틀에서는 7이닝 2실점(1자책점)으로 호투하고도 타선이 침묵해 패전투수가 되었다. 그날 시애틀 투수는 좌완 제이미 모이어였는데 박찬호와 똑같이 7이닝씩을 던졌고 박찬호는 3안타, 모이어는 7안타를 맞았다. 그러나 박찬호가 2회 데이비드 벨이 실책으로 나간 후 조 올리버에게 2점포를 허용한 반면, 모이어는 집중타를 허용하지 않는 노련미로 위기를 넘겼다. 이날 시애틀 마무리는 사사키 가즈히로로 시즌 19세이브를 올렸다. 이날 패배가 특히 아쉬운 이유는 여기에서 승리했더라면 10승을 채우며 올스타전 출전이 유력해졌을 것이기 때문이다.

올스타전 출전은 좌절되었지만 9승이면 전반기 내셔널리그 공동 5위의 좋은 성적이었다. 그리고 박찬호의 존재감이 메이저리그에서 널리 알려져 시장성을 인정받기 시작했다. 박찬호는 그달 초 총 31만 7,500달러에 나이키와 6개월간 광고계약을 다시 맺었다. 계약금 20만 달러에 15승 이상을 거둘 때 인센티브 10만 달러 그리고 나이키 상품 1만 7,500달러어치를 무상으로 제공하는 조건이었다. 당시 에이전트이던 스티브 김은 나이키와 계약하면서 금액보다는 한국 어린이들을 지원하는 데 중점을 두었다고 설명했다. 나이키는 그해 11월에 열린 '박찬호 어린이 야구 대회'에 1만 달러의 상금과 1만 달러 상당의 야구용품을 지원하는 한편, 8강에 진출한 팀에 야구화를 선물하기로 약속했다. 박찬호는 미국에서도 전국구 스타로 자리를 잡아갔고, 사회적 역할과 공헌에 대해서도 큰 그림을 그려나가기 시작했다.

2000 시즌 후반기 첫 경기인 에인절스전에서도 5이닝 3실점 패전을 기록한 박찬호가 마침내 10승 고지에 오른 것은 7월 21일 홈에서 열린 콜로라도 로키스전이었다. 늘 껄끄러운 상대인 로키스를 홈으로 불러들인 박찬호는 6이닝을 4안타 3실점으로 막고 승리투수가 됐다. 3연패 끝의 첫 승이며, 특히 시즌 10승 7패로 1997 시즌 이후 4년 연속 시즌 두 자릿수 승수라는 쾌거를 이뤘다. 당시 메이저리그에서 그 전해까지 4년 연속 10승 이상을 거둔 투수는 모두 스물한

명이었고, 내셔널리그에서는 일곱 명에 불과했다. 박찬호도 4년 연속 10승 대열에 합류한 것이다.

박찬호는 또한 일본 투수와의 역대 두 차례 대결을 모두 승리로 장식했다. 이날 로키스 선발은 요시이 마사토였다. 야구는 팀 스포츠이고 투수는 타자를 상대하는 것이 임무이니 선발 투수끼리의 대결은 언론에서 포장하는 만큼의 비중은 없을지도 모른다. 그러나 역시 일본과 만나면 무엇이든 의미가 달라진다. 특히 메이저리그에서 한국과 일본의 투수가 만났으니 의미가 남달라 보일 수밖에. 박찬호는 시즌 초 이라부를 꺾은 데 이어 이 경기에서 요시이를 꺾었다. 특히 이날 박찬호는 요시이를 상대로 안타를 치기도 했다.

언론에서야 한일전이라는 데 초점을 맞췄지만 정작 박찬호는 태연한 모습을 보였다. 메이저리그라는 프로 무대에서 민족감정 같은 것은 자칫 감정 제어에 지장을 줄 수도 있었다. 승리하고 싶다는 의지는 분명히 있었지만 박찬호는 그만큼 자신의 감정을 조절하는 능력이 뛰어났다.

박찬호는 초반 3회까지 안타를 내주지 않고 로키스 타선을 압도했다. 그러나 4회부터 제구력 난조를 보이며 고전하기도 했다. 4회에는 볼넷 1개와 2안타를 맞고 1대1 동점을 허용했고, 6회에는 몸을 맞추는 공에 이어 투런 홈런을 맞아 1대3으로 뒤지며 패전 위기에 몰렸다. 6개의 삼진을 잡았지만 6개의 4사구를 내준 것이 고전한 이유였다. 그러나 6회 말 타선이 그를 구원했다. 선두 그루질라넥의 안타에 이어 셰필드가 볼넷으로 나간 후 7월 들어 슬럼프에 허덕이던 4번 션 그린이 요시이를 중월 3점 홈런으로 두들겨 4대3으로 경기를 뒤집었다. 박찬호는 순식간에 승리 요건을 갖췄고 7회부터 테리 애덤스와 마이크 페터스가 3이닝을 책임지며 최종 6대3으로 승리했다. 애덤스와 페터스는 박찬호가 상당히 가깝게 지내던 동료로 한국 식당에도 종종 함께 가곤 했다. 페터스는 부인도 동양인이었다. 입을 복어처럼 부풀렸다가 고개를 홱 돌리고 투구를 준비하던 페터스의 독특한 동작은 국내 팬들에게도 큰 사랑을 받았다.

야구란 경기는 참 묘해서 이날 승리는 순전히 운으로, 동료의 도움으로 건진 것처럼 보인다. 그렇지만 실은 박찬호가 5회의 최대 위기를 넘긴 것이 컸다. 하위 타선에 고전하고 투수에게 볼넷까지 주면서 무사 만루의 위기에 몰려 패색이 짙은 순간 박찬호는 집중력 있는 호투로 실점 없이 넘겼다. 거기서 점수를 주었으면 분위기가 완전히 넘어갈 뻔했지만 버텨냈고 결국은 역전승이 이루어졌다. 그런 점에서 팀플레이가 가장 중요한 스포츠가 실은 야구다. 혼자 힘으로 이뤄낼 수 있는 것이 많지 않기 때문이다.

그런데 이 무렵부터 박찬호가 변화구, 특히 커브를 지나치게 많이 던지는 것 아니냐는 우려도 나왔다. 특유의 강속구에서 제구력이 흔들리는 것도 문제였지만, 변화구의 구사율이 높아지다 보니 강속구 위력이 떨어질 수도 있다는 걱정의 목소리도 있었다. 사실 들쭉날쭉한 제구력 탓에 꽤 고전하던 시절이었다. 그날 콜로라도전까지 시즌 스물한 번 등판해서 4개 이상의 볼넷을 내준 경기가 열한 번이나 될 정도였다. 그러나 박찬호에게는 때론 제구력이 좀 흔들릴지라도 155킬로미터를 넘나드는 강속구가 있었기에 그 시절을 이겨낼 수 있었다. 박찬호도 이를 의식한 듯 경기 후 인터뷰에서 "크루터에게 변화구를 너무 많이 요구하는 것 아니냐는 이야기를 하기도 했다. 나의 베스트 피치는 강속구이므로 패스트볼을 꾸준히 스트라이크로 던질 수 있는 연습을 더 할 것이다"라고 말했다.

박찬호는 행운의 승리로 4년 연속 10승 고지에 올랐는데 2008년 15승을 거뒀을 때보다 열흘이나 빨리 10승을 거뒀다. 그래서 기대는 더 부풀었다. 당시 신문을 보면 20승은 쉽지 않아도 18승 정도는 가능하지 않겠느냐는 기사가 나오기도 했다. 그리고 실제로 박찬호는 18승을 향해 질주한다.

V59~V61.
데뷔 후 첫 홈런, 그리고 찬란한 호투

박찬호는 10승을 거둔 지 5일 만에 콜로라도와 다시 격돌했고 이번에는 힘든 원정 경기에서 7이닝 4실점(2자책점)으로 승리하며 11승째를 거뒀다. 그러나 다음 세 경기에서는 계속 운이 따라주지 않았다. 7월 31일 필라델피아 원정에서는 6$\frac{2}{3}$이닝 동안 3실점(2자책)을 했지만 패전투수가 됐고, 8월 6일 밀워키전에서는 6이닝 2실점, 8월 12일 애틀랜타 원정에서는 7이닝 2실점을 하고도 승리를 거두지 못했다. 야구에서 만약이란 없지만 퀄리티스타트로 잘 던진 이 세 번의 경기에서 2승만 거뒀더라도 박찬호는 시즌 20승을 노려볼 만했으니 아쉽기만 하다.

8월 20일 박찬호는 뉴욕 메츠를 홈으로 불러 시즌 두 번째 완투승을 거두며 불운을 스스로 씻어냈다. 당시 〈스포츠조선〉 기사의 제목은 "3전 4기, 찬란한 호투"였다. 그날 투구는 찬란하다는 표현이 어울릴 만큼 눈부셨다. 9이닝을 홀로 던지며 안타는 단 4개만 맞고 볼넷도 2개만 내줬으며 삼진은 무려 10개를 잡았다. 1회에 데릭 벨에게 1점 홈런을 맞은 것이 옥의 티랄까.

이날 경기 예상은 우려 쪽에 가까웠다. 박찬호는 원래 3일 전 등판 예정이었으나 지독한 감기로 연기됐고, 상대편인 메츠는 8월 들어 14승 4패의 가파른 상승세를 타고 있었다. 야구에서 분위기만큼 중요한 것이 없으니 확실히 분위기로는 메츠가 우위로 보였다. 그러나 박찬호는 155킬로미터의 강속구에 40킬로미터 넘게 차이가 나는 110킬로미터대의 슬로커브를 섞어가며 메츠의 강타선을 요리했다. 2회 제이 페이튼에게 빼앗은 삼진으로 개인 통산 800개째 삼진 기록을 세웠다. 5회 1사에 토드 프렛에게 안타를 맞은 후 남은 4$\frac{2}{3}$이닝 동안은 단 1개의 안타도 내주지 않았다. 이 경기에서도 셰필드

© 스포츠조선

는 홈런 2개를 치며 활약했고 캐로스도 홈런을 보태 4대1 승리를 장식했다.

이날 LA 지역은 섭씨 30도가 넘는 더위였지만 5만 3,051명의 유료 관중이 입장해 만원이었다. 홈 관중은 공격적인 피칭으로 강호 메츠를 완파하는 박찬호의 투구를 즐겼다. 박찬호는 초구부터 과감하게 스트라이크존을 공략했고 인사이드 공략도 눈부셨다. 그는 감기 기운이 남아 있었지만 오히려 집중하는 데 도움이 됐다고 말했다. 투구 수가 113개에 불과해 완투로 이어질 수 있었다. 이날 경기는 불과 2시간 27분 만에 끝났는데 개인 통산 다섯 번째 완투승으로 시즌 12승을 거뒀다. 그러자 메이저리그 동양인 최다승이 눈에 들어오기 시작했다. 그때까지 메이저리그에서 동양 투수의 최다승은 1996년 노모 히데오가 거둔 16승이었다. 박찬호가 기록한 한 시즌 최다승은 15승이다. 새로운 도전이 또 시작됐다.

메츠전 완투승은 박찬호 상승세의 기폭제였다. 바로 다음 몬트리올 엑스포스전에서 박찬호는 북 치고 장구 치며 공수에서 맹활약하여 시즌 13승을 달성한다. 다저스 스타디움에서 열린 바로 그 경기에서 박찬호는 메이저리그 데뷔 후 첫 홈런을 치는 기염을 토했다.

2000년 8월 26일, 고국에선 모두가 단잠에 빠져 있을 새벽 5시 56분. 박찬호는 야구 역사의 또 한 장을 장식했다. 미국 메이저리그에서 한국 선수로는 첫 홈런을 기록한 것이다. 박찬호는 3회 초 몬트리올 투수 하비에르 바스케스에게 안타를 맞고 독이 바짝 올랐다.

3회 말 곧바로 다가온 설욕의 기회. 원아웃에 투수 박찬호가 타석에 서자 바스케스는 초구 147킬로미터 강속구를 정가운데에 꽂았다. 그러나 마치 기다렸다는 듯 박찬호의 방망이가 예리하게 돌아갔고 둔탁한 충돌음이 일어남과 동시에 공은 우측 담장을 향해 총알처럼 날아갔다. 순식간에 130미터를 날아가 관중석에 떨어지는 커다란 홈런이었다. 0대0의 균형이 깨지는 순간이었고 그때까지 무안타에 삼진 4개를 잡으며 쾌투하던 바스케스는 흔들리는 기색이 역력했다. 결국 다음 이닝에 4실점을 하며 무너져 4회 만에 강판됐는데 박찬호는 4회 말에도 1타점 적시타를 터뜨려 이날 2안타 2타점으로 상대 투수 바스케스를 무너뜨리는 선봉에 섰다.

타석에서도 맹활약이었지만 마운드에서도 빛났다. 박찬호는 7이닝을 던지며 산발 5안타만 내주고 볼넷 1개에 삼진을 7개나 잡으면서 무실점으로 역투했다. 이날 최고 구속은 155킬로미터였다. 지금 생각하면 박찬호의 전성기 시절 구위는 정말 무시무시했다. 예전에 우스갯소리로 '세상에서 제일 빠른 새가 뭐냐?'라는 난센스 퀴즈가 있었다. 답은 '눈 깜빡할 새'다. 눈을 한 번 깜빡이는 데 걸리는 시간은 평균 0.4초라고 한다. 그런데 박찬호의 강속구는 그보다 더 빨랐다. 계산상 95마일, 즉 153킬로미터의 강속구를 투수가 던지면 포수의 미트에 도달하는 데 0.395초밖에 걸리지 않는다. 박찬호의 강속구는 눈 깜빡할 새보다 더 빨랐다.

첫 홈런을 치고 유난히 좋아하던 박찬호는 "올해 몇 차례 펜스 가까이까지 타구를 날렸지만 담장을 넘기진 못했는데 오늘 확실하게 홈런을 쳐 기분이 좋다. 그런데 며칠 전에 발데스가 홈런을 치고 많은 실점을 한 기억이 나서 더 집중하려고 노력했다"라고 말했다. 특히 이날 경기 전 한국 가수 양파가 초청돼 미국 국가를 불렀는데, 그 덕에 시작 전부터 기분이 좋았다고도 말했다.

그렇게 시즌 13승과 통산 60승 고지에 오른 박찬호는 바로 다음 경기에서 밀워키 브루어스를 상대로 또 하나의 승리를 더한다. 자신의 등번호와 같은 61승째를 올린 것이다. 밀워키는 시카고 컵스와 더불어 박찬호가 가장 즐겨 제물로 삼았던 상대다. 어쩌면 박찬호는 미국 중북부와 인연이 잘 맞는 것 같았다. 자동차로 두 시간여 거리에 떨어진 두 도시의 팀만 만나면 호투했으니 말이다. 밀워키의 카운티 스타디움에서 벌어진 8월 30일 경기에서 박찬호는 경기 중반까지 안타를 1개도 내주지 않은 채 노히트 행진을 벌였다. 안타깝게 대기록이 깨진 것은 4회에 이어서 6회 말이었다.

승리 후 박찬호는 어깨에 아이싱을 하느라 가장 늦게 클럽하우스에 모습을 드러냈고 곧바로 기자들에 둘러싸였다. 노히트 노런을 놓친 아쉬움을 묻자 다소 엉뚱한 대답이 돌아왔다. 전혀 몰랐다는 것이다. 박찬호는 "홈런을 맞고 나니 포수 크루터와 1루수 캐로스가 와서 잘 던졌다고 말해 어리둥절했는데 듣고 보니 노히트 노런 상황이었다. 초반에 실책으로 주자가 나간 뒤 노히트 노런은 생각도 하지 못했다. 그렇게 생각해서 더 잘 던진 건지도 모른다"라며 웃었다. 그러나 두고두고 아쉬움은 남는다. 박찬호의 메이저리그 생애에서 노히트에 가장 가까운 경기였기 때문이다. 특히 그날 삼진을 14개나 잡았을 정도로 구위가 무서웠기에 그 하나의 실투가 뼈아팠다. 박찬호는 홈런에 대해 "속구를 던졌다. 풀카운트라 가운데를 보고 던졌는데 인코너 높이 들어갔다. 그 타자가 원래 높은 속구를 잘 친다"라며 덤덤하게 말했다.

당시 박찬호의 페이스는 정말 대단했다. 후반기 들어 등판할 때마다 호투를 이어갔다. 7월 10일 시애틀전 1자책점 이후로 3자책 두 번, 2자책 다섯 번, 1자책과 0자책 각각 한 번씩을 기록하며 퀄리티 스타트 행진을 이어갔다. 7월 초에 4.34이던 평균자책점도 이날로 3.60까지 낮아졌다. 이 놀라운 기세는 시즌 마지막까지 이어진다.

V65.
개인 최다 18승에 오르다

2000 시즌 9월의 첫 경기인 필라델피아전에서도 박찬호는 필리스 타선을 압도했다. 8이닝 2안타 무실점을 기록한 것이다. 영점이 잡히지 않아 볼넷 7개를 내주는 어려움도 있었지만 병살을 3개나 끌어내는 등 큰 위기 없이 넘겼다. 당시 필리스는 막강한 타선을 갖추

고 있었다. 보비 아브레우가 1번 타자였고 덕 글랜빌, 스콧 롤렌, 마이크 리버달, 트래비스 리, 팻 버렐, 말론 앤더슨이 버티고 있었는데 이들을 상대로 삼진 6개를 곁들이며 1점도 내주지 않았다. 시즌 15승째로 한 시즌 개인승과 타이였다.

그 승리와 함께 박찬호는 보너스도 줄줄이 받게 된다. 그해의 연봉은 385만 달러였는데, 등판 수와 이닝에 따라 다양한 보너스를 받을 수 있는 옵션이 있었다. 필리스전 승리와 함께 190이닝을 넘기면서 5만 달러의 보너스를 받게 됐다. 205이닝까지 5이닝마다 5만 달러가 추가되는 조건이었고, 서른 번째 등판부터는 매 등판에 5만 달러의 보너스가 걸려 있었다. 박찬호는 40만 달러의 추가 수익을 올리면서 시즌을 마친다.

박찬호가 15승을 거두면서 팬들은 꿈에 부풀었다. 일정상 남은 경기는 다섯 번. 전승을 거둔다면 '꿈의 20승'도 노려볼 수 있었다. 그러나 박찬호는 다음 두 경기에서 콜로라도 로키스에게 연패하며 주춤한다. 야구가 얼마나 심리적인 스포츠인지를 보여준 셈이다. 그렇게 기세 좋던 박찬호였는데 주변의 부추김과 함께 20승에 생각이 미치자 마운드에서 흔들리는 모습이 나온 것이다.

그러나 일단 20승이 물 건너가자 다시 정신을 차린다. 이후 2000 시즌 마지막 세 경기는 박찬호 생애 최고의 3연승이었다. 개인 한 시즌 최다승과 동양인 한 시즌 최다승, 개인 최초의 완봉승, 25이닝 무실점 등의 위업을 달성한다. 경기 내용도 흥미진진하고 손에 땀을 쥐게 하는 투수전의 명승부로 이어졌다.

9월 20일 다저스 스타디움에서 애리조나와의 홈 경기가 벌어졌다. 상대 선발 브라이언 앤더슨과 박찬호는 치열한 투수전을 전개했다. 7회가 끝났는데도 0대0으로 팽팽한 접전이었다. 이윽고 8회 초, 박찬호가 먼저 위기를 맞았다. 선두 제이 벨에게 안타를 맞은 데 이어 1사 후에 4번 콜브런에게 안타를 맞아 1, 3루의 위기에 몰렸다. 팽팽하던 투수전은 경기 막판 선취점을 올리는 팀이 절대적으로 우세할 수밖에 없다. 다음 타자는 35개의 홈런을 친 스티브 핀리와 거포 맷 윌리엄스다. 그런데 박찬호는 여기서 특유의 승부사 기질을 발휘한다. 핀리와는 8구까지 가는 끈질긴 승부였는데 예리한 몸쪽 슬러브를 던져 삼진으로 잡았다. 그 기세로 윌리엄스마저 삼진 처리하고 관중의 기립박수를 받으며 마운드를 내려갔다. 8회 말 다저스는 투아웃 이후에 굿윈의 방망이가 부러지는 행운의 안타에 이어 도루와 그루질라넥의 적시타가 터지며 1점을 뽑았다. 8회 초까지 책임진 박찬호에게 승리투수의 자격이 주어진 순간이었고 결국 1대0으로 승리했다. 박찬호가 시즌 16승으로 개인 최다승을 이룬 과정은 이렇게 험난했다.

다음 경기도 만만치 않았다. 다저스만 만나면 늘 끈적끈적한 승부를 펼치는 샌디에이고 파드리스와 9월 25일 홈에서 만났다. 그날도 역시 승부는 치열했다. 13승 투수이던 맷 클레멘트도 호투를 이어갔고 박찬호도 질세라 역투를 펼쳤다. 결과를 먼저 보면 박찬호

는 8이닝 2안타 무실점의 눈부신 호투였고, 클레멘트도 7이닝 3안
타 1실점으로 밀리지 않는 호투였다. 다만 박찬호는 몇 차례 찾아온
위기를 잘 넘겼지만 클레멘트는 4회에 1점을 내주면서 패전투수가
되고 만다.

초반에 약간 제구력이 흔들렸던 박찬호는 고비마다 삼진을 앞세
우며 위기를 타개했다. 4회에는 3번 클레스코의 볼넷과 4번 메이브
리의 안타로 무사 1, 3루의 위기에 처했다. 그러나 1사 후에 직선타
를 박찬호가 직접 잡아 병살을 끌어내며 첫 위기를 넘겼다. 5회에는
선두 리베라에게 3루타를 맞고 시작했으나 3루 땅볼과 연속 삼진으
로 역시 점수를 내주지 않았다. 이날 박찬호는 13개의 삼진을 잡았
고 여섯 타자 연속 삼진도 기록하는 등 절정의 기량을 뽐냈다. 특히
커브가 위력적인 날이었다. 시즌 17승은 노모 히데오와 공유했던
동양인 투수 한 시즌 최다승 타이기록을 넘어선 신기록이었다.

그리고 2000 시즌의 마지막 경기가 다가왔다. 상대는 바로 전 경
기와 같은 파드리스였고 장소만 옮겨 샌디에이고의 퀄컴 스타디움
에서 벌어졌다. 지난 두 경기 연속 8이닝 무실점을 기록하며 1대0
의 피 말리는 승부에서 이겼는데 이날도 만만치는 않았다. 다저스
는 1회 초 상대 투수 우디 윌리엄스에게 선취점을 뽑고 앞서 갔다.
그런데 이후 윌리엄스도 박찬호도 치열한 투수전을 전개하며 1대0
이라는 점수는 좀처럼 변하지 않았다.

윌리엄스는 박찬호와는 스타일이 다른 기교파 투수지만 투지가

뛰어나고 승부할 줄 아는 투수다. 이들은 훗날 동료로서 다시 만나게 된다. 2005년 중반 박찬호가 텍사스에서 샌디에이고로 트레이드되면서다. 박찬호의 야구 인생, 아니 인생 자체에 우디 윌리엄스는 큰 은인이다. 2006년 7월 말 박찬호가 장 출혈로 고생한 적이 있다. 피를 세 봉지나 수혈한 뒤 회복된 줄 알고 복귀해 두 경기에 선발로 나섰는데 출혈이 재발하여 또 수혈하게 된다. 그런 와중에도 자기 순서의 등판을 건너뛰지 않겠다고 우기던 박찬호에게 윌리엄스는 지금 무슨 소리를 하는 거냐며 강력하게 반대하면서 즉각 병원에 가서 정밀검사를 받으라고 재촉했다. 검사 후 박찬호는 수술을 받았는데 피를 일곱 봉지나 수혈해야 할 정도로 아주 위험한 상태였다. 그 상태로 격렬한 운동을 했더라면 생명에 지장을 줄 수도 있었다니 윌리엄스가 생명의 은인인 셈이다.

6년 후에 그렇게 깊은 인연으로 다시 만나게 될 두 투수였지만 이날 마운드에서는 치열한 다툼을 이어갔다. 2000 시즌의 마지막 등판이었던 이 경기는 박찬호에게 온갖 기록이 쏟아진 보물창고였다. 우선은 메이저리그에서 141번째 선발 등판하여 거둔 첫 번째 완봉승이었다. 데뷔 7년 만에 나온 완봉승이었고 이 경기까지 일곱 번의 완투에서 성적은 6승 1패를 기록했다. 그리고 이날 거둔 18승은 한 시즌 개인 최다승이었을 뿐 아니라 케빈 브라운을 제친 팀 내 최다승이기도 했다. 또한 이날 7회에 4번 네빈을 3구 삼진으로 잡으면서 생애 처음 선발 전원 삼진을 이루기도 했다. 시즌 삼진도 217개로 브라운에 1개 앞서 팀 1위가 됐다. 18승, 평균자책점 3.27, 226이닝 등도 모두 생애 최고였다. 또한 투수로 2할 1푼 2리의 높은 타율에 홈런 2개를 기록하기도 했다. 특히 이날 박찬호가 친 홈런은 2000 시즌 팀 209호째로 지난 1953년 브루클린 다저스 시절 세웠던 팀 홈런 208개 기록을 넘어선 기념비적인 한 방이었다. 다저스 관계자가 이 홈런공을 회수해 명예의 전당으로 보내기도 했으니 여러 가지로 기록과 기억을 많이 남긴 경기였다.

경기가 끝나고 클럽하우스로 내려가자 동료들도 온통 박찬호 칭찬에 입이 마를 지경이었다. 클러드 오스틴 투수코치는 "이미 찬호는 위대한 투수의 대열에 올라섰는데 더욱 발전할 수 있다는 점이 두려울 정도"라고 했고, 포수 크루터는 "올해 최고의 역투다. 세 게임 연속 무실점에 완봉승. 포수의 일이 너무 쉬웠다. 과거와 달라진 것은 집중력이다"라고 말했다. 박찬호 도우미로 항상 맹활약을 펼쳤던 셰필드는 "찬호는 사이영상을 넘볼 수 있는 투수다. 전성기 존 스몰츠를 연상시키는 역투였고 이제는 무서운 강속구뿐 아니라 경기 운영도 초특급이다"라고 평가했다. 1루수 캐로스도 "1997년 난 이미 위대한 투수의 탄생을 예상했고 이젠 완전히 정상에 올라섰다. 찬호가 타고난 구위에 얼마나 노력하는 선수인지는 다 알고 있지만 이제 집중력까지 겸비, 적수가 없다"라고 말했다.

생애 최고의 경기로 2000 시즌을 마감한 박찬호는 흥분이 가시지 않는 듯 인터뷰를 시작할 때도 목소리가 떨릴 정도였다. 샌디에이고까지 와서 응원해준 어머니에 대한 감사 그리고 푹 자고 싶다는 것이 첫마디였다. 자신의 달라진 점에 대해 질문을 받은 박찬호는 "올해는 자신감을 가지고 한다는 것이 목표였는데 스프링 트레이닝이 힘들어 초반엔 걱정도 됐다. 그러나 심리학자의 도움도 많이 받았고 작년 막판에 7연승 하던 기억을 되살리며 자신 있게 하려고 노력했다. 지금은 특히 정신적으로 많은 것을 배운 느낌이다"라고 말했다. 그러면서 "처음으로 만족스럽다. 다른 때는 억지로 만족하려고 노력했는데 올해는 정말 만족스럽다"라며 "시즌이 끝났다는 것이 아쉽다"라면서 웃었다.

박찬호의 수많은 경기를 현장에서 거의 전부 지켜봤지만 파드리스전 완봉승을 비롯해 2000 시즌의 마지막 세 경기 때 그의 컨디션이 가장 좋았던 것으로 기억한다. 당시 그가 마운드에 오르면 타자가 도저히 치지 못할 것 같은 기분이 들 정도였으니까.

그리고 여기서 한 가지 주목할 것은 심리학자 이야기다. 당시 스콧 보라스라는 특급 에이전트가 계속해서 박찬호에게 관심을 가졌다. 그는 시즌 전에 유명한 스포츠 심리학자인 하비 도프만을 박찬호에게 소개해주었다. 《피칭의 멘탈 ABC》 등 스포츠 관련 유명 저자이기도 한 도프만 박사는 박찬호를 만나 투수로서의 마음가짐과 일반적인 운동선수의 정신세계 등에 대해 많은 이야기를 해주고 많은 이야기를 들어줬다. 당시만 해도 국내에는 스포츠 심리학의 중요성이 그다지 알려지지 않았었다. 그렇지만 스포츠 세계에서는 종목

을 떠나 멘탈, 즉 심리상태가 궁극적으로 승부를 가른다. 워낙 뛰어
난 하드웨어에 성실함을 갖춘 박찬호였기에 그에게 심리적인 안정
과 자신감까지 주어지면서 당대 최고의 투수 중 하나로 자리하기 시
작한 것이다.

2000 시즌의 내셔널리그 최다승은 애틀랜타 좌완 톰 글래빈의 21
승이었다. 세인트루이스의 대럴 카일이 20승, 애틀랜타의 그렉 매
덕스와 애리조나의 랜디 존슨이 19승 그리고 그 뒤를 박찬호가 18
승으로 이었다. 보스턴 레드삭스의 페드로 마르티네스도 그해에 18
승을 거뒀다.

4장

대한민국 대표선수가 되다

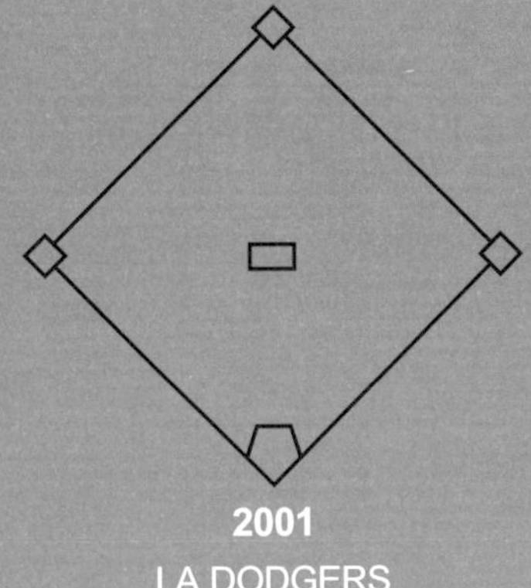

2001
LA DODGERS

V66.
2001년 개막전 선발에 나서다

2001 시즌을 앞두고 박찬호는 LA 다저스와 1년 계약을 맺었다. FA를 1년 앞두고 다년 계약을 하지 않을까 하는 예상도 있었지만 다저스는 일단 1년 계약으로 가닥을 잡았다. 그런데 그 액수가 엄청났다. 990만 달러, 당시 환율로 126억 원에 달하는 천문학적인 액수였다. 당시까지 메이저리그 사상 1년 계약을 한 투수로는 역대 최고 액수였고, 그해 메이저리그 투수 평균 연봉순으로도 10위 안에 드는 일대 사건이라 할 만한 일이었다. 2000년 18승을 거두며 특급 투수로 올라선 것에 대한 보상이었다. 2000년 말 당시 한 기사를 보면 얼마나 큰 계약이었는지가 그대로 드러난다.

"박찬호의 올 연봉 990만 달러는 국내 프로야구 선수들 연봉 총액의 75퍼센트 수준이다. 지난해 외국인 선수를 뺀 순수 한국 선수들의 연봉 총액은 169억 5,725만 원. 박의 연봉은 작년 최고 연봉자

정민태(3억 1,000만 원)의 40배가 넘는다. 또 지난해 일본 최고 연봉자 스즈키 이치로(5억 5,000만 엔)보다도 두 배나 많은 돈이다. 골프황제 타이거 우즈가 지난해 PGA 투어에서 벌어들인 공식 상금(918만 달러)보다 많고 테니스의 상금 랭킹 1위 힝기스(350만 달러, CNN 자료)보다는 세 배 가까이 많다. "

다저스는 다년 계약을 원했지만 에이전트 스콧 보라스는 FA 시장을 공략한다는 원칙에 변함이 없었기에 1년 계약이 됐다. 박찬호의 다저스 진출에 결정적인 역할을 했던 에이전트는 스티브 김이었다. 그러나 2000년 시즌 중반 박찬호는 보라스를 공동 에이전트로 계약했다. 그리고 사실상 미국 내 계약 등은 모두 보라스에게 맡기게 된다. 보라스는 1994년 박찬호가 더블A에 있을 때부터 눈독을 들이며 공을 들이더니 결국은 에이전트 계약을 맺는 성과를 얻었다.

거액의 계약을 맺은 박찬호에 대해 현지의 평가와 기대도 높았다. 스포츠 전문 웹사이트 CNNSI는 포지션별 선수 가치 순위에서 박찬호를 선발 투수 7위에 올렸다. 페드로 마르티네스가 1위, 랜디 존슨이 2위 그리고 그렉 매덕스, 케빈 브라운, 톰 글래빈, 대럴 카일에 이어 박찬호였으니 당대 최고 투수 대열에 당당히 이름을 올린 것이다. 국내 언론은 박찬호의 20승 가능성을 점쳤고, 현지에서도 18승에 2점대 중반의 평균자책점을 기록하리라는 예상이 나오기도 했다.

시범 경기에서도 쾌조의 컨디션을 보이며 시즌을 준비한 박찬호는 데뷔 후 처음으로 개막전에 선발로 나서는 중책까지 맡게 된다.

당시 에이스이던 케빈 브라운이 아킬레스건 부상을 입자 팀에서는 즉각 박찬호에게 개막전 선발 준비를 지시했다. 2001년 4월 3일 박찬호는 다저스 스타디움에서 벌어진 시즌 개막전 밀워키 브루어스와의 경기에 선발로 출전한다. 19944년 LA 다저스와 계약하고 만 7년, 1996년부터 메이저에서 뛴 이래 5년 만에 차지한 개막전 선발의 영예였다. 비록 브라운의 부상을 메우는 자리였지만 투수에게 개막전에 나선다는 것은 최고의 영예 중 하나이고 박찬호는 그 임무를 훌륭히 수행했다.

그날 경기는 상대 투수 제이미 라이트도 호투를 거듭해 팽팽한 투수전이었다. 박찬호는 7회까지 던지며 산발 5안타에 삼진 7개를 잡으며 밀워키 타선을 0점으로 묶었다. 시즌 첫 등판이었지만 이미 최고 구속은 153킬로미터가 나왔다. 2000 시즌 막판 시작된 25이닝 연속 무실점 기록이 32이닝으로 늘어났다.

이날 길어지던 0점 행진을 깬 것은 박찬호의 특급 도우미이던 게리 셰필드였다. 시즌을 앞두고 트레이드를 요구하며 물의를 일으켰던 다저스의 3번 타자 셰필드는 0대0으로 맞선 6회 말 선두 타자로 나와 133미터짜리 대형 중월 결승 솔로 홈런을 뽑아냈다. 그는 트레이드 요구 탓에 첫 타석에서는 5만 3,154명의 홈 팬들에게 야유를 받기도 했지만 홈런 한 방으로 곧바로 '팬심'을 되찾았다.

박찬호는 7회 초를 마친 후 타석이 돌아오자 대타 보카치카로 교체됐다. 신임 짐 트레이시 감독은 경기 후 "박찬호는 훌륭한 공을 정확하게 필요한 곳에 던졌다. 앞으로 메이저리그 최고 투수로 성장할 것"이라고 극찬한 뒤 "미리 투구 수를 95개에서 100개로 정해놓았기 때문에 교체했다"고 말했다. 박찬호가 내려간 후 구원투수 페터스와 제프 셔의 계투로 다저스는 1대0 승리를 지켜냈다.

경기 후 박찬호는 아무래도 개막전이라 부산하고 긴장이 돼 경기 전 불펜에서부터 집중이 어려웠다며 그래서 더 집중하고자 노력했다고 했다. 특히 메이저리그는 이 시즌을 앞두고 스트라이크존의 높이를 약간 상향 조정하고 좌우 폭은 좁히는 변화를 주었는데 그것을 의식하지는 않았지만 젠킨스의 삼진을 포함해 몇 번은 통한 것 같다고 말했다. 강속구의 제구가 썩 좋지 않은 가운데 커브와 체인지업 승부가 잘 통했던 점에 대한 의연한 대답이었다. 그는 이어 "오늘 한 게임으로 월드 시리즈 우승하는 것도 아니고 좋은 시즌을 보장받는 것도 아니다. 시즌 중반의 기분을 느끼려고 노력했고, 바뀌지 않는 생각으로 열심히 하겠다. 내일 또 다음 게임을 위해 러닝하고 운동하고, 샌프란시스코전을 대비해 지난 경기 비디오를 보며 준비할 것이라"라고 했다. 그러면서 캠프 때 아침 일찍 러닝을 함께했던 셰필드가 팀을 떠나지 않고 결승 홈런을 친 데 고마움을 표시했다.

개막전 승리와 함께 시즌에 대한 기대치는 더욱 높아졌다. 〈LA타임스〉는 박찬호가 메이저리그 사상 최초로 연봉 2천만 달러 투수가 될 수도 있을 것으로 예상할 정도였다. 에이전트 스콧 보라스가 박찬호의 나이를 고려하여 다저스와 3~4년짜리 계약을 함으로써 서른한두 살에 다시 FA가 되는 방안을 추진한다고 할 때의 전망이다.

V68.
퀄리티스타트(QS) 행진의 서막

발동이 좀 늦게 걸리는 박찬호에겐 4월이 늘 어려웠다. 3, 4월의 성적은 통산 21승 19패로 승률이 가장 낮았다. 평균자책점도 4.95로 6월(5.01)에 이어 두 번째로 나빴다. 2001 시즌의 4월 역시 그렇게 힘겹게 지나갔다. 4월 25일 피츠버그전에서 박찬호는 7이닝 3실점으로 호투했지만 팀이 1점밖에 뽑지 못하는 가운데 또 패전투수가 됐다. 시즌 성적은 2승 2패에 그쳤다.

그런 어려움 속에 박찬호는 내셔널리그 동부조 선두이던 강호 필라델피아 필리스를 홈에서 맞았다. 상대 투수는 기교파 좌완 랜디 울프였고 덕 글랜빌을 시작으로 지미 롤린스, 스콧 롤렌, 보비 아브레우, 트래비스 리, 팻 버렐이 버티는 강타선이었다. 그러나 강속구의 위력이 서서히 살아나던 박찬호는 이 경기에서 필리스 타선을 글자 그대로 압도했다. 시즌 들어 가장 빠른 156킬로미터의 라이징 패스트볼을 앞세운 그는 6회까지 노히트 노런을 이어가며 볼넷과 수비 실책으로 단 두 명의 주자만 내보냈다.

노히트를 이어가던 박찬호는 7회 1사 후에 볼카운트에서 몰리자 4번 아브레우를 상대로 146킬로미터짜리 약간 높은 패스트볼을 던졌다가 우측 담장을 살짝 넘어가는 홈런을 맞고 말았다. 스트라이크를 잡으려고 너무 쉽게 던진 공의 아쉬움은 노히트 노런 중단으로 이어졌다. 그러나 박찬호는 개리 베넷을 이날 10개째 삼진으로 잡으며 7회를 마쳤고 시즌 3승째이자 통산 68승째를 거두었다. 개인 통산 아홉 번째로 10개 이상의 삼진을 잡은 경기였다. 10개 중 8개는 헛스윙 삼진, 2개는 서서 삼진이었다. 이날 다저스 스타디움을 찾은 4만 3,589명의 팬들은 박찬호가 7회를 마치고 노히트 노런이 깨진 걸 아쉬워하며 더그아웃으로 걸어 들어가자 일제히 일어나 박수갈채를 보냈다.

경기 후 박찬호는 "오늘 기분도 괜찮았고 집중이 잘 이루어졌다. 어떤 타자인가를 생각하지 않고 어디로 던질 것인가를 계속 생각했다. 포수의 미트가 유난히 잘 보였다"라고 말했다. 포심 패스트볼 위주로 승부했고 몸쪽 강속구도 잘 들어갔다고 덧붙였다. 노히트에 대해서는 "3회 지나고부터 한번 해보자는 각오로 1구, 1구를 던졌다. 아브레우는 변화구를 잘 치는 타자라 몸쪽 직구로 승부한다는 것이 약간 몰렸다"라고 담담히 말했다.

이날 승리는 역동적이었고 시즌 최고의 호투였다. 그러나 그 시즌에 FA를 앞둔 박찬호의 포커스는 퀄리티스타트에 맞춰져 있었다. 선발 투수로 6이닝 이상을 끌어가고 3자책점 이하로 막는다는 것이 매 경기의 목표였다. 스콧 보라스는 떠오르는 선발 투수 박찬호를 포장하는 데 퀄리티스타트가 최고라고 생각한 것이다. 4월에 등판한 여섯 경기 중 네 번의 퀄리티스타트를 기록한 박찬호는 2001 시즌 놀라운 퀄리티스타트 행진을 벌인다.

L46.
부상과 부진의 시초

124번의 승리를 거둔 박찬호의 여정을 주요 승리를 중심으로 살펴보고 있다. 그런데 패배한 경기 중에서도 2001년 5월 5일 시카고 원정전은 꼭 살피고 넘어가야 할 만큼 중요한 의미가 있다. 그는 후에 텍사스로 이적하고, 그때부터 부상과 부진의 늪에 빠지는데 어쩌면 그 시초가 바로 이 경기였을지도 모르기 때문이다. 그날 박찬호는 눈부신 역투를 하고도 갑작스러운 허리 부상으로 물러나며 패전의 분루를 삼켜야 했다.

시카고의 리글리필드에서 벌어진 컵스와의 일전이다. 박찬호는 0 대0이던 7회 말 무사 1, 2루에서 5번 타자 론델 화이트에게 1구를 던지고 나서 포수 크루터의 공을 받은 직후 갑자기 허리를 잡고 통증을 호소했다. 수석 트레이너 스탠 존스턴과 존 트레이시 감독이 황급히 마운드로 달려갔다. 주저앉았던 박찬호는 일어나 허리를 돌려보다가 결국 존스턴의 부축을 받고 마운드를 물러났다.

박찬호가 부상으로 물러나자 구원투수로 급히 투입된 매트 허지스는 화이트에게 안타를 내줘 만루가 됐다. 이어 헌들리에게 희생 플라이로 처음 실점한 뒤 뷰포드의 안타와 대타 쿠머의 희생 플라이로 2점을 더 내줬다. 3실점 중 2점은 박찬호의 자책점으로 기록됐고 팀이 컵스 선발 케빈 타파니 등을 상대로 1점도 못 뽑고 0대4로 패하면서 결국 박찬호가 패전투수가 됐다. 이날 4사구 하나 없이 역투한 박찬호는 6이닝 동안 스무 명의 타자를 맞아 3안타만 맞고 삼진 8개를 잡았다. 그러나 7회 초 무사에서 2안타를 맞은 후 부상으로 마운드를 내려와야 했다. 메이저리그 데뷔 후 마흔여섯 번째 패전이었다.

당시 다저스에서는 난리가 났다. 에이스급으로 애지중지 키운 젊은 투수가 경기 중에 갑자기 허리를 부여잡고 주저앉았다가 부축을 받고 겨우 마운드를 내려왔으니 코칭스태프의 걱정은 당연했다. 천만다행으로 큰 부상은 아닌 것으로 밝혀졌다. 순간적으로 허리를 약간 삐끗한 정도로 여겨졌다. 그날 경기 후에 시카고의 한 한국 식당에서 함께 식사를 할 정도로 상태가 좋아졌다. 그날 경기가 아쉽기는 했지만 금방 회복된 모습이라 천만다행으로 여겼다. 저녁을 먹으면서 메이저리그에서 200승 이상을 거두고 사이영상과 월드 시리즈 우승 반지를 끼고 싶다는 꿈을 이야기하던 장면이 생생히 떠오른다.

5일 후 박찬호는 플로리다 말린스전에 등판해 눈부신 호투로 시즌 4승째이자 통산 69승째를 거둔다. 5월 10일 다저스 스타디움에서 열린 경기에서도 7이닝 동안 무실점으로 승리를 이끌었다. 단 3개의 안타만 내줬고 4사구 4개가 있었지만 8개의 삼진을 잡으며 말린스 타선을 압도했다. 통산 1,000이닝을 돌파한 이 경기는 7회 초까지도 1대0의 팽팽한 승부였는데 박찬호는 흔들리지 않았다.

경기 후 그는 상기된 모습으로 셰필드와 크루터의 호수비를 칭찬하는 등 기쁨을 감추지 못했다. 인터뷰에서 "걱정했던 것보다는 아프지 않아서 다행이다. 솔직히 경기 전 오른쪽 허리 밑 엉덩이 쪽 근육이 약간 굳어진 것 같아서 걱정했는데 지난번 같은 큰 통증도 없었고 이제 다 나은 느낌이다"라고 말했다.

그 후로도 그는 꾸준히 잘 던졌다. 시카고에서 허리를 삐끗한 경기를 전후해서 무려 열다섯 경기 연속 퀄리티스타트를 기록하는 대단한 저력을 과시했다.

그런데 결과적으로는 그 시즌이 약간은 무리가 됐던 것으로 보인다. 스물여덟 살 절정기의 나이였고 체력이나 몸 상태가 최상이었기에 꾸준히 잘 던질 수 있었지만, 아마도 피로가 쌓이고 부상이 묻힌 것 같기도 하다. 다음 해부터 텍사스로 이적해 부상과 부진을 이어갔는데 가장 큰 원인이 바로 허리 아래쪽의 통증이었기 때문이다.

그러나 FA를 앞두고 최고의 능력을 과시해야 하는 선수로서는 어쩔 수 없는 선택이었다. 아니, 통증이나 어려움을 그다지 느끼지 않았으니 꾸준히 열심히 던지는 것이 당연했다. 어차피 운동선수는 일

반인보다 훨씬 몸을 혹사해 짧은 기간에 폭발적인 모습을 보여줘야
하는 슬픈 숙명이기 때문이다.

V71.
최고 연봉 투수 햄튼을 잡다

만약 케빈 브라운이 부상이 없었다면, 그래서 박찬호가 개막전 선발
이 아닌 2선발로 2001 시즌을 시작했다면 달라졌을까? 야구에서 가
정이란 필요 없다. 그러나 박찬호가 2001 시즌 전반기 유난히 상대
에이스와 격돌했던 것은 사실이다. 그래서 잘 던지고도 패하거나 승
수를 쌓지 못하기도 했다.

2001년 5월 31일 박찬호는 같은 조 라이벌 콜로라도 로키스와 만
났다. 이 경기가 특별한 관심을 끈 이유는 상대 선발이 바로 전 겨울
메이저리그 투수 사상 최고액으로 계약한 좌완 마이크 햄튼이었기
때문이다. 햄튼은 FA가 된 2000년 말 평균 연봉 1,512만 5,000달러
에 콜로라도와 8년 장기 계약을 맺어 야구계를 깜짝 놀라게 했다.

햄튼과의 맞대결 경기에서 박찬호는 7²/₃이닝을 4안타 1실점으로
막은 반면 이 경기 전까지 7승 1패로 호조를 보이던 햄튼은 6이닝 4
실점(2자책점)으로 패전투수가 되고 말았다. 그러나 결과에 비해 과

정은 순탄치 않았다. 안타는 4개밖에 안 맞았지만 볼넷이 6개나 될 정도로 제구가 흔들렸다. 삼진을 9개나 잡은데다 병살과 행운까지 따랐고 타선이 적시에 터져주며 승리를 거둘 수 있었다.

당시 박찬호가 제구력만 조금 더 정교했더라면 완투나 완봉승을 더 많이 거둘 수 있었을 것이다. 그러나 투수가 이 모든 것을 갖추는 예는 극히 드물다. 160킬로미터에 육박하는 강속구를 지닌 박찬호에게 면도날처럼 예리한 제구력은 허락되지 않았다. 그러나 150킬로미터만 넘어도 강속구 투수인 마당에 158킬로미터를 넘기는 무시무시한 공을 지녔으니 정교한 제구력이 없어도 큰 문제는 되지 않았다. 거기에 커브와 체인지업 같은 보조 구질의 위력도 상당했기 때문에 박찬호는 당시 가장 까다로운 투수 중 하나였다. 햄튼과의 비교에서도 우월함을 과시한데다 에이스 케빈 브라운이 전날 로키스 타선에게 홈런 2방 포함 6실점을 하며 패전투수가 된 직후라 박찬호의 호투는 더욱 빛났다.

이날 경기 후 다저스 클럽하우스에서 박찬호 인터뷰를 마치고 나오다 에이전트 스콧 보라스와 마주쳤다. 평소에도 종종 만나 친숙한 사이였지만 이날 그는 표정관리가 안 될 정도로 희색이 만면했다. 그도 그럴 것이 전해 윈터미팅부터 박찬호 이야기만 나오면 그가 가장 자주 언급한 이름이 바로 마이크 햄튼이었기 때문이다. 그는 박찬호가 한 치도 꿀릴 것이 없다고 강조하곤 했다.

"오늘 경기를 어떻게 생각하느냐?"라고 묻자 보라스는 "그 중요성은 당신이 더 잘 알지 않느냐?"며 미소를 지었다. 그러면서 "올 시 즌 들어 찬호는 정신적으로 한 단계 올라선 야구를 보여주고 있다" 라고 말했다. 사실 평균자책점 2.78에 개인 처음으로 5월까지 6승을 달성하지 않았는가. 더욱이 연속된 상대 에이스와의 격돌과 빈곤한 타격 지원 속에 열두 경기 중 열한 번이나 6이닝 이상을 소화하는 등 박찬호는 보여줄 것이 많은 시즌을 보내고 있었다. 그 시즌이 끝 난 겨울 보라스가 만든 FA 박찬호 패키지에는 그런 기록들이 일목 요연하게 정리돼 있었다.

V72.
김병현과 운명의 맞대결

6월 들어서도 박찬호의 호투는 이어졌지만 승수는 더디게 쌓여갔다. 6월 5일 애리조나 원정에서 7이닝 3실점을 한 박찬호의 타선이 폭발 하며 홈런 5개가 터져 8득점, 모처럼 낙승을 거뒀다. 시즌 7승이자 통산 72승째다. 그러나 과정은 만만치 않았다. 박찬호는 이 경기 2회 에 마크 그레이스를 상대로 공을 던지다 또 허리를 잡고 주저앉았다. 다행히 계속 던질 정도는 됐지만 속구의 구속이 145킬로미터로 떨어 질 정도였다. 이날 애리조나 불펜의 김병현은 등판하지 않았다.

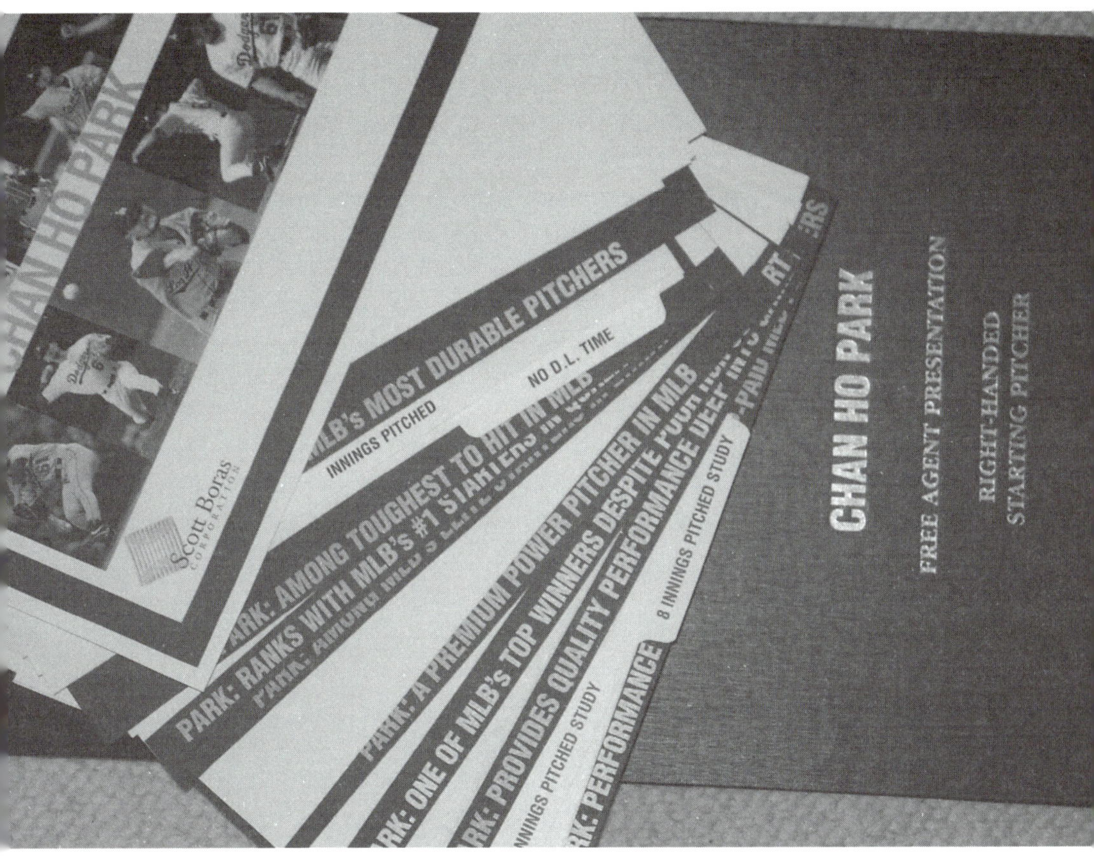

© 민훈기

스콧 보라스의 박찬호 프리젠테이션 카드

바로 다음 경기는 홈에서 벌어진 애너하임 에인절스와의 인터리그 경기다. 이 경기에서 박찬호는 7이닝 1실점을 하고도 승리투수가 되지 못했다. 이날 4사구를 8개나 내줄 정도로 제구력이 많이 흔들렸지만 삼진 6개와 병살 유도 등으로 단 1점만 내주고 호투했다. 관록이 쌓이고 있음을 보여준 일전이었지만 1대1에서 교체돼 승패와는 무관했다.

6일 후 박찬호는 에인절스와 다시 만났다. 이번에는 원정이었다. 제구력이 지난 대결보다 훨씬 안정됐고 삼진 능력도 여전했다. $7\frac{1}{3}$ 이닝 동안 6안타, 3볼넷에 삼진 9개를 잡으며 2실점으로 막고 승리투수가 됐다. 이날 시즌 100K를 돌파하기도 했다. 시즌 8승째를 거두면서 박찬호의 올스타전 출전이 점점 가시권에 들어오기 시작했다. 야구에서 승리는 선발 투수가 마음먹는다고 해서 되는 것은 아니다. 그러나 2.72의 눈부신 평균자책점과 108개의 시즌 삼진 그리고 이어지는 퀄리티스타트 등 박찬호는 올스타의 자격을 차곡차곡 쌓아가고 있었다.

그리고 6월 21일 야구사에 또 하나의 기념비적인 일이 벌어진다. LA 다저스와 애리조나 다이아몬드백스가 다저스 스타디움에서 일전을 벌였고 박찬호가 선발로 나선 것이다. 박찬호는 약간 고전했지만 7회 초까지 3실점으로 버텼다. 그러나 7회 초가 끝나고 다저스가 2대3으로 뒤져 박찬호는 패전투수가 될 위기에 몰렸다. 안타는 3개밖에 맞지 않았지만 4회 초 중견수 굿원의 실책성 수비가 빌

미가 돼 3실점을 한 게 뼈아팠다. 그러나 7회 말 다저스는 굿윈 대신 대타로 나선 마키스 그리슴이 솔로 홈런을 때려 3대3 동점을 만들었고, 박찬호는 패전의 멍에를 벗었다. 이어 보카치카가 볼넷을 골라 2사 1루가 됐다. 타석엔 4번 타자 셰필드가 등장했다. 추가 득점에 성공하면 박찬호가 승리투수도 될 수 있는 상황이었다.

여기서 위기에 몰린 다이아몬드백스 밥 브렌리 감독은 부랴부랴 '믿을맨' 김병현을 투입했다. 메이저리그 사상 최초로 같은 이닝에 한국 선수끼리 상대 팀의 유니폼을 입고 짧은 '운명의 맞대결'을 벌였다. 사실 선발 맞대결도 아니고 투타 맞대결도 아니긴 했지만 메이저리그의 경기를 취재하며 한국 선수 둘이 같은 이닝에 적수로 나서는 모습을 보는 것은 감격스러웠다.

김병현은 강했다. 다저스에서 가장 무서운 타자 셰필드를 상대로 바깥쪽 강속구 2개로 연속 스트라이크를 잡아냈다. 이어 4구째 몸쪽 변화구를 던지는 순간 포수 몰러가 볼을 빠뜨려 주자가 진루하며 2사 2루가 됐다. 안타가 나오면 역전이 이뤄지고 박찬호가 승리투수의 요건도 갖추는 순간이었다. TV 카메라는 다저스 더그아웃을 비췄고 박찬호는 굳은 표정으로 묵묵히 경기를 지켜봤다. 한 방이면 자신은 승리투수가 되지만 후배에게 아픔을 안겨줄 수도 있었다. 팬들 중에서는 그 순간 김병현이 장타가 아닌 짧은 안타 한 방만 내줘 선배 박찬호에게 9승을 안겨주길 기대한 이도 있었을지 모른다. 그러나 김병현은 냉정한 승부로 셰필드를 삼진으로 돌려세웠다.

그러자 8회부터는 상황이 역전돼 김병현이 한국 팬 응원의 대상이 됐다. 다이아몬드백스가 8회 1사 만루 기회를 잡았을 땐 후속타가 터져 김병현이 승리투수가 되길 바랐지만 무산됐다. 또 김병현이 8회 말 2사 1, 2루 위기를 넘길 때는 저절로 손뼉을 치기도 했다. 결국 경기는 9회 말 캐로스의 끝내기 밀어내기 사구로 다저스가 4대3으로 승리했다. 그날 경기가 끝난 후 인터뷰에서 박찬호는 김병현을 두고 대견하고 자랑스럽다고 했고 김병현은 박찬호가 타자로 나오지 않는 이상 의식하지 않고 자기의 페이스를 찾겠다는 말을 남겼다. 이 경기를 시작으로 그 후 박찬호와 김병현은 물론 서재응, 김선우, 봉중근 그리고 타자 최희섭 등이 메이저리그에서 활약을 펼치면서 한국 선수끼리의 실질적인 맞대결도 수차례 벌어진다. 그 시작은 박찬호와 김병현이 같은 경기 1이닝에서 초와 말에 각각 등판한 바로 이날 일전이었다.

첫 올스타전 출전

이미 6월 하순부터 박찬호의 올스타전 출전을 점치는 말들이 터져 나오기 시작했다. 타선 지원 부족과 승운이 없어 승수에서는 내셔널리그 공동 8위지만 평균자책점 5위, 선발 등판 공동 1위, 삼진 4위, 이닝 수 3위, 피안타율 2위 등 주요 부문에서 모두 상위권의 성적을 올리고 있었다. 당시 메이저리그 투수 중 최다인 '열다섯 게임 연속 퀄리티스타트'의 활약은 특히 돋보였다. 또한 박찬호가 패한 다섯 게임에서 다저스가 뽑은 총점이 7점일 정도로 타선 지원이 척박한 가운데 일구어낸 기록이었다는 점도 높은 평가를 받았다.

ESPN.com은 올스타에 반드시 선정돼야 할 선수 목록에 박찬호를 올려놓았다. 투수는 팬 투표가 아닌 감독 재량으로 뽑기 때문에 불투명하긴 했지만 박찬호는 워낙 좋은 기록을 남기고 있었다. 여기에 아주 흥미로운 관측이 나오기도 했다. 일부 언론이 "내셔널리그 올스타전 감독인 보비 발렌타인이 반드시 박찬호를 뽑아 시애틀로 초청한 뒤 이틀여 동안 곁에 두고 뉴욕 메츠에 대한 설명과 설득을 펼칠 자연스러운 기회를 만들 것"이라고 보기도 했다. 2000 시즌 월드 시리즈까지 진출했던 뉴욕 메츠는 FA가 된 에이스 마이크 햄튼을 놓친 뒤 2001 시즌 중반 내셔널리그 동부조 4위로 추락해 있었다. 메츠는 시즌이 끝나면 FA가 되는 박찬호의 영입을 적극 추진한다는 방침을 세운 것으로 알려졌고, 박찬호와 친분이 있는 발렌타인 감독이 사전 정지작업을 할 것이라는 추측이었다.

결국 박찬호는 7월 11일 시애틀의 세이프코필드에서 벌어진 제72회 올스타전에 다저스를 대표해 출전한다. 다저스에서는 마무리

투수 제프 셔와 함께 올스타전 유니폼을 입는 영예를 누렸다. 시애틀에 도착한 박찬호의 인기는 상상을 넘어섰다. 올스타 전날 박찬호는 미국 전역에 생방송되는 최고 인기의 스포츠 라디오 토크쇼에 출연하여 30분간 자신의 메이저리그 성공 스토리를 생생하게 전했다. 이로써 '전국구 스타'로 발돋움을 시작했다. 토크쇼는 쉐라톤 시애틀호텔 2층에 마련된 FOX 라디오 스튜디오에서 진행됐다. 박찬호는 에이전트 스콧 보라스와 함께 출연, 영어 한마디 못하던 스무 살 한국 청년이 메이저리그 올스타에 선정되기까지의 애환을 진솔하게 밝혀 웃음과 감동을 자아냈다. 박찬호는 마이너리그 알바커키 시절 영어를 잘 못하면서도 미리 종이에 할 말을 써들고 열 번도 넘게 찾아가서 자동차를 직접 구입한 일 등의 에피소드도 소개했다. "처음 미국에 와서 토미 라소다 당시 LA 다저스 감독의 사랑을 받았지만 하도 파스타만 먹으러 다녀서 나중에는 이탈리아인이 된 기분이었다"라는 등 시종 유머를 섞어가며 토크쇼를 주도했다.

짐 롬은 해박한 스포츠 지식과 풍부한 인맥 그리고 때로는 독설을 앞세워 미국에서 가장 인기 있는 스포츠 토크쇼를 진행하는 유명 인사였다. 토크쇼가 진행되는 동안 박찬호의 유머 섞인 이야기에 계속 웃음을 터뜨리던 롬은 30분간의 토크쇼가 마무리될 즈음 "지금까지 해온 수많은 토크쇼에서 가장 인상적이고 즐거웠던 인터뷰 중 하나"라고 말했다. 그러면서 몇 번이나 "찬호 씨의 출연에 감

올스타전에 출천한 박찬호의 뒷모습

사드린다"라고 했다. 곁을 지켰던 보라스는 "영향력이 대단한 짐 롬 쇼에서 오늘 찬호는 미국 전역의 스포츠팬들에게 전혀 다른 모습과 재능을 선보였다. 폭발적인 반응을 얻을 것"이라며 기쁨을 감추지 못했다.

나도 그때 곁에서 토크쇼를 지켜봤는데 사실 박찬호의 영어 실력에 상당히 놀랐다. 평소에 열심히 영어 공부를 하는 것도 알았고, 경기 후 인터뷰 등도 비교적 편안하게 했지만 라디오 토크쇼에서 30분을 끌고 가는 모습은 인상적이었다. 반면 이즈음 국내 팬들은 박찬호의 발음을 두고 조금 서운해하는 면도 있었다. 우리말을 할 때에도 영어식 발음이 나온다는 것이었다. 하지만 본능적이고 필사적으로 적응해야 했던 박찬호를 비난할 수는 없는 일이다.

올스타전을 앞두고 랜디 존슨과 커트 실링을 만난 장면이 기억난다. 당대 최고의 좌완 투수이던 랜디 존슨 앞에 서자 박찬호는 초등학생 같았다. 그도 그럴 것이 랜디 존슨은 키가 2미터 5센티미터로 박찬호보다 20센티미터가 컸다. 무섭게 생긴 인상의 존슨이지만 조용하면서도 무척 서민적이라는 평이었다. 당시 박찬호는 존슨에게 김병현이 잘하고 있느냐고 물었고, 존슨은 어린 나이에 너무나 잘하고 있다고 대답했다. 김병현은 바로 다음 해에 박찬호에 이어 두 번째로 올스타전에 뽑힌 한국 선수가 된다.

반면 같은 애리조나의 원-투 펀치였던 커트 실링은 정치가였다. 박찬호와 함께 엘리베이터에서 내리는데 마침 실링이 그 앞을 지나가고 있었다. 이미 몇 걸음을 떼었던 실링은 박찬호를 보더니 돌아와 악수를 건네면서 첫 올스타전 출전을 축하한다며 반갑게 인사를 건넸다. 배려가 대단하다는 생각이 들었다. 물론 나중에 실링이라는 선수가 얼마나 정치적인 인물인지를 알게 되고는 첫인상에서 벗어나긴 했지만 말이다.

올스타전에서 박찬호는 랜디 존슨에 이어 내셔널리그 두 번째 투수로 마운드에 올랐다. 첫 상대는 미국인의 영웅 칼 립켄 주니어였다. 특히 그는 그해를 끝으로 은퇴하겠다고 선언해 생애 마지막 올스타전이었다. 원래는 3루수로 출전했지만 당시 유격수이던 알렉스 로드리게스가 대선배에게 유격수 자리를 양보하겠다고 우겨 실전에는 자신의 고유 포지션이던 유격수로 출전하기도 했다.

수만 관중의 기립박수가 울려 퍼지는 가운데 립켄이 타석에 들어섰고 마운드의 박찬호는 포수 마이크 피아자의 사인을 받았다. 고개를 한두 번 저은 박찬호는 초구에 148킬로미터 패스트볼을 던졌다. 그러자 립켄이 그 공을 받아쳐 좌측 펜스를 넘어가는 홈런을 쳤다. 현장은 물론 전 미국에서 경기를 지켜보던 야구팬은 열광했다. 최고의 영웅이 마지막 올스타전 첫 타석에서 홈런을 터뜨린 것이다. 그 홈런으로 립켄은 MVP를 수상했고 첫 점수를 빼앗긴 박찬호는 패전투수가 됐다.

그런데 그 홈런을 놓고 갑론을박이 벌어졌다. 박찬호가 떠나는 선배에 대한 예우로 치기 쉬운 공을 던져준 것 같다는 얘기였다. 그런 느낌을 받은 팬이나 기자들이 꽤 많았다. 사실 '고의 홈런'이란 있을 수 없다. 아무리 강타자에게 제일 치기 쉬운 배팅볼을 던진다 해도 반드시 담장을 넘긴다는 보장은 없다. 그렇지만 분명히 치기 쉬운 공을 던질 수는 있다.

박찬호는 경기가 끝난 뒤 "칼 립켄 주니어의 마지막 올스타전이라는 것을 알고 있었고, 한가운데 승부를 했다"고 말했다. 그러나 승부라면 물러서지 않는 박찬호가 과연 고의로 가운데 공을 던졌을까? 그런데 대답은 의외로 "YES"였다. 박찬호는 올스타전 이후 사석에서 "사실 변화구로 승부를 시작할 생각이었다"라고 밝혔다. "분명히 직구를 기다리고 있을 것으로 생각됐고, 커브를 던지면 헛스윙을 할 것으로 생각했다"고. 올스타전이 열리기 이틀 전에도 박찬호는 "모두 한 방을 벼르고 있기 때문에 변화구의 효과가 클 것"이라는 말을 했었다. 그러나 립켄을 만난 박찬호는 순간적으로 마음을 바꾸고 정면 승부를 걸었다. 물론 홈런까지는 예상하지 못하고 '맞으면 안타, 잡히면 좋고' 정도의 가벼운 마음이었겠지만. 아무리 가운데 공이라도 타자가 제대로 치지 못하면 그만이지만 립켄은 그 공을 통타, 좌중간 담장을 넘겨버렸다.

올스타전을 끝내고 후반기 첫 경기가 열리는 오클랜드로 이동하는 길이었다. 비행기를 탔는데 공교롭게도 다저스의 포수 채드 크루터가 옆자리에 앉았다. 그에게 립켄의 홈런에 대해 의견을 묻자 "초구를 패스트볼로 승부해 깜짝 놀랐다"고 말했다.

결국 정황을 보면 박찬호의 마음에는 은퇴하는 전설적인 노장에 대한 예우가 분명히 담겨 있었다. 그래서 많은 미국 팬들도 홈런을 맞은 박찬호가 실력 없는 투수라기보다는 흐뭇한 역사의 한 장면을 만들어준 선수 정도로 생각했다. 박찬호는 '홈런을 맞고도 칭찬받은 투수'가 된 셈이다.

후반기만 끝나면 FA가 되는 박찬호에 대해 각지 언론은 지대한 관심을 보였다. 그를 올스타에 뽑아준 뉴욕 메츠의 발렌타인 감독은 알게 모르게 박찬호에 대한 욕심을 드러냈다. 또 〈댈러스 모닝뉴스〉의 메이저리그 칼럼니스트 켄 데일리도 박찬호에게 "텍사스 레인저스에서 큰 관심을 보이고 있는데 텍사스에서 뛸 의향이 있느냐?"라고 공개적으로 질문을 던졌다. 박찬호의 신인 시절 LA의 〈데일리뉴스〉에서 다저스를 전담했던 그는 "내년부터 레인저스에서 뛰는 찬호를 취재할 수 있게 되기를 바란다"는 말까지 덧붙였다.

시애틀 현지 언론도 마찬가지였다. 시애틀 야구 기자들은 박찬호에게 '자유계약선수가 되면 이치로와 사사키가 뛰고 있는 매리너스로 옮길 생각은 없는지', '그런 소문이 돌고 있는데 알고 있는지' 등을 꼭 질문했다. FA를 앞두고 이룬 '올스타'라는 훈장은 예상보다 더 엄청난 위력을 발휘하고 있었다.

올스타전의 황홀함이 채 가시기도 전에 박찬호는 2001 시즌 후반기 첫 등판에서 혼쭐이 난다. 마침 인터리그로 첫 상대는 아메리칸리그의 오클랜드 에슬레틱스였다. 올스타전의 후유증인지 모르지만 그날 경기에서 박찬호는 초반부터 흔들린데다 운마저 따르지 않으며 조기 강판됐다. 7월 14일 오클랜드의 네트워크 콜로세움에서 벌어진 이 경기에서 박찬호는 $3\frac{1}{3}$이닝 만에 8안타를 맞고 7실점을 했다. 2000년 5월 9일 애리조나전에서 $3\frac{1}{3}$이닝에 강판당한 후 마흔일곱 경기 만에 처음으로 5이닝도 못 채웠고, 16연속 퀄리티스타트도 무산됐다.

투수의 능력과 정신력을 가늠하는 데에는 홈런 뒤 다음 타자를 상대하는 것, 혹은 망친 경기의 다음 경기를 보는 방법이 있다고들 한다. 시즌 최악의 경기를 치르고 5일 후, 박찬호는 홈에서 밀워키 브루어스와 격돌한다. 명예 회복을 노리기엔 나쁘지 않은 상대였다. 만만치 않은 타선이긴 했지만 스윙이 크고 공격적이어서 박찬호에게는 공략이 수월할 것 같았다.

아니나 다를까, 박찬호는 자신의 162번째 메이저리그 선발 등판이던 그 경기에서 최초의 무사사구 완봉승이라는 통쾌한 기록을 남겼다. 9이닝 동안 단 서른 명의 타자만 상대하며 희생번트 1개와 안타 2개만 내줬을 뿐 삼진 9개를 곁들이며 155킬로미터의 강속구를 앞세워 압도했다.

특히 9회 말 다저스 스타디움은 축제 분위기였다. 이미 5대0으로 앞선 가운데 선두 1번 드본 화이트의 직선타구가 1루수 캐로스의 글러브에 빨려 들어가자 3만 2,844명의 관중은 모두 일어섰다. 5번 벨리아드와의 5구 승부 끝에 삼진을 잡아 축제 분위기가 됐다. 이에 데이비 롭스 감독은 후에 두산 베어스에서도 잠깐 뛴 마이크 쿨바를 대타로 내세웠다. 그러나 박찬호는 4구 만에 134킬로미터 슬러브로 헛스윙 삼진을 잡아냈다. 기립박수와 환호성이 다저스 스타디움의 밤하늘에 울려 퍼졌다. 17타자 연속 범타를 기록한 순간이었다. 특히 이날 승리는 그 시즌 아흔다섯 경기 만의 첫 완투승이자 첫 완봉승이기도 했다.

박찬호는 이날 타석에서도 멋진 활약으로 승리에 기여했다. 다저스는 이날 밀워키의 신예 투수 알렌 레브롤트에게 5회까지 단 1안타로 허덕였다. 그러나 5회 말 박찬호가 팀의 두 번째 안타를 친 데 이어 1대0이던 7회 말에는 1사 1, 2루에서 볼넷을 골라 만루를 만들었다. 이어서 굿원의 적시타와 그루질라넥의 희생 플라이가 나와 4대0으로 앞서며 승기를 잡았다.

33일 만에 승리를 보태며 시즌 9승째를 기록한 이날 경기는 여러 가지로 의미가 컸다. 공교롭게도 바로 그날 아침 〈LA타임스〉는 박찬호에 대한 부정적인 기사를 대대적으로 실었다. 스포츠 섹션 1면에는 로버트 데일리 다저스 사장의 말을 인용해 "다저스가 박찬호에게 연봉 2,000만 달러를 주기는 어렵지 않겠느냐"라는 논조의 기사를 실었다. 독설가 빌 플라스키는 "박찬호 경기에 폴 로두카가 결장하는 것은 대단한 손실"이라며 장문의 칼럼을 썼다. LA 지역 스포츠 토크쇼의 어니 스파니엘은 "박찬호는 충분히 2,000만 달러 가치가 있는 투수이며 클레멘스, 페드로 마르티네스에 이어 현역으로는 세 번째다. 그러나 시즌이 끝나고 FA로 빼앗기느니 차라리 지금 메츠나 다른 팀으로 트레이드하라"는 방송을 하기도 했다. 〈LA타임스〉는 "과연 박찬호에게 2,000만 달러를 줄 가치가 있느냐"라는 설문조사를 했고 40퍼센트 찬성에 60퍼센트 반대로 집계되고 있었다.

그러나 이 경기 한 방으로 분위기는 반전됐다. 여론 조사 결과는 60퍼센트 찬성으로 역전됐고, 다저스 전속 라디오의 포스트게임 토크쇼에는 "박찬호를 놓쳐서는 안 된다"는 팬들의 전화가 빗발쳤다. 경기 후 짐 트레이시 감독은 "노히트를 빼곤 더 잘 던질 수 없다"라며 극찬했다.

경기 후 클럽하우스에서 만난 박찬호는 비교적 담담하게 인터뷰에 응했다.

"쉬운 경기가 아니라는 생각을 했다. 그래서 더 천천히 하는 등 제구에 신경을 썼다. 마음먹은 대로 공을 던졌고 결과도 좋았다. 변화구로 삼진을 많이 잡았고 직구로 땅볼이나 플라이볼을 유도하는 작전도 적중했다. 몸쪽 약간 높고 빠른 볼로 타자들을 유인했다. 지난번 오클랜드전에서도 이런 작전이었는데 컨트롤에 문제가 있었다.”

아마도 그 경기가 자신의 최고 경기일지도 모르겠다고 말한 박찬호는 〈LA타임스〉에 실린 연봉 2,000만 달러 등에 대해서는 생각하고 싶지 않다며 선을 그었다. FA를 앞두고 한 경기 한 경기가 주목을 받을 수밖에 없는 가운데 그날 밀워키를 상대로 기록한 무사사구 완봉승은 강한 인상을 남기기에 충분했다.

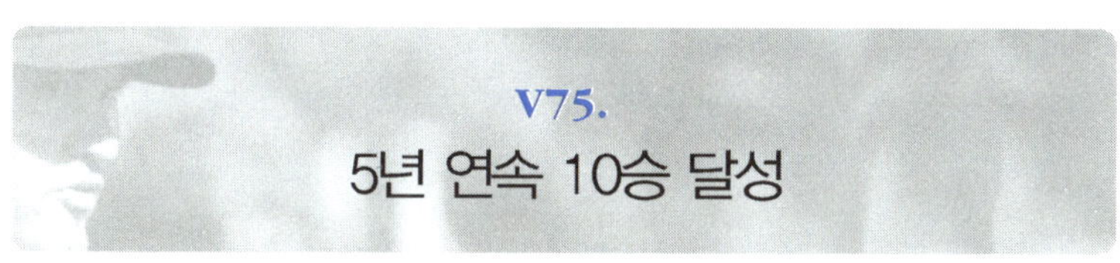

메이저리그에는 팀이 30개나 되고 내셔널리그에만 16개 팀이 있다. 그러나 일정을 짜다 보면 같은 팀과 홈 앤드 어웨이로 2주 연속 격돌하는 일도 종종 나온다. 박찬호는 2001년 7월 19일 홈에서 밀워키 브루어스를 상대로 최초의 무사사구 완봉승을 장식한 데 이어 7월 24일에는 밀워키 원정길에 나섰다.

같은 팀과의 대결이지만 장소는 밀워키의 밀러파크로 바뀌었다. 바로 전 경기만큼은 아니었지만 박찬호는 이날도 위력적인 투구를 뽐냈다. 6²⁄₃이닝을 던지며 삼진 5개 포함 5안타 1실점으로 막고 승리투수가 됐다. 이날 승리가 특별했던 이유는 5년 연속 10승을 달성했기 때문이다. 1997년 13승을 거두며 혜성처럼 등장한 이래 14승, 15승, 18승을 거둔 데 이어 2001 시즌에도 7월 하순에 10승 고지에 올랐다. 특히 이날 승리를 거두며 박찬호의 시즌 평균자책점은 2.93까지 내려갔다.

또 한 가지 놀라운 점은 박찬호의 퀄리티스타트였다. 그 경기가 시즌 스물두 번째 등판이었는데 그중에 무려 열아홉 번이 퀄리티스타트였다. 요즘은 일반화된 기록이지만 당시만 해도 퀄리티스타트라는 개념이 도입된 지 얼마 되지 않았고, 선발 투수의 능력을 평가하는 중요한 통계 자료로 쓰였다. 그해가 끝나면 FA가 되는 박찬호였기에 에이전트 스콧 보라스는 퀄리티스타트를 몹시 강조했다. 그러나 마음먹는다고 되는 것은 아닐 터인데 박찬호는 놀라운 기세로 퀄리티스타트를 쌓아나갔다.

그날 경기가 쉽게 풀린 것은 아니다. 1회 말 2번 벨리아드에게 중전 안타를 맞은 데 이어 3번 제로미 버니츠가 친 공이 빗맞으며 우중간에 떨어져 1사 1, 3루에 몰렸다. 더욱이 한 방이 있는 리치 색슨이 4번 타자였다. 박찬호는 병살을 유도하려고 몸쪽 공을 던졌는데 다소 높게 들어가 좌익수 희생 플라이가 되며 먼저 1점을 빼앗겼다. 그러나 다저스는 2회 초 벨트레의 홈런으로 1대1을 만든 후 3회 초 코라가 득점하면서 2대1로 뒤집었다. 박찬호의 희생 번트가 한몫했고, 5회에는 원바운드로 담장을 넘어가는 2루타를 치기도 했다.

리드를 잡자 박찬호는 노련한 피칭으로 밀워키 타자들을 요리했다. 성급하게 덤비는 밀워키 타자들에게 체인지업과 파워커브 등 변화구를 적절히 섞어 2~4회와 6회 등 4이닝을 삼자 범퇴로 처리하는 등 밀워키 타선에 역시나 강한 면모를 보였다. 이날은 날씨도 몹시 더웠고 박찬호의 최고 구속은 149킬로미터로 평소보다 떨어졌다. 대신 변화구 위주로 승부했는데 그것이 주효했다.

션 그린의 홈런으로 3대1까지 앞선 가운데 박찬호는 7회 말 2사 1, 2루에서 맷 허지스에게 공을 넘겼다. 허지스가 만루 위기를 넘기면서 결국 승리투수가 됐다. 이날은 운도 조금 따랐다. 박찬호의 천적이라고 할 수 있는 밀워키 주포 제프 젠킨스가 부상으로 빠진 것이다. 그는 박찬호에게 통산 3개의 홈런을 친 강타자였다. 비록 밀워키를 상대로 한 무실점 행진이 18이닝에서 막을 내리기는 했지만, 역시 밀워키는 시카고 컵스와 함께 박찬호에게 승수 쌓기에 좋은 상대였다.

경기 후 원정팀 클럽하우스에서 만난 박찬호는 다소 지친 표정이었다. 5년 연속 10승을 거둔 소감을 묻자 이렇게 답했다.

"날씨가 더워 어려운 날이었다. 언더셔츠를 세 번이나 갈아입었고 유니폼까지 갈아입었는데 나중엔 힘이 떨어지는 느낌이었다. 오늘은 지난번 상대했던 경험이 도움이 됐다. 지난 경기엔 직구 위주의 피칭을 했지만 오늘은 변화구를 많이 던졌다. 특히 체인지업이 효과를 봤다."

재미있는 것은 이날 경기에 앞서 박찬호는 준비해 간 라면을 직접 끓여 먹고 경기에 임했다는 것이다. 원정에 나서면 늘 경기 전날이나 경기 날 점심때 한국 식당을 찾는데 밀워키에는 한국 식당이 하나도 없었다. 앞으로는 라면 끓이는 작은 용기를 늘 가지고 다니겠다던 말이 아직도 생생하게 기억난다.

V77.
자신의 존재를 알린 '혼을 실은 역투'

박찬호의 2001 시즌이 쉽지 않았던 이유 중 하나는 득점 지원이 영 저조했기 때문이다. 박찬호가 등판했을 때 9이닝당 다저스의 득점 지원은 3.88점으로 거의 최하위 수준이었다. 퀄리티스타트를 하면 투수의 평균자책점은 4.50이다. 그렇다면 그 정도의 득점 지원으로는 퀄리티스타트를 해도 승리하기 어렵다는 이야기고, 실제로 열아홉 번의 퀄리티스타트에도 10승밖에 거두지 못했다.

밀워키를 꺾고 돌아온 홈 경기에서 박찬호는 콜로라도 로키스의 당대 최고 좌완 마이크 햄튼을 만났다. 2회 2사 1루에서 박찬호가 좌전 안타를 쳐내면서 공격이 터져 대거 6점을 얻는 등 모처럼 득점 지원을 받고 시즌 11승째를 거뒀다. 7이닝 동안 5점을 내줬고 실책에

이은 비자책점이 4점이나 됐다. 하지만 스무 번째 퀄리티스타트와 함께 평균자책점을 2.85까지 낮췄다. 지나고 보면 '금지약물의 시대'에 선발 투수의 평균자책점이 2점대였다는 것은 정말 대단한 일이다.

그러나 다음 네 경기에서 승운이 따르지 않거나 부진한 경기를 하면서 박찬호는 3패만 당했다. 특히 8월 15일 몬트리올전은 억울할 정도다. 8이닝을 무실점으로 막는 역투 끝에 1대0 리드에서 8회 말 대타로 교체됐는데, 9회 초 마무리 제프 셔가 4점을 내주며 역전당해 승수를 날리고 말았다.

어느새 성적은 11승 9패가 됐다. 8월 초만 해도 〈베이스볼 위클리〉 등 주요 야구 잡지는 박찬호를 시즌 후 FA 시장에서 최고 투수로 선정하는 등 요란했다. 그렇지만 그 기세가 주춤해졌다. 8월 20일 뉴욕 메츠전에서 박찬호가 5이닝 4실점(3자책)으로 부진하자 짐 트레이시 감독이 '배짱 없는 투구였다'고 비난했다는 소문까지 나오는 등 분위기가 뒤숭숭했다. 트레이시 감독이 절대 그런 일은 없었으며 박찬호는 랜디 존슨이나 그렉 매덕스급의 능력을 보이고 있다고 진화에 나섰지만 묘한 기류가 흘렀던 것도 사실이다.

위기라면 위기에서 박찬호는 2001년 8월 25일 강팀 애틀랜타 브레이브스를 원정길에 만났다. 더욱이 상대 투수는 11승 7패를 거둔 최강의 기교파 좌완 톰 글래빈이었다. 타순에는 치퍼 존스, 켄 캐미니티, B.J. 서호프, 브라이언 조단, 앤드루 존스, 하비 로페스 등이 버티고 있었다. 그래서 그날 승리는 더욱 극적이고 짜릿했다. 당시 〈스포츠조선〉에 썼던 기사를 보면 리드가 "혼을 실은 역투"라고 돼 있다. 12승 고지에 다섯 번째 도전한 그 경기에서 박찬호는 완투승으로 다시 한 번 자신의 존재를 알렸다. 시즌 두 번째이자 통산 여덟 번째 완투승이었다.

메이저리그 데뷔 후 213번째이자 169번째 선발 등판에서 박찬호는 극적인 완투승을 올렸다. 음력 7월 7일 칠석날 통산 77승째를 거둬 7이라는 숫자와 묘한 인연을 보이기도 했다. 이날 내셔널리그 동부조 선두 브레이브스와의 4연전 첫 경기에 출격한 박찬호는 9이닝 동안 5안타 1실점으로 개인 3연패를 끊었고 힘겹던 8월의 첫 승리를 장식했다. 총 서른네 명의 타자를 맞아 7탈삼진에 2개의 4구를 기록하며 혼신의 투구로 브레이브스 타선을 끝까지 압도했다. 총 투구 수는 126개(스트라이크 78개)였고, 최고 구속은 153킬로미터를 찍었다.

그날 애틀랜타는 몹시 더웠다. 미국 동남부 특유의 끈끈함에다 낮 최고 기온은 섭씨 37도까지 올라갔고, 경기가 벌어진 저녁에도 30도를 웃돌았다. 박찬호는 이닝 중간마다 머리에 찬물을 끼얹는 등 더위와의 전쟁도 함께 치렀다. 경기 후 인터뷰를 위해 라커룸의 자리로 돌아온 그는 눈이 쑥 들어갔다는 느낌을 줄 정도여서 힘든 경기였음을 여실히 보여주었다.

어깨와 허리에 아이싱을 한 모습으로 트레이너실을 나온 박찬호는 먼저 미국 신문과 방송 기자들에 둘러싸여 질문 공세를 받았는데 "오로지 25일 경기에만 집중하며 평소와 똑같이 준비했다"라고 담담히 밝혔다. 그런데 한국 기자들과의 인터뷰는 조금 달랐다. 바로 지난 경기인 메츠전에서의 구설수 등으로 분한 마음을 가지고 있었음을 숨기지 않았다. 본때를 보여주겠다는 생각을 하지 않은 것은 아니라며 며칠 동안 이 경기에만 집중했다고 말했다. 강속구를 많이 던졌는데 좌타자가 많아서이기도 하고 도망가는 피칭이 아니라 공격적인 피칭을 하겠다는 작전을 미리 세웠기 때문이라고 했다. 153킬로미터까지 나온 라이징 패스트볼은 9회에도 여전히 위력을 떨쳤다.

애틀랜타 4번 타자 조단은 "찬호는 9회에도 100마일의 강속구를 뿌리겠다는 투지가 넘쳤다. 그가 어떤 투수인지 보여주는 대목이다"라고 이례적으로 상대 투수를 극찬했다. 글래빈도 "상대 투수가 박찬호였기 때문에 많은 점수를 허용할 수는 없다는 심정으로 그리슴과 맞섰다가 실투로 결정타 3점 홈런을 맞았다"라고 말해 박찬호에 대한 부담감이 크게 작용했다고 털어놓았다. 그날의 영웅은 단연 박찬호였다.

팀의 에이스에 대한 비난 구설수에 몰렸던 짐 트레이시 감독도 "더는 바랄 수 없는 최고의 역투였다. 찬호는 오늘 9회에도 93~95마일을 던졌고 타자들이 공을 제대로 맞히지 못했다. 오늘은 완전히 찬호의 게임이었다"라고 극찬했다.

LA 다저스에서의 마지막 승리

메이저리그 입성 전부터 오른쪽 팔꿈치 부상은 오랫동안 박찬호를 괴롭혔다. 공주중학교 1학년 시절 박찬호의 포지션은 3루수였는데, 그때부터 오른쪽 팔꿈치 통증을 느끼고 있었다. 어느 날 감독이 투수를 해보지 않겠느냐고 제안했을 때 그는 자신에 대해 반신반의했다고 한다. 투수를 하면 가뜩이나 아픈 팔꿈치가 더욱 아파지지 않을까 걱정이 됐던 한편, 누구보다 빠른 공을 던질 수 있을 거라는 자신감이 있었다.

한양대 입학식 직전에는 불의의 사고도 당했다. 괌 전지훈련을 다녀온 직후 오른팔에 부상을 당한 것이다. 훗날 박찬호는 그때의 부상이 참으로 어이없는 '치기의 소산'이라 회상했다. 어린 나이에 겁 없이 행동하다 당한 사고로, 하마터면 투수 생활이 끝날 뻔한 아찔한 사건이었다.

괌 전지훈련을 마친 박찬호는 김포공항에 도착해 휴가를 받았다. 기차를 타고 공주로 내려가는데 그만 깊은 잠에 빠져버렸다. 내렸어야 할 조치원역을 기차가 막 떠나려는 참에 잠에서 깼다. 여행가방을 들고 급히 사람들을 뚫고 출입구로 달렸다. 그러나 기차는 이미 출발한 뒤였다. 마음이 급해졌다. 전속력으로 뛰어 가까스로 출구까지 갔다. 기차는 점차 속도를 내고 있었다. 마음이 급한 나머지 일단 가방부터 밖으로 내던졌다. 땅에 부딪히며 가방이 터졌다. 기차의 속도가 빨라지자 더는 지체할 수 없었던 그는 그대로 몸을 날렸다. 그 와중에도 가까이 떨어지면 기차 밑으로 빨려 들어갈까 봐 있는 힘을 다해서 멀리 뛰었다. "쿵!" 소리와 함께 충격이 온몸을 강타했다. 떨어지면서 몇 바퀴를 굴렀을까, 일어나려고 몸부림쳤지만 꼼짝도 할 수 없었다. 한참을 쓰러져 있다가 조금 정신이 들어 자신의 모습을 살펴보니 두꺼운 점퍼가 모두 찢겨나가 있었다. 그리고 오른쪽 팔과 다리가 마비된 것 같았다. 즉시 병원으로 달려갔다. 큰 통증은 없었지만 X-레이를 찍으니 오른쪽 팔꿈치 뼈가 깨졌다고 했다. 이제 갓 대학에 들어간 선수가 겪기에는 너무나 가혹한 일이었다.

깁스를 한 채 집에 온 아들을 보고 아버지는 너무도 놀라셨다. 박찬호는 날이 새기가 무섭게 아버지 손에 이끌려 서울로 올라왔다. 한양대 부속병원에 가서 다시 정밀검사를 받았다. 이미 포기한 상태였지만 그래도 실낱같은 희망을 안고 검사 결과를 기다렸다. 그런데 어이없게도 오래전에 깨졌다가 이미 아문 상처라는 결과가 나왔다. 천만다행이었다.

하지만 그 부상으로 박찬호는 2주 정도를 쉬어야 했다. 대학 진학후 처음 열린 대회에도 출전하지 못했다. 딱히 통증이 심하지도 않으면서 운동을 못 한다는 사실이 마음을 괴롭혔다. 박찬호와 함께 스포트라이트를 받던 조성민과 임선동은 출전은 했지만 이렇다 할

성과를 보이지 못했다. 오죽하면 당시 신문에 "신인 삼인방 중 두 명은 부진, 한 명은 실종"이라는 기사가 실렸을까.

2001년 9월 다저스 스타디움, 박찬호는 오른쪽 팔꿈치가 다시 묵직해지는 느낌을 받는다. 박찬호의 몸 상태만이 아니라 당시 경기장의 분위기도 대단히 어수선했다. 9·11 참사가 발생하면서 메이저리그를 포함하여 모든 스포츠 경기가 일시 중지된 것이다. 참사 7일 만인 9월 18일에 리그가 재개됐다. 샌디에이고 파드리스와의 경기였다. 박찬호는 1대1이던 7회 초 4년여 만에 구원투수로 등판했다. 그러나 아웃카운트 하나도 잡지 못하고 2안타 3볼넷 4실점을 하며 패전투수가 됐다.

이 경기 다음 날 다저스 스타디움에서 만난 에이전트 보라스는 후반기 박찬호의 기용에 대해 불만을 감추지 않았다. 그는 "찬호는 전반기에 꾸준히 5일마다 등판했다. 그러던 것이 후반기에 와서 6일, 4일, 심지어 구원 등판까지 뒤죽박죽이 되고 있다"라고 불만을 토로했다. 그는 "투수는 규칙적인 패턴이 중요하고 특히 찬호 같이 젊고 능력 있는 투수에게는 더더욱 필수적"이라며 "5일 간격으로 등판할 때의 경기에서 찬호의 방어율은 2.80대를 밑돌았다"라고 강조했다. 보라스는 그런 가운데서도 완봉승과 완투승을 거둔 것이 후반기였음을 상기시켰다. 시즌 후 FA가 되는 박찬호를 서로 데려가려고 경쟁이 치열할 것이므로 이런 걱정 자체가 우습다는 생각인 듯했다. 박찬호와 다저스의 결별이 점점 다가오고 있다는 조짐은 이렇게 곳곳에서 눈에 띄었다.

구원패의 충격을 딛고 21일 박찬호는 조 선두를 달리는 애리조나와 대단히 중요한 일전을 치른다. 다저스 스타디움에서 벌어진 이 경기에서 박찬호는 7이닝을 5안타 7탈삼진 무실점으로 틀어막았다. 하지만 2대0으로 리드한 8회 초 오른쪽 팔꿈치의 통증으로 마운드를 넘긴 것이 화근이었다. 구원투수 제시 오로스코가 2점 홈런을 허용해 동점이 되면서 박찬호의 시즌 14승은 날아갔다. 다만 팀은 3대2로 재역전해 승리했다.

그러나 26일 샌프란시스코 자이언츠와의 홈 경기에서 박찬호는 $6\frac{1}{3}$이닝 동안 삼진 3개를 뽑아내고 홈런 1개를 포함한 5안타, 5사사구(볼넷 3개), 4실점으로 막아 팀의 9대5 승리를 이끌었다. 9월의 첫 승리이자 결과적으로 다저스 스타디움에서 흰색 다저스 유니폼을 입고 선발 등판한 마지막 경기에서의 마지막 승리가 됐다. 시즌 14승에 통산 79승이다.

그리고 박찬호와 다저스는 원정길에 오른다. 애리조나 원정에서 시즌 서른네 번째 선발로 나선 박찬호는 공격적인 투구로 8이닝 동안 단 1점만 내주었다. 1대1인 9회 초 팀이 결승점을 뽑아 박찬호는 승리투수가 됐다. 2대1의 아슬아슬한 승리로 시즌 15승이자 통산 80승을 채울 수 있었다. 애리조나는 조 우승을 눈앞에 둔 가운데 박찬호를 무너뜨리려고 좌타자를 여섯 명이나 투입했다. 하지만 박찬호는 이날 최고 152킬로미터의 포심과 움직임이 좋은 투심 패스트

볼, 체인지업 그리고 두 가지 커브를 다양하게 섞어가며 강타선의
타이밍을 흩어놓았다.

경기 후 짐 트레이시 감독은 "최근 게임당 2득점대에 허덕이던
우리로서는 오늘 찬호 정도의 역투가 아니었다면 승리가 힘들었다.
득점 지원만 제대로 됐으면 찬호는 20승도 노려볼 만했던 시즌이
다"라며 박찬호를 호평했다. 하지만 이미 이때 다저스 수뇌부는 FA
가 되는 박찬호를 포기한다는 결론을 내린 듯하다. 트레이스 감독의
좋은 평가도 박찬호에 대한 호의적인 태도라기보다 립서비스에 지
나지 않았다.

10월 6일 샌프란시스코전, 박찬호가 다저스 유니폼을 입고 출장
한 마지막 경기였다. 하지만 수비도 도와주지 않는 등 박찬호는 결
국 4이닝 8실점 7자책점으로 경기를 마쳤다. 다저스는 난타전 끝에
11대10으로 승리했지만 박찬호에게는 승리도 패배도 없었다. 그는
시즌 15승 11패, 평균자책점 3.50 그리고 다저스에서 통산 80승을
기록했다.

이날 경기가 끝난 후 평소 친하게 지내던 다저스 클럽하우스 직
원인 미치 풀이 나에게 깨진 헬멧을 하나 가져다주었다. 61번이 새
겨진 박찬호의 헬멧이었는데 이날 조기 강판당하며 분을 참지 못한
박찬호가 내동댕이쳐 뒤쪽이 깨진 것이다. "아무래도 오늘이 찬호
의 다저스 마지막 등판일 것 같으니 이 깨진 헬멧은 항상 취재를 하
던 당신이 보관하라"며 내게 건넸다. 그 헬멧은 지금도 내 책장 위

에 놓여 있다. 클럽하우스 직원도 알 정도로 박찬호는 다저스를 떠날 것이 이미 기정사실로 돼 있었다.

2001년 박찬호는 삼진(218)과 투구 이닝(234), 선발 등판(35) 등에서 모두 개인 신기록을 세운 가운데 내셔널리그 투수 여러 부문에서 상위에 랭크되는 좋은 성적으로 시즌을 마쳤다. 내셔널리그에서 박찬호보다 많은 이닝을 던진 투수는 랜디 존슨과 커트 실링 둘 뿐이었다. 다승과 평균자책점에서 각각 공동 11위와 12위에 랭크됐고 선발 등판 수에서는 공동 1위를 기록했다. 그리고 투구 이닝, 탈삼진, 피안타율 등에서는 내셔널리그 '톱3'에 들었다. 후반기에 기복을 겪으면서도 퀄리티스타트를 스물여섯 번이나 기록했다. 그에게 큰 마이너스 요인으로 작용한 것은 리그 31위의 득점지원(9이닝당 4.35점)이었다.

1999년 시즌에 열여섯 번의 퀄리티스타트를 기록한 것을 제외하면 5년간 네 차례나 스무 번이 넘는 퀄리티스타트를 기록했고 다섯 시즌 평균 15승 이상을 거둔 박찬호는 FA 시장에서 가장 주목받는 선발 투수였다.

5장

혹독한 부상과 슬럼프

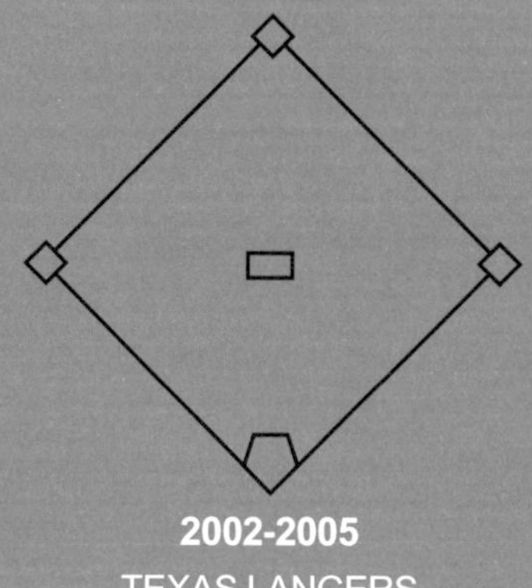

2002-2005
TEXAS LANGERS

박찬호 5년 6,500만 달러에 텍사스로

2001 월드 시리즈가 애리조나의 극적인 역전승으로 끝나고 FA 시장이 열리면서 소문이 무성했다. 보스턴 레드삭스와 뉴욕 양키스가 박찬호를 원한다는 말이 돌았고 시애틀 매리너스 역시 마찬가지라 했다. 다저스에서도 조정신청을 하며 박찬호에 대한 미련을 보였다.

당시 내 레이더망에 걸린 팀은 텍사스 레인저스였다. 그리고 예측이 맞아떨어져 12월 20일 결정적으로 "박찬호의 텍사스행"이라는 특종을 터뜨릴 수 있었다. 신문 기자를 하다 보면 특종도 하게 되고 때론 낙종도 하게 된다. 그간 현지 특파원으로 일하면서 박찬호와 관련해 크고 작은 특종을 수차례 터뜨렸다. 그중에도 가장 큰 특종은 바로 텍사스행 소식이었다. 이후 내 보도가 최고 특종상을 받아 신문사의 야구 관련 기자들이 거나하게 회식을 했다고 했다. 물론 정작 나는 미국에 있어 참석하지 못했다.

LA 현지 시각으로 2001년 12월 19일 오후 세 시(한국 시각 20일 오전 8시), 배리 본즈가 돌연 연봉 조정신청을 받아들이면서 샌프란시스코에 남겠다고 결정했다는 소식이 큰 화제를 몰고 왔다. 그 바람에 같은 에이전트 사 소속인 박찬호도 조정신청을 받아들여 LA 다저스에 남을 것인가에 관심이 집중되기 시작했다.

그날 하루 동안 아마 50통도 넘는 전화를 했다. 이곳저곳으로 분주히 전화를 돌렸지만 뚜렷이 잡히는 것은 없었다. 다저스 홍보실과 LA와 텍사스 등의 미국 기자들과도 계속 전화를 주고받았지만 진전이 없었다. 조정신청 수락 여부의 마감 시간은 오후 아홉 시였다. 일곱 시쯤에 극적으로 보라스와 통화가 됐다. 그러나 그는 "미안하지만 지금 너무 중요한 협상 중이니 나중에 이야기하자"며 양해를 구했다. 분명히 뭔가 있었다.

곧이어 보라스가 텍사스 레인저스 수뇌부와 전화 미팅 중임을 한 취재원이 알려줬다. 그 말을 듣자마자 보라스가 '조정신청 마감을 앞두고 확실한 제안이 없으면 다저스에 남겠다' 라는 마지막 카드를 내밀 것이라는 예감이 들었다. 다저스에 전화를 계속 걸었지만 "박찬호의 조정신청 수락 여부를 기다리고 있다"는 대답뿐이었다.

결국 오후 아홉 시 십오 분쯤 박찬호가 다저스의 조정신청을 거부했음을 한 취재원이 알려왔다. 곧이어 다저스 홍보실장과 통화를 했지만 "아직 결과는 알지 못하며, 댄 에반스 단장은 박찬호의 연락을 기다리다가 방금 퇴근했다"는 말밖에 들을 수 없었다. 그 답변으로 다저스와는 멀어진다는 감이 확실해졌다. 동시에 다른 한편에서는 '레인저스와 어느 정도 합의가 이루어졌다' 는 분석이 나왔다.

그와 같은 분석에 기반하여 〈스포츠조선〉은 12월 21일 자 40판부터 '박찬호 텍사스행 유력' 기사를 단독 보도했다. 그리고 현지 시각 오후 열한 시 삼십 분, 너무 늦어서 미안하다며 보라스가 전화를 걸어왔다. 그러면서 첫 농담이 "내년에는 어느 곳에서 살고 싶은가?"였다. '다저스와는 끝났고, 텍사스행이 유력해졌구나' 하는 직감이 왔다. "내 생각에 에이스가 절실히 필요한 팀은 레인저스 같은데?"라고 말을 건넸다. 그러자 잠시 멈칫하더니 "아주 정확한 지적"이라며 "하루 이틀 내로 뭔가를 밝히겠다"며 통화를 끝냈다.

12월 21일 오전 내내 수십 통의 전화를 걸었고, 걸려왔다. 결정적인 제보는 오후 열두 시 삼십 분쯤 '다저스가 노모 히데오와 2년간 1,375만 달러에 오늘 계약을 한다' 는 것이었다. 곧이어 '박찬호와 레인저스가 신체검사만 남았을 정도로 계약에 합의했다' 는 또 다른 제보가 왔다. 곧바로 텍사스의 한 신문사 야구 칼럼니스트에게 전화를 했는데, 여기서 잠시 사태가 뒤틀렸다. 이 칼럼니스트는 "어제도 하트 단장을 만났는데 그런 말은 전혀 없었다"며 "보라스의 장난일 것"이라고 말했다. 그 소식에 나는 잠시나마 상심했다. 하지만 이 칼럼니스트는 10분쯤 후에 다시 전화를 걸어와 "알아보니 사태가 급변했다. 레인저스가 오늘이나 내일 에이스 릭 헬링의 내년 옵션을 포기한다고 발표한다"며 "찬호가 아니면 노모를 잡을 것 같다"고 전했다.

상황은 명료해졌다. 노모는 이미 다저스와 2년 계약을 한 상태 아닌가. 이어 계속해서 휴대폰이 울리며 4년간 6,000만 달러, 5년간 7,000만 달러, 5년간 6,500만 달러 등 텍사스와 박찬호의 계약 연도와 액수까지 나오기 시작했다. 곧바로 나는 기사를 송고했고 "박찬호 5년 6,500만 달러에 텍사스로"라는 기사가 〈스포츠조선〉 1면을 장식했다. 스포츠 기자를 하면서 최고의 특종을 터뜨린 사건 이었다.

V81.
부상, 그리고 고난의 시작

5년간 6,500만 달러라는 파격적인 조건으로 텍사스 레인저스로 이적한 박찬호, 그에 대한 기대는 대단했다. 톰 힉스 구단주는 입단 기자회견을 위해 자신의 전세기를 LA로 보내줬다. 미국 최고 권위의 야구전문 주간지 〈베이스볼 위클리〉는 2002 시즌 박찬호의 승수를 19승으로 예상하기도 했다. 오클랜드의 좌완 에이스 마크 멀더, 시애틀 거구의 우완 프레디 가르시아와 함께 메이저리그 공동 다승 2위에 올려놓았다. 뉴욕 양키스의 마이크 무시나만이 유일하게 20승을 거둘 것으로 예상됐다.

플로리다 주 포트 살롯이라는 어촌 마을에서 열린 텍사스 스프링 캠프도 순조롭게 진행됐다. 그의 우상이던 놀런 라이언이 캠프를 찾아 박찬호와 피칭에 대해 많은 이야기를 나누기도 했다. 그러던 중 악재가 생겼다. 박찬호가 시범 경기 마지막 등판에서 부상으로 중도 하차하는 일이 발생했다. 2002년 3월 28일 미네소타 트윈스와의 시범 경기에서 3회 수비 도중 오른쪽 허벅지에 통증을 느껴 강판된 것이다. 2대1로 리드 중인 3회 초 2사 3루에서 박찬호는 트윈스의 3번 타자 덕 민트케이비치에게 우익 선상 2루타를 맞은 뒤 1루 쪽으로 뛰었다. 그러다 3루를 커버하기 위해 방향을 틀었는데 갑자기 오른쪽 다리를 절룩거리며 마운드로 돌아갔다. 제리 내런 감독 등 코칭스태프가 나와 햄스트링 부상으로 판단하고 그를 강판시켰다.

그날 현장에서 취재할 때만 해도 큰 부상이라고는 여겨지지 않았다. 박찬호도 얼음찜질로 응급처치를 받고는 "큰 부상이 아니다. 4월 2일 개막전에 지장이 없을 것"이라고 밝혔다. 그러나 그것이 텍사스에서 계속될 고난의 서막일 줄은 누구도 몰랐다. 2002년 4월 2일 텍사스 유니폼을 입고 선발 등판한 첫 경기는 실패작이었다. 햄스트링 부상이 처음이던 박찬호는 에이스로서의 책임감과 자신감으로 오클랜드와의 원정 개막전 마운드에 올랐지만 결과는 5이닝 9안타(홈런 2개) 6실점이었다. 차베스에게 솔로포, 데이비드 저스티스에게 2점포를 맞았다.

텍사스 레인저스 공식 데뷔전에서 패전투수가 된 박찬호는 경기 후 인터뷰에서 "제구가 안 됐다. 장타를 맞은 것은 모두 빠른 공이 원하는 곳으로 들어가지 않았기 때문이다"라고 말했다. 그런데 자신은 부인했지만 지난달 28일 다친 허벅지 근육통에서 완전히 회복된 모습은 아니었다. 경기 후 클럽하우스에서 박찬호는 오른쪽 다리에 압박붕대를 감고 있었는데 불편한 듯 걸음걸이가 어색했다. 경기에서도 1루 베이스 커버 때는 전력 질주를 하지 못하는 모습이었다.

박찬호는 MRI 등 정밀검사를 받은 결과 부상 정도가 심하다는 결론이 나와 결국 부상자 명단Disabled List, DL에 오르고 만다. 메이저리그 데뷔 7년 만에 처음으로 겪는 일이다. 적어도 15일은 경기에 나설 수 없는 처지가 된 것이다. 햄스트링 부상은 몹시 까다롭다. 특별한 치료법이 있는 것도 아니고 휴식을 취하면서 때를 기다려야 한다. 급히 서두르다가는 곧 재발하고, 재발하면 치유에 더욱 오랜 시간이 걸린다. 박찬호는 15일짜리 DL에 올랐지만 다시 마운드에 올라서는 데 한 달이 넘게 걸렸다.

2002년 5월 13일 텍사스 주 알링턴 볼파크. 에이스로 영입된 박찬호가 홈 팬들에게 첫선을 보이는 순간이었다. 디트로이트 타이거스를 맞은 박찬호는 흰색 레인저스 유니폼을 입고 마운드에 올랐다. 기대 반 우려 반이었다. 41일 만의 실전 등판이었기 때문에 제구력과 실전 감각이 어떨지 우려도 됐다. 구단은 마이너 재활 등판을 권

했지만 박찬호는 곧바로 메이저리그 등판을 선택했다.

결과부터 보면 5이닝 4안타 1볼넷 4삼진으로 1점만 내주는 수준급의 피칭이었다. 2대1로 앞선 가운데 마운드를 내려갔고 팀은 3점을 추가해 5대1로 완승을 거뒀다. 최고 구속은 150킬로미터가 몇 차례 찍혔고 78개 투구 중 53개가 스트라이크로 68퍼센트의 높은 비율을 보여 제구력도 안정적이었다. 오랜만의 등판이라 더 많은 투구 수와 이닝을 기록하지는 못했지만 아메리칸리그 첫 승리를 홈에서 장식하며 희망을 키웠다.

특히 4회가 인상적이었다. 평소 수비력이 뛰어나다는 평을 듣는 박찬호는 호수비로 큰 위기를 넘겼다. 1대0으로 박빙의 리드를 지키던 4회 초, 선두 타자 3번 히긴슨에게 2루타를 맞은 뒤 디트로이트의 간판타자인 4번 사이먼과 만났다. 사이먼은 이날까지 스코어링 포지션에서 타율 4할 5푼 8리에 2홈런, 15타점의 맹타를 휘두른 선수다. 그를 상대로 변화구를 던져 땅볼을 유도했다. 타구는 3루 쪽으로 흘렀다. 재빠르게 마운드를 박차고 내려온 박찬호는 공을 잡은 뒤 침착하게 3루로 던져 2루 주자를 잡아내며 위기를 조기 진화했다. 5회에 사사구를 내주며 1점을 허용하기는 했지만 오랜만의 등판치고는 합격점을 받았다.

경기 후 박찬호는 비교적 담담한 모습으로 소감을 밝혔다. 경기 전날에는 긴장도 되고 흥분도 됐지만 마운드에 오르니 편안했다고 말했다.

"마운드에 올라서 보니 무척이나 편안했다. 팀 스타일을 미리 알고 많은 준비를 했다. 방법은 한 가지였다. 스트라이크를 많이 던지고 간단한 생각을 하는 것이었다. 그리고 바뀐 투구폼을 제대로 적용하려고 했고, 수비가 많은 도움을 주었다. 5이닝을 던지고 승리투수가 된다는 것이 좀 쑥스럽지만 팀 승리에 기여해 기쁘다."

박찬호는 부상 후에 아코스타 투수코치의 조언으로 투구폼을 수정했다. 오른쪽 다리의 축을 단단히 만들어서 위에서 내리꽂는 기분으로 공을 뿌리는 동작을 중점적으로 반복했다. 80승을 넘게 거둔 베테랑 투수의 투구 동작을 수정한다는 것이 흔한 일은 아니고 특히 메이저리그에서는 보기 드문 일이다. 그런데 아코스타 코치는 고집불통에 자기 소신이 대단한 인물이었다. 결과적으로 투구폼의 수정은 큰 소득이 되지는 못했다. 그러나 당시는 휴식 끝에 어느 정도 힘이 있었고 또 복귀 의지가 단단했기에 큰 무리 없이 첫 승을 따낼 수 있었다.

재미있는 것은 이날 박찬호의 첫 승리 상대가 세스 그레이싱어라는 점이다. 그레이싱어는 2005년 KIA 타이거즈에 입단해 2년간 20승을 거두고 일본으로 진출해 다승왕을 거두기도 한 바로 그 투수였다. 그날 그레이싱어는 $4\frac{1}{3}$이닝 동안에 4점을 내주며 패전투수가 됐다.

가장 외로웠던 시절, 부진은 계속되다

이적 후 첫 승을 거둔 뒤에도 박찬호의 행보는 쉽지 않았다. 2연패를 당한 후 캔자스시티 로열스를 상대로 승리를 거뒀지만 $5\frac{1}{3}$이닝 동안 5점을 내줬고 난타전 끝에 8대6으로 이긴 경기에서 승리투수가 됐다. 그리고 세 경기 동안에 다시 1패만 당했다. 로열스전 승리는 오히려 질타만 받는 꼴이 됐다. 4회까지 2안타 무실점으로 깔끔한 모습을 보이다가 7대0으로 크게 리드하던 5회에 갑자기 제구력이 무너지며 홈런까지 맞고 4점을 내준 것이다. 그리고 6회에도 란다에게 홈런을 맞아 7대5까지 쫓긴 가운데 교체되고 말았다.

지역 언론은 냉정했다. "박찬호는 승리를 거뒀지만 결코 깔끔하지 못했다", "레인저스의 '에이스' 박찬호가 궁지에 몰렸다"라는 자극적인 제목으로 박찬호의 부진을 질타했다. 지역 언론이 날을 세운 데는 이유가 있었다. 부진이 계속되자 박찬호는 한동안 언론과의 인터뷰를 아예 거부해버렸다. 난생처음 큰 부상이 온데다 거액의 다년 계약을 맺은 것에 대한 책임감, 기대에 못 미치는 경기력 등으로 박찬호는 심하게 자책하고 있었다. 그러면서 점점 현지 언론과의 관계도 불편해지기 시작했다. 운동장으로 가다가 자동차 접촉 사고까지 나는 등 여러 악재가 겹치기도 했다.

게다가 이어진 인터리그 등판에서는 애틀랜타를 상대로 1⅓이닝 9실점이라는 데뷔 후 최악의 피칭까지 나오면서 바닥으로 떨어졌다. 이어서 신시내티와 시카고 컵스전에서도 6이닝 4실점, 5이닝 3실점의 부진으로 승수를 쌓지 못했다. 노력이나 운동, 준비가 부족했던 것은 분명히 아니었다. 애틀랜타전에서 난타당한 후 박찬호는 삭발까지 하면서 재기 의욕을 다졌다. 당시 국내 특파원들과의 사이도 많이 소원해졌다. 삭발 후 누가 머리를 잘라주었느냐는 질문에 그는 답을 회피한 적이 있다. 얼마 후 자신의 홈페이지에 '미안합니다' 라는 제목의 글을 올리면서 본인이 직접 거울을 보며 머리를 잘랐으며, 눈시울을 붉혔다고 고백하기도 했다. 박찬호는 "늘 시작하려는 마음을 가지겠다는 각오였으나 실행이 부족했다"며, 다시 정상에 도전할 것이며 팬들에게 감사하다고 인사를 전했다. 박찬호가 미국 생활을 하면서 가장 외로웠던 시절이다.

그러던 중에 모처럼 쾌투로 승리를 거둔 것이 피츠버그 파이리츠전이었다. 그즈음 텍사스는 최악의 성적으로 아메리칸리그 서부조 바닥으로 떨어졌다. 그 바람에 오스카 아코스타 투수코치가 해고되고 말았다. 투수진의 성적이 특히 엉망이었던 것이다.

6월 24일 텍사스는 인터리그 경기를 위해 피츠버그로 원정 갔다. LA 다저스 시절 동료이자 선배이던 오렐 허샤이저가 새 투수코치로 부임할 것이라는 반가운 소식이 전해진 가운데 박찬호는 모처럼 좋은 투구 내용으로 승리투수가 됐다. 피츠버그 PNC파크에서 벌어진 파이리츠와의 원정 경기에 선발로 나와 6이닝 동안 4안타 2실점으로 호투하며 팀의 10대4 승리를 이끌어 승리투수가 됐다. 텍사스 이적 후 첫 퀄리티스타트였다. 다저스 시절 거의 등판 때마다 이뤘던 퀄리티스타트였는데 이토록 힘들었다.

경기 후 팀의 간판스타이던 알렉스 로드리게스는 "올 시즌 최고의 피칭이었다. 아마도 내셔널리그 팀이라 더 편안했던 것 같다. 정말 잘 던졌다"라고 격려했다. 제리 내런 감독도 "갈수록 좋아지고 있다. 올 시즌 가장 잘 던진 경기였으며, 선발 투수가 그렇게만 던져준다면 늘 승리의 기회가 온다"라고 만족감을 표시했다.

레인저스는 모처럼 5연승 가도를 달렸고, 박찬호가 부상 후유증에서 서서히 회복되는 조짐을 보이면서 동료 및 코칭스태프에게 후반기를 기대할 수 있다는 희망을 심어줬다. 피츠버그전 이후 박찬호는 확실히 나아진 모습이었다. 다음 경기 휴스턴전에서는 이적 후 가장 많은 7⅔이닝을 던졌지만 5실점으로 패전투수가 됐다. 그리고 7월 한 달, 박찬호는 다섯 경기에 나가서 1패를 기록했을 뿐이지만 내용 면에서는 상당히 좋아졌다. 3연속 퀄리티스타트를 하고도 1승을 추가하지 못하는 불운도 있었다.

7월 22일 천적 오클랜드 원정에서는 8이닝 2실점의 호투로 전성기 때의 모습을 과시하기도 했다. 특히 강속구 최고 구속이 158킬로미터를 찍었고 8회에도 151킬로미터의 공을 던졌다. 2대2로 비긴 가운데 교체돼 승리투수가 되지는 못했지만 팀은 12회 연장 끝에 7

대3으로 승리하며 8연패를 끊었다.

V85.
부활의 불꽃을 당기다

8월이면 텍사스의 더위는 절정에 달한다. 1년에 섭씨 40도가 넘는 날이 부지기수인데 그중 8월이 가장 뜨겁다. 그러나 박찬호는 더위와 함께 더욱 기세가 올랐다. 8월 2일 알링턴 볼파크에서 벌어진 보스턴 레드삭스전에 선발 등판하여 5회까지 시즌 최다인 삼진 9개를 잡고, 2안타 1실점으로 역투했다. 폭발한 레인저스 타선은 1, 2회에만 각각 6점씩 12점을 뽑아내 선발 투수를 일찌감치 편안하게 해줬다. 박찬호는 4회만 제외하고 5회까지 매회 삼진 2개씩을 잡아냈다. 5회 초를 시작하며 오른손 중지에 물집이 잡힌 것이 6회 초의 난조로 이어지긴 했으나 구위는 여전히 좋았다. 최고 구속은 151킬로미터였고, 145킬로미터대의 투심 패스트볼은 포수 이반 로드리게스의 미트가 들썩거릴 정도로 움직임이 좋았다. 9개의 삼진 중 강속구로 잡은 것이 4개로 구질 배합도 주효했다. 물집이 터졌는데도 고집을 부리다 6회 초 5실점을 하는 아쉬움이 있었지만 시즌 4승째를 거뒀다.

하지만 다음 등판에서 물집 부상의 후유증이 터졌다. 디트로이트 원정에서 3이닝 3실점 후에 물집이 터져 피를 흘리며 교체되고 만 것이다. 패전까지 가는 불운도 겪으면서 박찬호는 시즌 두 번째로 DL에 오른다. 큰 부상은 아니었지만 제리 내런 감독은 선수 보호가 우선이라며 그를 명단에 올린 것이다. 박찬호는 당시 이 같은 감독의 결정에 상당한 아쉬움을 보였다. 금방 새살이 돋기 시작했는데 15일이나 뛸 수 없게 되었으니 그럴 만도 했다. 때마침 투구의 힘과 감각이 돌아오기 시작한 시점이어서 더욱 속이 상했을 것이다.

하필이면 그 시기에 버블헤드 인형이 제작돼 팬들에게 선물로 주어진 것도 아쉬움을 더 했다. 버블헤드 인형은 머리를 스프링으로 연결하여 흔들릴 때마다 고개를 까닥거리는 인형이다. 2001년 메이저리그에 등장해 선풍적인 인기를 끌고 있었다. 8월 17일 토론토와의 홈 경기에 입장한 2만 5,000명의 팬이 박찬호 인형을 선물로 받았다. 그런데 정작 본인은 마운드에 오르지 못했다.

마이너 재활 등판을 거쳐 박찬호가 다시 메이저리그에 모습을 보인 것은 뉴욕에서였다. 17일 만의 복귀전 상대가 하필이면 막강 뉴욕 양키스, 그것도 적지 양키 스타디움에서의 경기였던 것이다. 당시 양키스 라인업은 대단했다. 1번이 알폰소 소리아노, 2번 데릭 지터, 3번 제이슨 지암비, 4번 버니 윌리엄스, 5번 로빈 벤추라, 6번 호르헤 포사다, 7번이 전 동료이던 라울 몬데시, 8번이 셰인 스펜서에 9번이 론델 화이트였다. 가히 올스타급으로 짜인 타선이었고, 다른 팀이었으면 중심 타선에 설 타자들이 하위 타순을 이루고 있었다.

그렇지만 8월 24일 뉴욕 브롱스의 야구장은 박찬호의 화려한 투구에 압도당했다. 텍사스 이적 후 가장 잘 던진 경기였다고 생각된다. 당시 〈스포츠조선〉 기사의 첫머리가 "박찬호가 거함 뉴욕 양키스를 침몰시키며 화려하게 재기했다"였다. 지금 돌이켜보면 오글거리는 느낌도 있긴 하지만 실제로 박찬호는 참 잘 던졌다.

1번부터 7번까지가 올스타 출신인 양키스 타선을 맞아 박찬호는 총 스물여덟 명의 타자를 상대로 산발 7안타를 맞았으나 집중타를 허용하지 않았고, 4사구 1개에 6개의 삼진을 잡아냈다. 투구 수 117개에 스트라이크가 70개, 최고 구속은 151킬로미터였다. 당대 최고이던 마이크 무시나가 선발로 나온 경기, 그것도 적지에서의 쾌투였기에 더욱 인상적이었다.

이날 박찬호는 변화구와 강속구의 조합에서 완전히 타자들의 의중을 뒤흔들며, 타이밍을 빼앗는 데 성공했다. 직구다 싶으면 슬로커브를 뿌렸고, 혹시 체인지업인가 하면 포심 패스트볼로 타자들을 놀라게 했다. 특히 슬로커브는 목표 지점을 정확하게 파고드는 유도탄처럼 포수 이반의 미트를 들썩이게 했다. 그리고 5회 주자 1, 2루의 위기에서 몬데시를 삼진으로 처리한 라이징 패스트볼은 박찬호 부활의 희망에 불꽃을 당긴 공이었다.

V89.
이치로와의 첫 대결

양키스를 격파한 후 박찬호는 한층 기세가 올랐다. 예전 다저스 시절의 전성기를 연상시킬 정도였다. 8월 29일 볼티모어전에서는 7이닝 2실점의 2연속 퀄리티스타트로 2연승을 거뒀다. 이적 후 첫 연승이었다.

9월 3일 휴스턴과의 텍사스 론스타 라이벌전에서는 $6\frac{2}{3}$이닝 동안 단 1점만 내주며 3연속 퀄리티스타트와 함께 3연승 가도를 달렸다. 그리고 탬파베이로 원정을 가서는 시즌 첫 완봉 내지는 완투를 노려볼 정도로 잘 던졌다. 6회까지 무실점이었다가 7회 오브리 허프에게 홈런을 맞고 1점을 내줬지만, 9회에도 다시 마운드에 올랐다. 그러나 1사 후 갑자기 제구력 난조를 보인데다 구심의 스트라이크존이 불안정하면서 박찬호는 4연속 볼넷으로 실점했다. 결국 투아웃을 남기고 마운드를 내려갔다. 8회까지 1개의 볼넷도 없었기에 아쉬움이 남았다. 박찬호는 교체되자 더그아웃으로 들어가면서 구심 마이크 윈터스에게 스트라이크존에 대해 항의하다가 퇴장당했다. 그러나 팀은 11대2로 대승했고 박찬호는 4연승과 4연속 퀄리티스타트를 이어갔다.

그리고 9월 13일 박찬호는 스즈키 이치로가 돌풍을 일으키고 있던 시애틀 매리너스를 홈으로 불러들였다. 이치로는 2001년 미국에 진출한 첫해 신인왕과 MVP를 동시에 거머쥔 선수다. 그와의 대결은 세간의 관심을 끌었다. 당시 성적은 시애틀이 83승 61패로 68승 77패인 텍사스에 크게 앞섰지만 3연패와 3연승이던 참이어서 분위기는 반대였다.

생애 세 번째 5연승에 도전한 이 경기의 내용은 사실 앞선 네 경기에 비해서는 뛰어난 편은 아니었다. 5$\frac{1}{3}$이닝 동안 3실점으로 퀄리티스타트에 실패했고 2회 초 삐끗했던 왼쪽 발목 때문에도 고전했다. 6회 초 1아웃 후 강판될 때까지 스물일곱 명의 타자를 맞은 박찬호는 8안타에 4구 3개를 내줬다. 그렇지만 고비마다 상대의 맥을 끊는 혼신의 투구와 7개의 삼진을 곁들이며 실점 위기를 넘겼다.

경기가 어려웠던 이유는 흔들린 제구력 때문이었다. 이날 최고 구속은 151킬로미터로 나쁘지 않았지만 투구 수 102개에 스트라이크가 59개로 제구력은 썩 좋은 편이 아니었다. 그러나 7개의 삼진을 잡으며 이날 통산 1,200탈삼진 달성에 성공했다.

가장 큰 관심을 끌었던 동갑내기 이치로와는 세 번 대결을 펼쳤다. 첫 대결은 이치로의 승리로 돌아갔다. 1회 초 시작하자마자 박찬호는 안타를 맞고 아쉬운 첫 실점을 했다. 이치로가 박찬호의 2구째 높은 공을 밀어쳐 깨끗한 좌전 안타를 만든 것이다. 박찬호는 2번 렐러포드의 안타에 이어 4번 올루드에게 2루타를 맞고 2점을 먼저 내줬다. 3번 에드가 마르티네스를 헛스윙 삼진으로 잡을 때 이치

박찬호와 이치로의 맞대결

로와 렐러포드가 더블 스틸을 한 것이 아쉬웠다.

그러나 이후 두 번의 대결에서는 박찬호의 완승이었다. 2대2로 팽팽하던 3회 초 1사 주자 2, 3루의 위기에서 이치로를 다시 만난 박찬호는 진기한 장면을 연출하기도 했다. 마치 베이브 루스가 예고 홈런을 친 장면을 연상케 하듯 1루수 페리에게 손짓으로 준비하라는 신호를 보낸 뒤 힘차게 공을 던졌다. 145킬로미터의 강속구가 몸 쪽을 파고들었고, 이치로가 잡아당긴 공은 페리의 정면으로 굴러가는 땅볼이 되었다.

박찬호는 4회 초 2사 주자 1, 2루에서 이치로와 세 번째 격돌하여 볼카운트 2대1에서 130킬로미터짜리 몸을 파고드는 슬러브로 헛스윙 삼진을 잡아 재차 위기를 넘겼다. 레인저스는 4회 말 3득점, 5회 말 2득점으로 점수 차를 키웠다.

6회 초 급격히 체력이 떨어진 박찬호는 볼넷과 연속 안타로 3점째를 내주고 교체됐다. C.J. 니코스키가 후속 타자를 잘 막으면서 최종 7대3으로 승리를 거둘 수 있었다. 니코스키는 후에 한국 프로야구에 진출해 두산과 넥센에서 뛰기도 했다.

경기 후 박찬호는 경기 도중 마치 1루 땅볼을 예고한 것처럼 보인 플레이에 대해 설명했다. 1루 땅볼을 유도하겠다는 암시가 아니었고 이치로가 번트 안타를 잘 만드니 대비하라는 사인이었다고 한다. 이치로와의 대결에 대해서는 "위기에서 만났는데 다양한 구질로 승부한 것이 잘 먹혀든 것 같다. 4회 삼진을 잡은 것은 빠른 커브였다.

주자가 있을 때 잘 치기 때문에 일단 맞춰 잡는다는 생각으로 승부했다”라고 말했다.

그렇게 박찬호는 5연승 가도를 달리며 9승 6패의 시즌 성적을 기록했다. 한때 10점대 가까이 치솟았던 평균자책점도 이날 처음 5점대(5.96)로 떨궜다. 세 번 정도의 등판이 더 남았으므로 6년 연속 10승에 도전할 수 있고, 분위기상으로도 당연히 10승을 달성할 것으로 기대됐다.

그러나 모든 것이 마음대로 된다면 그건 야구가 아니다. 9월 18일 이번에는 시애틀로 원정을 떠나 이치로의 매리너스와 다시 만난 박찬호는 8이닝 2실점으로 호투했지만 2대2에서 내려가 승패와 무관했다. 사사구를 9개나 내준 경기였지만 위기마다 투지를 발휘하며 대량 실점을 막았는데 수비 실책으로 비자책점까지 내주며 아쉽게 승리가 무산됐다.

이어서 오클랜드 원정에서는 $4\frac{1}{3}$이닝 6실점으로 부진, 패전투수가 됐고 결국 시즌 마지막 경기에서 10승에 재도전했다. 상대는 다시 오클랜드이고, 당대 최고의 좌완이던 마크 멀더와의 맞대결이었다. 두 투수는 참 잘 던졌다. 멀더는 7회까지 텍사스 타선을 무실점으로 묶고 내려갔다. 박찬호는 8회까지 던지면서 3점을 내줬다. 레인저스가 막판 추격전을 펼치며 1점 차까지 따라갔지만 결국 2대3으로 패했다. 이로써 박찬호는 10승 대신 8패째를 당했다. 마지막 세 경기 중 두 번이나 8이닝을 던지면서 역투했지만 승수를 얻지 못하고 1패만 당한 것이 아쉬울 따름이다.

6년간 6,500만 달러를 받고 아메리칸리그의 텍사스 레인저스로 옮긴 첫해인 2002년, 그 1년을 한마디로 표현한다면 '아쉬움'이었다. 6년 연속 두 자릿수 승수 달성에 실패하고, 평균자책점도 5점대(5.75)로 치솟았다. '먹튀'라는 오명을 듣는다 해도 할 말 없는 기록이었다. 1997년 선발 투수로 자리 잡은 이후 처음으로 규정 이닝도 채우지 못했다. 가장 큰 원인은 부상이었다. 스프링 캠프 막바지에 얻은 다리 부상이 개막전에서 재발, 40여 일을 DL인 채로 보내야 했다. 그 여파로 8월까지 평균자책점 7점대를 오르내리는 부진을 면치 못했다. 그의 부상은 1997년 이후 5년간 1,062이닝을 던진 후유증으로도 볼 수 있다. 여기에 오스카 아코스타 투수코치의 투구폼 개조 시도 역시 결과적으로 악재가 됐다.

그러나 8월 24일 두 번째 DL에서 돌아온 이후 마지막 여덟 차례 등판에서 박찬호는 '희망'을 보여줬다. 이 기간에 그는 5승 2패, 방어율 3.35를 기록했다. 현지 언론 〈스타 텔레그램〉의 지적처럼 마지막 경기에서 비록 패전투수가 되긴 했지만 그해 19승을 거둔 오클랜드 에이스 멀더와 맞서 대등한 경기를 펼쳤다. 최악의 시즌이었지만 그래도 희망을 남기고 마감한 박찬호의 2002년이었다.

마지막 경기를 마치고 힘겨운 시즌을 마무리한 박찬호는 "긴 여행을 다녀온 기분입니다"라고 소회를 밝혔다. 내가 10승을 놓쳐서 아쉽지 않느냐고 물었을 때 그는 9승이나 했다며 웃었다. "올해는 산에 나무를 심으려고 노력했고, 흐르는 물가에 더럽혀진 것들을 치우려고 노력했다. 그런데 산은 역시 푸르고 물은 흘러가더라. 그런 마음을 앞으로 계속 지키려고 한다"라는 선문답 같은 말도 건넸다.

극심한 중압감과 실패를 겪으면서 박찬호는 실제로 많은 책을 읽고 사색하고 명상하면서 어려움을 극복하려고 노력했다. 이 시기는 야구선수 박찬호에게는 물론 인간 박찬호에게도 가장 힘들었지만 또 한편 성숙해지는 과정이기도 했다. 새로운 팀, 새로운 리그에서 첫 시즌은 그렇게 막을 내렸다. 부상이 왔고 새로운 리그에 적응하는 데 상당히 어려움을 겪은 시즌이었다. 다저스 시절의 내셔널리그와 텍사스가 속한 아메리칸리그는 투수가 타석에 서느냐 지명타자가 대신 기용되느냐의 큰 차이가 있다. 대부분 아메리칸리그에서 투수들이 조금 더 어려움을 겪는다. 박찬호는 더욱이 부상까지 겹치면서 아메리칸리그에서의 힘겨운 첫 시즌을 보냈다. 그러나 그 정도는 시작에 불과했다.

V90.
2003 시즌 유일한 승리, 결국 재활을 시작하다

아쉬운 2002 시즌을 뒤로하고 10월 10일 한국으로 귀국한 박찬호는

3주간의 박찬호기 야구 대회 참석 등을 제외하고는 조용히 보내다 출국했다. 그 사이에 텍사스는 벅 쇼월터 감독을 새로 선임하는 등 큰 변화를 겪었다. 박찬호는 12월 초에 다시 귀국해 임수혁 돕기 행사에 참여하고 병문안을 하는 등 활동하다 2주 만에 출국했다. 텍사스는 또 그 사이에 포수 에이나 디아스와 마무리 우게스 어비나를 영입하는 등 전력 보강에 힘썼다. 그리고 2003년 1월 초 텍사스는 다저스 시절 콤비였던 포수 채드 크루터를 영입하며 박찬호 기 살리기에 나섰다.

크루터는 박찬호가 개인 최다승을 거두던 2000년 다저스에서 처음 만났다. 수비형 포수인 크루터는 박찬호가 전담 포수로 고집할 정도로 손발이 잘 맞았다. 이 때문에 박찬호가 선발 등판하는 경기에선 공격형 포수 폴 로두카가 출전하지 못하게 돼 LA 현지 언론에서 문제를 삼기도 했다.

1월 하순 텍사스의 알링턴으로 날아가 신임 쇼월터 감독을 만나 인터뷰를 했다. 애리조나 다이아몬드백스 시절 김병현의 감독이기도 해서 몇 차례 공동 인터뷰는 했지만 단독으로 만나 장시간 인터뷰하기는 처음이었다. 작은 키에 코트를 입고 다부진 눈빛을 보이는 그를 보고 마치 나폴레옹과 마주한 느낌을 받았다. 표정에는 자신감에 넘쳤고 팀에 대해서도 박찬호에 대해서도 모든 파악이 끝난 것처럼 보였다.

애리조나 감독 당시 본 박찬호와 지난 시즌의 박찬호는 어떤 차이가 있는지 묻자 그는 이렇게 답했다.

"부상으로 강속구를 제대로 뿌리지 못해 공격적인 투구를 할 수 없었다고 본다. 지난번에 찬호와 만나서도 흥미로운 이야기를 많이 나눴다. 그때 찬호에게 '나는 네가 정상일 때와 그렇지 않을 때를 분명히 알고 있다. 몸이 안 좋을 때 무리해서 던지는 일은 내게는 통하지 않는다' 라고 말해주었다. 나는 찬호의 능력을 정확히 알고 있다."

그러면서 새로운 환경 변화에도 이제 적응을 했기에 새 시즌이 크게 기대된다며 "찬호가 본인의 능력만 제대로 보여준다면 모두가 만족할 것이다"라고 했다.

박찬호가 너무 완벽하게 던지려고 하는 경향이 있다고 하자 쇼월터 감독은 자신감을 보이며 답했다.

"메이저리그 타자들이 워낙 강하기 때문에 투수들에게 그런 경향이 나타나는 것은 사실이다. 그리고 투수로서 완벽함을 추구하는 것에 대해서는 대환영이다. 문제는 그로 말미암아 본인 스스로 지나치게 부담감을 가질 때다. 찬호에 대해 많은 연구와 공부를 했고, 어떤 분위기와 환경을 조성해야 하는지 파악이 끝났다. 언젠가 내가 든든한 후원자가 될 것임은 찬호도 알고 있다. 나와는 모든 것을 상의할 것이다."

그런데 스프링 캠프 때부터 팀 내에 묘한 기류가 흘렀다. 우선 시범 경기 첫 판에 박찬호의 등판이 무산됐다. 시범 경기라지만 예의상이라도 에이스가 등판하는 것이 상례로 되어 있다. 게다가 쇼월터 감독은 개막전 선발에 대해 확실히 정해진 것이 없다며 겨울에 영입한 이스마엘 발데스에 대해 칭찬을 쏟아내기도 했다. 당시는 경쟁을 유도하기 위한 쇼월터 감독 특유의 심리전 정도로 여겨졌다.

박찬호는 허샤이저 투수코치와 쇼월터 감독이 데려온 마크 코너 불펜코치와 함께 묵묵히 투구 동작을 가다듬는 데만 몰두했다. 타자들을 상대로 한 라이브 피칭에서도 좋은 구위를 보였고 2이닝 시뮬레이션 피칭에서도 인상적이었다. 그러나 3월 3일 밀워키와의 첫 시범 경기에서 2이닝 5실점으로 부진했다. 텍사스는 2003년부터 스프링 캠프지를 애리조나의 서프라이즈로 옮겼고 이날 경기는 홈에서 열렸다. 고지여서 타자에게 유리하다고는 하지만 캠프 초반에는 보통 타자보다 투수의 상태가 앞서 가는 법인데 박찬호는 2이닝 동안 안타 6개에 사사구 2개를 내줬다.

3월 7일 캔자스시티와의 두 번째 등판에서도 박찬호는 1회에 홈런 2개를 맞는 등 $2\frac{2}{3}$이닝 6실점의 부진이 이어졌다. 당시 기자가 본 가장 큰 문제점은 코치들의 지나친 관심과 간섭이었다. 텍사스 레인저스 캠프에는 서른 명의 투수가 함께 훈련하고 있었는데 투수코치 오렐 허샤이저와 불펜코치 마크 코너의 관심은 박찬호에게만 집중됐다고 해도 과언이 아닐 정도였다.

관심이 나쁠 것은 없지만 100승을 바라보는 베테랑이자 에이스 투수에게는 지나칠 정도였던 게 사실이다. 아침 일찍부터 불러 특별 투구폼을 지도하고 막대기 훈련을 시키기도 했다. 박찬호도 기분이 좋을 리 없었지만 코치들의 지도에 따라 투구폼을 수정하고 그들과 이야기를 나눴다. 허샤이저 코치가 "경기에 임하기 직전 다시 자세 교정 등에 대해 주입했는데, 찬호가 너무 그것에 매달리다가 오히려 게임이 풀리지 않았다"라고 실토할 정도였다.

그러다가 훈련 도중 동료의 타구에 왼쪽 무릎을 맞는 사고까지 났다. 큰 부상은 아니었지만 3월 12일로 예정됐던 선발 등판이 미뤄졌다. 그러나 불펜 피칭을 거쳐 3월 18일 오클랜드전에서 첫 승을 거두며 컨디션을 회복한 박찬호는 3연승으로 스프링 캠프를 마쳤다. 개막전 선발을 전 다저스 동료인 이스마엘 발데스에게 내준 아쉬움은 있었지만 부상이나 통증 없이 시범 경기를 마쳤다는 희망에 차 있었다.

그러나 이후 이어진 2003 시즌은 잔인했다. 전년도 챔피언 애너하임 에인절스와의 시즌 2차전에 나선 박찬호는 2⅔이닝 동안 6안타를 내주며 6실점(6자책점)을 한 채 강판돼 패전의 멍에를 썼다. 6안타 중엔 홈런이 1개, 2루타가 2개였고 4사구도 4개였으나 탈삼진은 없었다. 이날 상대 선발은 후에 현대 유니콘스에서 뛰게 되는 미키 캘러웨이로, 그가 6이닝 무실점을 기록하며 승리투수가 됐다. 시애틀과의 시즌 2차전에서도 3이닝 4실점 후 강판돼 또 패전투수로 기록됐다.

4월 12일 시애틀 원정에서 박찬호는 마침내 시즌 첫 승리를 거두지만 내용은 대단히 불안했다. 5이닝 동안 안타는 3개밖에 내주지 않았지만 4사구 8개에 보크 1개까지 곁들이며 무려 열한 명의 주자를 내보냈다. 하지만 박찬호는 1회 2사 만루, 2회 1사 만루, 3회 2사 1, 2루의 거듭된 위기를 무실점으로 막아내며 팀의 4대2 승리를 이끌었다. 시즌 세 번째 등판 만에 거둔 첫 승이자 통산 90승째였다.

경기 후 쇼월터 감독의 말이 박찬호에 대한 그의 생각을 그대로 보여준다.

"아직도 투구 동작이 불안하다. 상대 타선이 슬럼프에 빠졌고 동료의 호수비가 도움이 됐다. 하지만 행운도 열심히 노력할 때 따라오는 것이다. 찬호는 5일 후에 다시 마운드에 오른다. 찬호와 우리 팀이 이 경기로 희망적인 발판을 마련하길 바란다."

내용이나 어투나 이미 박찬호에게 크게 실망했음이 역력하다. 이 경기를 앞두고는 계속 박찬호가 부진할 경우 결단을 내려야 한다는 말까지 했다. 불펜으로 돌리거나 심하면 마이너로 보낼 수도 있다는 암시였다. 지역 언론에서도 외줄 타기라거나 거친 바다에서 흔들리는 것 같다 등의 표현을 쓰며 박찬호의 투구를 혹평했다.

박찬호는 4월 17일 6이닝 2실점으로 모처럼 퀄리티스타트를 기록했지만 승패와 무관했고 21일 보스턴전에서는 7이닝 4실점을 하며 패전투수가 됐다. 그리고 결정적으로 28일 뉴욕 양키스와의 경기에서 4이닝 5실점을 하고 교체된 후 또다시 DL에 오르고 말았다. 설상가상으로 전담 포수이던 채드 크루터도 방출됐다. 바로 전 두 경기에서 괜찮은 내용의 경기를 했음에도 쇼월터 감독은 이른 교체

등으로 믿음을 실어주지 않았다. 그러더니 다시 부진한 모습이 나오
자 곧바로 엔트리에서 제외하는 결정을 내렸다.

DL의 기본 기간은 15일이다. 그러나 박찬호의 복귀는 요원했다.
당시 기사를 찾아보면 "박찬호 (5월)14일 보스턴전 복귀 불투명",
"박찬호 보스턴전 복귀 일단 무산", "박찬호 더블A 5이닝 5실점 진
땀 승", "쇼월터 감독 찬호 마이너 성적 봐서 투입", "박찬호 컴백 시
기 아직은 안갯속" 같은 제목이 대부분이다.

박찬호는 41일 만인 6월 7일 메이저리그 경기에 복귀했다. 첫 경
기로 몬트리올 원정전에 나섰지만 2이닝 만에 4실점을 하고 강판됐
다. 기록상 무엇 하나 내세울 것이 없는 것도 사실이지만, 벅 쇼월터
감독의 투수 교체가 성급한 면도 있었다. 그는 평소에도 선발 투수
교체에 조금도 주저함이 없었는데 이날 강판 역시 마치 예정이라도
한 듯 빠르게 결정했다. 박찬호는 1회에 홈런을 친 윌커슨을 2회에
삼진으로 잡으며 숨을 고르고 있었는데 다음 이닝에 마운드에 오를
기회는 주어지지 않았다. 쇼월터 감독의 박찬호에 대한 신뢰는 이미
회복되기 어려운 것이 아닌가 하는 느낌이 강하게 들었다. 복귀 이
틀 전 애틀랜타에서 나와 만난 쇼월터 감독은 "찬호가 복귀하게 돼
기쁜가 아니면 불안한가?"라며 애매한 농담을 던졌다. 그게 마치
"나는 불안한데 너는 괜찮으냐?"라고 묻는 것 같았다.

사실 1승이 급한 감독에게 2이닝 4실점은 너무 크다. 그러나 마
운드에 오르기도 전에 감독이 이미 최악의 상황을 예상하고 있었다

면, 박찬호의 레인저스에서의 미래는 어두워만 보였다. 그리고 그것은 현실로 다가왔다. 구단은 비상이 걸렸다. 6,500만 달러나 투자해 에이스로 모셔온 투수가 첫해의 부진에 이어 두 번째 시즌에는 거의 뛰지 못할 지경이 됐다. 구단에서는 주치의를 불러 정밀검사를 지시했다. 이틀에 걸친 검사가 이어졌고 둘째 날에는 무려 아홉 시간이나 정밀검사를 했다. MRI, 본스캔 등 통증이 있는 오른쪽 허리와 왼쪽 허리 아래 등을 비롯해 철저한 검사가 이루어졌다. 일단 검사 결과는 단순한 근육 부상으로 나왔다. 검사 후 박찬호는 모처럼 한국 특파원들과 긴 인터뷰를 했다.

검사 결과가 어떠냐는 질문에 "찍는다고 뭐가 나오나요"라며 농담을 한 박찬호는 이내 정색을 하고 속내를 털어놓았다. 충격적이었다. 박찬호는 "2001년부터 3년째 마운드에 오르면서 몸에 이상이 없었던 적이 없다"라고 털어놓으면서, "이번만큼은 반드시 100퍼센트의 건강을 되찾아 복귀하겠다"라고 다짐했다.

그러나 구단의 검사에서는 큰 문제가 발견되지 않았다. 허리 근육이 손상되었다는 정도였다. 그걸로는 부진이 설명되지 않았기에 에이전트 보라스는 전문의를 찾았다. 결국 덴버에 있는 야밀 클릭 박사에게 다시 한 번 정밀검사를 받았다. 근육 손상은 예상보다 심각했고 왼쪽 허리 아래쪽으로도 부상이 심각하다는 판정이 나왔다. 적어도 한 달은 근육 강화를 위한 재활 운동 정도 외에는 절대 무리해서는 안 된다고 했다. 물리치료 전문가와 만나 재활 프로그램을

짜기 시작했다.

이미 포스트 시즌 진출은 난망했고 8월에 피칭에 필요한 운동을 다시 시작한다 해도 빨라야 9월에나 복귀할 수 있었다. 구단에서는 무리할 이유가 없었다. 2003년 텍사스에서의 두 번째 시즌은 그렇게 일찌감치 끝나버리고 말았다. 일곱 차례 선발 등판에서 1승 3패, 평균자책점 7.58을 기록한 것이 전부였다.

V91.
1년여 만에 찾아온 승리

2년간 부상으로 고생을 면치 못했지만 박찬호의 2004년도 시작은 희망에 넘쳤다. 2004년 1월 20일 박찬호는 LA에 있는 서던캘리포니아대학교에서 모처럼 불펜 피칭을 했다. 그전 주말에 전문의에게 진단을 받고 완치 판정을 받아 상당히 고무돼 있었다. 동생 박헌영 씨가 비디오로 투구 동작을 면밀히 찍는 가운데 과거의 힘찬 동작으로 피칭을 했다.

그리고 스프링 캠프가 시작됐다. 박찬호에 대한 기대는 다시 높아졌고 훈련 때 불펜 피칭을 본 쇼월터 감독도 기대감을 나타냈다. 그 와중에 텍사스는 간판타자인 알렉스 로드리게스를 뉴욕 양키스로 보내고 알폰소 소리아노 등을 받았다. 시범 경기를 통해 박찬호는 155킬로미터의 강속구를 되찾은 모습을 보이기도 했지만 실점도 계속해서 나타났다. 여전히 기대 반 우려 반인 가운데 미 현지 전문지에서는 12승에서 14승을 거둘 것이라는 긍정적인 예상도 나왔다. 톰 힉스 구단주는 박찬호가 '올해의 재기상'을 탈 것이라며 기대를 감추지 않았다.

드디어 시즌 개막, 박찬호는 4월 7일 오클랜드와의 시즌 두 번째 경기에 선발로 나서 7⅔이닝 동안 삼진 8개를 잡으며 3실점의 호투로 확실히 달라진 모습을 과시했다. 늘 고전을 면치 못하던 오클랜드 원정길이었기에 고무적인 내용이었지만, 타선이 마크 멀더에게 1점을 얻는 데 그치며 아쉬운 패전투수가 됐다. 그리고 두 번째 에인절스와의 홈 경기에서는 이상할 정도로 땅볼이 안타로 빠지고 실책성 플레이가 나오는 등의 우여곡절이 이어졌다. 결국 6이닝 6실점을 하며 2연패를 당했다.

LA 다저스 시절 박찬호는 시카고 컵스, 전통의 리글리필드와 유난히 인연이 깊었다. 메이저리그 첫 승리를 1996년 4월 7일 여전히 추위가 매섭던 리글리필드에서 달성했고 통산 가장 많은 승리를 거둔 팀이라 시카고에 가면 늘 편하게 경기를 펼쳤다. 그래서 유난히 시카고라는 도시를 좋아하기도 했다. 아메리칸리그로 옮긴 후에는 시애틀 매리너스가 박찬호에게 그런 팀이자 도시였다. 아마도 첫 올스타전 출전의 즐거움이 남아 있기 때문인지는 몰라도 박찬호는 시애틀의 세이프코필드에서는 특히 잘 던졌다. 그것이 투수 친화적인 구장이라는 점도 물론 작용했다.

4월 17일 2004 시즌 세 번째 선발 등판이었다. 두 번의 등판에서 호투와 졸전을 반복한 박찬호는 시애틀 세이프코필드에서 이치로가 선봉에 선 시애틀 매리너스와 맞섰다. 경기가 쉽지는 않았지만 박찬호는 고비마다 삼진과 병살을 끌어내는 등 놀라운 집중력과 투지를 보이며 7이닝을 무실점으로 막았다. 주자를 득점권에 보내는 실점 위기를 다섯 번이나 맞았지만 한 번도 적시타를 맞지 않았다.

이치로와의 대결도 인상적이었다. 두 번의 실점 위기를 비롯해 네 번 격돌했지만 땅볼 2개와 뜬공 2개로 처리하며 이치로를 확실히 막았다. 고비마다 삼진 5개도 효자 노릇을 톡톡히 했다. 이날까지 세이프코필드에서 4번 선발로 나선 박찬호의 평균자책점은 1.00이었다. 1년 전인 2003년 4월 12일에 마지막 승리를 거둔 곳도 바로 시애틀이었다.

시즌 첫 승이자 통산 91승째를 거둔 박찬호는 1년여 만에 찾아온 승리에 비교적 담담했다. 그는 "운이 많이 따랐고, 동료 타선의 도움을 받았다. 같은 타자에게 볼넷 3개와 안타 3개를 허용했다. 기뻐할 투구 내용은 아니었으나 다행히 결과가 좋았다"라고 자신에게 엄한 모습을 보였다. 그러면서 "지난 두 경기보다 집중력이 훨씬 떨어졌다. 특히 몸쪽 직구 스트라이크를 넣는 데 애를 많이 먹었다"고 복기했다. 이치로에게 4타수 무안타를 기록한 점도 크게 생각하지 않았다. "그냥 여느 팀의 1번 타자처럼 생각하고 대했다. 잘 맞히는 타자지만 내 방식대로 던졌다"라고 말했다.

그런데 쇼월터 감독의 반응은 조금 오버다 싶을 정도였다.

"찬호는 정말 대단했다. 모든 구질의 제구력이 뛰어났으며 템포와 몸짓 그리고 얼굴에 나타난 자신감까지 모두 아주 좋았다. 팀 동료들은 찬호가 그동안 겪은 고통과 중압감 등을 너무 잘 알고 있고, 제 모습을 되찾기를 모두 진심으로 기다려왔다. 그동안 너무도 열심히 훈련해온 찬호가 이렇게 승리를 거두는 모습을 지켜보는 것은 감동이기도 했다."

마치 퍼펙트게임이라도 거둔 투수를 대하는 것처럼 찬사를 아끼지 않았다. 그러나 당시 박찬호와 쇼월터 감독의 사이가 이미 많이 벌어졌음을 알고 있었기에 그의 칭찬이 썩 와 닿지는 않았다.

2004년도 쉽지는 않았다. 시즌 첫 승리 이후 세 경기에서 박찬호는 지지부진한 내용을 보였고 1패를 당했다. 그러다 5월 13일 템파베이 원정에서 7이닝 5실점을 하고 난타전 끝에 7대5로 이겨 승리투수가 됐다. 시즌 2승이자 92승째였다. 이어 5월 20일 캔자스시티전에서는 7회 투아웃에 전 동료 후안 곤살레스에게 홈런을 맞는 등 홈런 3방으로 5점을 주고 패전투수가 되고 말았다.

그리고 다시 긴 공백을 맞는다. 5월 27일로 잡혀 있던 화이트삭스전 등판이 갑자기 취소됐다는 홍보실의 발표가 나왔다. 허리 통증이 재발했다는 것이다. 당시 텍사스의 홍보실장 그렉 엘킨은 "심각한 부상은 아니지만 허리 아래쪽에 통증이 생겨 내일(27일) 등판이 취소됐으며 요아킨 베노아가 대신 등판한다"라고 밝혔다. 엘킨 실장은 "현재로서는 한 번 등판을 거르는 정도이며, 상태를 계속 지켜볼 것"이라고 했지만 결국은 DL에 오르고 만다. 텍사스 입단 후 다섯 번째 부상병동행이었다.

그러자 별 이야기가 다 나왔다. 텍사스 구단이 보험금을 챙기기 위해 크게 아프지도 않은 박찬호를 DL에 올렸다는 소문까지 돌았다. 사실 박찬호는 155킬로미터의 강속구를 되찾았고 경기가 잘 안 풀려서 그렇지 많이 좋아진 모습이었다. 이런 소문에 대해 구단 측은 있을 수 없는 일이라고 일축했다. 실제로 그 전해에 텍사스는 박찬호가 장기간 DL에 머물며 500만 달러 정도의 보험금을 받은 것으로 알려졌다. 그러나 보험금을 받으려면 한 시즌에 90일 이상 DL에 올라야 하는 등 조건을 갖추는 게 그리 쉬운 일은 아니고, 구단역시 상당액의 보험금을 낸다. 거액의 장기 계약 선수에 대해서는 보험을 드는 것이 일반적이다. 당시 내가 취재한 바로 텍사스 구단은 박찬호의 5년간 약 300만 달러 가까운 보험금을 지불하게 되어 있었다.

구단에서는 15일 DL에서 특별한 이유 없이 60일 DL에 등록시켜버렸다. 정말 큰 부상 또는 수술을 받은 경우에나 그런 장기 DL에 올리는 게 통상의 조치다. 박찬호에게는 고통스럽기만 한 시기였다. 어쨌든 박찬호는 15일 만이 아니라 무려 석 달 만에 엔트리에 돌아왔고 보험금 운운하는 소문의 진위는 영영 베일에 가리고 말았다.

박찬호는 그동안 애리조나의 캠프로 가서 루키리그에서 계속 재활 등판을 했다. 쇼월터 감독은 "잠깐 올라왔다가 또 아프면 큰일 아니냐"며 마치 선수를 아끼기라도 하는 듯한 말을 했다. 그리고 부상이 완치되지 않으면 부르지 않을 것이라는 말도 되풀이했다. 박찬호가 자신의 홈페이지를 통해 몸이 다 나았음을 밝히기도 했지만 6월에도 7월에도 메이저리그에서 그의 모습은 볼 수가 없었다.

팀은 어느 정도 경쟁력을 가지고 페넌트 레이스를 치르고 있었고 구단에서는 박찬호의 존재를 버거워한다는 느낌이 역력했다. 박찬호는 늦은 밤 느닷없이 내 아파트를 찾아와 부진의 원인이 무엇이라고 생각하느냐고 묻기도 하고 이런저런 이야기를 나누기도 했다. 그렇지만 사실 뾰족한 답을 해줄 수는 없었다. 그리고 나로서도 매일 기사를 송고해야 하는 특파원 처지라 등판이 없는 박찬호 대신 서재응이나 다른 선수들의 취재를 다녀야 했다.

박찬호가 극도의 스트레스로 원형탈모 증세를 보인 것도 그때쯤이었다. 2003년은 몸이 아파 뛸 수 없었다고 그 스스로도 인정했다. 그렇지만 올해는 자신이 공을 던질 수 있다고 생각하는데도 계속 마이너에서 재활 등판이나 하라는 것이 구단의 입장이니 속이 터질 노릇이었다. 그렇게 그는 텍사스 레인저스와 점점 멀어지고 있었다.

V93.
99일 만에 복귀, 106일 만에 승리

그렇게 원치 않게 오랜 부상에서 겨우 돌아온 박찬호는 2004 시즌 막판 여덟 번을 거르지 않고 선발 마운드에 올랐다. 특히 돌아오자 마자 첫 등판으로 홈에서 미네소타 트윈스를 만났는데, 6이닝 4안타 2실점의 호투로 승리를 따내는 감격을 맛보기도 했다. 99일 만에 선 메이저리그 마운드였고, 106일 만에 거둔 그날 승리는 시즌 3승째이자 통산 아흔세 번째 승리였다.

마이너에서 무려 열 번의 재활 등판을 거친 박찬호는 독을 품은 듯 혼신의 힘으로 공을 뿌렸다. 최고 구속은 153킬로미터가 나왔고 삼진 4개를 잡았다. 투구 수도 84개로 경제적이었다. 7회 마운드에 올랐다가 메이헤이에게 마운드를 넘기고 내려오는 순간 텍사스 홈구장에 모인 2만 6,083명의 홈팬은 일제히 일어나 에이스의 귀환에 박수갈채를 보냈다. 박찬호 역시 오랜만의 홈구장 호투에 고무된 듯 모자를 벗어 팬들의 환호에 답했다. 또한, 이날 ESPN 인터넷사이트와 메이저리그 공식 홈페이지 MLB.com은 미네소타전에서 화려하게 복귀한 박찬호를 톱뉴스로 다뤘다.

경기 후 박찬호는 "제구력에 집중해 던지니 목표 지점이 더욱 명확하게 보였고 집중도 잘 됐다. 포심, 투심, 커브 모두 마음먹은 대로 잘 들어갔다"라고 말했다. 그리고 특히 눈에 띄는 대목은 팬에 대한 그의 코멘트였다. "미국에 진출한 뒤 지금까지는 팬들의 성원이 부담스럽게 느껴졌다. 하지만 오늘은 달랐다. 국민들이 내 뒤에서 함께 던진다는 생각이 들었고, 그것이 힘차게 공을 뿌릴 수 있는 원동력이 됐다. 변함없는 애정과 관심을 보내주신 팬들께 진심으로 감사드린다"라고 말했다. 아마 당시 뜨겁던 아테네 올림픽의 열기가 그에게도 전해졌던 것으로 보인다. 특히 길고 지루한 재활 기간 변함없이 그에게 성원을 보내준 팬들 덕에 마음의 부담감을 많이 떨치고 마운드에 오른 것 같았다.

9월 2일 미네소타로 자리를 옮긴 리턴매치에서도 박찬호는 아주 잘 던졌다. 8회 원아웃까지 1실점으로 막았고 2대1로 앞선 가운데 주자 2루에서 프란시스코 코르데로에게 마운드를 넘겼다. '흑동열'이라는 별명으로 우리나라 팬들에게도 사랑받던 코르데로는 당시 21연속 세이브를 이어가던 텍사스 수호신이었다. 그런데 그날만은 통하지 않았다. 연속 안타를 맞으면서 순식간에 3점을 주고 역전패하고 말았다. 더구나 이로써 3연패가 되면서 텍사스는 점점 포스트시즌에서 멀어지기 시작했다. 그리고 다섯 경기에서 박찬호는 3패만 당했다. 잘 던진 경기도 있었고, 실책이 아쉬운 경기도 있었지만 남 탓을 하기에는 내용이 썩 좋지만은 않았다.

그리고 10월 4일 박찬호는 2004 시즌 마지막 등판을 위해 시애틀의 세이프코필드 마운드에 올랐다. 그렇다, 또 시애틀 원정이었다.

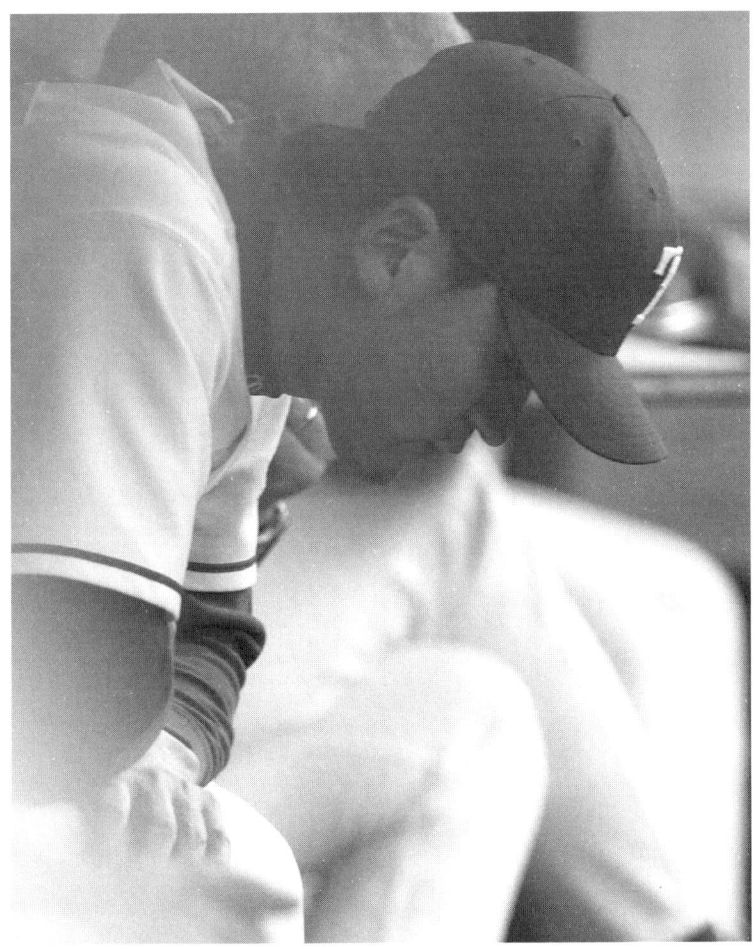

ⓒ 스포츠조선

그리고 역시나 기대를 저버리지 않았다. 7이닝을 단 2안타 무실점으로 막고 시즌 최고의 경기로 마지막을 장식했다. 바로 전 경기에서 5회 조기 강판될 당시에는 쇼월터 감독과 눈도 안 마주치고 마운드를 내려와 입방아에 오르기도 했다. 하지만 이날 호투하고 더그아웃으로 들어가서는 쇼월터 감독이 어깨를 두들겨주자 서로 꽤 오랫동안 이야기를 나누는 등 호전된 모습이었다. 박찬호는 시종 웃음 띤 표정으로 감독의 이야기에 고개를 끄덕이며 대화를 나눴다.

2004 시즌 마지막 경기에서 박찬호는 7이닝 2안타 무실점의 역투로 밝은 2005년을 기약하며 시즌을 마무리했다. 돌이켜보면 2004 시즌 역시 그전의 두 시즌과 마찬가지로 힘겹게 지나간 1년이었다. DL에 올라 재활에 많은 시간을 빼앗긴 박찬호의 시즌 성적은 열여섯 게임에 선발로 나서 4승 7패에 방어율 5.46, 총 95²⁄₃이닝을 던지는 데 그쳤다.

그러나 당시 기사나 기록을 보면 강속구 구속이 최고 155킬로미터를 찍을 정도로 구위가 되살아났고, 슬러브와 체인지업 등 전성기 주무기로 구사하던 구질들이 모두 다시 위력을 발휘하기 시작해 부활의 희망은 확연히 높아졌다는 평가였다. 그럼에도 텍사스 언론은 여전히 박찬호 흔들기에 여념이 없었다. 여론 조사를 통해 팬들이 박찬호의 트레이드나 방출을 원한다는 기사를 쏟아내는가 하면 박찬호 트레이드설까지 나왔다. 박찬호와 소리아노를 묶어 새미 소사와 트레이드한다는 구체적인 소문도 돌았고 시애틀의 브렛 분과 맞트레이드될 것이라는 소문도 있었다. 이런 식으로 각종 소문이 나돌자 박찬호도 귀국 인터뷰에서 "조건이 맞고 내가 편하게 뛸 수 있고 강한 팀이라면 거부하지 않을 것"이라고 말해 맞불을 놨다. 트레이드 거부권이 있기 때문에 무조건 응하지는 않겠지만 자신이 원하는 조건이 된다면 팀을 옮길 의사가 있음을 공개적으로 밝힌 것이다.

겨우내 소문이 꼬리에 꼬리를 물었지만 트레이드는 이루어지지 않았다. 2년간 2,600만 달러의 지급이 남은 부상 많은 투수의 트레이드는 박찬호 자신도 인터뷰에서 예상했듯 쉽지 않았다.

박찬호는 귀국 후 야구장학금 수여식과 야구 대회 개최 등 정해진 일정을 소화했다. 그리고 맞선도 두 번을 봤지만 잘 안 된다면서 결혼에 대한 소망도 밝혔다. 그렇게 힘겨운 2004년도 지나갔다.

V96, V97.
양키스와 레드삭스 연파

2005 시즌을 앞두고 현지에서는 참 말이 많았다. 이미 3년간 실망한 현지 언론이나 팬들이 박찬호의 재기에 큰 기대를 걸지 않는 건 어느 정도 이해할 수 있지만 지나치게 흔드는 모습은 꼴사나웠다. 방출설, 재기 불능 등의 기사들이 나왔다. 그러나 ESPN.com이 박찬

호의 깜짝 활약을 점치기도 했다. 스프링 캠프가 진행되고 박찬호가 나아진 모습을 보이자 현지 레인저스 담당 기자들도 10승에서 심지어 15승도 내다볼 수 있다는 예상도 내놨다. 관건은 부상이라는 사족이 늘 달리기는 했지만.

시범 경기를 치르는 동안에 박찬호는 4선발로 결정됐다. 케니 로저스와 박찬호, 페드로 아스타시오 등 노장과 라이언 드리스, 크리스 영, 프랭크 프란시스코 등의 신예들이 선발 자리를 놓고 다퉜다. 쇼월터 감독은 일단 시즌이 시작되면 몇 선발인지는 아무런 의미가 없다며 매치업 등을 고려해 순서를 짰다고 말했다. LA 에인절스와의 원정 3연전으로 시즌을 시작했고, 네 번째 경기는 시애틀 원정이었으니 늘 시애틀에서 호투한 박찬호로서는 나쁠 것이 없었다.

그리고 4월 9일 시애틀 원정에서 박찬호는 5²⁄₃이닝을 4안타 3실점으로 막고 마운드를 불펜에 넘겼다. 4대3으로 리드하고 있었기에 승리투수의 요건이 됐지만 구원투수진이 역전을 허용하는 바람에 승리투수가 되지는 못했다. 그리고 시즌 두 번째이자 홈에서 첫 선발 등판인 4월 14일 LA 에인절스와의 일전에서 박찬호는 6²⁄₃이닝을 5안타 3실점으로 막고 시즌 첫 승리(통산 95승)를 거뒀다. 당시 부시 대통령이 〈USA 투데이〉지와의 인터뷰에서 박찬호의 에인절스전 호투를 이름까지 거명하며 칭찬해 화제가 되기도 했다. 그러나 바로 다음 오클랜드와는 4¹⁄₃이닝에 4실점을 하며 시즌 첫 패를 당했다.

4월 24일 박찬호는 부활의 신호탄이 될 법한 멋진 경기로 승리를 장식한다. 미국 야구의 심장부라고 할 수 있는 뉴욕의 양키 스타디움이 무대여서 더욱 빛났다. 6²/₃이닝 동안에 내준 안타는 단 3개였고 실점은 1점뿐이었다. 볼넷 5개가 아쉬웠지만 삼진 6개를 빼앗았고 시즌 들어 가장 많은 122개의 투구 수를 거뜬히 기록했다. 최고 구속도 153킬로미터를 찍었다. 2년 8개월 전 바로 그곳에서 승리를 기록했던 박찬호는 비가 부슬부슬 내리는 쌀쌀한 뉴욕의 밤에 마운드에 올랐다. 1회 선두 데릭 지터에게 볼넷을 주며 위기에 몰렸지만 전 동료이던 셰필드를 땅볼로 잡은 후 마쓰이 히데키를 151킬로미터 강속구로 서서 삼진으로 잡으며 1회를 무사히 마쳤다. 3회에 버니 윌리엄스의 2루타에 이어 셰필드의 적시타로 1점을 내주긴 했지만 이미 6대1로 크게 앞선 상황이라 조급할 게 없었다. 4회에는 알렉스 로드리게스와 제이슨 지암비, 버니 윌리엄스를 3연속 삼진으로 잡으며 이닝을 끝내는 인상적인 장면도 연출했다.

기분 좋은 승리를 거둔 박찬호는 경기 후 클럽하우스에서도 유쾌한 표정이었다. "좋은 투구 속에 승리해서 기쁘다. 완투까지 할 수 있었는데 열 번씩(실제 아홉 번)이나 풀카운트 승부를 벌이는 바람에 투구 수가 많아졌다"라며 "좋은 타자들이 즐비한 타선이라 더 집중했고 낮은 제구와 그라운드볼 제구를 노렸다"라고 말했다.

4월 24일 뉴욕의 밤은 특별했다. 뉴욕 메츠의 서재응이 마이너에서 호출돼 이날 워싱턴 내셔널스전에 선발 등판한 것이다. 서재응은 6이닝 동안 탈삼진 4개를 곁들이며 6안타 1실점으로 호투하며 승리투수가 됐다. 특히 구대성이 서재응의 뒤를 이어 구원 등판하는 등 이날은 양키스와 메츠의 홈 뉴욕에서 열린 두 메이저리그 경기에 한국 투수가 세 명이나 마운드에 오른 기념비적인 날이었다. 박찬호는 전 동료인 노모 히데오와 식사를 함께하며 우정을 다지고 셰필드와 케빈 브라운을 한국 식당으로 초대해 불고기와 갈비를 대접하기도 했다. 정말 화기애애한 원정길이었다.

다음 상대는 전년도 월드 시리즈 챔피언 보스턴 레드삭스였다. 4월 30일 박찬호는 알링턴 홈구장에서 매니 라메레스와 데이비드 오티스가 이끄는 막강 타선에 너클볼 투수 웨이크필드가 선발로 나선 레드삭스와 맞섰다. 결과부터 보면 7이닝 3안타 2실점의 호투를 앞세운 연승이었다. 최고 구속 150킬로미터에 삼진 7개를 잡고 볼넷 4개를 내줬다.

박찬호의 연이은 호투에 더욱 신이 난 건 텍사스 레인저스 투수 코치이자 선배인 오렐 허샤이저였다. 경기가 끝난 뒤 박찬호가 취재진에 둘러싸여 인터뷰를 하는 도중 허샤이저 투수코치는 라커룸이 떠나갈 정도의 큰 목소리로 "잘했어, 찬호!"를 외치며 박찬호의 어깨를 두드려주었다. 기자들 사이를 뚫고 들어간 허샤이저 코치는 박찬호를 격하게 아낀다는 제스처로 어깨와 팔을 만지고는 제자리로 돌아갔다. 박찬호도 환한 미소로 답했다.

그는 여전히 미소 띤 얼굴로 "오늘도 낮게 스트라이크를 던지는 데 주력했다. 힘보다는 제구력과 스피드 변화에 신경 썼는데 효과를 봤다"라고 말했다. 4회 2실점에 대해서는 "내가 마운드에 오르는 목표는 6이닝 동안 3자책점 이하로 막아 팀에게 승리할 기회를 주는 것이다. 4회 2실점에는 신경 쓰지 않았다"라고 말했다. 그리고 "몸이 건강하니 자신감이나 다른 요인은 저절로 따라오는 것 같다"라며 부상에서 완전히 회복됐음을 기뻐했다.

그런데 박찬호가 인터뷰 도중 갑자기 크리스토퍼 힐 전 주한 미국 대사를 언급했다. 그전 겨울에 한국에 머무는 동안 인연을 맺어 박찬호의 팬이 되었다고 한다. 당시 힐 국무부 차관보는 등판일이면 전화까지 해서 격려하곤 했는데 자신이 팬인 보스턴전을 앞두고는 "이번만큼은 살살 해달라"고 했단다. 그런데 7대2로 승리를 거두고 말았다며 농담을 했다.

전년도 아메리칸리그 챔피언 양키스에 이어 월드 챔피언 레드삭스까지 연파했을 뿐 아니라 내용 면에서도 다저스 시절의 전성기를 연상시키는 호투를 펼치자 분위기도 반전됐다. 현지 언론은 드디어 텍사스가 거액을 투자하고 기다리던 모습을 박찬호가 보여주기 시작했다며 시즌 15승도 바라볼 수 있다고 호들갑을 떨었다.

4월에 3승 1패라면, 그것도 좋은 내용의 경기를 계속 보여줬으니 희망은 확실하게 살아나고 있었다. 그렇지만 야구라는 스포츠가 얼마나 어렵고 파란만장한지, 왜 야구를 인생에 비유하고 또 절로 고개를 숙일 수밖에 없는지 보여주는 2005 시즌이 이어진다. 박찬호는 5월로 넘어간 첫 세 경기에서 내내 지지부진한 경기력을 보이며

1승도 추가하지 못한다. 오클랜드, 디트로이트, 시카고 화이트삭스
와 만났는데 다행히 팀은 난타전 끝에 모두 승리를 거두기는 한다.

승수 쌓기에 주춤하던 박찬호는 5월 23일 휴스턴 애스트로스와의
인터리그 경기에서 7이닝 무실점의 쾌투로 시즌 4승에 통산 98승을
거둔다. 전년도 20승으로 다승왕에 오른 로이 오스왈트와의 맞대결
에서 2대0으로 승리한 경기로, 무사사구가 돋보였다. 그리고 30일
열린 화이트삭스전에서도 6이닝 3실점의 안정적인 피칭으로 2005
시즌 5승째를 거뒀다. 당시 메이저리그에서 최다승 팀이었고 상대
선발도 8승으로 최다승이던 존 갈랜드였지만 6회 말 타선이 폭발하
며 12대4로 대승한 경기였다.

드디어 꿈에 그리던 메이저리그 100승이 눈앞으로 다가왔다. 다
음 상대는 약체인 캔자스시티 로열스였다. 원정 경기이긴 했지만 시
즌 초반 강팀들을 잇달아 꺾은 박찬호의 적수는 아니었다. 적어도
대부분이 그렇게 예상했다. 그러나 양키스에 2연승을 거두는 등 버
디 벨로 사령탑을 교체한 로열스 역시 상승세를 타고 있었다. 100승

의 고지는 만만치가 않았다. 6월 5일 캔자스시티의 커프만 스타디움에서 열린 이 경기는 박찬호의 통산 280번째이자 선발로는 235번째 등판이었다. 상대 투수는 호세 리마였다.

리마도 20승 경력이 있는 좋은 투수였지만 웬일인지 이날 경기는 초반부터 난타전 양상을 띠었다. 100승의 중압감 때문인지 박찬호는 초반부터 흔들렸다. 1, 2회에만 8안타를 맞았고 각각 2점씩을 내줘 0대4로 뒤졌다. 그러다가 텍사스 타선도 3회 초 집중타로 4점을 뽑아 승부는 원점이 됐다. 이런 타격전은 선발 투수의 버티기 경쟁인데 리마는 4회 초 또 1점을 내줘 역전을 허용하더니 교체됐다. 텍사스 타선은 5회 초 대거 6점을 뽑아내며 상대 투수진을 초토화시켰다. 박찬호는 5회 말 다시 2점을 내줬으나 12대6의 넉넉한 리드를 잡고 마운드를 불펜에 넘겼다.

난타전이 이어진 끝에 텍사스는 14대9로 승리했고 박찬호는 승리투수가 됐다. 메이저리그 통산 542번째 100승 투수이자 동양인으로는 탬파베이에서 뛰던 노모 히데오(당시 121승 106패)에 이은 두 번째 기록이었다. 박찬호는 이날 승리로 생애 통산 100승 73패, 방어율 4.22를 기록했다.

1871년 내셔널리그의 전신 '내셔널어소시에이션'이 출범한 이후 당시까지 100승 투수는 541명이었다. 500명이 넘는다고 해서 자칫 100승이 쉬운 일로 보일 수도 있지만 메이저리그 마운드에 한 번이라도 올랐던 투수가 8,000명이 넘었다는 사실을 알면 이야기는 달라진다. '100승 투수'는 역대 메이저리그 투수 중 7퍼센트 안에 드는 정상급 기록이라는 의미다. 그 후 많은 한국 투수가 메이저리그에 도전했지만 아직 두 번째 100승 투수는 나오지 않고 있다. 김병현 선수의 54승이 코리안 빅리거 다승 2위다.

박찬호는 1996년 4월 7일 시카고 컵스와의 원정 경기에서 2회 구원 등판, 4이닝을 무실점으로 막아내며 메이저리그 첫 승리를 기록했다. 1996 시즌을 5승으로 마친 그는 1997년부터 매년 10승 이상을 거두며 승수를 쌓아나가 2001년까지 LA 다저스에서 통산 80승을 올렸다. 그러나 텍사스 레인저스로 이적한 뒤 다섯 차례나 DL에 오르면서 페이스가 뚝 떨어져 20승을 추가하는 데 4년이 걸렸다. 2003년에는 단 1승뿐이었고, 2004년에도 4승을 거두는 데 그쳤다. 그러나 2005년 재기하며 6월 초에 이미 시즌 6승째를 따내 통산 100승 고지를 점령했다. 100승을 거두는 동안 박찬호는 메이저리그 30개 구단 가운데 총 27개 구단을 상대로 승리를 올렸다. 당시까지 박찬호가 가장 많은 승리를 빼앗은 팀은 8승씩을 챙긴 시카고 컵스와 콜로라도 로키스였고 샌디에이고 파드리스와 샌프란시스코 자이언츠가 7승씩으로 그 뒤를 이었다.

경기 후 박찬호는 비교적 담담했다. 인터뷰에서 그는 다음과 같은 말로 각오를 다졌다.

"한국에서 기대를 많이 했을 것이다. 오늘은 투수보다는 타자들이 잘 친 날이었다. 팀원들이 더없이 고맙고 또 자랑스럽다. 하지만 갈 길은 멀다. 지난 몇 년간 아팠는데 지금은 건강해서 기쁘다. (오늘 쾌거는) 나 혼자 이룬 것이 아니다. 많은 사람이 함께 이룬 것이다. 내가 보답하는 길은 그들과 꾸준히 같이하는 선수가 되는 것이다. 팬들이 항상 고맙다. 이제 올 시즌 두 달이 지났을 뿐이다. 갈 길이 멀다."

야구를 하다 보면 선발 투수가 9이닝을 무실점으로 막아도 승리 투수가 되지 못하기도 하고 또 이날처럼 5이닝을 겨우 넘기며 많은 실점을 하고도 승리투수가 되기도 한다. 그러나 길게 보면 동료들에게 도움을 주고 또 도움을 받으면서 공평하게 성적이 나오는 것이 야구이기도 하다. 처음 박찬호가 LA 다저스와 계약했을 때 그가 100승 투수가 되리라 기대했던 사람은 없었을 것이다. 그러나 박찬호는 눈부신 전성기와 혹독한 슬럼프를 겪으면서 메이저리그 데뷔 9년 만에 결국 100승을 거뒀다.

V102.
텍사스에서의 마지막 승리

100승을 거둔 후 박찬호는 미니 슬럼프에 빠졌다. 6월 11일 플로리다 원정에서 $4\frac{2}{3}$이닝 만에 5실점을 하고 패했고, 6월 16일 애틀랜타전에서 5이닝 8안타 1실점으로 승리를 챙기더니 6월 22일 LA 에인 절스전에서는 1이닝 만에 무려 8점을 내주며 생애 최악의 등판을 기록하기도 했다. 바로 다음 휴스턴전에서 7이닝 2실점으로 건재를 과시했지만 승리투수가 되지 못하고 달력은 7월로 넘어갔다.

그리고 약속의 땅인 시애틀로 날아갔다. 7월 2일 세이프코필드에서 선발로 나선 박찬호는 7이닝을 단 2실점으로 막고 승리투수가 되며 시즌 8승에 통산 102승 그리고 선발 100승째를 채웠다. 두 번의 구원승을 제외하고 선발로만 100승째를 달성한 날이었다.

예민한 성격의 박찬호는 편안할수록 놀라운 능력을 발휘하는데 시애틀 구장은 그에게 편안함의 대명사였다. 이 구장에서만 통산 여섯 경기에 등판하여 3승 1패, 방어율 1.38이라는 놀라운 성적을 거뒀다. 박찬호는 이날도 5안타에 볼넷 2개를 내줬으나 탈삼진 6개를 기록하며 순항했다. 최고 구속 151킬로미터의 강속구와 함께 움직임이 좋은 투심 패스트볼과 커브, 체인지업을 고루 섞어가며 시애틀 타선을 요리했다.

시애틀만 가면 잘 던지는 이유에 대해 박찬호는 "이유는 잘 모르겠지만 아마 이 구장을 편안하게 여겨서인 것 같다"라며 "긴장하지 않고 편안하게 던졌다. 공이 빨라도 볼끝의 움직임이 좋았고 그래서 많은 땅볼을 유도할 수 있었다"라고 말했다. 이미 전 시즌 4승의 두 배인 8승을 거둔 것에 대해서 묻자 "현재 매우 건강한 몸 상태를 유지하고 있다. 이것이 바로 지난해와의 큰 차이다. 현시점에서 과거

OAKLAND A's
ATHLETICS

를 돌아보고 싶지는 않다. 오로지 미래를 향해 집중할 뿐이다"라고
말했다.

그러나 사람의 인생처럼 야구도 내일을 볼 수 없다. 그날의 그 승
리가 텍사스 레인저스 유니폼을 입고 거둔 마지막 승리가 될 줄은
아무도 몰랐다. 그 후 7월에 네 경기 더 선발로 나섰지만 3패만 당하
고 만다. 7월 7일 보스턴전에서는 $5\frac{2}{3}$이닝 3실점으로 나쁘지 않았
지만 패전투수가 됐고, 7월 20일 양키스전에서는 $7\frac{1}{3}$이닝 1실점의
호투에도 승리투수가 되지 못했다. 그리고 7월 25일 오클랜드전 패
전을 끝으로 박찬호는 트레이드되었다.

6장

숨겨진 땀과 아픔의 기록, 124승의 신화

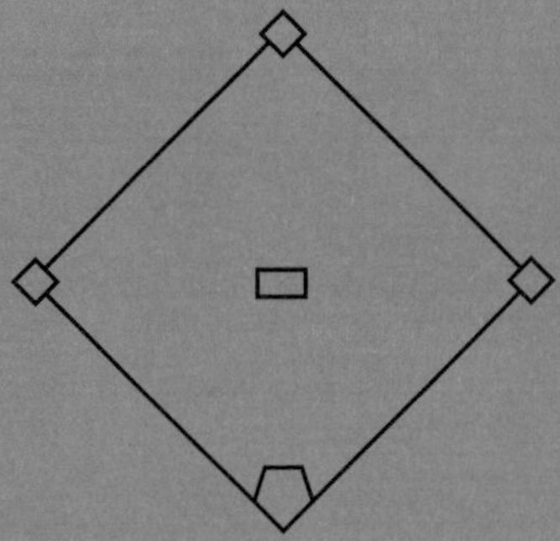

2005-2010

SAN DIEGO PADRES
NEWYORK METS
PHILADELPHIA PHILLIES
NEWYORK YANKES
PITTSBURGH PIRATES

V103.
코리안특급의 샌디에이고 입성

2005년 7월 30일 박찬호는 토론토 블루제이스와의 원정 경기에 등판할 예정이었다. 그런데 경기 당일 갑작스럽게 취소됐다. 트레이드 데드라인을 이틀 남긴 가운데 부상이 아니라면 이유는 명백했다. 트레이드가 임박하거나 거의 결정됐다는 것, 둘 중 하나다. 토론토의 스카이돔을 찾은 많은 교민은 박찬호 등판 불발에 실망을 감추지 못했다. 바로 그날 박찬호는 샌디에이고 파드리스로 전격 트레이드됐다. 높은 몸값과 부상 후유증으로 위험부담이 있었기에 그의 트레이드는 누구도 예상치 못했던 일이다.

텍사스는 2003년 박찬호를 당시 피츠버그 파이리츠 포수 제이슨 켄달과 트레이드하려 했으나 실패했고, 2004년 겨울에도 콜로라도 로키스와 협상을 벌였으나 높은 연봉 때문에 무산되기도 했다. 그러나 이 트레이드는 우여곡절을 겪은 끝에 양 구단의 이해타산이 맞아

떨어져 극적으로 이루어졌다. 박찬호와 1대1 트레이드된 상대는 강타자 필 네빈이었다. 그 역시 고액 연봉에 부상이 잦고 기대 이하의 성적을 올리는 등 어려운 상황이었다. 애초 샌디에이고는 볼티모어 오리올스의 선발 투수 시드니 폰손과 네빈의 트레이드에 합의했다. 그러나 트레이드 거부권을 지닌 네빈이 26일 '트레이드 거부'를 선언해 무산되고 말았다. 그러자 샌디에이고는 텍사스와 다시 협상을 시작했고 장타력이 있는 지명타자를 찾던 텍사스도 트레이드에 합의했다. 당시 네빈은 2006년까지 850만 달러의 연봉이 보장된 상태였다. 2005년에 연봉 1,500만 달러가 보장된 박찬호였지만 샌디에이고는 재정적 손실을 감수하고 그를 받아들였다. 그 시즌에 분명히 살아난 모습을 보인데다 다저스 시절 막강하던 모습을 파드리스 구단은 기억하고 있었기 때문이다. 박찬호는 LA 다저스 시절부터 파드리스와 통산 스물한 경기에서 7승 6패, 평균자책점 3.81의 성적을 남겼다.

브루스 보치 감독은 박찬호의 영입에 대해 "찬호는 내셔널리그에서 아주 잘 던진 투수였다. 우리를 상대로 늘 매우 잘 던졌으며 우리에게 던진 만큼만 해주길 바란다"라고 말했다. 1995년부터 샌디에이고의 감독을 맡은 보치는 박찬호에 대해 누구보다 잘 알고 있었다. 후에 샌프란시스코의 사령탑을 맡았을 때도 박찬호에 대한 애정을 감추지 않았던 인물이다.

처음으로 시즌 중간에 팀을 옮겼다. 첫 경기는 쉽지 않았다. 8월

4일 피츠버그 파이리츠와의 원정 경기에 나선 박찬호는 4$\frac{2}{3}$이닝 동안 8안타 7실점(5자책점)으로 몰리며 승패와는 무관했다. 열흘 만의 등판이고 모든 환경이 순식간에 바뀌기는 했지만 실망스러운 경기였던 것이 사실이다. 그나마 3회에 좌타자 라이언 더밋을 상대하며 던진 강속구가 전광판에 97마일(156킬로미터)로 찍힌 것이 작은 화제가 된 정도였다.

두 번째 등판은 아주 중요했다. 파드리스 유니폼을 입고 처음 샌디에이고의 홈구장 펫코파크에서 등판하는 경기였다. 특히 상대가 만만치 않은 뉴욕 메츠 타선인데다 상대 선발이 당시 12승을 거둔 페드로 마르티네스였기에 더욱 화제가 됐다. 당시 메츠는 호세 레이에스, 클리프 플로이드, 마이크 피아자, 데이비드 라이트, 마이크 캐머런, 가즈오 마쓰이 등 호화 타선을 자랑했다.

결론부터 보면 박찬호는 5$\frac{2}{3}$이닝 동안 6피안타 1볼넷 8탈삼진 2실점의 역투를 펼치며 이적 후 첫 승리를 장식했다. 공수에서 멋진 활약을 펼쳐 홈팬들에게 강한 인상을 남겼다. 박찬호에게 유독 강해 천적임을 입증한 클리프 플로이드(통산 21타수 8안타(4홈런) 10타점)를 제외하고 메츠 선발 타자 전원을 삼진으로 돌려세워 2005 시즌 한 경기 최다 탈삼진 기록을 세우기도 했다. 이날 페드로 마르티네스는 5이닝 동안 9피안타 5실점을 하며 영 실력 발휘를 하지 못했다.

박찬호는 3년 7개월 만에 돌아온 내셔널리그 경기에서 녹슬지 않은 방망이 실력도 과시했다. 1대0으로 앞선 3회 첫 타석에서 마르티네스의 몸쪽 커브를 잡아당겨 좌측에 안타를 터뜨렸다. 그리고 1사후 조 랜더의 우중간 2루타 때 홈을 밟아 팀의 두 번째 득점을 올렸다. 기세가 오른 파드리스 타선은 3회에만 2루타 2개 포함 5안타 3 득점을 하며 4대0으로 앞섰다. 결국 파드리스는 8대3으로 완승했다. 박찬호는 내셔널리그 복귀 첫 승리와 함께 시즌 9승, 통산 103 승째를 올리는 기쁨을 맛봤다. 박찬호가 교체돼 마운드를 내려가자 4만 1,977명의 팬은 일제히 기립박수를 보내며 '코리안특급'의 샌디에이고 입성을 축하했다.

한편 이날 경기에서는 박찬호의 한양대 선배인 메츠의 구대성이 구원투수로 등판하기도 했다. 7회 메츠의 세 번째 투수로 등판한 구대성은 라이언 클레스코, 브라이언 자일스 등 두 명의 좌타자를 각각 좌익수 뜬공, 3루수 뜬공으로 처리하는 깔끔한 모습을 과시했다. 또한 일본 투수 오츠카 아키노리가 8회 파드리스 마운드에 올라 무실점으로 시즌 열세 번째 홀드를 기록하기도 했다. 이 경기에서만 두 명의 한국 선수와 두 명의 일본 선수가 뛰는 모습을 볼 수 있었다.

경기 후 박찬호는 밝고 경쾌했다고 〈스포츠조선〉은 기록했다. 그는 "어제 운동장에 와서 마운드와 불펜, 클럽하우스 등을 둘러봤는데 마음에 쏙 들었다. 새로운 팀에서의 첫 승이라 그런지 기쁨이 더 큰 것 같다. 2개의 더블 플레이 등 동료들이 멋진 수비와 타격을 보여줬다"라며 기쁨을 감추지 못했다. 샌디에이고에서의 생활은 그렇게 순조롭게 시작됐다.

화려한 컴백, 그리고 결혼

$5\frac{1}{3}$이닝 동안 6안타를 맞고 볼넷 2개를 내주며 5실점을 내다. 이렇게 기록만 보면 그다지 뛰어난 성적표가 아니다. 그러나 이 경기에서 승리투수가 되면서 4년 만에 다시 시즌 10승 고지에 올랐다면 평가는 달라진다.

2005년 8월 20일 박찬호는 애틀랜타 원정길에 올랐다. 터너필드에서 만난 상대는 1번 라파엘 퍼칼을 필두로 치퍼 존스, 앤드루 존스, 브라이언 매캔 등이 이끄는 브레이브스였는데, 상대 투수는 좌완 마이크 햄튼이었다. 난타전 끝에 결국 파드리스가 12대7로 승리하면서 박찬호는 2001년 LA 다저스 시절 이후 4년 만에 처음으로 시즌 10승을 거두는 감격을 맛본다. 부상과 부진으로 완전히 무너졌던 것을 감안하면 대단한 컴백이었다. 경기마다 기복을 보여 평균자책점은 6.07로 안 좋았지만 집중하면서 승리를 거둬내는 능력을 회복했다.

그렇게 시즌 10승을 달성한 박찬호는 다음 경기에서 휴스턴 애스트로스를 5이닝 2실점(1자책점)으로 묶고 연승을 거둔다. 돌이켜보면 그해 휴스턴은 박찬호에게 보약 같은 팀이었다. 샌디에이고 이적 후에 네 경기에서 2승 1패를 기록하기는 했지만 6이닝을 채운 경기도 없었고 실점도 꽤 많았다. 그래서 박찬호가 불펜행을 하리라는 소문이 돌기도 했다. 그런 가운데 휴스턴을 만났고, 비록 5이닝이었지만 자책점은 하나만 내주며 승리를 보탬으로써 비난과 소문을 잠재웠다.

박찬호는 샌디에이고 이적 전인 5월 23일에도 휴스턴을 만나 7이닝 무실점 호투로 승리를 거둬 당시 다시 달아오르던 텍사스의 비난 여론을 잠재운 바 있다. 6월 27일에 휴스턴과 또 대결했는데 당시는 바로 전 에인절스와의 경기에서 1이닝 10안타 8실점이라는 최악의 등판을 한 직후였다. 그러나 7이닝 2실점의 호투에 이어 3연속 퀄리티스타트를 기록하며 부활했고, 결국 그 기세를 이어가며 트레이드가 성사되기도 했다.

그렇게 휴스턴을 잡고 시즌 11승을 거둔 박찬호는 2005년 9월 1일 홈에서 열린 애리조나전에서 6이닝 2실점으로 이적 후 첫 퀄리티스타트를 기록하며 3연승을 거둔다. 시즌 12승째에 통산 106승을 거둔 날이었다. 7회 초에도 마운드에 올랐지만 볼넷을 내줬고 그 주자가 득점하며 실점이 2점으로 늘어났다. 샌디에이고 이적 후에 4승 1패의 좋은 성적을 거두었지만 평균자책점은 6점대로 좋지 않았다. 경기마다 심한 기복을 보였다. 그러나 이날 경기만큼은 흠잡을 데 없는 좋은 피칭이었다. 브루스 보치 감독도 박찬호를 영입한 것은 팀으로서 정말 잘한 일이라며 기쁨을 감추지 않았다.

재미있는 것은 이 무렵 박찬호의 열애설이 솔솔 피어나기 시작했

다는 것이다. 당시 서른두 살이던 박찬호는 그 전해부터 선을 보는
등 결혼 준비를 하고 있었지만 마땅한 배우자감을 찾지 못하고 있었
다. 그런데 박찬호가 재일교포 박리혜 씨와 사귄다는 소문이 돌기
시작했다. 이날 경기를 마치고 기자들이 열애설에 관해 묻자 박찬호
는 할 말이 없다며 부정도 긍정도 하지 않았다.

그리고 남은 시즌 박찬호는 네 번 더 등판했지만 승리를 추가하
는 데는 실패했다. 9월 들어 제구력과 구속이 떨어지는 난조를 보
인 가운데 불펜으로 보직을 옮겼고 구원투수로 등판하기도 했다.
10월 1일 다시 선발로 복귀해 친정팀 LA 다저스와 맞선 박찬호는
6⅓이닝 2실점으로 호투했지만 팀이 1대2로 패하며 패전투수가 되
고 말았다.

2005년 박찬호는 텍사스를 떠나 다시 내셔널리그 서부조의 샌디
에이고 파드리스로 이적하는 큰 변화를 겪었다. 12승 8패의 준수한
성적으로 부활을 알렸지만 막판 부진으로 팀의 플레이오프 로스터
에서 탈락하는 쓴맛도 봐야 했다. 파드리스는 세인트루이스 카디널
스와의 디비전 시리즈에서 3연패를 하며 탈락했다.

12승 8패에 평균자책점 5.84로 시즌을 마친 박찬호는 11월 30일
하와이에서 결혼식을 올리고 가정을 꾸민다. 훗날 밝혀진 일이지만
지인의 소개로 알게 된 둘은 박찬호의 시즌이 끝나면 주로 일본 도
쿄에서 만남을 가져왔다. 워낙 신중한 성격이라 일본에서도 일반인
들에게 교제 사실이 알려질까 봐 멤버십 레스토랑을 이용하며 비밀

데이트를 했다고 한다. 지난번 기자들의 질문에 확답을 하지 못한 것은 언론에 공개됐을 때 박리혜 씨의 가족에게 폐가 될까 봐 배려한 것이라고 했다. 당시 박찬호가 신랑감 1순위로 꼽히고 있었지만 박리혜 씨는 그와의 만남을 거절했다고 한다. 본인도 그렇고 가족들 역시 국민적인 스타보다는 평범한 사람을 만나는 게 좋겠다 싶었기 때문이란다.

계속되는 박찬호의 구애에 박리혜 씨는 조건 하나를 내걸었다. 한국에서 친구 세 명을 만나게 해달라는 것. 친구들을 보면 그 사람을 알 수 있을 것이라는 생각에서였다고 한다. 박찬호는 고민 끝에 세 명의 친구를 골랐다. LG 유지현 코치, 넥센 홍원기 코치, 가수 션이었다. 지인들의 도움과 박찬호의 열정이 결실을 보아 박찬호는 그해 11월 30일 50여 명의 친지들만 초대해 비공개로 소박하게 결혼식을 올렸다. 결혼식은 혼인 서약과 반지 교환, 성혼 선언 순으로 진행됐다. CIACulinary Institute of America에서 요리를 전공한 박리혜 씨가 이날의 피로연을 위해 모든 음식을 직접 준비했다.

새신랑이 된 박찬호는 겨울 동안 트레이드설 등에 휘말리지만 샌디에이고를 떠나지는 않는다. 그리고 제1회 월드 베이스볼 클래식을 앞두고 김인식 감독이 한국 국가대표팀에 박찬호를 포함하기로 결정함으로써 그는 태극 마크를 달 기회를 얻는다.

제1회 월드 베이스볼 클래식에서 맹활약

2006년은 월드 베이스볼 클래식WBC이라는 야구 대회가 처음 열린 해다. WBC는 축구의 월드컵과 유사한 세계적인 대회를 열어 야구를 홍보하고 인기몰이를 해보겠다는 메이저리그 사무국의 의도로 창설된 대회다. 대한민국도 국가대표 야구팀을 구성했고, 프로야구 스타들은 물론 해외에서 뛰는 스타들까지 모두 소집했다. 대표팀의 중심에는 박찬호가 있었다. 그뿐 아니라 서재응, 김병현, 김선우 등 미국에서 뛰던 선수들과 일본에서 활약하던 이승엽까지 가세해 국내 최고의 선수들로 명실상부한 드림팀이 구성됐다.

박찬호는 도쿄에서 열린 아시아라운드부터 맹활약을 펼쳤다. 2006년 3월 3일 대만과의 일전은 사실상 WBC 본선 팀을 결정지을 수 있는 일전이었다. 일본은 이미 한 수 위의 전력으로 평가됐고 대만과 한국 중 승리한 팀이 미국에서 열리는 결선에 진출할 것이라는 예상이었다. 박찬호는 서재응과 김병현, 구대성 등이 이어 던지며 2대0의 리드를 잡은 가운데 7회부터 마운드에 올랐다. 당시 서른세 살이던 박찬호는 1994년 미국 프로야구에 데뷔한 이후 첫 공식 세이브를 기록한다. 전해까지 메이저리그에서 299번 등판했고 그중 253번이 선발이었기에 세이브의 기회는 주어지지 않았다. 초년병 시절에 중간 구원투수로 나선 것이 대부분이었기 때문이다.

박찬호는 최고 147킬로미터의 빠른 공을 앞세워 대만 타선을 3이닝 동안 무실점으로 틀어막았다. 7, 8회는 연속 삼자 범퇴로 말끔히 처리했고 9회에 2안타를 맞고 위기에 몰리기도 했지만 유격수 박진만의 호수비가 빛나며 2대0 승리를 확정 지었다. 박찬호는 승리가 확정된 후 "시기적으로 몸이 100퍼센트 만들어지지 않았지만 점수 차가 많이 나지 않아 냉정해지려고 했다. 마지막 선수들의 집중력 덕분에 이길 수 있었다"라며 "목표는 등판하는 매 경기 이기는 것이다. 남은 경기도 최선을 다하겠다"라고 각오를 밝혔다.

그리고 이틀 후에 벌어진 일본과의 일전에서 극적인 승부를 연출했다. 한국 야구를 세계에 알린 신호탄이자 야구의 인기몰이가 본격적으로 시작된 경기라고 할 수 있었다. 종목을 막론하고 한일전이라면 물러설 수 없는 투지가 생기지만, 그와 함께 중압감도 말도 못하게 크다. 특히 당시만 해도 일본 야구의 전력은 대한민국보다는 한수 위로 여겨졌다. 일본은 대표 타자인 스즈키 이치로와 마쓰자카 다이스케를 비롯해 올스타팀을 구성하고 있었다. 여기에 이치로가 "30년 동안 못 이기도록 해주겠다"라고 큰소리를 치면서 한국 팀을 자극하기도 했다.

그러나 이치로가 그 말을 한 지 채 3일이 지나지 않아 일본은 한국에 무릎을 꿇었다. 3월 5일 일본 야구의 심장부 도쿄돔에서 열린 WBC 아시아라운드 3차전은 한국 야구사에 획을 긋는 사건이 됐다.

WBC 한국 vs 멕시코전. 9회초 2사 3루에서 베르니모 실을 삼진으로 잡고 포효하는 박찬호

이후 관계자들은 이날 승리를 '도쿄대첩' 으로 불렀다.

이날 일본은 스즈키 이치로, 니시오카 츠요시, 후쿠도메 고스케, 다무라 히토시, 이와무라 아키노리, 오가사와라 미치히로, 사토자키 도모야, 가와무라 무네노리 등 최정예 타선으로 나섰다. 한국은 이병규(LG)가 1번, 이종범(KIA)이 2번 타자를 맡았다. 3번 이승엽(요미우리 자이언츠), 4번 최희섭(LA 다저스)에 이어 이진영(SK)이 5번으로 올라와 중심 타선을 구축했다.

한국은 초반 2점을 먼저 내준 후 3회에 2사 만루의 기회가 왔지만 이승엽의 뜬공으로 무산됐다. 4회에는 니시오카가 친 안타성 타구를 우익수 이진영이 극적으로 잡아내며 무너질 뻔한 위기를 넘겼다. 이때 그는 '국민 우익수' 라는 별명을 얻었다. 5회 초에는 이병규의 희생 플라이로 박진만이 홈을 밟아 1대2로 추격했지만 추가점을 뽑지 못하며 8회까지 갔다.

그리고 이승엽이 있었다. 1대2로 뒤져 패색이 짙던 8회 초, 이승엽이 2점 홈런을 터뜨리며 한 방으로 전세를 뒤집었다. 그리고 3대2의 아슬아슬한 리드를 잡은 가운데 9회 말 박찬호가 마운드에 올랐다. 포수 사토자키를 내야 플라이로 처리한 뒤 가와사키의 기습번트를 재빨리 잡아내 아웃시켰다. 남은 아웃카운트는 하나다. 이때 운명처럼 이치로와 만났다.

도쿄돔을 가득 채운 4만여 일본 팬들이 일방적인 응원을 보내는 가운데 박찬호의 표정은 담담했다. 초구 140킬로미터짜리 속구가 바깥쪽에 꽂혔다. 스트라이크다. 2구째 141킬로미터 속구가 이치로의 몸쪽을 파고들었다. 약간 높은 코스의 볼이었다. 볼카운트 1대1에서 3구째, 박찬호의 손을 떠난 백구가 142킬로미터의 구속으로 날아들자 기다렸다는 듯 이치로의 방망이가 힘차게 돌았다. 그러나 박찬호는 고개를 들며 오른손 검지를 힘차게 공중으로 뻗었다. 평범한 내야의 뜬공이었다. 유격수 박진만이 3루수 뒤쪽으로 이동해 여유 있게 잡아내는 순간 3루 쪽 더그아웃에서 숨죽이고 있던 한국 선수들은 일제히 환호성을 질렀다. 1이닝 무안타 무실점 세이브, 한일전 역대 최고의 명승부를 메이저리그 100승 투수 박찬호가 그렇게 마무리했다.

김인식 감독은 경기 후 "경기의 중요성을 생각했을 때, 마무리는 역시 베테랑인 박찬호가 나가야 된다고 생각했다"라고 말했다. WBC 본선에서도 박찬호는 멋진 활약을 펼쳤다. 3월 13일 애너하임 구장에서 열린 멕시코와의 1차전에서는 2대1로 앞선 9회에 등판해 무실점으로 세이브를 거두며 승리를 굳혔다. 4강 진출의 가장 중요한 일전이던 16일 일본전에는 선발로 나서 5이닝 무실점으로 자신의 역할을 충실히 해냈다. 이종범이 극적인 좌중간 2타점 2루타를 뽑고, 오승환이 타무라를 삼진으로 잡으며 막을 내린 그 경기는 애너하임 구장을 대한민국이 독차지하게 한 명승부였다. 이상한 대진 시스템으로 준결승에서 일본을 다시 만나 2연승 끝에 1패를 당함으로써 결승전에는 오르지 못했지만, 제1회 WBC에서 한국 팀의 선전은 오늘날 프로야구 인기몰이의 시발점이라고 해도 과언이 아니다.

　태극 마크를 달고 3월을 대표팀에서 보낸 시기는 박찬호에게 영광과 감격의 나날이었음과 동시에 메이저리그에서 그의 위치에 큰 변화를 주는 시기가 되기도 했다. 미 전역에 중계된 그 대회를 그가 속한 샌디에이고 파드리스를 포함하여 메이저리그 관계자들도 당연히 열심히 지켜봤다. 그러면서 '박찬호=선발 투수' 라는 공식이 깨졌다. 파드리스는 스프링 캠프에 참가하지 못하고 국가대표로 뛴 박찬호가 뒤늦게 팀에 합류하자 시범 경기에서는 일단 선발로 등판시켰다. 그러나 두 경기에서 부진한 모습을 보이자 "박찬호가 시즌을 불펜에서 시작할 것"이라고 발표했다.

　후에 박찬호는 "WBC에서 마무리 투수로 뛴 것이 분명히 영향을 끼쳤다. 개인적으로는 영광스럽고 무척 즐거웠던 추억이지만 선발 투수가 아니어도 뛸 수 있다는 인상을 메이저리그에 심어준 계기가 돼버렸다"라고 회고했다.

V108.
불펜에서 다시 선발로

예고된 대로 박찬호는 불펜에서 2006 시즌을 시작했다. 당시 샌디에이고의 선발진은 제이크 피비, 션 에스테스, 크리스 영, 브래즐턴 등 네 명으로 확정됐다. 시즌 초반에는 5선발이 필요치 않아 노장 박찬호와 우디 윌리엄스가 불펜으로 내려간 것이다. 그러나 두 번의 불펜 등판 만에 박찬호에게 선발 기회가 돌아간다. 좌완 에스테스가 부상으로 쓰러진 것이다.

박찬호는 2006년 4월 15일 애틀랜타와의 원정 경기에 시즌 첫 선발 등판했지만 5이닝 4실점으로 승패 없이 경기를 마쳤다. 그리고 두 번째 선발 기회에서 시즌 첫 승리를 거둔다. 콜로라도 원정으로 '투수들의 무덤' 이라는 쿠어스필드에서 로키스와 맞선 박찬호는 7이닝 4실점(3자책점)의 호투에 타선이 폭발하면서 13대4로 대승, 시즌 첫 승리를 거뒀다. 1회 초에 팀이 4점을 뽑아 편안하게 오른 마운드였다. 이로써 통산 107승째를 기록했다.

그리고 바로 다음 경기에서 박찬호는 애리조나를 상대로 9회 투아웃까지 던지며 호투했다. 하지만 심판의 오심으로 쓰리아웃이 세이프로 선언되면서 완투 기회를 잃고 패전까지 당하는 아쉬움을 겪었다. 타선이 애리조나 에이스 브랜든 웹에게 1득점으로 묶여 패했지만 박찬호는 모처럼 9회까지 마운드를 지키며 자신감을 회복한 경기였다.

5월로 넘어가면서 박찬호는 늘 편안한 상대이던 시카고 컵스와 밀워키 브루어스를 연속으로 만나 좋은 예감을 갖게 했다. 그러나 이번엔 행운이 그의 편이 아니었다. 사실상 완봉승에 버금가는 투구를 하고도 승리투수가 되지 못한 것이다. 5월 6일 컵스를 펫코파크로 불러들인 박찬호는 9이닝 동안 삼진 4개를 곁들이며 안타 2개, 볼넷 4개, 무실점으로 막았다. 그러나 9회가 끝났을 때도 양 팀은 0대0으로 승부를 가리지 못했고 결국 박찬호는 10회 초 트레버 호프만에게 마운드를 넘겨야 했다. 상대 선발 카를로스 삼브라노도 삼진 10개를 잡으며 파드리스 타선을 틀어막았다.

비록 9이닝 무실점을 하고도 승리투수가 되지는 못했지만, 박찬호가 그런 경기를 한 것은 LA 다저스 시절인 2001년 7월 19일 밀워키 브루어스와의 홈 경기에서 5대0 완봉승을 거둔 이래 약 5년 만의 일이었다. 가장 가까운 완투승을 따져도 2001년 8월 25일 애틀랜타전이었다. 세 경기 중 두 번을 9회까지 마운드를 지키면서 박찬호는 확연하게 회복된 모습을 보였다.

그리고 그 기세는 다음 경기까지 이어졌다. 5월 11일 경기의 상대는 바로 밀워키였고 무대도 박찬호에게 익숙한 펫코파크였다. 박찬호는 6이닝을 7안타 무실점으로 틀어막고 승리투수가 됐다. 시즌 2승째이자 통산 108승을 거둔 경기였다.

박찬호는 밀워키에 확실히 강했다. 그날 경기 전까지 통산 아홉 차례 밀워키전 선발 등판에서 6승 무패에 방어율 2.36을 기록했다. 이날도 최고 구속 94마일(151킬로미터)의 포심패스트볼과 90마일(145킬로미터) 안팎의 투심 패스트볼 그리고 슬라이더, 체인지업, 커브를 적절히 섞어가며 밀워키 타선에 단 1개의 장타도 허용하지 않았다.

컵스전에 이어 15이닝 연속 무실점 행진이었다. 당시 브루어스는 내셔널리그 최다 홈런에 장타율 1위, 팀 타율 2위로 절대 만만한 팀은 아니었다. 1번으로 나선 리키 위크스를 비롯해 빌 홀, 제프 젠킨스, 카를로스 리, 프린스 필더 등이 타선을 구축하고 있었다. 그러나 박찬호는 7안타를 맞으면서도 장타는 하나도 허용하지 않았고 수비진의 탄탄한 도움을 받아 3대0으로 리드했다. 그리고 6회 말 기회 때 대타 마이크 피아자로 교체됐다.

박찬호는 브루스 보치 감독과 동료들의 신뢰를 쌓아가며 확고한 선발로 자리를 굳히기 시작했다. 텍사스에서의 불행은 완전히 씻은 과거가 됐고, 전년도에 이어 2년 연속 10승도 문제없어 보였다. 아무래도 투수가 타석에 나서고 작전 구사가 많은 내셔널리그가 박찬호에게는 어울리는 리그였다.

그러나 5월은 2승에서 중단된 채 지나갔다. 세 게임에 선발로 더 나섰지만 2패만 안았다. 16일 애리조나전에서는 시즌 초 맞대결에서 패했던 브랜든 웹을 상대로 생애 최초의 3안타를 폭발시키며 2타점을 올리기도 했다. 그러나 야수 실책이 겹치면서 7이닝 4실점 1자책점의 아쉬운 경기로 승리투수의 기회를 놓쳤다. 이후 22일에는 늘 자신감에 넘치던 시애틀 매리너스와의 원정 경기에서 시즌 최악의 5⅓이닝 10실점의 부진으로 패전투수가 되었다. 세인트루이스와의 다음 경기 역시 6이닝 4실점 패전이었다. 시즌 성적은 어느새 2승 3패가 되었고 평균자책점도 4.66으로 나빠졌다.

내셔널리그 전 구단을 상대로 승리투수가 되다

6월 들어 박찬호는 다시 힘을 내기 시작했다. 3일 피츠버그의 아름다운 PNC파크에서 열린 경기에 선발로 나선 박찬호는 보기 드문 행운의 완봉승을 거뒀다. 6이닝 동안 산발 5안타에 삼진 8개를 잡으며 1점도 내주지 않고 호투했다. 타선도 모처럼 활발히 터져 어느새 7대0의 리드를 잡았다. 그런데 7회를 시작할 무렵 폭우가 쏟아지기 시작해 결국은 강우 콜드게임이 선언되었다. 박찬호는 시즌 3승째이자 개인 통산 세 번째 완봉승을 기록했다. 특히 5월 16일 애리조나 다이아몬드백스전에서 생애 첫 3타수 3안타(2타점)를 기록한 데 이어 이날도 3타수 3안타 2타점의 맹타를 터뜨리며 시즌 타율 4할(20타수 8안타)을 기록했다. 폭우가 쏟아져 경기 개시도 두 시간이나 지연되는 등 힘든 상황에서도 박찬호는 최고 150킬로미터의 강속구를 앞세워 호투했다. 메이저리그 통산 311번째 경기에서 109승째를 거뒀다.

다음 경기인 밀워키 원정에서 불펜이 역전을 허용해 승리를 눈앞에서 놓친 박찬호는 6월 14일 홈에서 LA 다저스와 맞섰다. 그날은 독일 월드컵 토고전이 열린 날이기도 했다. 경기 후 "(한국) 축구 대표팀이 승리했고 나도 친정팀 다저스를 이겼다. 오늘은 정말 특별한 날이다"라는 박찬호의 소감은 인상적이었다. 축구를 잘 모르는 현지 기자가 어느 팀을 이겼느냐고 묻자 "아프리카의 토고를 2대1로 물리쳤다. 2002년처럼 16강은 물론 4강까지 진출하길 바란다"라고 설명해주기도 했다.

박찬호는 이날 다저스를 맞아 6이닝 동안 3안타 3볼넷 5탈삼진 1실점의 호투로 승리를 견인했다. 9대1의 대승이었다. 3회까지는 퍼펙트로 막아낼 정도로 다저스 타선을 압도했다. 5회 2사 1, 3루에서 러셀 마틴에게 적시타를 맞은 것이 유일한 실점이다. 파드리스는 2루타, 3루타, 홈런을 차례로 때려낸 마이크 캐머런 등 타선이 폭발해 손쉬운 승리를 거뒀는데 박찬호는 타석에서도 2타수 1안타를 기록해 시즌 타율을 0.375로 높이기도 했다.

당시 다저스에서 뛰던 서재응이 5회 중간 계투로 등판하여 박찬호와 잠깐 동안 한국인 투수 맞대결을 벌였으나 이후 캐머런에게 3점 홈런을 맞았다. 당시 서재응은 어깨 통증으로 어려운 시절을 겪고 있었다. 박찬호는 6이닝을 막고 점수 차가 크게 벌어지자 7회에 교체됐다. 당시 구원투수가 바로 롯데 자이언츠에서 마무리 투수로 뛰었던 존 앳킨스였으니 세상처럼 야구판도 좁기만 하다.

박찬호는 2005년 6월 5일 캔자스시티전에서 개인 통산 100승을 올린 뒤 1년 9일 만에 110승에 도달했다. 특히 다저스전에서 통산 네 번째 등판 만에 첫 승을 거두면서 내셔널리그 전 구단을 상대로 승리투수가 됐다. 박찬호는 아메리칸리그의 토론토 블루제이스와

클리블랜드 인디언스전에서만 승리하면 30개 구단 모두를 상대로 승리투수가 되는 목표도 남기게 됐다. 그러나 끝내 그 두 팀을 상대로는 승리를 추가하지 못했다. 결국 박찬호는 메이저리그 30개 팀 중 28개 팀에 대해 승리를 기록한 채 메이저리그 생활을 마무리하게 된다.

V113.
장 출혈로 조기 마감된 2006 시즌

홈에서 다저스를 꺾은 박찬호는 곧이어 LA 원정에 나서 이번에는 에인절스와 격돌했다. 6월 19일 에인절스와 전년도 사이영상 수상자 바톨로 콜론을 맞상대로 6$\frac{2}{3}$이닝 3실점의 호투로 연승을 거둔다. 7월 7일 피츠버그전에서 1승을 보태며 전반기를 6승 4패, 통산 112승으로 마친 박찬호는 7월 26일 다저스 원정에서 1승을 보탰다.

2006 시즌 7승이자 통산 113승째였던 그 승리는 너무도 익숙한 LA의 다저스 스타디움 경기에서 거두었다. 박찬호는 3회 1사 후 투수 마크 헨드릭슨을 떨어지는 슬러브로 헛스윙 삼진으로 돌려세우며 대망의 1,500탈삼진을 달성했다. 당시 메이저리그 사상 161번째의 기록이었다. 1994년 프로 데뷔 후 12년 만에 이룬 대기록으로 당

시 현역 중에는 시카고 화이트삭스 소속이던 하비에르 바스케스에 이어 스물세 번째였다.

당시 멤버를 보면 그다지 오래된 옛날도 아닌데 추억이 아스라하다. 4회 말 박찬호는 케니 로프턴에게 홈런을 맞았고 5회에는 라파엘 퍼칼에게 적시타를 맞기도 했다. 그런가 하면 3회 초에는 마이크 캐머런이 중월 투런 홈런으로 박찬호를 도왔고 2대2이던 6회 아드리안 곤잘레스가 1타점 2루타를 터뜨리며 승기를 잡았다. 박찬호 자신도 3대2로 앞선 6회 2사 1, 3루에서 우측 라인 안쪽에 떨어지는 적시타로 타점을 추가하며 공수에서 활약했다. 그때까지 시즌 타율은 0.289(38타수 11안타)로 대단했다. 이들 중 로프턴과 캐머런, 박찬호는 메이저리그에서 은퇴했고 퍼칼은 2013 시즌 현재 세인트루이스 카디널스에서, 곤잘레스는 보스턴을 거쳐 LA 다저스에서 뛰고 있다.

그런데 박찬호의 다음 등판이 취소됐다는 소식이 외신을 통해 전해졌다. 콜로라도전에 앞서 복통 등 몸에 이상이 왔고 덴버에서 샌디에이고로 날아가 병원에서 검사를 받은 결과 빈혈과 무기력증이라는 1차 진단이 나왔다고 했다. 박찬호는 DL에 올랐는데 자세한 상태는 전해지지 않았다. 8월 초 첫 소식으로는 소장 출혈로 큰 문제가 아니라고 했다가, 5일에는 박찬호가 수혈을 받았고 두통도 사라졌다는 소식도 들렸다. 얼마 후 박찬호가 직접 "오늘까지 구단의 마사지 치료사인 켈리 카라브레스, 동료 투수인 제이크 피비와 그의 아내, LA에 사는 한 친구의 도움으로 수혈을 받았다"라고 밝히며 고마워했다. 당시 동료이던 제이크 피비, 우디 윌리엄스, 크리스 영 등 팀 동료들이 모두 헌혈을 하겠다고 자원했다는 흐뭇한 소식도 전해졌다.

박찬호는 8월 12일 휴스턴전에 복귀했다. 그 경기에서 5이닝 3실점을 하며 패전투수가 돼 시즌 성적이 7승 7패가 됐다. 그리고 17일 샌프란시스코전에서는 $5\frac{1}{3}$이닝 3실점을 했는데 승패와 무관했다. 그날 박찬호는 배리 본즈에게 724호 홈런을 맞기도 했다. 본즈에게 내준 통산 8개째 홈런이었다. 경기 내용이나 여러 징후가 분명히 정상 컨디션은 아닌 것으로 보였고 결국 22일 다저스전 선발이 다시 무산됐다. 장 출혈이 재발한 것이다.

당시 AP통신은 8월 24일 박찬호가 샌디에이고 인근 라호야 스크립스 그린 병원에서 장 지혈 수술을 했고 최소 4주간 그라운드에 서지 못할 것이라고 보도했다. 샌디에이고 홈페이지도 올해 안으로 박찬호가 다시 돌아올지 미지수라며 장기 결장 가능성을 암시했다. 박찬호는 복강경을 통해 메켈게실 부분을 도려낸 뒤 조직 접합 수술을 한 것으로 전해졌다. 허친슨 트레이너는 "박찬호는 조만간 좋아질 것이다"라고 수술 결과를 전한 뒤 "박찬호가 수술 후 경기 점수를 가장 먼저 물어봐 깜짝 놀랐다"며 복귀 열의가 대단하다고 말했다.

그러나 한 달 남짓 남은 정규 시즌 내 복귀는 불투명했다. 7승 7패, 평균자책점 4.68이 당시까지 성적이었다. 2006년이 끝나면 FA

로 새로운 장기 계약을 기대하기도 했지만 예상치 못한 장 출혈로 여러 가지가 불투명해졌다.

그리고 시즌 막판 출장길에 만나 박찬호에게 직접 들은 이야기는 사뭇 충격적이었다. 상태가 보통 심각한 것이 아니었기 때문이다. 당시 이야기를 가감 없이 털어놓은 인터뷰를 소개한다. 그 시즌이 끝나고 다음 해 스프링 트레이닝 때 플로리다 주 포트 세인트 루시에 있는 뉴욕 메츠의 캠프장에서 만났을 때 들은 이야기다. 장 출혈 당시 얼마나 위험한 상황이었는지를 그때 처음 상세히 알았다.

작년에는 전반기에 좋다가 장 출혈이 왔는데 처음에 어떤 증상이었나?

▶ 자는데 배가 아파서 화장실에 갔다. 처음엔 잠결이라 잘 몰랐다. 화장실에 갔다 왔는데 조금 지나니까 또 그런 증상이 왔다. 처음엔 몰랐다가 자꾸 그래서 보니까 변기에 피가 홍건했다. 나중에 알고 보니 출혈이 생기면서 장에 피가 차면 설사 증세가 오는 것이었다.

처음엔 수술을 안 하고 지나갔는데?

▶ 부위가 어딘지를 찾아내지 못했다. 동생 헌용이에게 침을 맞았는데 피가 멈췄고, 피가 멈추니까 어디에서 출혈이 시작됐는지는 찾지 못했다. 수혈을 받는 것으로 지나갔다.

▶ 수혈을 받자 신기할 정도로 몸이 다시 좋아졌다. 수혈을 받기 전에는 기운이 없어서 의사와 이야길 나눈 뒤 일어서지 못할 정도였고, 머리가 무척 아팠다. 피가 없으니까 뇌로 산소 공급이 잘 되지 않은 것이다. 나는 그저 굉장히 심한 감기 몸살의 증상 정도로 생각했다. 그런데 수혈을 받고 몇 시간이 지나니까 몸에 힘이 다시 살아났다. 머리가 아픈 것은 계속됐지만 하루가 지나니까 괜찮아졌다. 그래서 3일 운동하고 다시 게임에 나가 던졌다.

그 두 게임도 내용이 괜찮았는데?

▶ 잘 던졌고 이길 기회가 있었는데 1패만 당했다. 그래서 더 스트레스를 받은 것 같다. 그리고 세 번째 등판하기 전날 비슷한 증세가 다시 생겼다. 집에 가서 자는데 새벽에 또 출혈이 시작됐다. 그래서 의사에게 전화하고 검사를 받았더니 몸에서 피의 3분의 1이 빠져나갔다고 했다. 지난번에는 절반이 빠졌었다.

그 정도면 치명적일 수도 있지 않은가?

▶ 만약 운동을 계속 과하게 했으면 뇌에 산소 공급이 안 돼서 죽을 수도 있고, 식물인간이 될 수도 있었다고 했다.

두 번이나 출혈이 왔는데도 또 뛸 생각이 들었나?

▶ 첫 번째보다 증상이 훨씬 덜했다. 머리 아픈 것도 덜하고. 의사가 정밀검사를 하자고 했지만 나는 그날 경기를 해야 한다고 우겼다. 의사가 세 시에 입원 검사를 잡아놨다고 했지만 나는 경기 준비를 하려고 집으로 갔다. 던지고 나서 검사를 하겠다고 했다.

그 정도인데도 심각하게 생각하지 않았나?

▶ 그 정도 몸살이나 더 아팠을 때도 던지곤 했다. 어렸을 때는 그래도 잘 던졌다. 그래서 그 생각만 하고 부러지지만 않으면 던질 수 있다는 생각이었다. 피가 그렇게 중요하다는 것도 알지 못했고.

우디 윌리엄스의 조언으로 마음이 바뀌었다고 했는데?

▶ 일단 집으로 가서 야구장에 가려고 밥을 먹었다. 그런데 밥을 먹으니까 장이 운동을 하고, 그러니까 증세가 더욱 심해졌다. 그때 우디 윌리엄스에게 전화가 왔다. 그러면서 등판이 무슨 소리냐며 가족 이야기를 했다. 처음으로 가족 생각을 하게 됐다. 게다가 또 출혈이 심해졌고. 윌리엄스와 이야기를 하지 않았으면 우기고 나갔을 수도 있는데 가족 생각을 하면서 마음이 약해졌다. 그래서 등판을 포기하고 병원으로 가기로 했다.

곧바로 수술을 했나?

▶ 검사를 해서 출혈 부위를 찾아냈는데 처음엔 의사도 심한 궤양 정도로 생각했다. 가벼운 내시경 수술이면 될 줄 알고 배에 구멍을 뚫고 상처 부위를 찾아들어갔는데 예상보다 장에 생긴 구멍이 크고 출혈도 훨씬 심했다. 그래서 다음 날 다른 전문의가 왔고, 결국 장의 구멍 난 부위를 잘라내고 접합하는 큰 수술을 했다.

그때가 8월 초였는데 다시 복귀할 수 있다고 생각했나?

▶ 수술 전 의사가 한 달 정도의 회복 기간이 필요하다고 했다. 의사는 회복만 되면 공을 바로 던지는 줄 알지만, 다시 처음부터 피칭을 준비해야 하니 그 기간을 따지면 사실상 시즌이 끝난 것이라고 생각했다. 그래서 수술 끝나면 마음 편하게 회복하겠다는 각오였다. 그런데 수술을 받고 나자 이건 한 시즌 끝나는 게 문제가 아니라 아예 야구를 못하게 되는 것이 아닌가 하는 생각이 들었다. 그래서 '이래선 안 되겠다. 시즌 끝나기 전에 던져보자'는 생각을 했다. 선발은 기간이 많이 필요하니까 아예 포기하고 구원으로라도 복귀하겠다고 결심했다.

회복 기간이 만만치 않았을 텐데?

▶ 1주일 동안은 움직이지 못하다가 그 후에 조금씩 걷고 움직이

기 시작했다. 쇠간, 시금치, 미역국 등 피 생성에 좋다는 것을 많이 먹었다. 마침 처가 아이를 낳았는데 미역국을 계속 같이 먹었다(웃음). 그래서 회복이 조금은 빨랐던 것 같다. 그리고 천천히 자전거를 타고 걷는 것부터 시작했다. 많이 걸어야 뱃속에 찬 가스가 없어진다고 했다. 수술 방법이 배를 째는 것이 아니라 뱃속에 가스를 넣어 확 부풀린 다음 내시경 기계를 넣고 하는 것이었다. 그래서 남아 있는 가스 때문에 온몸이 너무 아팠다. 그렇지만 근육 같은 걸 자르지 않기 때문에 그 수술법이 회복이 빠르다고 했다.

재활 운동은 어떻게 시작했나?

▶ 자전거 타기 외에 2주가 지나니까 공을 던질 수 있을 것 같았다. 다리를 벌리고 힘차게 던지지는 못했지만 하체를 움직이지 않고 상체와 팔만으로는 던질 수가 있었다. 그래서 트레이너가 못 보게 실내 타격연습장 같은 곳에 숨어서 계속 던졌다. 그리고 조금씩 뛰기 시작했다. 그런데 조금 심하게 운동을 했는지 3주가 지나면서 수술 부위가 심하게 아팠다. 조금이라도 상처가 터지면 내장들이 튀어나온다기에 겁이 나서 하루를 쉬었다. 그러는 참에 팀이 원정을 떠났다. 나는 안 가겠다고 하고 남아서 (개인 트레이너) 창호 형과 계속 훈련했다. 그리고 그 원정의 마지막 경유지인 LA에서 팀에 합류해 불펜 피칭을 했다. 전력 투

구를 하는 모습을 보더니 모두 깜짝 놀랐다. 그리고 불펜 피칭을 한 번 더하고 시즌이 끝나기 직전 애리조나 원정에서 구원 투수로 등판했다.

▶ 필요가 없을 것이라는 생각을 아예 안 한 거다. 사람은 숨을 쉬어야 살듯이 나는 야구를 해야 한다고 생각한다. (야구를) 해야 하는데, (야구)할 시기에, 야구를 안 하고 가만히 있으면 나는 숨을 안 쉬고 있는 것이나 마찬가지다.

▶ 포스트 시즌을 뛴다는 생각보다도 일단은 포스트 시즌 엔트리에 들어간 것 자체가 의외였다. 당시 애리조나에서 포스트 시즌 바로 직전에 우리가 같이 이야기할 때도 안 될 것이라고 그러지 않았었나(당시 애리조나의 원정팀 클럽하우스에서 만나 당연히 포스트 시즌은 출전 불가능할 것이라고 서로 이야기를 나눈 적이 있다). 그날 우리 이야기가 끝나고 바로 감독에게 갔었다. 아예 집에 가서 쉬겠다고 말을 하려는데 보치 감독은 내가 다시 복귀해서 던지고 한 것들에 대해 상당히 감동을 받은 것 같았다. 나의 의지력에 특별한 의미를 주었고, 그런 나를 엔트리에서

제외한다는 것은 인간적으로 어떤 큰 꿈을 말살하는 듯한 느낌이 들었던 것 같다. 그렇지 않으면 솔직히 준비가 완전히 되지도 않은 나를 왜 엔트리에 넣겠다고 했겠는가. 정말 의외였다. 물론 뛸 수 있느냐고 묻기에 당연히 뛸 수 있다고 대답을 하기는 했지만. 그것이 쇼월터 감독과 보치 감독의 차이인 것 같다. 쇼월터 감독이었다면 아예 나의 정규 시즌 복귀도 생각하지 않았을 것이다.

인터뷰 내용에서 나타나듯 박찬호는 초인적인 의지를 보였다. 그 큰 수술을 받고 한 달 만에 다시 운동장에 모습을 드러낸 것이다. 마침 그 시점에 첫 딸이 태어난 것도 큰 힘이 되었겠지만 박찬호의 야구에 대한 열정과 사랑은 불가능을 가능으로 만들어놓았다. 그리고 그 과정을 지켜본 브루스 보치 감독은 시즌 막판 박찬호를 로스터에 포함시켰다. 그리고 9월 29일, 박찬호는 42일 만에 다시 메이저리그 마운드에 올랐다. 비록 볼넷과 안타 2개를 맞고 교체됐지만 마운드에 섰다는 것만으로도 기적적인 일이었다.

그리고 그 등판에서 마음이 움직인 보치 감독은 세인트루이스 카디널스와의 디비전 시리즈 엔트리 스물다섯 명의 명단에 박찬호의 이름도 포함시켰다. 박찬호는 10월 4일 샌디에이고의 펫코파크에서 열린 세인트루이스와의 내셔널리그 디비전 시리즈 1차전에서 1대5로 뒤진 8회 초 등판해 2이닝을 1안타 무실점으로 완벽히 막았다.

루디 시에네스로부터 마운드를 넘겨받은 박찬호는 첫 타자 스콧 롤렌을 몸에 맞는 공으로 내보냈다. 그러나 후속 후안 엔카나시온은 1루 내야 플라이로 처리했고, 1사 1루에서 로니 벨리아드를 3루수, 2루수, 1루수로 연결되는 병살타로 유도하여 실점 없이 첫 이닝을 마쳤다. 9회에는 야디에르 몰리나를 2루 땅볼로 잡고 애런 마일스에게 우전 안타를 맞았지만, 데이비드 엑스타인을 유격수 땅볼로 처리한 뒤 2루 베이스를 오버런한 마일스마저 아웃시키면서 이닝을 마무리했다.

수술을 딛고 일어섰다는 감격도 있었지만, 실은 그 등판이 박찬호가 메이저리그에 진출한 후 12년 만에 이룬 첫 포스트 시즌 경기였다는 데에 의미가 더 컸다. 1996년 다저스 시절에 포스트 시즌에 나섰지만 팀이 애틀랜타에 3연패를 하면서 박찬호는 등판 기회가 없었다. 그리고 그 후 단 한 번도 가을 잔치에 나가지 못했다. 전해인 2005년에 샌디에이고에서는 포스트 시즌 엔트리에서 제외되었다.

2006 시즌은 우여곡절 끝에 그렇게 끝났다. 박찬호는 7승 7패로 시즌을 마쳤고 통산 113승의 성적을 안고 FA가 됐다. 그리고 더욱 험난한 2007 시즌이 기다리고 있었다.

마이너리그, 새로운 시작의 출발점

버려진 시즌이라고 해야 할까. 2007 시즌 박찬호는 메이저리그에서 딱 한 경기만 등판할 수 있었다. 단 4이닝을 던진 것이 전부였으며 그 1패를 안고 더는 메이저리그 마운드에 서지 못했다. 당시 박찬호는 이미 서른네 번째 생일을 앞두고 있었다.

2006 시즌을 마치고 박찬호는 FA가 됐다. 그러나 12월이 지나고 1월이 중순을 넘어서는데도 박찬호의 계약 소식은 들려오지 않았다. 사실 노장 투수이고 큰 수술을 받았으니 순서가 뒤로 밀리는 것은 당연한 일이었다. 2007년 1월 19일에 박찬호의 에이전트 스콧 보라스와 전화 인터뷰를 했었다. 보라스는 "4~5개 팀과 활발하게 협상을 벌이고 있으며 두 팀에서는 마무리로 뛰길 원하기도 한다. 그러나 선발 투수로 뛰게 할 것이고 1주일 정도면 거취가 결정될 것"이라고 말했다.

그러나 결정이 나기는커녕 1주일 후에 박찬호는 스콧 보라스를 해고하고 할리우드 스포츠 카운실 사의 제프 보리스라는 다른 에이전트와 계약했다. 그리고 스프링 캠프가 열리기 직전인 2월 10일 박찬호는 뉴욕 메츠와 계약을 체결했다. 1년에 옵션 포함 300만 달러의 조건이라는 발표가 처음에 나왔다. 그러나 곧 밝혀진 바로는 60

만 달러 보장에 240만 달러가 옵션인 상당히 불리한 조건이었다. 당시 박찬호의 처지로서는 어쩔 수 없는 내용이기도 했다. 1994년 LA 다저스에 입단한 이후 2002년 텍사스 레인저스, 2005년 샌디에이고 파드리스에 이어 네 번째 유니폼을 입게 됐다.

당시 뉴욕 메츠는 바로 전해에 97승 65패로 내셔널리그 동부조 우승을 차지한 강팀이었지만 선발진이 취약하다는 평가였다. '외계인' 페드로 마르티네스는 어깨 수술을 받아 2007년 전반기 출장이 불투명하고, 마흔한 살의 노장 왼손 투수 톰 글래빈(15승 7패)과 서른여덟 살의 올랜도 에르난데스(11승 11패) 외에 나머지 선발 투수는 불투명했다. 존 메인(스물일곱, 지난해 6승 5패), 올리버 페레스(스물여섯, 3승 13패) 등 젊은 투수들이 선발 한 자리를 노렸지만 불확실했다. 그러다 보니 베테랑 박찬호가 절실히 필요했던 것이다.

그런데 정황을 가만히 따져보면 박찬호는 일종의 보험용이었다. 페드로의 복귀가 늦어지거나 젊은 기대주들이 부진할 경우 박찬호로 선발의 한 자리를 메우겠다는 의도였고, 그런 상황이 벌어지지 않으면 버려질 수도 있는 카드였다. 그러나 이런 사실은 계약 당시 언론은 물론 박찬호 자신도 알아채지 못했다.

박찬호는 시범 경기에서 주목할 만한 활약을 보이지 못했다. 결국 캠프 막판에 불펜으로 가라는 통고를 받았다. 시범 경기 마지막 플로리다전에서 3이닝을 무안타 1볼넷으로 깔끔히 막고 148킬로미터의 강속구를 선보였는데도 박찬호는 마이너리그 트리플A에서 시즌을 시작해야 했다. 구단은 젊은 선발 투수 마이크 펠프리에게 5선발 기회를 주기로 결정한 것이다. 실망한 박찬호는 기복을 보였다. 첫 등판에서는 6이닝 무실점의 호투를 보이더니 두 번째 등판에서는 8실점을 하기도 했다. 후에 밀워키의 슈퍼스타가 되며 MVP를 수상하기도 한 라이언 브론에게 3연타석 홈런을 맞은 일도 있다.

그러던 와중에 뉴욕 메츠는 4월의 마지막 날 갑자기 박찬호를 호출했다. 올란도 에르난데스가 부상으로 쓰러지자 박찬호에게 5월 1일 선발 자리를 맡겼다. 박찬호는 거의 밤을 새우다시피 이동해 뉴욕 플러싱에 있는 셰이 스타디움에 경기 시작 전에 도착할 수 있었다. 그러나 결과는 안 좋았다. 자신이 흔들린 점도 있었지만 운이나 수비의 도움도 따르지 않았다.

플로리다 말린스와의 이 경기에서 박찬호는 3회 투아웃까지 단 하나의 안타도 내주지 않으며 호투했다. 그런데 하필이면 9번 타자인 투수 스콧 올센에게 안타를 맞으면서 갑자기 흔들리기 시작했다. 박찬호가 상대 투수에게 안타를 맞거나 볼넷을 내주는 것은 과거에도 가끔 보던 일이다. 그러나 그 뒤가 문제였다. 박찬호는 갑자기 제구력이 흔들리며 연속 볼넷으로 만루 위기에 몰렸다. 이때 맞이한 타자가 미겔 카브레라였다. 2012년에는 디트로이트 타이거스의 주포로 뛰며 당대 최고 타자의 반열에 오르는 선수다. 카브레라가 공을 쳤는데 날카롭긴 했지만 2루 쪽 직선타구여서 이닝이 끝나는 것 같았다. 그런데 2루수 데미안 이즐리가 이 공을 빠뜨리면서 2점을 내주고 말았다.

계속된 2사 1, 2루에서 마이크 제이콥스가 친 공은 가운데 높이 뜬 빗맞은 타구였다. 중견수 카를로스 벨트란을 제치고 유격수 호세 레예스가 욕심을 부리다 떨어뜨려 다시 2실점이 추가됐다. 이어서 윌링햄이 친 공이 우익수와 2루수, 중견수 누구도 잡을 수 없는 텍사스 안타가 되면서 순식간에 5점을 내주고 말았다. 다음 이닝에도 홈런 2개를 허용하여 0대7로 뒤진 후 4회 말 공격에 타순이 돌아오자 대타로 교체되고 말았다. 4이닝 6안타 7실점의 패전이었다. 그리고 그것이 2007 시즌 박찬호의 메이저리그 기록 전부였다.

메츠 구단의 마이너행 통고에 거부할지를 놓고 고민하던 박찬호는 일단 동의했다. 거절하고 다시 FA가 돼 새 팀을 찾을 수 있는 옵션도 있었지만 시기적으로 이미 5월이라 메이저 자리를 찾기가 어려웠고 상황은 무척 불리했다. 일단 마이너로 가 야구를 계속하면서 새로운 길을 모색하겠다는 각오였다. 어떤 경우에도 야구를 그만둘 생각은 전혀 없었다.

6월 초 박찬호는 메츠 구단에 방출을 요청했다. 계약서에는 박찬호가 원할 경우 팀에 방출을 요청해 새로운 길을 찾을 수 있다는 조항이 포함돼 있었다. 박찬호는 다저스 시절 마이너리그부터 스승이던 버트 후튼 투수코치가 있는 휴스턴 애스트로스의 트리플A 팀으로 자리를 옮겼다.

휴스턴의 트리플A 팀은 텍사스 주 라운드록에 있었다. 그곳에서 박찬호는 묵묵히 공을 던졌다. 성적은 나오지 않았고 메이저리그 승격 소식도 감감했다. 메이저리그 생활과 마이너리그 생활은 천양지차다. 물론 트리플A라면 마이너의 6단계 중 가장 높은 레벨이니까 루키리그나 싱글A보다는 대우나 여러 면에서 훨씬 좋긴 했지만 다음 단계인 메이저리그와는 모든 면에서 비교가 불가하다. 단적인 예로 이동의 경우를 들어보자. 메이저리그는 전세기가 대기하고 있어서 언제든 준비가 끝나면 비행기를 타고 편하게 이동한다. 반면 트리플A는 민간 항공기를 이용해 주로 새벽에 이동한다. 경기가 끝나면 비행기가 뜨지 않는 시각이 되므로 다음 날 가장 이른 비행기를 이용하는 것이다. 그래서 새벽 서너 시면 일어나 준비하고 서둘러 공항으로 가야 한다. 물론 열 시간도 넘게 버스를 타고 이동하는 그 아래 레벨 선수들과는 다르지만 말이다. 이동 문제만이 아니라 연봉 수준이나 숙식 환경 또한 비교 자체가 안 된다.

박찬호는 이미 메이저리그 생활만 10년이 넘은 베테랑으로 부와 명예를 모두 거머쥐었고 결혼까지 해서 아이도 있었다. 그런 박찬호가 왜 텍사스의 소도시를 기점으로 한 마이너리그 팀에서 그렇게 고생하며 돌아다니는지 대부분 사람은 이해하지 못했다. 그렇다고 좋은 성적을 보이는 것도 아니었다. 2007년 트리플A에서 박찬호의 성적은 6승 14패에 평균자책점 5.97이었다. 하물며 메이저리그에서도 이렇게 나쁜 성적을 거둔 적은 드물었다.

그러나 다음 인터뷰를 보면 왜 박찬호가 고생을 사서 하면서까지 야구를 놓지 않았는지를 어느 정도 이해할 수 있다. 2007년 7월 25일 나는 미국 애리조나 주 투산의 일렉트릭파크로 날아갔다. 애리조나 다이아몬드백스의 트리플A 팀과 라운드록 팀의 경기가 잡혀 있었다. 그날 예고된 원정팀 선발이 바로 박찬호였다. 경기 시작 두 시간 정도를 남기고 박찬호가 운동장에 모습을 드러냈다. 캐치볼을 시작하는데 하늘이 빠르게 검은색으로 변하더니 이내 굵은 빗줄기를 쏟아냈다. 한국의 장맛비를 연상시키는 폭우가 퍼붓자 캐치볼을 계속하던 박찬호도 더는 공을 던지지 못하고 클럽하우스 쪽으로 들어왔다.

그해 뉴욕 메츠의 스프링 캠프 후 오랜만에 만난 박찬호의 얼굴은 밝았다. 악수를 나누는 순간 '얼굴이 참 밝구나' 하는 생각이 들었다. 그러면서 동시에 '그렇다면 내가 예상했던 것은 어떤 얼굴이었나' 하는 생각이 스쳐 갔다. 운동장에서 클럽하우스로 들어가는 복도에 서서 30분여 이런저런 이야기를 나눴다. 인터뷰를 하기에는 클럽하우스가 너무 좁기도 했지만 인사를 나누고 자리를 옮기려던 것이 그렇게 길어졌다. 앞서 언급했지만 마이너리그의 삶, 당연히 어렵다. 메이저리그의 호화로움을 겪어본 선수에겐 당연히 더 그렇다. 그러나 박찬호는 무척 긍정적인 접근법으로 마이너리그 선수의 삶을 최선을 다해 살아가고 있었다.

"언제까지 마이너리그에서 계속할 생각인가?"라고 묻자 박찬호는 "민 기자님은 언제까지 사실 건데요?"라고 되물었다. 우문현답이 아닐 수 없었다. 야구선수에게 야구를 언제까지 할 것인지를 물었고, 그는 야구선수로서 사는 날까지 야구를 계속할 것이라고 대답한 셈이다. 그날의 담벼락 인터뷰를 소개한다.

마이너 생활이 힘들지 않은가?

▶ 힘들다. 여러 가지로. 특히 여행 다니는 것, 원정 다니는 것이 제일 힘들다.

원정이야 메이저에서도 지겹게 다니지 않았나?

▶ 여기선 새벽에 이동해서 경기를 한다. 새벽 서너 시에 이동한다. 비행기도 타고 가까운 데는 버스도 타고.

왜 그 시간에 이동하나?

▶ 그래야 낮에 도착해서 저녁에 경기를 할 수 있으니까. 메이저처럼 전세기가 아니니까 제일 첫 비행기를 타고 또 갈아타고 그러다 보면 그 시간에 다녀야 한다. 오늘도 새벽에 출발해서 오후 두 시 반에 여기 도착했다.

하긴 서재응이나 류제국 팀(탬파베이 트리플A)은 돈도 없고 해서 요즘 열 시간 넘게 버스를 타고 다닌다고 들었다.

▶ 그런가? 그 친구들도 고생 많이 할 거다. 다저스 마이너에 있을

때는 워낙에 다저스가 마이너 선수들에게도 잘 해주었기 때문에 그런 것을 못 느꼈다. 그런데 요즘은 상황을 많이 아니까 더욱 힘들다. 차이를 느끼게 되니까. 꼭 어렵기만 한 것은 아니고, 또 배워가면서 느끼고 마이너 선수들도 많이 알게 되고 그렇다.

왜 박찬호가 이런 선수 생활을 하고 있을까 생각하는 사람들도 많은데.

▶ 안 하면 무얼 하나?

야구 말고도 할 일이 많을 것 같은데.

▶ 다른 것들, 무엇을 할 수 있을까. 야구를 그만둬야 한다는 이야기인가?

꼭 그건 아니지만 박찬호 선수는 돈도 많이 벌었고 명예도 얻었고 가정도 꾸렸는데 왜 마이너리그에서 고생하고 있을까 생각하는 사람이 많다.

▶ 세상에는 돈도 많이 벌고 해볼 것 다 해본 사람들이 있을 것 아닌가. 그럼 그런 사람들은 일찍 세상을 떠나야 하나? 나 같은 경우는 메이저리그 다시 가서 야구를 하는 것이 1차적인 목표지만 아직도 이렇게 배우고 있다. 나름대로 마음처럼 안 되는 일이 있다는 것이 나를 굉장히 자극하고, 그 자극이 나를 노력하게 한다. 미래가 어떻게 갈지는 모르겠다. 그렇지만 하나하나 새로운 것을 배우고, 까먹었던 것을 확인하고 그러는 것이

좋다. 시골을 다니면서 몇 안 되는 한국 사람들을 만나고 하면서 옛날 생각도 많이 한다. 예전에 마이너에서 뛰던 때와는 또 다르더라. 예전에 다저스에서 마이너리그 있을 때는 사람들이 박찬호 하면 한국에서 온 선수로만 여기고 반가워했다. 그러나 이젠, 내 입으로 이렇게 말하면 좀 그렇지만, 한국의 대표 선수라는 식으로 나를 생각하고 대해주고 그러신다. 시골에서 어렵게 사는 분들을 만나고 하면서 고마움도 많이 느끼고 야구뿐 아니라 내가 살아가는 데도 많은 도움을 받는다. 메이저리그에 올라가도 그렇긴 하지만 요즘은 더욱 고마움도 많고 간절함도 많고 그렇다. 이렇게 느끼고 사는 것이 내가 나중에 야구를 끝내고 사는 데도 큰 도움이 될 거다. 공부가 많이 되는 것 같다.

언제까지 계속할 생각인가?

▶ 기자님은 언제까지 사실 건가? 사실 살면서도 때론 참 살고 싶지 않다는 생각도 들곤 하지 않은가. 야구를 하면서도 이젠 정말 못하겠다 하는 생각이 들 때가 있다. 그렇지만 처음에 야구를 시작할 때도 여러 환경 때문에 그런 생각이 들었는데 시간이 지나고 나면 그런 것들이 다 나를 만들어가는 것들이더라.

시간이 참 많이 흘렀다. 10여 년 만에 버트 후튼 코치를 오늘 다시 보니 그런 느낌을 받았다. 한 달 전쯤에 후튼 코치도 찬호가 잊어버린 것들을

▶ 나이도 그렇고 나도 그런 것을 느낀다. 몸으로도 느끼고. 이젠 다시 나올 수 없는 것들이 물론 있다. 하지만 중요한 것은 꾸준함이다. 예를 들어 투심으로 바깥쪽 기가 막힌 스트라이크를 던졌다 하면 똑같은 움직임의 좋은 공을 계속 다시 던지기가 쉽지 않았다. 움직임이 워낙 많아서. 내가 컨트롤할 수 있는 구질이 포심이다. 꾸준히 제구할 수 있느냐가 관건이다. 후튼 코치가 많은 도움이 되고 있다.

휴대폰 화면에 있는 딸의 사진을 자랑해가며 가족과 딸 이야기를 들려주는 박찬호는 마냥 행복해 보였다. 그러더니 김병현을 제외하고 모두 마이너에서 고생하고 있다는 이야기를 하며 후배들을 걱정했다. 시즌 후 올림픽 예선에 출전할 것인가에 대해서는 "지금 내 실력의 투수를 뽑아주겠어요?"라고 농담을 하면서도 다시 태극 마크를 달 기회가 오면 기꺼이 받아들이겠다는 의사도 밝혔다.

박찬호를 처음 만나 취재했을 때 그는 스무 살의 풋풋한 청년이었다. 그로부터 14년, 세월의 흐름은 명백한데 박찬호의 야구에 대한 정열과 사랑은 오히려 스무 살 그 시절보다 더욱 깊어진 것이 아닌가 하는 느낌을 받았다. '그의 도전은 끝나지 않았다' 가 아니라 어쩌면 새로운 시작의 출발점을 이제 겨우 지난 것인지도 모르겠다

인터뷰 중인 민훈기 기자와 박찬호

는 생각이 들었다.

이날 결국 비가 계속 내려 경기는 취소됐고 박찬호는 26일 더블헤더의 첫 경기에 선발로 나선다. 그리고 그 후로도 박찬호는 시즌이 끝날 때까지 마이너리그에서 공을 계속 던졌다. 9월 로스터에 확정됐을 때도 박찬호는 메이저리그에 오르지 못했다. 2007 시즌은 그렇게 막을 내렸다. 그리고 다시 FA가 됐다.

그 겨울은 분주했다. 우선 11월 초 박찬호는 "2008년에 LA 다저스로 돌아간다"고 전격 발표했다. 일단 마이너리그 계약을 하고 스프링 캠프는 메이저리그 팀에서 하면서 경쟁할 기회를 주는 초청 선수 자격이었다. 백의종군, 바닥부터 새롭게 시작하는 셈이었다. 그리고 태극 마크도 다시 달았다. 김경문 감독으로부터 올림픽 예선 대표팀 출전 요청을 받아 국가대표팀에 합류했다. 그것도 주장으로 말이다.

박찬호는 12월 1일 열린 대만과의 중요한 경기에 류현진에 이어 6회부터 등판해 3이닝을 무실점으로 막고 5대2 승리에 기여했다. 이날 등판한 아홉 명의 투수 중 가장 빠른 147킬로미터를 기록했고 산발 4안타를 맞았지만 삼진 4개를 잡았다. 결과적으로 그 경기가 박찬호의 국가대표 마지막 경기가 됐다. 2008년 3월에 열린 올림픽 최종 예선에는 출전하지 못했고 2008 시즌이 끝나고 필라델피아 필리스로 이적을 발표하는 자리에서 국가대표 은퇴를 선언했다.

박찬호가 메이저리그에 진출한 이후 태극 마크를 달고 출전한 대회는 올림픽 예선이 세 번째다. 1998년 방콕 아시안게임과 제1회 WBC 대회 그리고 올림픽 예선이었다. 대만과의 경기까지 치면 총 여덟 번의 국제 대회에 태극 마크를 달고 등판해 2승 무패 3세이브 1홀드에 평균자책점 0.67을 기록하는 눈부신 호투를 보여주었다. 26⅓이닝에서 실점은 단 2점이었고 특히 박찬호가 등판한 경기에서 한국은 8전 전승을 거뒀다.

올림픽 예선전 후에 다저스와 계약을 확정한 박찬호는 2008년 화려한 재기를 위한 준비에 돌입했다.

빅리그로 재입성하다

박찬호는 확실히 운이 좋은 선수다. 특이한 경기나 기록에 연관되는 일이 무척 많다. 늘 '메이저리그 한국인 최초'라는 수식어가 따라다니는 수많은 기록은 물론이고, 심지어는 '1이닝에 같은 타자에게 만루포 2개 허용' 같은 달갑지 않은 기록들조차 결국은 그의 이름이 알려지고 각인되게 하는 역할을 해줬다.

2008년 다저스의 스프링 캠프에서 메이저리그 재진입을 노리던 박찬호에게 또 한 번의 특이하고 새로운 경험이 다가온다. 다저스와 샌디에이고 파드리스가 메이저리그 사상 최초로 중국에서 시범 경기 2연전을 벌이게 됐는데 박찬호가 첫 경기의 선발로 내정된 것이다. 대회 명칭은 '2008 메이저리그 아시아 투어 시범 경기'였다. 조토리 감독은 그 먼 원정길의 선봉장으로 박찬호를 내세웠다.

3월 15일 박찬호는 동생처럼 지내던 대만 선수 궈훙치와 주로 유망주 신인들로 구성된 팀을 이끌고 올림픽 스타디움인 우커송 스타디움 마운드에 섰다. 야구 불모지나 다름없는 중국에서 박찬호는 한국인 첫 빅리거 출신다운 관록투를 과시했다. 1차전에 선발 등판한 박찬호는 5이닝 동안 1안타만 내주고 볼넷 1개, 탈삼진 3개의 호투를 선보였다. 수비 실책으로 비자책점 1점을 내줘 시범 경기에서 이어오던 무실점 행진이 10이닝에서 끝난 것은 아쉬웠다.

중국 시범 경기를 마치고 다저스는 50년 넘게 사용해오던 플로리다 주 베로비치의 다저타운이 아니라 애리조나 주 피닉스의 오클랜드 캠프장을 빌려 나머지 캠프를 마쳤다. 2009년부터 캠프를 애리조나로 옮기기로 해 한창 신축 공사가 진행 중이었다. 당시 캠프를 취재하며 조 토리 감독을 만났는데 박찬호 때문에 골치가 아프다는 말을 했던 기억이 난다. 전해에 마이너에서도 신통치 않은 성적만 남겼던 박찬호가 예상치 않게 호투를 하면서 에스테반 로아이자와 5선발 자리를 놓고 치열한 경합을 벌였다. 그러나 고심 끝에 내린 결정은 아쉽게도 박찬호가 트리플A에서 시즌을 시작한다는 것이었다. 조 토리 감독은 투수진을 열두 명이 아닌 열한 명으로 시작한다는 결정을 내렸고 열두 번째 투수이던 박찬호가 밀린 것이다.

그래서 다저스의 트리플A 팀이던 라스베이거스 51s 개막전에 박찬호가 선발 등판한다는 발표가 나왔다. 사실 시범 경기 성적은 박찬호가 훨씬 좋았지만 초청 선수였고, 로아이자는 700만 달러를 받는 선수였으니 그를 마이너로 보낼 수는 없는 일이었다. 당시 짐을 싸던 박찬호를 만났는데 의외로 담담하면서도 낙관적이었다. 시범 경기의 호투 때문인지 "금방 또 짐을 싸게 될 테니 문제없다"라며 씩 웃었다. 마이너에 갔다가 곧 다시 짐을 싸서 메이저리그로 올라올 것이라는 의미였다.

그리고 그의 말대로 반전이 일어났다. 그것도 예상도 못 하게 이른 시일에 말이다. 2008년 3월 3일 박찬호는 다음 날 트리플A 개막전 등판을 위해 LA에서 라스베이거스로 가느라 운전 중이었다. 그런데 전화벨이 울렸다. 메이저리그에 합류하게 됐으니 돌아오라는 전화였다. 사연인즉 그날 경기가 비 때문에 중단됐다 연기됐다를 반복하면서 다저스는 선발 요원인 채드 빌링슬리와 에스테반 로아이자를 모두 투입했다. 투수진에 공백이 생기자 토리 감독이 로스터에서 야수를 하나 빼고 투수를 보강하기로 한 것이다. 박찬호는 그렇게 고속도로 중간에서 LA로 길을 돌렸다.

구원투수 박찬호의 첫 세이브

2008년 4월 8일 박찬호는 6년 6개월 만에 다저스 유니폼을 다시 입고 마운드에 올랐다. 2001년 4월 8일 애리조나 원정길이었다. 그런데 선발이 아닌 구원투수로 등판했다. '구원투수 박찬호' 의 시대가 열리는 순간이었다. 구원 다섯 경기에서 8이닝 동안 홈런 2개를 내주며 2실점을 했지만 세 경기는 무실점 호투하는 등 박찬호는 다저스의 구원투수로 자리를 잡아갔다.

그리고 4월 22일 박찬호는 메이저리그 330경기 등판 만에 첫 세이브를 기록하며 또 새로운 장을 썼다. 신시내티의 그레이트 아메리칸 볼파크에서 열린 레즈와의 원정 경기에서 7회부터 마운드에 올라 3이닝을 던지면서 생애 첫 세이브를 기록한 것이다. 선발 브레드 페니에 이어 9대1로 앞선 가운데 등판한 박찬호는 에드윈 엔카나시온과 조니 보토에게 각각 홈런을 맞았지만 병살타 2개를 끌어내며 3이닝을 소화해 세이브 투수로 기록됐다. 그전에도 경기를 마무리한 적이 열한 번 있었지만 세이브는 처음이었다.

그리고 2008 시즌의 첫 승리이자 통산 114승째를 거둔 것 역시 구원승이었다. 4월 26일 다저스 스타디움에서 열린 콜로라도 로키스와의 일전은 연장전으로 가는 혈전이었다. 구로다 히로키와 우발도 히메네스가 각각 선발로 나선 이 경기는 난타전 끝에 9회까지 7 대7로 승부를 가르지 못했다. 9회에 다저스의 사이토 다카시가 1점을 내주며 블론 세이브를 기록해 경기는 연장으로 넘어갔다. 사이토가 10회까지 막았지만 여전히 동점이었다. 토리 감독은 11회 초 다저스 다섯 번째 투수로 박찬호를 올렸다. 박찬호는 첫 상대 제이슨 닉스를 투수 땅볼로 잡았지만 발 빠른 윌리 타베라스의 기습번트로 내야 안타를 내줬다. 타베라스가 2루를 훔쳐 득점권에 진루했지만 박찬호는 대타 클린트 바메스를 우익수 플라이로 잡은 데 이어 트로이 툴로위츠키를 투수 땅볼로 처리하며 이닝을 마쳤다.

12회 초는 위기였다. 선두 타자 토드 헬튼을 볼넷으로 출루시킨 뒤 맷 홀리데이에 중전안타를 맞으며 무사 1, 2루에 몰렸다. 그러나 박찬호는 개럿 앳킨스를 유격수 땅볼 병살타로 처리한 뒤 힘이 있는 브래드 호프를 고의사구로 내보내고 요르빗 토레알바를 선택해 투수 땅볼로 처리하며 무실점으로 위기를 넘겼다. 3이닝째인 13회에서도 닉스를 투수 앞 땅볼, 타베라스를 유격수 플라이로 처리한 뒤 바메스도 1루수 땅볼로 처리하며 삼자 범퇴로 이닝을 끝냈다. 경기 내용을 보면 땅볼이 많아진 것을 알 수 있다. 박찬호는 원래 강속구를 앞세운 정면 대결로 뜬공을 많이 끌어내는 유형이었다. 그러나 텍사스에서 부상과 부진으로 어려움을 겪고 또 마이너 생활도 거치면서 땅볼을 유도하는 투심 패스트볼이나 싱커 등의 구질을 연마하여 땅볼 투수로 변신하고 있었다.

다저스는 13회 말에 기회를 잡았고 박찬호가 경기를 끝낼 수도 있었다. 13회 말 무사 1, 3루에서 박찬호가 타석에 들어섰으나 유격수 땅볼로 물러나며 승리 타점을 올리는 데는 실패했다. 그러나 이어진 1사 만루에서 포수 러셀 마틴이 끝내기 우익수 희생 플라이를 치며 다저스가 8대7로 승리했다. 3이닝 무실점으로 막은 박찬호가 구원승을 올렸다. 박찬호에게는 21개월 만에 메이저리그에서 승리 투수가 되는 감격스러운 순간이었다. 샌디에이고 파드리스 시절인 2006년 7월 26일 바로 다저스와의 경기에서 6이닝 3실점으로 선발승을 거둔 이후 처음이었다. 박찬호는 경기 후 MLB.com과의 인터뷰에서 "매우 기쁘다. 2006년 장 출혈 수술 이후 벌써 2년간 승리를 기록하지 못했다. 여기에 지난해의 경험(방출과 마이너 생활)을 되살려보면 다시 메이저리그 경기에서 승리했다는 것을 믿기 어렵다"고 말했다. 그리고 "나는 계속 꿈을 꿔왔다. 절대 포기하지 않았다. 결국 메이저리그에 다시 설 수 있었다"면서 감격스러워했다.

V116.
23개월 만에 다시 거둔 선발승

6년여 만에 다저스 유니폼을 다시 입고 첫 승리를 거둔 후 박찬호는 호투를 거듭한다. 길게는 3이닝까지 소화하면서 다저스 불펜에서 없어서는 안 될 투수로 자리 잡았다. 5월에만 여덟 경기에 등판해 $18\frac{2}{3}$이닝을 던지면서 자책점 4점만 내줘 1.98의 눈부신 평균자책점을 기록했다. 그중에는 5월 18일 LA 에인절스와의 원정 경기에 선발로 나서는 기회도 있었는데 오랜만의 선발 등판이라 4이닝 2실점(1자책점) 후에 교체되기도 했다.

6월 들어 박찬호의 기세는 더욱 무서워졌다. 6월 13일 샌디에이고 원정에서는 최고 구속 158킬로미터를 찍는가 하면 6월 세 경기에서 $7\frac{2}{3}$이닝 무실점을 이어가며 시즌 평균자책점을 1.96으로 낮췄다. 콜로라도전에서는 3이닝에 6개의 삼진을 빼앗는 등 구위가 확실히 위력을 되찾고 있었다. 1.96은 메이저리그 구원투수 중에도 최고의 방어율이었다. 다음 디트로이트전에서 대량 실점하기도 했지만 박찬호의 구위는 전성기 못지않았고 에스테반 로아이자의 부상이 장기화되자 토리 감독은 박찬호를 선발로 기용하지 않을 수 없는 지경이 됐다. 감독으로서는 박찬호가 불펜에서 빠지는 데 아쉬움이 컸지만 어쩔 수 없는 상황이었다.

6월 22일 클리블랜드 인디언스와의 인터리그 경기는 잘 던지고도 아쉬움이 남는 일전이었다. 5이닝 동안 최고 153킬로미터의 강속구를 앞세운 박찬호는 무려 9개의 삼진을 빼앗으며 역투했다. 그런데 상대 선발 C.C. 사바시아에게 불의의 일격인 홈런을 맞아 1점을 내줬다. 다저스 타선은 사바시아에게 묶여 꼼짝을 못했다. 5회까지 1실점으로 막은 박찬호는 0대1로 뒤진 채 마운드를 궈훙치에게 넘겨야 했다. 1회에 공을 27개나 던져 5회가 끝나자 83개가 됐고 오랜만에 선발로 나선 노장을 토리 감독은 계속 기용하지 않았다.

다행히 동점이 되면서 패전투수가 되는 일은 면했지만 결국 다저스는 이날 2대7로 완패했다. 인디언스에서는 추신수가 경기 후반 대타로 나와 볼넷을 얻었는데 박찬호와의 대결은 이루어지지 않았다.

이날 호투가 특히 아쉬운 이유는 인디언스는 박찬호가 메이저리그에서 승리를 거두지 못한 두 팀 중의 하나였기 때문이다.

현지에서는 박찬호의 선발 등판이 단발성으로 끝날 것이라는 예상이 지배적이었다. 하지만 인디언스전에서 호투하자 토리 감독은 6월 28일 LA 에인절스와의 인터리그 라이벌전에도 박찬호를 다시 선발 마운드에 올렸다. 그날 박찬호의 투구는 눈부셨다. 6이닝 동안 산발 4안타에 사사구 없는 말끔한 투구로 단 1점도 내주지 않았다. 154킬로미터까지 나온 강속구 위주의 힘 있는 피칭으로 삼진 7개를 잡아냈고 타선도 적절한 지원을 해주며 6대0으로 완승을 거뒀다. 23개월 만의 선발승이었고 다저스 유니폼을 입고 선발승을 거두기는 2001년 9월 26일 샌프란시스코전 이후 거의 7년 만의 일이었다. 시즌 3승째이자 통산 116승이었다.

박찬호는 이 승리 후 홈페이지에 팬들에게 감사의 마음을 남겼다. "아주 고마운 하루였습니다"라는 제목으로 "승리보다 좋은 투구를 해서 기쁘고 값진 시간을 좋은 사람들, 여러분과 함께할 수 있었기에 더욱 기쁩니다. 여러분의 마음을 읽는 게 늦은 시간인데도 아깝지가 않네요"라고 적었다.

박찬호는 다시 불펜으로 돌아가 바로 다음 경기인 7월 2일 휴스턴 원정에서 9회 투아웃 이후에 등판해 1⅓이닝 무실점으로 구원승을 거두며 시즌 4승이자 개인 통산 117승째를 거뒀다. 그리고 다시 선발로 두 경기에 연속 나섰지만 불운으로 승수를 쌓지 못했다. 특히 7월 6일 샌프란시스코 원정에서는 6이닝 1실점의 눈부신 피칭을 하고 2대1로 앞선 가운데 7회 불펜에 공을 넘겼지만 역전패하면서 승리투수가 되지 못했다. 6월 11일 플로리다 말린스전은 박찬호의 시즌 마지막 선발 등판이었는데 4이닝 4실점(3자책점)을 기록했고 승패와 무관했다. 남은 2008 시즌 동안 박찬호는 구원투수로 계속 활약을 펼쳤지만 승리를 보태지는 못했다.

2008 시즌의 최종 성적은 선발 다섯 경기를 포함해 총 쉰네 경기에 나서 4승 4패 2세이브 5홀드에 평균자책점 3.40이었다. 2007년을 마이너리그에서 보내는 고난 끝에 놀라운 정신력으로 결국 메이저리그에서 다시 자리를 잡은 감격의 시즌이었다.

박찬호는 다저스가 내셔널리그 서부조 우승을 차지하며 생애 두 번째로 포스트 시즌 마운드에 서게 된다. 시카고 컵스와의 디비전 시리즈에서는 등판 기회를 잡지 못했지만 필라델피아 필리스와의 리그 챔피언십 시리즈에서 박찬호는 무려 네 경기에 투입되며 활약했다. 다저스는 필리스에 패해 월드 시리즈 진출에 실패했다. 박찬호의 성적은 네 경기 1⅓이닝 무실점이었다.

흥미로운 것은 당시 토리 감독이 불펜의 구성을 놓고 박찬호와 라몬 트론코소 그리고 스콧 프록터 사이에서 고민을 거듭했다는 점이다. 박찬호는 시즌 막판에 슬럼프를 보여 포스트 시즌 로스터에 탈락하는 것이 아니냐는 우려도 나왔었다. 그러나 토리 감독은 박찬호와 트론코소를 선택했고 프록터는 가을 잔치에 나서지 못했다.

V118.

메이저리그 마지막 선발승

2008 시즌을 앞두고 마이너리그 계약을 맺고 초청선수로 LA 다저스 캠프에 참가했던 박찬호는 50만 달러의 연봉을 받았다. 그러나 멋지게 재기하며 다시 FA가 되어 필라델피아 필리스와 최소 250만 달러 보장에 최대 옵션 포함 500만 달러의 1년 계약을 체결함으로써 노력의 보상을 받았다. 5선발 자리를 놓고 경합을 벌이기도 했고, 구원투수로도 이미 능력을 입증한 박찬호에게 필리스는 기꺼이 투자를 결정했다. 내셔널리그 챔피언십에서 필리스를 맞아 활약을 펼친 것도 도움이 됐다.

박찬호는 2009년 3월에 열린 제2회 WBC에는 참가하지 않았다. 1년 계약이었기에 당장 시즌을 준비하는 데 몰두해야 했고 구단에서도 반대였다. 박찬호는 필라델피아 입단을 알리는 기자회견에서 눈물로 국가대표 은퇴를 선언하기도 했다.

2008 시즌 첫 경기를 1이닝 구원 등판으로 몸을 푼 박찬호는 필리스의 5선발로 시즌을 시작했지만 초반에는 안 좋았다. 4월 13일 콜로라도 원정에서 $3\frac{1}{3}$이닝 만에 5실점을 하고 물러났고 다음 두 번의 등판에서도 5이닝 4실점, 7이닝 4실점으로 승리를 챙기지 못했다. 승리 없이 4월을 보내고 5월의 첫 등판, 라이벌 뉴욕 메츠전에서도 $4\frac{2}{3}$이닝 7실점으로 패전투수가 되자 선발 자리 위기설이 흘러나왔다. 그러나 좌완 에이스 콜 해멀스의 부상으로 박찬호는 일단 다시 기회를 잡았다. 5월 7일 뉴욕 메츠와의 재대결 선발 등판 기회가 주어진 것이다.

원정 경기 마운드에 선 박찬호는 배수의 진을 치고 경기에 임했고 6이닝 동안 단 1안타만 내주고 삼진 6개를 뺏으며 무실점으로 호투했다. 그러나 모처럼의 호투는 상대 선발 요한 산타나에 막혀 승리로 이어지지는 못했다. 산타나도 필리스 타선을 7이닝 2안타 무실점으로 막아낸 것이다. 메츠는 박찬호에 이어 나온 스콧 에어에게 1점을 뽑아 경기는 0대1 메츠의 승리로 끝났다.

5월 13일 박찬호는 필라델피아의 시티즌스뱅크파크에서 LA 다저스와 맞섰다. 자신을 메이저리그로 이끌었던 팀이자 바로 전해에도 몸을 담았던 그 팀이다. 다저스의 선발은 떠오르는 좌완 신성 클레이턴 커셔였고 후안 피에르, 라파엘 퍼칼, 올랜도 허드슨, 안드레 이시어, 러셀 마틴, 제임스 로니, 맷 캠프, 케이시 블레이크의 타순이었다. 다저스는 22승 11패의 호조를 달리고 있었고 전년도 월드 시리즈 챔피언인 필리스는 16승 13패의 성적이었다. 그러나 메츠전 호투의 기세를 몰아 박찬호는 6이닝 동안 7안타를 산발시키며 2점만 내주고 마운드를 지켰다. 결국 필리스 유니폼을 입고 첫 승리를 따낸 것이다. 특히 사사구 하나 없는 제구력이 돋보였다. 최고 구속은 148킬로미터에 그쳤지만 시즌 초에 도망 다니며 볼넷을 내주던 그런 모습이 아니라 투지 넘치고 공격적인 피칭이 돋보인 일전이었다. 박찬호는 포심 패스트볼과 싱커, 체인지업, 커브, 슬라이더 등의 다양한 구질로 다저스 타선을 공략했고 시즌 첫 승리와 함께 통산 118승째를 거뒀다. 노모 히데오가 가지고 있던 메이저리그 동양인 투수 최다승인 123승이 가시권에 들어왔다.

야구는 인생과 흡사한 면이 참으로 많다. 예측을 불허하는 일들이 반복되고, 어떤 일에 일희일비해봐야 결국은 별 소용이 없다는 것도 알게 된다. 이제 모든 것을 알았다고 자만하는 순간 또 새로운 일이 발생해 가슴을 치게도 한다. 또한 절대 미리 알 수 없는, 인연과 인연으로 이어지는 파란만장한 여정을 겪기도 한다.

이날의 승리가 박찬호의 메이저리그 마지막 선발승이 되리라고 예측한 사람은 아무도 없었다. 두 경기 연속 퀄리티스타트로 기세를 회복했기에 박찬호의 선발 자리는 공고해지는 것으로 보였다. 그러나 박찬호는 바로 다음 경기에서 약체 워싱턴을 상대로 1⅓이닝 만에 5실점을 하고 무너졌다. 그리고 선발진에서 탈락해 불펜으로 간다. 그리고 시즌이 끝날 때까지 구원투수로 좋은 활약을 펼쳤다. 메이저리그의 마지막 시즌이 된 2010년에도 박찬호는 구원투수로만 뛰었다. 결과적으로 박찬호는 자신의 친정이나 다름없는 다저스를 상대로 메이저리그 385번째 등판에서 마지막 선발승을 거둔 것이다.

구원투수로 다시 변신한 박찬호는 6월 11일 뉴욕 메츠와의 원정 경기에서 9회 말에 등판한다. 4대4로 승부를 가리지 못하던 상황에서 2이닝을 무실점으로 막아내며 구원승으로 시즌 2승째를 거뒀다. 11회 초 체이스 어틀리의 솔로 홈런이 결승점이 되며 박찬호를 승리투수로 만들어줬다. 통산 119승이었다.

그리고 4일 후인 6월 14일 보스턴 레드삭스와의 인터리그 경기에서 박찬호는 다시 승리를 추가했다. 5대5로 동점이던 6회 초 투아웃에 A. J. 햅에게 마운드를 넘겨받은 박찬호는 2⅓이닝 동안 비자책점 1점만 내주며 호투했고 타선이 7회 말에 대거 6점을 뽑아 승부를 결정지어 박찬호는 승리투수가 됐다. 케빈 유킬리스를 3루 땅볼로 잡고 6회를 끝낸 박찬호는 7회 무실점에 이어 8회를 맞았는데 선두 코타라스에게 2루타를 맞고 시작해 조금 불안했다. 수비 실책으로 주자는 무사에 3루가 됐다. 여기서 훌리오 루고의 희생 플라이로 비자책점 1점을 내준 박찬호는 엘스베리와 유킬리스를 연속 헛스윙 삼진으로 잡으며 추가 실점 없이 이닝을 마쳤다. 2009 시즌의 마지막 승리이자 통산 120승이었다.

시즌 3승 후에 꾸준히 구원투수로 등판한 박찬호는 홀드만 13개를 보태며 불펜에 힘을 실었지만 승리는 추가하지 못했다.

월드 시리즈 첫 출전

박찬호는 시즌 후반기 불펜에서 4연속 홀드를 기록하는 등 좋은 활약을 펼치다가 돌연 햄스트링 부상으로 쓰러졌다. 2009년 9월 17일 시티즌스뱅크파크에서 펼쳐진 워싱턴과의 경기에서다. 2대0으로 앞선 7회 초 두 번째 투수로 등판한 박찬호는 안타와 실책으로 무사 1, 2루의 위기에 몰렸지만 번트 호수비와 병살로 막아내며 무실점 이닝으로 네 경기 연속 홀드를 기록했다. 그런데 마지막 공을 던지는 순간 부상이 찾아왔다. 짐머맨에게 4구째 150킬로미터짜리 싱커를 던져 타구가 1루수 글러브에 직선타로 잡히는 것까지 본 박찬호는 갑자기 오른쪽 다리를 절룩거리면서 고개를 숙이며 고통을 호소했다. 그는 더그아웃까지 다리를 절며 들어갔다.

결국 또다시 DL에 오르며 시즌 막판에 뛸 수 없는 신세가 됐다. 포스트 시즌 진출이 유력하던 필리스는 포스트 시즌에 박찬호가 복귀할 수 있을지 관심을 쏟았다. 그 정도로 만만치 않은 부상이었다. 박찬호는 교육리그에서 재기의 피칭을 했지만 허벅지 통증이 다시 도졌고 결국은 콜로라도 로키스와의 디비전 시리즈에는 출전하지 못했다.

그런데 필리스가 로키스를 꺾고 내셔널리그 챔피언십에 오르자 박찬호는 LA로 긴급 호출됐다. 필리스와 내셔널리그 챔피언을 다툴 팀은 공교롭게도 LA 다저스였다. 부상 후 한 달여 만에 돌아온 박찬호는 10월 16일 리그 챔피언십 1차전부터 곧바로 마운드에 투입됐다. 5대4로 박빙의 리드를 하던 7회 말 무사 2루의 위기에서 필리스의 다섯 번째 투수로 마운드에 올랐다. 처음 상대한 타자인 거포 매니 라메레스를 3루 땅볼로 잡은 박찬호는 맷 캠프를 헛스윙 삼진으로 처리한 후 케이시 블레이크도 2루 땅볼로 잡고 리드를 지켰다. 결국 필리스는 8대6으로 승리하며 1차전을 잡고 유리한 고지에 올랐고 박찬호는 포스트 시즌 개인 첫 홀드를 기록했다. 박찬호는 그러나 바로 다음 날인 17일의 2차전에서 아쉬운 패전투수가 됐다. 1대0으로 앞선 8회 말 다시 마운드에 올랐지만 수비 실책이 나오면서 1대1에서 교체됐고 이어 등판한 스콧 에어가 안타를 맞고 박찬호 책임 주자가 득점하며 1대2로 패한 것이다.

3차전은 대승했지만 박찬호는 등판하지 않았고, 이어진 4차전에 다시 마운드에 올랐다. 3대4로 뒤진 가운데 박찬호는 7회 초 선발조 블랜튼에 이어 두 번째 투수로 홈구장 마운드에 올랐다. 1점이라도 더 내주면 분위기상 패배가 짙어지는 어려운 상황이었다. 박찬호는 라파엘 퍼칼을 직접 땅볼로 잡은 후 맷 캠프를 헛스윙 삼진으로 잡아 투아웃을 만들었다. 안드레 이디어에게 볼넷을 내주며 약간 흔들렸지만 도루 시도를 저지하면서 박찬호는 1이닝을 무실점으로 막았다. 다음 이닝에서 대타 프란시스코로 교체됐고 필리스는 9회 말 2사 1, 2루에서 지미 롤린스가 극적인 끝내기 2루타를 터뜨려 5대4로 역전승했다. 박찬호는 5차전에도 마운드에 올라 1이닝 1실점을 했지만 팀이 10대4로 대승해 데뷔한 지 15년 만에 처음으로 월드 시리즈에 진출하게 된다.

필라델피아 지역 언론은 "결코 포기하지 않았기에 월드 시리즈 챔피언이 될 기회를 가진 지금이 너무 행복하다"는 박찬호의 인터뷰를 실었다. 이와 함께 은퇴 직전까지 몰렸다가 재기해 만 서른여섯 살에 처음으로 월드 시리즈에 출전하는 박찬호의 야구 인생을 조명하기도 했다.

대망의 월드 시리즈가 시작됐다. 박찬호는 2차전에 두 번째 투수로 나섰지만 한 타자만 삼진으로 잡는 기록을 남기고 마운드를 내려왔다. 선발 페드로 마르티네스가 나서 1대2로 뒤진 7회에서 무사 1, 3루의 위기에 몰리자 매뉴얼 감독이 박찬호를 투입했다. 그러나 박찬호는 호르헤 포사다와의 대결에서 2대1의 유리한 볼카운트를 잡고도 중전 안타를 내줘 3루 주자를 홈으로 보내고 말았다. 다음 타자 지터를 쓰리 번트 삼진으로 잡은 후에 스콧 에어로 다시 교체됐다. 추가 실점은 없었지만 팀은 1대3으로 패해 1승 1패가 됐다.

박찬호는 팀이 1승 2패로 뒤진 4차전에 다시 출전했다. 달을 넘겨 10월 2일 필리스 홈에서 벌어진 4차전에서 박찬호는 팀이 2대4로 뒤진 7회 초 두 번째 투수로 올라 1이닝 무실점으로 잘 던졌다. 1년 전 다저스 시절 홈런을 허용한 바 있는 C. C. 사바시아를 첫 타자로 맞은 그는 우익수 뜬공으로 첫 아웃을 잡은 후 데릭 지터를 볼넷으로 내보내 위기에 몰렸다. 그러나 조니 데이먼을 3구 삼진으로 잡은 후 마크 터셰어러를 1루 땅볼로 잡고 이닝을 마쳤다. 박찬호의 호투에 이어 필리스는 4대4까지 추격했지만 9회 브래드 리지가 알렉스 로드리게스에게 결승타를 맞는 등 4대7로 패해 1승 3패가 되고 말았다.

박찬호는 3일 열린 5차전에서 또 마운드에 올라 호투를 이어갔다. 8회 초 호투하던 선발 클리프 리가 연속 3안타를 맞고 2점을 내주자 매뉴얼 감독이 마운드로 향하며 외야의 불펜을 쳐다봤다. 그리고 오른팔을 치켜들었다. 오른손 투수를 보내달라는 신호였다. 그러자 수염을 덥수룩하게 기른 선수가 힘차게 달려나왔다. 2일 4차전에도 등판했던 박찬호였다. 닉 스위셔, 로빈슨 카노, 브래드 가드너 등 좌타석에 서는 타자들이 계속 나오는데도 매뉴얼 감독은 우완 박찬호를 선택했고, 박찬호는 비록 희생 플라이로 리의 책임 주자이던 에이로드에게 점수을 내줬지만 세 타자를 완전하게 틀어막고 리드를 지켜냈다. 4점 차에서 등판해 홀드를 기록하지는 못했지만 팀이 8대6으로 승리하고 기사회생하는 데 결정적인 역할을 했다.

박찬호는 그해 월드 시리즈의 마지막 경기가 된 6차전에도 또 마운드에 올라 1⅓이닝 무실점을 기록하며 자신의 역할을 해냈다. 팀이 3대7로 패하면서 양키스의 우승이 확정됐지만 박찬호의 활약은 양키스 수뇌부의 눈길을 끌기에 충분했다. 네 경기에 구원 출전해 3⅓이닝을 2안타 3삼진 1볼넷 무실점으로 막아내는 안정감을 과시했다. 뉴욕 양키스 하면 모든 야구선수들의 꿈의 구단이다. 그런데 첫 월드 시리즈에서 보여준 그의 활약이 후에 양키스와의 인연으로 이어질 줄을 당시는 누구도 몰랐다. 박찬호는 네 번의 포스트 시즌 통산 열세 경기에 출전해 1패에 평균자책점 2.61의 기록을 남겼다.

박찬호는 그 전해에도 내셔널리그 챔피언십에서 필라델피아를 상대로 호투를 펼치고는 FA가 된 후에 그 팀과 계약이 성사됐다. 2009 시즌이 끝나고 다시 FA가 되는 박찬호에게 윈터리그 데자뷔라고도 할 수 있다. 박찬호의 화려한 2009 시즌은 통산 120승, 최초의 월드 시리즈 출전과 함께 끝났다.

V121.
뉴욕 양키스의 유니폼을 입다

2009 시즌이 끝나고 박찬호는 다시 FA가 됐다. 만 서른일곱 살 생일

을 앞둔 노장이었지만 마흔네 경기를 뛰며 3승 3패, 4.43의 성적을 거뒀고 특히 월드 시리즈에서 호투하면서 강한 인상을 남겨 기대를 모았다. 필라델피아는 박찬호와의 재계약 의사를 밝히기는 했지만 조정신청을 하면서까지 무리를 하지는 않았다. 결국 박찬호는 자유의 몸이 됐다. 선발을 고집하는 것이 걸림돌이라는 말도 나왔다.

소문은 무성했다. 박찬호는 자신의 홈페이지를 통해 6개 팀에서 관심을 보여 고민하고 있다는 소식을 전하기도 했다. 그러나 노장에게 새 팀을 구하는 일은 쉽지 않았다. 필리스가 포기했다는 소식이 전해졌고 시카고 컵스와 샌프란시스코 자이언츠가 관심을 보인다고는 했지만 직접적인 액션은 없었다. 그렇게 해를 넘기고 2010년 1월이 됐지만 박찬호의 거취 결정은 여전히 지지부진했다.

그렇게 1월도 넘기고 스프링 캠프가 시작됐는데도 박찬호가 2010 시즌에 뛸 팀이 결정되지 않았다. 컵스가 유력하다는 소문이 계속 돌았지만 확인은 되지 않았다. 그러다가 2월 하순 결정적인 단서를 잡을 수 있었다. 컵스에서 박찬호에게 오퍼를 했다는 정황이 잡힌 것은 2월 20일경이었다. 나는 미국에서 친분이 있던 현지 기자들도 동원하고 컵스 출입 기자와도 계속 연락을 취했다. minkiza.com을 통해 일단 액수나 옵션 조건 등이 맞으면 컵스로 갈 가능성이 크다는 기사를 보냈다. 그리고 2월 22일 박찬호의 국내 매니지먼트 사인 팀61에서 기자회견을 한다는 연락이 왔다. 곧바로 컵스 출입 기자에게 연락해 "박찬호의 컵스행이 결정된 모양이다. 수시간 내에 서울에서 기자회견을 한다고 한다"는 소식을 알려줬다. 그런데 그 기자에게 메시지가 왔는데 컵스가 오퍼를 한 것은 맞지만 협상에 성공한 것은 아닌 것으로 보인다는 내용이었다. 당황스러웠다. 곧바로 또 하나의 메시지가 왔는데 박찬호가 아메리칸리그의 팀으로 가는 것으로 안다는 것이었다.

정황을 아무리 따져봐도 양키스밖에 없었다. 탬파베이 레이스는 이미 박찬호를 포기했고, 다른 아메리칸리그 팀과는 거래가 거의 없었다. 그러다가 문득 2009년 11월인가 국내에서 기자회견을 한 후 박찬호가 웃으며 하던 말이 떠올랐다. 사담을 나누던 도중 그는 "제가 양키스를 가면 민 기자님이 좋아하시겠는데요"라고 했었다. 그만큼 그도 양키스에서 뛰고 싶은 마음이 있었던 것이다. 전통이나 팀의 전력으로 볼 때 양키스라면 상대적으로 적은 액수를 받더라도 갈 만한 팀이기에 박찬호의 마음이 그쪽으로 기울었다는 판단이 섰다. 그래서 컵스가 아니라 양키스로 갈 가능성이 높다는 기사를 썼다. 그리고 두 시간쯤 후에 기자회견에서 박찬호는 양키스행을 발표했다.

그렇게 박찬호는 다른 팀에서 제시한 것보다 훨씬 적은 120만 달러 보장 연봉을 받고 양키스 유니폼을 입게 됐다. 더욱 놀라운 것은 양키스행의 비화였다. 3월 초 양키스의 스프링 캠프가 있는 미국 플로리다 주 탬파에 가서 박찬호를 만났는데 그는 마음이 상했던 필리스에서의 딜에 관한 것 등 많은 이야기를 털어놓았다. 컵스에서 선발 기회까지 부여하면서 양키스보다 많은 연봉을 제시해 마음이 기울었지만 결국엔 최고 명문이자 우승 가능성이 있는 양키스를 스스로 선택했음도 밝혔다.

박찬호는 "막판에 캐시맨 단장과 직접 이야기를 했고, 이 정도 선이라면 양키스를 선택하겠다고 말했다"라며 "양키스이기 때문에" 한 선택이었다고 밝혔다. 다시 말해 월드 시리즈 우승에 가장 근접한 팀이라고 생각했기 때문에 선택했다는 것이다. 당시 양키스는 컵스의 오퍼를 맞출 수가 없었기에 박찬호를 거의 포기한 상태였다고 한다. 그런데 막판에 박찬호 스스로 양키스를 선택한 것이다. 스스로 양키스를 선택할 수 있는 선수가 과연 얼마나 될까를 생각하면 박찬호는 자신의 말대로 참 운도 많이 따르는 셈이다.

그렇게 양키스 유니폼을 입은 박찬호는 캠프 때부터 지라디 감독의 신임을 받았다. 특히 시범 경기에서 호투가 이어지면서 박찬호는 어렵지 않게 개막전 25인 로스터에 이름을 올렸다. 그리고 시작부터 희비가 엇갈리는 극적인 상황을 연출한다.

2010년 4월 5일 양키스는 숙적 보스턴 레드삭스와 개막 시리즈를 시작했다. 보스턴 펜웨이파크에서 열린 개막전에서 7대5의 리드를 잡은 양키스는 7회에서 세 번째 투수로 박찬호를 올렸다. 그러나 박찬호는 페드로야에게 2점포를 얻어맞으면서 동점을 내주고 말았다. 시범 경기 7이닝 동안 볼넷 없이 삼진을 8개나 잡는 무결점 투구였지만 정규 시즌 첫 등판은 블론 세이브였다. 결국 양키스는 7대9로 역전패했다.

그러나 지라디 감독은 이틀 후 시즌 3차전에 박찬호를 다시 투입하며 신임을 과시했고, 박찬호는 그 믿음에 보답했다. 선발 앤디 페티트가 호투했지만 6회까지 1대1이 이어지자 지라디는 7회 말 박찬호를 다시 마운드로 올렸다. 전날 양키스 데뷔전에서 블론 세이브를 한 부담감이 있었지만 박찬호는 150킬로미터의 강속구를 앞세워 승부를 주도했다.

선두 타자 마르코 스쿠타로를 맞아 크게 떨어지는 커브로 우익수 플라이아웃을 유도하며 출발한 박찬호는 자코비 엘스베리 역시 풀 카운트 승부 끝에 중견수 뜬공으로 잡았다. 다음 상대는 바로 전날 동점 홈런을 쳤던 페드로야였다. 이번에는 3구 만에 다시 외야 뜬공으로 처리하며 삼자 범퇴로 이닝을 마쳤다. 8회 말 다시 마운드에 오른 박찬호는 선두 빅토르 마르티네스를 2루 땅볼로 잡았고 케빈 유킬리스는 중견수 뜬공으로 잡은 후에 데이비드 오티스를 3구 삼진으로 화끈하게 잡아내며 무실점을 이어갔다. 9회에도 마운드에 오른 박찬호는 3이닝 1안타 무실점의 호투로 정규 이닝을 마감했다.

양키스는 10회 초 커티스 그랜더슨의 홈런포로 3대1로 앞섰고 마리아노 리베라가 세이브를 기록하며 승리를 장식했다. 박찬호가 양키스 유니폼을 입고 첫 승리를 거둔 경기였다. 시즌 첫 승리이자 통산 121번째 승리였고 노모 히데오가 가지고 있던 메이저리그 동양계 투수 최다승에 2승 차로 바짝 다가간 승리이기도 했다. 〈뉴욕타임스〉는 첫 번째 주 양키스가 거둔 수확 중 하나가 불펜을 강화한 박찬호라고 칭찬을 늘어놓기도 했다.

그러나 양키스에서의 생활은 쉽지 않았다. 결정적으로 4월 16일에는 불펜 피칭 중에 햄스트링 부상이 오면서 박찬호는 또다시 DL 신세가 된다. 재활을 거친 박찬호는 한 달이 지난 후에야 메이저리그로 돌아올 수 있었다. 5월 18일 복귀전에서는 레드삭스를 상대로 마운드에 올랐는데 첫 이닝을 무실점으로 잘 막았지만 두 번째 이닝에서 홈런 2개를 맞고 블론 세이브를 기록하고 말았다. 그 후로도 잘 풀리지 않았다. 여섯 경기에서 다섯 번이나 실점을 하는 등 불안한 경기가 이어져 5월 내내 엉망이었다.

6월 들어 다섯 경기 연속 무실점을 기록하며 살아나던 박찬호는 6월 19일 애리조나전부터 세 경기 연속으로 실점(2, 3, 2)하는 등 불펜 필승 조로서의 역할이 많이 흔들렸다. 7월 들어서는 짧은 이닝을 소화하면서 꾸준한 모습을 보이기도 했고 7월 19일 탬파베이와의 경기에서는 $1\frac{1}{3}$이닝 무실점으로 시즌 2승째를 기록하기도 했다. 그러나 이즈음 양키스 수뇌부에서 우호적이지 않은 이야기들이 흘러나왔다. 트레이드설과 심지어 방출설도 지역 언론을 통해 나오기 시작했다. 박찬호와 비슷한 역할의 케리 우드를 영입할 것이라는 소문도 파다했다.

박찬호는 트레이드 데드라인을 앞둔 7월 하순 추신수의 클리블랜드 인디언스와 만난다. 그런데 이 대결이 박찬호의 운명에 큰 영향을 끼치게 될 줄은 누구도 몰랐다. 7월 28일 첫 대결에서 1이닝을 무실점으로 잘 막았다. 추신수와의 맞대결도 없었다. 이틀 후인 30

일 원정 시리즈 마지막 경기에서 박찬호는 다시 마운드에 올랐다. 11대1로 크게 앞선 8회 말 등판한 박찬호는 9회 2사까지 퍼펙트피칭을 이어갔고 추신수를 헛스윙 삼진으로 돌려세웠다.

그런데 후배 추신수와의 대결로 다소 흥분한 탓일까. 박찬호는 추신수 이후 갑자기 볼넷과 폭투 등을 남발하며 3실점으로 무너졌다. 너무나 급격히 흔들리니까 부상이 아닌지 깜짝 놀란 지라디 감독이 트레이너를 대동하고 급히 마운드로 달려가기도 했다. 박찬호 자신도 "갑자기 흥분해 집중력을 잃었다"라고 말했을 정도다. 결국 박찬호는 경기를 마무리 지었지만 트레이드 데드라인을 앞두고 실망스러운 모습으로 비치고 말았다.

양키스는 박찬호를 웨이버 공시했고 피츠버그 파이리츠가 관심을 보이면서 전격적으로 트레이드가 성사됐다. 박찬호는 양키스에서 구원투수로 스물일곱 경기를 뛰며 2승 1패, 5.70의 성적을 남기고 다시 내셔널리그의 피츠버그로 이적했다.

V124.
메이저리그 마지막 승리로 대기록을 쓰다

갑작스러운 트레이드였지만 선수에게는 선택의 여지가 없다. 짐을 꾸린 박찬호는 아메리칸리그 최강팀 양키스에서 하루 만에 내셔널리그 최약팀 피츠버그의 일원이 됐다. 허약한 불펜을 가진 팀의 노장 선수로서 박찬호의 역할에 관심이 모였다. 이적 후유증 탓인지 첫 경기부터 실점하며 어려운 출발을 했지만 박찬호는 8월 하순부터 열두 경기 연속 비자책점 행진 속에 단 1실점만을 하는 호투를 이어갔다. 9월 5일에는 워싱턴과의 홈 경기에 구원 등판하여 1이닝을 던지며 통산 1,977$\frac{1}{3}$이닝으로 메이저리그의 동양인 최다 이닝 기록을 넘어섰다. 노모 히데오의 기록을 1이닝 추월한 것이다.

9월 13일에는 신시내티 레즈와의 원정 경기에서 구원승을 거두며 123승을 기록했다. 노모 히데오와 정확히 같은 승수였다. 0대1로 뒤진 8회에 마운드에 오른 박찬호는 볼넷 1개를 내줬지만 1이닝을 무실점으로 막았다. 이윽고 피츠버그 타선이 9회 짜릿한 역전극을 펼쳐 3대1로 승리하며 박찬호는 구원승을 챙겼다.

이제 관심의 초점은 과연 박찬호가 시즌이 끝나기 전에 동양인 최다승 투수가 될 수 있느냐는 것이었다. 선발이 아닌 구원투수였기에 승리의 기회는 적었고 예측할 수도 없었다. 양키스에 이어 피츠버그에서 선수 생활을 이어간 2010년에도 9월 중순이 돼서야 겨우 시즌 3승째를 거둔 것이 전부였다. 123승을 거둔 이후 박찬호는 여덟 번 구원 등판했지만 1패만 당했다. 9월 25일 휴스턴전 2이닝 무실점 등 호투한 경기도 있었는데 구원승은 쉬운 일이 아니었다. 그러면서 시즌은 점점 종반을 향해 달리고 있었다. 9월의 마지막 날 박찬호는 세인트루이스 원정에서 1이닝 2실점으로 좋지 못한 모습을 보였다. 그리고 피츠버그는 이제 플로리다 말린스와의 시즌 최종 원정 4연전만 남기고 있었다.

첫 경기에서는 등판 기회가 없었지만 10월 2일 플로리다와의 2차전에서 박찬호에게 기회가 왔다. 박찬호는 팀의 두 번째 투수로 나가 3이닝을 완벽하게 틀어막는 눈부신 호투를 했고 결국 승리투수가 된다. 초반까지 1대1로 팽팽하던 경기가 5회 초 코리 스나이더의 2점포가 터지며 피츠버그가 3대1로 앞서자 존 러셀 감독은 5회 말부터 박찬호를 투입했다.

박찬호는 124승을 향한 마지막 기회일지도 모른다는 것을 알고 있는 듯했다. 혼신의 힘을 다해 다양한 구질을 섞어가며 예리한 제구력으로 플로리다 타선을 압도했다. 5회 말 말린스 타선은 2번 오스발도 마르티네스, 3번 로건 모리슨, 4번 댄 어글라의 상위 타선이었다. 그러나 박찬호는 세 선수를 하나같이 헛스윙 삼진으로 돌려세우며 기세를 올렸다. 6회 역시 4번 개비 산체스와 5번 채드 트레이스, 6번 지안칼로 스탠튼의 만만치 않은 타자들이었지만, 3루 땅볼과 센터 플라이 그리고 삼진으로 말끔한 삼자 범퇴였다. 7회 말 박찬호는 또 마운드에 올랐다. 구원투수가 3이닝을 오르는 것은 흔치 않은 일이었지만 박찬호의 구위는 식을 줄 몰랐다. 8번 브래드 데이비스가 헛스윙 삼진으로 물러나자 말린스의 에드윈 로드리게스 감독은 대타 스콧 커즌스를 내보냈다. 하지만 커즌스 역시 헛스윙 삼진으로 고개를 숙였다. 이어 1번 에밀리오 보니파시오가 힘없는 유격수 뜬공으로 잡히면서 박찬호는 3이닝 무안타, 무볼넷, 6탈삼진의 퍼펙트 피칭으로 등판을 마쳤다. 피츠버그는 직전 6회에도 2점을 추가해 5대1로 앞선 상황이었는데 결국 경기는 그 점수 그대로 끝났다. 승리투수는 5회 말부터 나와 3이닝을 완벽하게 막아낸 박찬호였다.

박찬호는 2010년 양키스에서 첫 승을 거둘 때 3이닝을 던졌고, 이날 다시 3이닝을 던졌다. 이 두 경기가 2010년 시즌 최다 이닝 기록이었다. 우연히도 두 차례 모두 승리투수가 됐다. 3이닝 1안타 1삼진을 기록한 첫 승의 내용도 좋았지만 3이닝 무안타 6K로 마지막 승리는 더욱 완벽했다.

박찬호의 역투도 눈부셨지만 사실 이날의 승리는 감독의 배려와 동료들의 헌신이 뒷받침됐기에 이루어진 것이다. 러셀 감독은 통산 123승을 거둔 노장 박찬호에게 그다음 1승이 얼마나 큰 의미인지를 알고 있었다. 그래서 승리의 기회를 주려는 배려의 마음에 이날 4회까지 1실점으로 잘 던진 다니엘 매커친을 빼고 5회부터 박찬호를 투입했다. 평소라면 있을 수 없는 일이지만 매커친에게 양해를 구하고 5회 초에 그의 타석에서 대타를 냈다. 1이닝만 더 던졌으면 승리투수가 됐을 매커친도 대선배 박찬호의 대기록 달성을 위해 기꺼이 자신을 희생했다. 박찬호는 다음 날 매커친에게 감사의 뜻으로 아이

패드를 선물했다고 한다.

박찬호는 홈페이지를 통해서도 팬들에게 감사의 뜻을 전했다. 그는 "123승을 하기에 많은 시간이 걸렸고, 1승이라는 숫자 하나가 더 추가돼 124승이 되었는데 차이가 크게 납니다"라며 "고마운 사람들, 여러분께 진심으로 감사드립니다. 시즌 마지막 기회가 될지도 모르는 경기에서 3이닝씩이나 던질 수 있었고, 승리할 수 있었다는 것이 저 스스로도 대견하고 자랑스럽게 느껴집니다"라고 썼다.

그렇게 시즌 마지막 등판에서 박찬호는 시즌 4승째이자 통산 124승을 달성해 그전에 노모 히데오가 갖고 있던 기록을 깨고 메이저리그 사상 동양인 최다승 투수가 됐다. 123승을 거둔 노모와 124승을 거둔 박찬호의 기록을 두고 우위를 가르는 것은 무의미한 일이다. 그들은 늘 언론의 비교 대상이 되었고 경쟁자인 동시에 메이저리그라는 긴 여정을 함께한 동료이자 서로의 스승이기도 했다. 두 기록의 가장 큰 공통점은 LA 다저스에서 대부분의 승리를 챙겼다는 점이다. 박찬호는 123승 가운데 84승을 다저스에서 챙겼다. 다저스에서의 통산 성적은 84승 58패, 평균자책점 3.77이었다. 노모 역시 다저스에서 최고 전성기를 누렸다. 노모는 다저스에서 7년을 뛰면서 81승 66패, 평균자책점 3.74를 기록했다. 박찬호와 노모 모두 다저스를 떠난 뒤 다른 팀을 전전하다 다시 친정팀인 다저스로 돌아온 경험이 있다. 이적이 밥 먹듯 이뤄지는 메이저리그에서도 한 번 떠났던 팀에 다시 입단한다는 것은 흔한 일이 아니다. 그러니 다저스

328

와는 남다른 인연이 있는 셈이다.

그런데 승리의 내용은 약간 다르다. 노모는 메이저리그에서 줄곧 선발 투수로만 활약했다. 노모가 기록한 123승은 모두 선발승이었다. 노모가 구원투수로 나선 것은 겨우 다섯 경기뿐이다. 반면 박찬호는 데뷔 초기부터 선발과 구원을 오가며 종횡무진 활약했다. 선발승이 113승이나 될 만큼 압도적으로 많지만 구원승도 11승이나 된다. 선발로 287경기나 등판한 것과 비교해 구원 등판도 180경기에 이른다. 박찬호의 동양인 최다승 타이 기록이 예상보다 늦어진 이유도 2008년부터 거의 구원투수로 활약했기 때문이다.

당시만 해도 2010년 10월 2일의 플로리다전이 박찬호의 17년 메이저리그 생활 마지막 등판이 되리라는 예상은 누구도 하지 않았다. 마지막까지 마운드에서 좋은 모습이었고, 선수 생활을 이어가겠다는 박찬호 자신의 의지가 강했기에 2011년에도 어떤 메이저리그 팀에선가 이 노련한 우완 투수를 데려갈 것으로 여겨졌다. 개인적으로는 박찬호가 동양인 최다승이라는 목표를 이뤘다는 점에서 2010 시즌이 메이저리그에서의 마지막이 될 수도 있다는 생각이 들기는 했다. 결과적으로 박찬호는 자신의 메이저리그 마지막 등판인 메이저리그 통산 476번째 경기에서 승리투수가 됐고 대기록을 달성했다.

그렇게 '코리안특급' 박찬호의 17년에 걸친 미국 프로야구 도전의 서사시는 마침표를 찍는다. 17년간 메이저리그에서만 476경기를 던졌고 그중 287번은 선발 투수로 나서 124승 98패, 평균자책점 4.86의 기록을 남겼다. 1,993이닝을 던지면서 그가 상대한 타자는 8,714명이었고 안타 1,872개를 허용했으며 1,715개의 삼진을 빼앗았고 910개의 볼넷을 허용했다. 박찬호는 2016년부터 메이저리그 명예의 전당 후보에도 이름을 올리게 된다.

저는 약속을 지킨 사람입니까?

2012년 겨울, 나는 모처럼 강원도의 한 바닷가 도시를 찾았다. 한적한 해변에는 늦가을과 초겨울의 정취가 오묘히 섞여 있었다. 해안가를 걷고 있는데 주머니 속 휴대전화에서 신호음이 울렸다. 미국에 머물고 있던 박찬호 선수였다. 자신의 야구 생애를 요약한 짧은 동영상과 함께 이런 질문을 문자 메시지로 던져왔다.

"다른 것은 몰라도 마지막에 제가 한 말, 저는 그 약속을 지킨 사람입니까?"

마지막에 한 말이란 바로 LA 다저스 입단식 인터뷰에서 "꼭 훌륭한 메이저리거가 되겠습니다"라고 했던 걸 가리킨다. 나는 주저하지 않고 답을 보냈다.

"자신의 약속을 찬호 씨만큼 지킨 선수가 또 있을까?"

나는 그렇게 그의 은퇴를 직감했다.

그로부터 며칠 후 서울로 돌아온 박찬호는 자신의 결혼기념일에 은퇴발표 기자회견을 했다. 결혼에 이어 또 다른 인생의 새로운 출발을 의미하는 자신과의 약속이었다.

박찬호는 어려서부터 무서울 정도로 자신과의 약속을 지키는 친구였다. 만 스물에 처음 만난 그의 첫인상은 마른 체격에 눈이 휘둥그레질 정도로 밥을 많이 먹던 것으로 기억된다. 수줍음에다 약간의 촌티가 풍기는 가능성 많은 청춘이었다. 그 시절부터 그는 철저하게 자신과의 약속을 지키는 모습을 보였다. 맥주를 따라줘도 몇 시간이 지나도록 입에 대지 않았고, 매일 하기로 스스로 정한 운동은 반드시 했다. 혹시 사정이 있으면 다음 날 새벽에라도 일어나 밀린 운동을 하는 친구였다.

종종 이야기하는 일화가 있다. 특파원 시절 그가 미국의 내 집에 와서 잔 어느 날이었다. 서울에 기사를 송고하려고 이른 새벽에 일어났더니 그가 자던 방이 어느새 어수선해져 있었다. 박찬호는 벌써 잠에서 깨어 팔굽혀펴기와 윗몸일으키기를 끝없이 반복하고 있었다. 나는 그 모습을 보고 그의 성공을 직감했다. 그것이 1994년 말이었다.

박찬호는 어린 소년 때부터 약속 지키기에는 타의 추종을 불허하는 아이였다. 투수에겐 하체가 중요하다는 말을 듣고 동네 언덕길을 날마다 오리걸음으로 다녔고, 담력이 약하다는 소리를 듣고는 공동

묘지가 있는 산에 홀로 올라가 밤마다 운동을 했다. 자기 전에는 옥상에서 1,000번의 스윙을 하고야 잠자리에 들었다. 누가 시켜서도 아니었다. 오직 스스로와 약속을 하고는 그것을 어김없이 지켜내는 아이였다.

IMF로 고생하던 1990년대 말, 국민들은 박찬호의 경기를 보고 희망과 즐거움을 얻었고 그에게 뜨거운 성원을 보냈다. 그러나 등판 다음 날 실핏줄이 터진 어깨를 얼음으로 감싸거나 아픈 허벅지를 압박 붕대로 칭칭 감은 그의 모습을 떠올려본 팬은 그리 많지 않을 것이다. 그렇게 등판한 다음 날조차 단 한 번도 빼놓지 않고 홀로 운동장을 끝없이 달린 후 웨이트 트레이닝과 스트레칭을 녹초가 될 때까지 했다는 것도 말이다. 1994년 첫 스프링 캠프에서 영어 노래를 불러보라고 하자 〈Happy Birthday〉를 불러 동료들을 웃겼던 그다. 사실 영어라곤 전혀 못했던 그가 오프 시즌이면 개인 교사까지 두면서 지독하게 영어 공부를 한 이유가 미국 야구를 빨리 배우고 싶어서였다는 사실을 모르는 이도 너무나 많다.

살면서 가장 힘든 싸움은 자신과의 싸움이 아닐까 싶다. 남에겐 엄격해도 자신에게는 관대해지기 쉬운 것이 우리 인간이다. 나약하기 때문이다. '작심 3일'이 괜히 나온 말이 아니다. 이런저런 핑계를 대며 은근슬쩍 넘겨버린 스스로와의 약속을 일일이 적자면 노트로 한 권은 나올 법하다. 그러나 뭐든 예외가 있는 법이고 바로 박찬호라는 선수가 대표적인 예라고 할 수 있다.

우리는 박찬호가 야구를 통해 쌓고 누린 명성과 부와 여러 혜택을 봐왔지만 그가 허벅지 사이즈 28의 하체를 갖기 위해 얼마나 많은 땀을 흘리면서 쉴 새 없이 달렸는지는 잘 보지 못했다. 마운드에서 160킬로미터 가까운 강속구를 던지면서 거구의 메이저리거들을 삼진으로 잡는 통쾌한 모습에 열광했지만, 그런 공을 던지느라 하도 이를 악물어 나중에는 마우스피스를 끼지 않으면 이가 시려 공을 던지지 못할 정도가 됐다는 건 잘 알지 못한다. 그가 영하 10도가 넘는 산중에서 얼음을 깨고 입수하는 모습을 보며 감탄하고 혀를 차면서도 그 안에 담긴 그의 도전 정신을 알아채기는 쉽지 않다. 124승을 거두고 1,715개의 탈삼진을 잡으며 우리를 열광시켰지만 230개의 홈런을 맞고 1,872개의 안타를 허용했으며, 910개의 볼넷과 138개의 몸에 맞는 공으로 타자를 진루시키며 곱씹었던 그의 안타까움과 속상함은 느끼지 못한다.

그는 정말 멀고도 험한 길을 포기하지 않고 한결같이 진군해 '메이저리그 124승'이라는 동양 투수 최고의 기록을 남겼다. 기록 자체도 큰 의미가 있지만 그가 걸었던 험로의 숨겨진 노력과 땀과 아픔의 기록이 많은 이들에게, 특히 야구선수를 꿈꾸는 아이들과 또 다른 희망과 꿈을 지닌 아이들에게 꼭 귀감이 됐으면 한다. 야구는 물론 인생에서 꿈과 희망과 목표에 대한 이정표를 보여준 선수가 박찬호였다.

이제 '야구선수 박찬호'의 시대는 찬란한 기록과 업적을 남기고 막을 내렸다. 그러나 '야구인 박찬호'는 앞으로 또 새로운 날들을 기대케 한다. 지도자든 야구 경영인이든 혹은 또 다른 모습으로든 그가 야구장에 돌아오는 날이면 또 새로운 도전은 시작될 것이다. 한국 야구의 발전을 위해 할 일이 많고, 하고 싶은 일도 많은 그는 미국에서 또 다른 야구 공부를 시작했다. 목표로 한 공부를 마치면 박찬호는 이제 현역 선수가 아닌 다른 모습으로 한껏 매력을 뽐내며 야구팬들에게 돌아올 것이다. 야구 발전을 위해 열심히 뛰는 평생 야구인 박찬호의 모습을 기대한다.

마지막으로, 참 수고가 많았다는 말을 박찬호에게 꼭 전하고 싶다. 그리고 그 대단한 야구 여정에 우리를 초대해주어서 고맙다고도 말하고 싶다.

부록

박찬호의 위대한 기록

(연도/리그/기록/순위)

올스타경기 출전	팀 기여도	방어율	다승
2001	2000 NL 4.6 (7th) 2001 NL 3.9 (10th)	2000 NL 3.27 (7th)	2000 NL 18 (5th)

승률	이닝당 피안타+볼넷수	9이닝당 피안타	9이닝당 탈삼진
1997 NL .636 (10th)	1997 NL 1.141 (7th) 2001 NL 1.171 (7th)	1997 NL 6.984 (2nd) 2000 NL 6.889 (1st) 2001 NL 7.039 (3rd)	1997 NL 7.781 (8th) 1999 NL 8.058 (7th) 2000 NL 8.642 (5th) 2001 NL 8.385 (5th) Career 7.745 (47th)

시즌이닝	시즌 탈삼진	선발게임	완봉
2000 NL 226.0 (9th) 2001 NL 234.0 (3rd)	1998 NL 191 (6th) 1999 NL 174 (10th) 2000 NL 217 (2nd) 2001 NL 218 (3rd) Career 1,715 (114th)	1998 NL 34 (5th) 1999 NL 33 (10th) 2000 NL 34 (6th) 2001 NL 35 (1st)	2000 NL 1 (9th) 2001 NL 1 (7th) 2006 NL 1 (7th)

시즌 피홈런	시즌 볼넷	9이닝당 홈런	자책점
1997 NL 24 (10th) 1999 NL 31 (9th) Career 230 (141st)	1998 NL 97 (3rd) 1999 NL 100 (5th) 2000 NL 124 (2nd) 2001 NL 91 (5th) 2002 AL 78 (5th) Career 910 (149th)	1998 NL 0.653 (8th)	1999 NL 113 (5th)

와일드피치	시즌 몸에 맞는 볼	타자수	Adjusted ERA+
1999 NL 11 (6th) 2000 NL 13 (4th) 2002 AL 9 (9th) Career 75 (211th)	1998 NL 11 (3rd) 1999 NL 14 (2nd) 2000 NL 12 (5th) 2001 NL 20 (1st) 2002 AL 17 (1st) 2004 AL 13 (5th) Career 138 (30th)	2000 NL 963 (7th) 2001 NL 981 (4th)	2000 NL 132 (9th)

Adj. Pitching Runs	Adj. Pitching Wins	Base-Out Runs Saved (RE24)	Base-Out Wins Saved (REW)
2000 NL 27 (8th)	2000 NL 2.7 (8th)	2000 NL 31.24 (6th)	2000 NL 3.2 (6th)

Sacrifice Hits	Putouts as P	Assists as P	Errors Committed as P
1997 NL 11 (10th)	2000 NL 20 (5th)	2001 NL 40 (5th)	1998 NL 4 (1st)

투수 수비 성공률	연봉		최연소
1999 NL 1.000 (1st) 2008 NL 1.000 (1st)	2003 AL $13,000,000 (6th) 2004 AL $14,000,000 (8th) 2005 AL $15,000,000 (8th) 2006 NL $15,505,142 (5th)		1994 NL born 1973-06-30 (2nd) 1995 NL born 1973-06-30 (9th)

투수 기록

연도	나이	리그	게임수	승	패	승률	세이브	선발	마무리	완투경기	완봉승	연봉
1994	21	AA	20	5	7	0.417	0	20	0	0	0	$109,000
1994	21	NL	2	0	0	–	0	0	1	0	0	
1995	22	AAA	23	6	7	0.462	0	22	0	0	0	$114,000
1995	22	NL	2	0	0	–	0	1	0	0	0	
1996	23	NL	48	5	5	0.5	0	10	7	0	0	$124,000
1997	24	NL	32	14	8	0.636	0	29	1	2	0	$270,000
1998	25	NL	34	15	9	0.625	0	34	0	2	0	$700,000
1999	26	NL	33	13	11	0.542	0	33	0	0	0	$2,300,000
2000	27	NL	34	18	10	0.643	0	34	0	3	1	$3,850,000
2001	28	NL	36	15	11	0.577	0	35	0	2	1	$9,900,000

연도	나이	리그	방어율	투구이닝	피안타	실점	자책점	피홈런	볼넷	고의사구	삼진	몸에 맞는 볼
1994	21	AA	3.55	101.1	91	52	40	4	57	0	100	4
1994	21	NL	11.25	4	5	5	5	1	5	0	6	1
1995	22	AAA	4.91	110	93	64	60	10	76	2	101	6
1995	22	NL	4.5	4	2	2	2	1	2	0	7	0
1996	23	NL	3.64	108.2	82	48	44	7	71	3	119	4
1997	24	NL	3.38	192	149	80	72	24	70	1	166	8
1998	25	NL	3.71	220.2	199	101	91	16	97	1	191	11
1999	26	NL	5.23	194.1	208	120	113	31	100	4	174	14
2000	27	NL	3.27	226	173	92	82	21	124	4	217	12
2001	28	NL	3.5	234	183	98	91	23	91	1	218	20

연도	나이	리그	보크	와일드피치	타자수	ERA+	WHIP	H/9	HR/9	BB/9	SO/9	SO/BB
1994	21	AA	2	7	446	–	1.461	8.1	0.4	5.1	8.9	1.75
1994	21	NL	0	0	23	38	2.5	11.3	2.3	11.3	13.5	1.20
1995	22	AAA	2	8	487	–	1.536	7.6	0.8	6.2	8.3	1.33
1995	22	NL	1	0	16	92	1	4.5	2.3	4.5	15.8	3.50
1996	23	NL	3	4	477	107	1.408	6.8	0.6	5.9	9.9	1.68
1997	24	NL	1	4	792	115	1.141	7	1.1	3.3	7.8	2.37
1998	25	NL	2	6	946	109	1.341	8.1	0.7	4	7.8	1.97
1999	26	NL	1	11	883	82	1.585	9.6	1.4	4.6	8.1	1.74
2000	27	NL	0	13	963	132	1.314	6.9	0.8	4.9	8.6	1.75
2001	28	NL	3	3	981	114	1.171	7	0.9	3.5	8.4	2.40

▌ 타자 기록 ▌

연 도	나이	리그	게임수	타석	타수	득점	안타
1994	21	NL	2	0	0	0	0
1995	22	AAA	23	29	27	2	2
1995	22	NL	2	1	1	0	0
1996	23	NL	48	23	19	0	1
1997	24	NL	32	66	51	5	9
1998	25	NL	34	80	72	2	14
1999	26	NL	33	69	59	4	9
2000	27	NL	34	78	70	6	15
2001	28	NL	36	81	69	6	10

연 도	2루타	3루타	홈런	타점	도루성공	도루실패	볼넷	삼진
1994	0	0	0	0	0	0	0	0
1995	1	0	0	2	0	0	1	12
1995	0	0	0	0	0	0	0	1
1996	0	0	0	2	0	0	1	9
1997	4	0	0	2	0	0	4	21
1998	2	1	0	3	0	0	2	30
1999	2	0	0	6	0	0	2	26
2000	4	0	2	6	0	0	2	16
2001	3	0	0	4	0	0	5	22

연 도	타석	출루율	장타율	출루율+장타율	OPS+	토탈베이스	병살타	몸에 맞는 볼
1994	–	–	–	–	–	0	0	0
1995	0.074	0.103	0.111	0.215	–	3	0	0
1995	0	0	0	0	−100	0	0	0
1996	0.053	0.1	0.053	0.153	−57	1	0	0
1997	0.176	0.236	0.255	0.491	33	13	0	0
1998	0.194	0.216	0.25	0.466	25	18	0	0
1999	0.153	0.175	0.186	0.361	−6	11	0	0
2000	0.214	0.236	0.357	0.593	51	25	0	0
2001	0.145	0.203	0.188	0.391	6	13	1	0

연 도	희생번트	희생플라이	고의사구	포지션
1994	0	0	0	╱1
1995	0	1	0	–
1995	0	0	0	╱1
1996	3	0	0	1
1997	11	0	0	1
1998	6	0	0	1
1999	6	2	0	1
2000	6	0	0	1
2001	7	0	0	1

연 도	나이	리그	포지션	게임수	선발	완투경기	배팅
1994	21	NL	P	2	0	0	4
1995	22	NL	P	2	1	0	4
1996	23	NL	P	48	10	0	108.2
1997	24	NL	P	32	29	2	192
1998	25	NL	P	34	34	2	220.2
1999	26	NL	P	33	33	0	194.1
2000	27	NL	P	34	34	3	226
2001	28	NL	P	36	35	2	234

연 도	방어	아웃시키기	어시스트	실수	더블플레이	수비퍼센티지
1994	0	0	0	0	0	–
1995	0	0	0	0	0	–
1996	33	10	22	1	3	0.97
1997	37	7	28	2	1	0.946
1998	52	20	28	4	5	0.923
1999	48	15	33	0	4	1
2000	62	20	39	3	4	0.952
2001	54	12	40	2	2	0.963

연 도	Rdrs	Rdrs/yr	RF/9	RF/G	lgFld%
1994	–	–	–	0	0
1995	–	–	–	0	0
1996	–	–	2.65	0.67	0.954
1997	–	–	1.64	1.09	0.953
1998	–	–	1.96	1.41	0.961
1999	–	–	2.22	1.45	0.951
2000	–	–	2.35	1.74	0.962
2001	–	–	2	1.44	0.959

투수 기록

연도	나이	리그	게임수	승	패	승률	세이브	선발	마무리	완투경기	완봉승	연봉
2002	29	AL	25	9	8	0.529	0	25	0	0	0	$6,884,803
2003	30	AAA, AA	5	2	0	1	0	5	0	0	0	$13,000,000
2003	30	AL	7	1	3	0.25	0	7	0	0	0	
2004	31	Rk,AAA, AA	10	1	5	0.167	0	10	0	0	0	$14,000,000
2004	31	AL	16	4	7	0.364	0	16	0	0	0	
2005	32	AL	20	8	5	0.615	0	20	0	0	0	$15,000,000

연도	나이	리그	방어율	투구이닝	피안타	실점	자책점	피홈런	볼넷	고의사구	삼진	몸에 맞는 볼
2002	29	AL	5.75	145.2	154	95	93	20	78	2	121	17
2003	30	AAA, AA	4.6	29.1	37	17	15	4	12	0	18	4
2003	30	AL	7.58	29.2	34	26	25	5	25	0	16	6
2004	31	Rk,AAA, AA	4.01	51.2	52	25	23	5	14	0	44	3
2004	31	AL	5.46	95.2	105	63	58	22	33	0	63	13
2005	32	AL	5.66	109.2	130	70	69	8	54	1	80	6

연도	나이	리그	보크	와일드피치	타자수	ERA+	WHIP	H/9	HR/9	BB/9	SO/9	SO/BB
2002	29	AL	0	9	666	83	1.593	9.5	1.2	4.8	7.5	1.55
2003	30	AAA, AA	0	2	139	–	1.67	11.4	1.2	3.7	5.5	1.50
2003	30	AL	1	1	146	67	1.989	10.3	1.5	7.6	4.9	0.64
2004	31	Rk,AAA, AA	0	0	215	–	1.277	9.1	0.9	2.4	7.7	3.14
2004	31	AL	1	1	428	92	1.443	9.9	2.1	3.1	5.9	1.91
2005	32	AL	0	3	502	81	1.678	10.7	0.7	4.4	6.6	1.48

연 도	나이	리그	게임수	타석	타수	득점	안타
2002	29	AL	25	4	4	0	0
2003	30	AA,AAA	5	0	0	0	0
2003	30	AL	7	1	0	1	0
2004	31	AA,AAA,Rk	10	0	0	0	0
2004	31	AL	16	0	0	0	0
2005	32	AL	20	5	5	0	2

연 도	2루타	3루타	홈런	타점	도루성공	도루실패	볼넷	삼진
2002	0	0	0	0	0	0	0	0
2003	0	0	0	0	0	0	0	0
2003	0	0	0	0	0	0	1	0
2004	0	0	0	0	0	0	0	0
2004	0	0	0	0	0	0	0	0
2005	0	0	0	0	0	0	0	2

연 도	타석	출루율	장타율	출루율+장타율	OPS+	토탈베이스	병살타	몸에 맞는 볼
2002	0	0	0	0	−100	0	1	0
2003	–	–	–	–	–	0	0	0
2003	–	1	–	–	–	0	0	0
2004	–	–	–	–	0	0	0	0
2004	–	–	–	–	–	0	0	0
2005	0.4	0.4	0.4	0.8	110	2	0	0

연 도	희생번트	희생플라이	고의사구	포지션
2002	0	0	0	1
2003	0	0	0	–
2003	0	0	0	/1
2004	0	0	–	–
2004	0	0	0	1
2005	0	0	0	1

┃ 수비기록 ┃

연 도	나이	리그	포지션	게임수	선발	완투경기	배팅
2002	29	AL	P	25	25	0	145.2
2003	30	AL	P	7	7	0	29.2
2004	31	AL	P	16	16	0	95.2
2005	32	AL	P	20	20	0	109.2

연 도	방어	아웃시키기	어시스트	실수	더블플레이	수비퍼센티지
2002	28	12	15	1	3	0.964
2003	10	3	6	1	2	0.9
2004	18	6	10	2	0	0.889
2005	39	7	31	1	2	0.974

연 도	Rdrs	Rdrs/yr	RF/9	RF/G	lgFld%	lgRF9
2002	–	–	1.67	1.08	0.957	1.69
2003	0	0	2.73	1.29	0.957	1.73
2004	0	0	1.51	1	0.948	1.67
2005	4	7	3.12	1.9	0.954	1.7

연 도	lgRFG	도루허용	도루실패	도루실패율	lgCS%	터치아웃
2002	1.67	6	3	33%	32%	0
2003	1.71	1	0	0%	30%	0
2004	1.65	7	3	30%	32%	0
2005	1.68	2	2	50%	30%	0

연도	나이	팀	리그	게임수	승	패	승률	세이브	선발	마무리	완투경기	완봉승	연봉
2005	32	SDP	NL	10	4	3	0.571	0	9	0	0	0	$15,505,142
2006	33	SDP	NL	24	7	7	0.5	0	21	0	1	1	
2007	34	NYM-HOU-min	AAA	24	6	14	0.3	0	24	0	0	0	$600,000
2007	34	NYM	NL	1	0	1	0	0	1	0	0	0	
2008	35	LAD	NL	54	4	4	0.5	2	5	11	0	0	$500,000
2009	36	PHI	NL	45	3	3	0.5	0	7	6	0	0	$2,500,000
2010	37	NYY-min	AAA	1	0	0	–	0	1	0	0	0	–
2010	37	TOT	MLB	53	4	3	0.571	0	0	26	0	0	–
2010	37	NYY	AL	27	2	1	0.667	0	0	15	0	0	$1,200,000
2010	37	PIT	NL	26	2	2	0.5	0	0	11	0	0	

연도	나이	팀	리그	방어율	투구이닝	피안타	실점	자책점	피홈런	볼넷	고의사구	삼진	몸에 맞는 볼
2005	32	SDP	NL	5.91	45.2	50	33	30	3	26	0	33	4
2006	33	SDP	NL	4.81	136.2	146	81	73	20	44	7	96	10
2007	34	NYM-HOU-min	AAA	5.97	135.2	164	104	90	27	40	1	119	5
2007	34	NYM	NL	15.75	4	6	7	7	2	2	0	4	0
2008	35	LAD	NL	3.4	95.1	97	43	36	12	36	7	79	4
2009	36	PHI	NL	4.43	83.1	84	43	41	5	33	3	73	5
2010	37	NYY-min	AAA	0	1	1	0	0	0	0	0	2	0
2010	37	TOT	MLB	4.66	63.2	65	39	33	9	19	1	52	3
2010	37	NYY	AL	5.6	35.1	40	25	22	7	12	0	29	1
2010	37	PIT	NL	3.49	28.1	25	14	11	2	7	1	23	2

연도	나이	팀	리그	보크	와일드피치	타자수	ERA+	WHIP	H/9	HR/9	BB/9	SO/9	SO/BB
2005	32	SDP	NL	0	3	213	66	1.664	9.9	0.6	5.1	6.5	1.27
2006	33	SDP	NL	0	5	606	84	1.39	9.6	1.3	2.9	6.3	2.18
2007	34	NYM-HOU-min	AAA	0	7	604	–	1.504	10.9	1.8	2.7	7.9	2.98
2007	34	NYM	NL	0	1	20	30	2	13.5	4.5	4.5	9	2.00
2008	35	LAD	NL	1	2	412	123	1.395	9.2	1.1	3.4	7.5	2.19
2009	36	PHI	NL	0	2	362	95	1.404	9.1	0.5	3.6	7.9	2.21
2010	37	NYY-min	AAA	0	1	4	–	1	9	0	0	18	–
2010	37	TOT	MLB	0	7	278	91	1.319	9.2	1.3	2.7	7.4	2.74
2010	37	NYY	AL	0	2	157	78	1.472	10.2	1.8	3.1	7.4	2.42
2010	37	PIT	NL	0	5	121	117	1.129	7.9	0.6	2.2	7.3	3.29

* **SDP** : San Diego Padres / **NYM**: New York Mets / **PHI** : Philadelphia Phillies / **NYY** : New York Yankees / **PIT** ; Pittsburgh Pirates

▌2005년 이후 타자 기록 ▌

연 도	나이	팀	리그	게임수	타석	타수	득점	안타
2005	32	SDP	NL	10	18	14	2	3
2006	33	SDP	NL	26	48	41	0	11
2007	34	HOU-NYM-min	AAA	25	35	29	2	7
2007	34	NYM	NL	1	1	1	0	0
2008	35	LAD	NL	55	12	9	0	1
2009	36	PHI	NL	45	18	14	1	2
2010	37	NYY-min	AAA	1	0	0	0	0
2010	37	TOT	MLB	53	1	1	0	0
2010	37	NYY	AL	27	0	0	0	0
2010	37	PIT	NL	26	1	1	0	0

연 도	2루타	3루타	홈런	타점	도루성공	도루실패	볼넷	삼진
2005	0	0	0	2	0	0	0	5
2006	0	0	0	5	0	0	0	12
2007	1	0	0	3	0	0	1	12
2007	0	0	0	0	0	0	0	1
2008	0	0	0	0	0	0	0	5
2009	0	0	1	1	0	0	3	5
2010	0	0	0	0	0	0	0	0
2010	0	0	0	0	0	0	0	0
2010	0	0	0	0	0	0	0	0
2010	0	0	0	0	0	0	0	0

연 도	타석	출루율	장타율	출루율+장타율	OPS+	토탈베이스	병살타	몸에 맞는 볼
2005	0.214	0.214	0.214	0.429	18	3	0	0
2006	0.268	0.268	0.268	0.537	44	11	2	0
2007	0.241	0.29	0.276	0.566	–	8	0	1
2007	0	0	0	0	−100	0	0	0
2008	0.111	0.111	0.111	0.222	−41	1	0	0
2009	0.143	0.294	0.357	0.651	71	5	0	0
2010	–	–	–	–	–	–	0	0
2010	–	0	0	0	0	−100	0	0
2010	–	–	–	–	0	0	0	0
2010	0	0	0	0	−100	0	0	0

연 도	희생번트	희생플라이	고의사구	포지션
2005	4	0	0	1
2006	7	0	0	1
2007	4	0	0	–
2007	0	0	0	1
2008	3	0	0	1
2009	1	0	0	1
2010	0	0	0	0
2010	0	0	0	0
2010	0	0	0	1
2010	0	0	0	1

* **SDP** : San Diego Padres / **NYM**: New York Mets / **PHI** : Philadelphia Phillies / **NYY** : New York Yankees / **PIT** ; Pittsburgh Pirates

연 도	나이	팀	리그	포지션	게임수	선발	완투경기	배팅
2005	32	SDP	NL	P	10	9	0	45.2
2006	33	SDP	NL	P	24	21	1	136.2
2007	34	NYM	NL	P	1	1	0	4
2008	35	LAD	NL	P	54	5	0	95.1
2009	36	PHI	NL	P	45	7	0	83.1
2010	37	TOT	MLB	P	53	0	0	63.2
2010	37	NYY	NL	P	27	0	0	35.1
2010	37	PIT	NL	P	26	0	0	28.1

연 도	방어	아웃시키기	어시스트	실수	더블플레이	수비퍼센티지
2005	10	4	6	0	0	1
2006	27	7	18	2	1	0.926
2007	1	1	0	0	0	1
2008	31	11	20	0	5	1
2009	15	5	9	1	1	0.933
2010	17	3	14	0	0	1
2010	6	3	3	0	0	1
2010	11	0	11	0	0	1

연 도	Rdrs	Rdrs/yr	RF/9	RF/G	lgFld%	lgRF9
2005	0	0	1.97	1	0.96	1.75
2006	−3	−4	1.65	1.04	0.958	1.72
2007	0	0	2.25	1	0.96	1.58
2008	1	2	2.93	0.57	0.959	1.73
2009	2	5	1.51	0.31	0.955	1.72
2010	1	3	2.4	0.32	0.954	1.67
2010	−1	−6	1.53	0.22	0.953	1.63
2010	2	14	3.49	0.42	0.954	1.72

연 도	lgRFG	도루허용	도루실패	도루실패율	lgCS%	터치아웃
2005	1.73	1	0	0%	29%	0
2006	1.71	9	0	0%	28%	0
2007	1.7	0	0	−	−	0
2008	1.72	5	1	17%	27%	0
2009	1.7	2	2	50%	29%	0
2010	1.66	2	0	0%	28%	0
2010	1.61	1	0	0%	26%	0
2010	1.72	1	0	0%	29%	0

*** SDP** : San Diego Padres / **NYM**: New York Mets / **PHI** : Philadelphia Phillies / **NYY** : New York Yankees / **PIT** ; Pittsburgh Pirates

▌포스트시즌 출전 투수기록 ▌

연도	나이	팀	리그	시리즈	결과	상대팀	승
2006	33	SDP	NL	NLDS	패	STL	0
2008	35	LAD	NL	NLCS	패	PHI	0
2009	36	PHI	NL	NLCS	승	LAD	0
2009	36	PHI	NL	WS	패	NYY	0

연도	패	승률	방어율	게임수	선발	마무리	완투경기
2006	0	–	0	1	0	1	0
2008	0	–	0	4	0	0	0
2009	1	.000	8.10	4	0	0	0
2009	0	–	0	4	0	0	0

연도	완봉승	세이브	투구이닝	피안타	실점	자책점	피홈런
2006	0	0	2	1	0	0	0
2008	0	0	1.2	1	0	0	0
2009	0	0	3.1	4	3	3	0
2009	0	0	3.1	2	0	0	0

연도	볼넷	고의사구	삼진	몸에 맞는 볼	보크	와일드피치	타자수
2006	0	0	0	1	0	0	6
2008	1	0	1	0	0	1	7
2009	1	0	3	0	0	0	14
2009	1	0	3	0	0	0	13

연도	WHIP	H/9	HR/9	BB/9	SO/9	SO/BB
2006	0.5	4.5	0	0	0	–
2008	1.2	5.4	0	5.4	5.4	1.00
2009	1.5	10.8	0	2.7	8.1	3.00
2009	0.9	5.4	0	2.7	8.1	3.00

* **SDP** : San Diego Padres / **PHI** : Philadelphia Phillies / **STL** : Saint Louis Cardinals / **NYY** : New York Yankees

연도	나이	팀	리그	시리즈	상대편	결과	게임수	타석	타수
2006	33	SDP	NL	NLDS	STL	패	1	0	0
2008	35	LAD	NL	NLCS	PHI	패	4	0	0
2009	36	PHI	NL	NLCS	LAD	승	4	0	0
2009	36	PHI	NL	WS	NYY	패	4	0	0

연도	나이	팀	리그	득점	안타	2루타	3루타	홈런	타점
2006	33	SDP	NL	0	0	0	0	0	0
2008	35	LAD	NL	0	0	0	0	0	0
2009	36	PHI	NL	0	0	0	0	0	0
2009	36	PHI	NL	0	0	0	0	0	0

연도	나이	팀	리그	도루성공	도루실패	볼넷	삼진	타석	출루율
2006	33	SDP	NL	0	0	0	0	–	–
2008	35	LAD	NL	0	0	0	0	–	–
2009	36	PHI	NL	0	0	0	0	–	–
2009	36	PHI	NL	0	0	0	0	–	–

연도	나이	팀	리그	장타율	출루율+장타율	토탈베이스	병살타	데드볼	희생번트
2006	33	SDP	NL	–	–	0	0	0	0
2008	35	LAD	NL	–	–	–	0	0	0
2009	36	PHI	NL	–	–	0	0	0	0
2009	36	PHI	NL	–	–	0	0	0	0

연도	나이	팀	리그	희생플라이
2006	33	SDP	NL	0
2008	35	LAD	NL	0
2009	36	PHI	NL	0
2009	36	PHI	NL	0

* **SDP** : San Diego Padres / **PHI** : Philadelphia Phillies / **STL** : Saint Louis Cardinals / **NYY** : New York Yankees

연도	나이	팀	리그	Lev	소속	포지션	게임수	CG	Ch	PO	A	E	DP
1994	21	San Antonio	TL	AA	LAD	P	20	–	27	16	10	1	1
1995	22	Albuquerque	PCL	AAA	LAD	P	23	–	24	7	16	1	1
2002	29	Oklahoma	PCL	AAA	TEX	P	1	–	1	0	1	0	0
2003	30	2 Teams	2 Lgs	AAA-AA	TEX	P	5	–	3	1	2	0	1
2003	30	Frisco	TL	AA	TEX	P	2	–	0	0	0	0	0
2003	30	Oklahoma	PCL	AAA	TEX	P	3	–	3	1	2	0	1
2004	31	3 Teams	3 Lgs	AAA-Rk-AA	TEX	P	10	–	15	6	7	2	2
2004	31	Rangers	ARIZ	Rk	TEX	P	4	–	8	4	3	1	1
2004	31	Frisco	TL	AA	TEX	P	2	–	2	0	2	0	0
2004	31	Oklahoma	PCL	AAA	TEX	P	4	–	5	2	2	1	1
2007	34	2 Teams	1 Lg	AAA	HOU,NYM	P	24	–	21	6	15	0	0
2007	34	New/Orleans, Round/Rock	PCL	AAA	HOU,NYM	P	24	–	21	6	15	0	0
2007	34	Round/Rock	PCL	AAA	HOU	P	15	–	15	5	10	0	0
2007	34	New/Orleans	PCL	AAA	NYM	P	9	–	6	1	5	0	0
2010	37	Scranton/Wilkes-Barre	IL	AAA	NYY	P	1	–	0	0	0	0	0

연도	나이	팀	리그	Fld%	RF/G	SB	CS	CS%	lgCS%	PO	Rctch	Rtz
1994	21	San Antonio	TL	0.963	1.3	10	6	38%	–	–	–	–
1995	22	Albuquerque	PCL	0.958	1	5	7	58%	–	–	–	–
2002	29	Oklahoma	PCL	1	1	0	0	–	–	–	–	–
2003	30	2 Teams	2 Lgs	1	0.6	2	0	0%	–	–	–	–
2003	30	Frisco	TL	–	0	2	0	0%	–	–	–	–
2003	30	Oklahoma	PCL	1	1	0	0	–	–	–	–	–
2004	31	3 Teams	3 Lgs	0.867	1.3	0	1	100%	–	–	–	–
2004	31	Rangers	ARIZ	0.875	1.75	0	1	100%	–	–	–	–
2004	31	Frisco	TL	1	1	–	–	–	–	–	–	–
2004	31	Oklahoma	PCL	0.8	–	–	–	–	–	–	–	–
2007	34	2 Teams	1 Lg	1	0.88	9	5	36%	–	–	–	–
2007	34	New/Orleans, Round/Rock	PCL	1	0.88	9	5	36%	–	–	–	–
2007	34	Round/Rock	PCL	1	1	3	2	40%	–	–	–	–
2007	34	New/Orleans	PCL	1	0.67	6	3	33%	–	–	–	–
2010	37	Scranton/Wilkes-Barre	IL	–	0	0	0	–	–	–	–	–

메이저리그 124승의 신화
박찬호

지은이 | 민훈기
펴낸이 | 김경태
펴낸곳 | 한국경제신문 한경BP

제1판 1쇄 인쇄 | 2013년 3월 5일
제1판 1쇄 발행 | 2013년 3월 10일

주소 | 서울특별시 중구 중림동 441
기획출판팀 | 02-3604-553~6
영업마케팅팀 | 02-3604-595, 583 FAX | 02-3604-599
홈페이지 | http://www.hankyungbp.com
전자우편 | bp@hankyungbp.com
T | @hankbp   F | www.facebook.com/hankyungbp
등록 | 제 2-315(1967. 5. 15)

ISBN 978-89-475-2958-7   13810

값 16,000원

파본이나 잘못된 책은 구입처에서 바꿔드립니다.